Kate Bateman

Kate Bateman écrivit sa première romance pour tenir le pari à un dollar que lui avait lancé son mari, persuadé qu'elle n'arriverait jamais à la finir. Elle lui prouva qu'il avait tort en rédigeant un roman historique qui se déroulait pendant la Renaissance italienne. Quand elle ne voyage pas vers des destinations exotiques « pour faire des recherches », Kate mène une double vie en tant qu'experte en art et en antiquités pour plusieurs émissions télévisées au Royaume-Uni.

Les meilleurs ennemis

Aux Éditions J'ai lu

SECRETS ET MYSTÈRES

1 – Cette étrange intruse
N° 11752
2 – L'amour décodé
N° 12187
3 – Adorable chipie
N° 12348

Diaboliquement vôtre
N° 12878

LES CÉLIBATAIRES DE BOW STREET

1 – Les mariés du secret
N° 13028

KATE

BATEMAN

LES CÉLIBATAIRES DE BOW STREET – 2

Les meilleurs ennemis

Traduit de l'anglais (États-Unis)
par Cécile Desthuilliers

J'AI LU

POUR elle

Si vous souhaitez être informée en avant-première
de nos parutions et tout savoir sur vos auteures préférées,
retrouvez-nous ici :

www.jailu.com

Abonnez-vous à notre newsletter
et rejoignez-nous sur Facebook !

Titre original
TO CATCH AN EARL

Éditeur original
St. Martin's Paperbacks, an imprint of
St. Martin's Publishing Group

Quatre choses dont je me serais bien passée : l'amour, la curiosité, les taches de rousseur et le doute.

Dorothy Parker

On ne voit bien qu'avec le cœur. L'essentiel est invisible pour les yeux.

Antoine de Saint-Exupéry,
Le Petit Prince

Prologue

Londres, 1812

Ne touche que ce que tu dois voler.

De toutes les règles de cambriolage que son père lui avait enseignées, celle-ci était primordiale. Emmy Danvers la brisa le soir du bal masqué de lady Carlton. En touchant Alexander Harland.

Elle n'avait pas l'intention de le voler, sauf aux autres femmes présentes dans la pièce. Et elle l'empruntait pour une seule danse, rien de plus.

Jamais il ne découvrirait son identité. Elle arborait une robe que Camille avait étrennée autrefois à Versailles, une sublime création de soie bleue moirée rehaussée de ganses dorées. Une perruque poudrée, gris bleuté et ornée de fleurs de soie, dissimulait la véritable couleur de ses cheveux. Elle avait appliqué une mouche au coin de ses lèvres, celle qu'on appelait « le Baiser » dans les livres – on pouvait toujours rêver. Et puisque c'était un bal masqué, elle portait un masque de cuir clair qui recouvrait tout le haut de son visage, si bien qu'on ne voyait que ses lèvres et son menton. Harland ne saurait jamais qui elle était.

Le cœur de la jeune femme battit un peu plus fort dans sa poitrine. C'était exactement comme un cambriolage – la même excitation à la vue de l'objet de sa convoitise, la même peur panique d'être prise en flagrant délit. Harland exerçait sur elle une irrésistible attirance, exactement comme un saphir aux facettes étincelantes.

Il était flanqué de ses inséparables compagnons, Benedict Wylde et Sebastian Wolff. La vue de ces trois hommes, tous plus séduisants les uns que les autres, aurait réjoui le cœur de n'importe quelle jeune femme.

Emmy prit une profonde inspiration, s'approcha d'eux et plongea dans une profonde révérence. Ils étaient en train de discuter, mais Harland s'interrompit au beau milieu de sa phrase quand il la vit. Les trois amis se tournèrent vers elle, probablement abasourdis par son audace. Les dames n'étaient pas censées aborder les hommes. Mais, après tout, elles n'étaient pas non plus censées dérober des bijoux... Emmy avait toujours eu le plus grand mal à se plier aux lois.

— Monsieur Harland, le salua-t-elle. Je crois que cette danse est pour moi.

Un sourire intrigué aux lèvres, il lui adressa une brève courbette. Emmy pria pour qu'il ne l'éconduise pas. Derrière son masque noir, il darda sur elle son regard bleu.

— Je ne me rappelle pas avoir accordé de danse, mademoiselle...

Il avait laissé sa phrase en suspens pour l'inviter à décliner son identité. Emmy rit doucement.

— Nous sommes dans un bal masqué, lui rappela-t-elle. Ici, personne ne dit son nom.

— Pourtant, vous connaissez le mien.

— En effet. J'ai donc un avantage sur vous.

Et il allait probablement détester cela. Il lui faisait l'effet d'un homme qui n'aimait pas avoir le dessous.

— Peut-être cette danse vous permettra-t-elle de découvrir qui je suis, ajouta-t-elle.

Wolff lui donna un coup de coude.

— On ne refuse pas un tel défi, Alex. Escortez donc mademoiselle sur la piste de danse.

Il la couva d'un regard admiratif et lui décocha un sourire.

— Et ne tardez pas, ou je le ferai moi-même, poursuivit-il.

— Le moyen de refuser ? s'esclaffa Harland.

Il fit un pas vers elle en lui offrant son bras.

— Vous éveillez ma curiosité, mademoiselle.

Le cœur d'Emmy fit un petit bond dans sa poitrine. Il avait accepté !

Avec son sourire sensuel et dévastateur, sa présence magnétique et son charme dangereux, Alexander Harland était le rêve secret d'Emmy depuis bien longtemps. Plus âgé qu'elle de quelques années, il appartenait à un cercle social légèrement différent de celui qu'elle fréquentait. Dans l'ombre, elle l'avait souvent regardé danser avec les plus jolies filles. Il faisait des ravages parmi les débutantes, flirtait avec toutes mais n'en courtisait aucune en particulier. Frère de l'héritier du titre, il était l'image même du cadet de famille insouciant qui se livre à tous les excès de la jeunesse.

Emmy, qui se méfiait de sa réputation sulfureuse et de son intelligence redoutable, s'était toujours prudemment tenue à distance. Avec ce regard perçant qui n'appartenait qu'à lui, il aurait pu déceler, derrière son personnage de discrète ingénue, l'audacieuse criminelle qu'elle était en réalité. Elle s'était contentée de l'admirer de loin et de rêver à l'impossible.

Jusqu'à ce qu'elle apprenne qu'il s'apprêtait à partir combattre Bonaparte.

S'il était blessé, comme l'avait été Luc, le frère d'Emmy, à Trafalgar ? S'il était *tué* ? La perspective d'un monde sans Alexander Harland, même s'il n'évoluait qu'en périphérie de son existence, était désespérante.

« Cueillez le jour ! lui avait toujours dit Camille, sa grand-mère. Prenez ce que vous désirez, ma chérie, mais soyez prudente. » Emmy esquissa un sourire nostalgique. *Carpe diem ? Carpe hominem*, plus exactement. C'était un homme qu'elle désirait cueillir.

La main crispée sur la manche de son cavalier, elle le suivit parmi la file des danseurs qui se mettaient en place. Les premières mesures retentirent. Une valse ! Emmy retint un éclat de rire joyeux. Elle avait choisi le meilleur moment.

Harland posa une main sur sa taille, l'attira à lui. Elle retint son souffle. Seigneur, qu'il était grand !

— Nous n'avons jamais été présentés, affirma-t-il avec assurance tout en l'entraînant sur la piste. Je m'en souviendrais. Quel est votre nom, princesse ?

Emmy éclata de rire, délicieusement troublée par la proximité de son corps et la chaleur de sa main au creux de son dos.

— Je ne suis pas une princesse, monsieur. Pour ce que vous en savez, je pourrais très bien être une fille de cuisine qui a volé une robe à sa maîtresse. Ou une dangereuse criminelle. Une voleuse, par exemple.

— Une voleuse ? répéta-t-il en souriant. Je n'en serais pas surpris, vous m'avez déjà coupé le souffle et arraché le cœur.

Ce n'étaient que des flatteries, mais il les avait prononcées avec un tel accent de sincérité qu'une douloureuse nostalgie serra soudain le cœur d'Emmy. S'il disait vrai ! Hélas, les princes charmants n'épousaient jamais les criminelles. Même dans les contes de fées.

— Vous n'êtes qu'un beau parleur, monsieur, répliqua-t-elle, feignant de le rabrouer.

Il disait sans doute cela à toutes les femmes qu'il faisait danser, mais la tentation de le croire était grande.

— Qui êtes-vous ? insista-t-il. Où vous cachiez-vous ? Ce n'est pas votre première saison à Londres. Vous n'êtes pas une gamine rougissante qui arrive de sa campagne.

— En effet, admit Emmy.

Elle n'avait nul besoin de concentrer son attention sur les pas. Elle se laissait simplement guider par son cavalier, comme s'ils avaient déjà dansé des dizaines de valses ensemble.

— J'habite bien à Londres et je ne suis pas une débutante, mais nous n'avons jamais été officiellement présentés.

— L'aurions-nous été *officieusement* ? demanda-t-il avec un petit rire qui la fit frissonner.

Elle secoua la tête.

— Non plus. Même sans mon masque et ma perruque, vous ne me reconnaîtriez pas.

— Voilà une lacune à laquelle nous devons remédier de toute urgence.

Déjà, les dernières notes de la valse s'éteignaient. Pourtant, au lieu de la raccompagner et de retourner auprès de ses amis, il l'entraîna vers la terrasse. Elle le suivit, incapable de résister à la tentation. Sans lâcher sa main, il descendit les marches et s'engagea dans le jardin inondé de lune. Emmy avait l'impression d'être entrée dans un rêve. Ils franchirent un portail en fer forgé encastré dans un mur de brique rouge et pénétrèrent dans un verger noyé dans l'ombre. Là, il l'attira sous un pommier.

Plus nerveuse qu'elle ne voulait le montrer, Emmy cueillit un fruit à moitié mûr en souriant.

— Qu'y a-t-il de si amusant ? s'étonna son compagnon.

— Cela me rappelle un poème que j'ai lu autrefois sur des fées voleuses de pommes.

Dans la pénombre, elle croisa son regard. Toutes les fibres de son être étaient éveillées, frémissantes de vie.

— Il disait : « Les douceurs volées sont toujours plus douces, Les baisers plus fous, Les regards plus tendres, Alors volez, volez toujours vos pommes. »

Il posa les yeux sur ses lèvres. Aussitôt, un frisson la parcourut.

— Les baisers volés ? murmura-t-il. Excellente idée…

Il dénoua le ruban qui retenait son masque.

— Puisque vous savez déjà qui je suis, poursuivit-il, je peux me dispenser de ceci.

Le cœur battant, Emmy le regarda retirer son masque et révéler un nez solide et droit, puis des lèvres mobiles étirées en un sourire sensuel. Laissant tomber la pomme, elle posa les mains entre les pans de sa veste, sur son torse. Sous ses paumes, elle percevait la chaleur de sa peau à travers sa chemise, sa force virile. Une curieuse pensée la traversa. Auprès de cet homme, elle était chez elle. À la place qui lui était destinée de toute éternité.

Il referma ses mains sur sa taille mince, dont il pouvait presque faire le tour de ses longs doigts.

— Allez-vous ôter votre masque, charmante voleuse ?

— Ce ne serait pas une bonne idée.

Puis elle se hissa sur la pointe des pieds et se pressa contre son corps pour lui offrir ses lèvres. *Carpe hominem.*

Lorsqu'il se pencha vers elle pour l'embrasser, elle crut que son cœur s'arrêtait de battre. Il effleura sa bouche de la sienne, comme s'il attendait sa permission. Puis il répéta son geste, de ses lèvres douces et fermes à la fois. Emmy ferma les yeux, résolue à savourer cet instant. Ce serait probablement l'unique baiser qu'elle recevrait jamais d'Alexander Harland.

De sa langue, il souligna la commissure de sa bouche, qu'elle ouvrit sans réfléchir. Aussitôt, il y glissa sa langue. Emmy se figea, surprise, avant de s'aviser que cela éveillait en elle de délicieuses sensations. Maladroitement, elle passa sa langue contre la sienne... et fut récompensée par un gémissement approbateur.

Il prit son menton entre ses mains pour lui lever le visage et l'embrassa de nouveau, plus profondément, plus audacieusement. Comme s'il buvait à sa source. Emportée par une volupté toute nouvelle, Emmy fut saisie d'un vertige. Le parfum viril de son compagnon l'enveloppait tout entière et les saveurs de cognac sur ses lèvres suffisaient à l'enivrer.

Quelques minutes plus tard – ou bien était-ce quelques heures ? –, il s'écarta d'elle, le souffle court.

— Dites-moi votre nom ! gémit-il d'une voix rauque de désir.

— Non, répondit-elle avec le peu de raison qu'il lui restait.

Il laissa échapper un soupir de frustration.

— Si j'avais plus de temps devant moi, je finirais par découvrir qui vous êtes.

Du pouce, il lui caressa le menton puis les lèvres, la faisant de nouveau frissonner.

— Je pars pour l'Espagne la semaine prochaine, poursuivit-il.

Pinçant les lèvres avec dépit, il la serra contre lui.

— Seigneur, que je déteste devoir partir ! J'aimerais vous avoir rencontrée plus tôt. Je...

Emmy posa l'index sur sa bouche pour interrompre ces paroles, qui étaient l'exact reflet de ses propres sentiments. Puis elle se mordit les lèvres pour retenir la supplique qui montait de sa poitrine.

Alors ne partez pas. Restez auprès de moi.

Bien sûr, c'était impossible. Ils appartenaient à des mondes différents. Leurs existences suivaient des trajectoires opposées, et cette soirée était l'unique instant où elles se croiseraient jamais.

Leur baiser suivant fut teinté d'un désespoir doux-amer, comme si chacun d'eux savait que cet instant parfait, unique et fragile, ne reviendrait jamais.

— Seigneur, que vous êtes douce ! murmura-t-il tout contre ses lèvres. Vous sentez si bon ! Je pourrais vous respirer pour l'éternité. C'est de la pure folie, n'est-ce pas ?

— Pas du tout.

Il lui fut plus difficile qu'elle ne l'aurait cru de s'arracher à la chaleur de ses bras. Une désagréable bouffée d'air froid la parcourut lorsqu'elle s'écarta de lui, les yeux brûlants sous son masque.

— Vous me quittez déjà, princesse ? murmura-t-il.

— Il le faut.

— De peur que votre carrosse ne se transforme en citrouille passé les douze coups de minuit ?

Elle ne put retenir un sourire nostalgique.

— En quelque sorte.

Une bonne voleuse savait quand s'éclipser. Ce baiser avec Alexander Harland avait été une expérience encore plus merveilleuse qu'elle ne s'y était attendue, mais c'était peut-être aussi la pire erreur de sa vie. Car, à présent, elle savait exactement ce qu'elle manquait.

Elle reprit le chemin du portail en fer forgé tandis qu'il ramassait son masque, qu'il avait laissé tomber dans l'herbe, et le replaçait sur son visage. Quand ils parvinrent au pied des marches de la terrasse, il la prit par la main pour la faire pivoter vers lui. Elle ne lui laissa pas le temps de parler.

— Ne me dites pas au revoir, le supplia-t-elle.

Il hocha la tête.

— À votre guise. Alors souhaitons-nous simplement bonne nuit.

Il déposa un baiser sur sa main. Ses lèvres étaient si douces, si chaudes qu'elle en fut chavirée. « Seigneur ! » songea-t-elle en se détournant. Il lui manquait déjà.

— Je vous retrouverai, promit-il tandis qu'elle gravissait les marches, le cœur lourd. À mon retour d'Espagne, je vous retrouverai.

Seulement si elle le voulait bien. Et elle avait beaucoup trop de secrets pour le laisser faire.

— Non, murmura-t-elle d'une voix si basse qu'il ne pouvait l'entendre. Jamais !

1

Londres, 1816

— Ce maudit Engoulevent a encore frappé !

Alexander Harland, comte de Melton, leva les yeux du journal du matin. Sir Nathaniel Conant, premier magistrat de Bow Street, déposa une liasse de feuillets sur la table et s'assit dans un soupir agacé.

— Ce diable d'homme est une menace pour la société !

Alexander, qui venait tout juste de terminer son petit déjeuner, réprima un mouvement d'impatience. À cette heure matinale, le salon du Tricorn Club était désert. Benedict, qui avait récemment convolé en justes noces, avait déménagé un mois auparavant. « Les rats quittent le navire », avait grommelé Sebastian. Celui-ci, le dernier pilier de leur trio infernal, devait être encore endormi, cuvant les excès de sa virée nocturne au Théâtre royal.

Alexander avait espéré disposer d'une bonne heure de lecture sans être dérangé, mais il avait apparemment été trop optimiste. Mickey, l'impressionnant portier du Tricorn, avait reçu pour instruction de laisser entrer sir Nathaniel chaque fois qu'il le désirerait. Alexander tourna la tête vers l'horloge posée sur le manteau de la cheminée. 9 heures. La situation devait effectivement être préoccupante pour tirer le vieux magistrat de son lit à une heure si matinale.

Il referma le journal avec soin et le posa sur la table.

— Encore un vol de bijoux ?

Sir Nathaniel hocha la tête d'un air navré, faisant trembler ses bajoues.

— Ce satané cambrioleur a frappé très fort, cette fois. Figurez-vous qu'il a volé un énorme diamant chez Bridge & Rundell.

— Les joailliers royaux ?

Alexander haussa un sourcil admiratif.

— Il faut au moins lui accorder le mérite de ne jamais choisir la facilité, n'est-ce pas ? Moi qui croyais leurs dispositifs de sécurité inviolables !

— Ils le sont en théorie, mais l'Engoulevent a réussi à les déjouer. Et ce n'est pas le pire !

Conant fronça les sourcils d'un air furieux.

— Il n'aurait rien pu voler de pire. Ce diamant appartient au prince régent en personne, qui l'avait confié à Bridge & Rundell pour en faire un pendentif. Prinny[1] exige qu'on retrouve le coupable dans les plus brefs délais et qu'il reçoive une sanction exemplaire.

À la perspective de ce nouveau défi, le cœur d'Alexander battit un peu plus vite. Depuis son retour du continent l'été précédent, Benedict, Sebastian et lui avaient apporté leur concours à Bow Street dans plusieurs affaires délicates. Deux mois plus tôt, ils avaient déjoué une ridicule tentative visant à libérer Bonaparte de l'île de Sainte-Hélène, où il était exilé, par voie sous-marine. Le Régent leur avait exprimé sa gratitude en les anoblissant tous les trois.

1. Prinny : surnom du prince de Galles (le prince régent), connu pour ses goûts dispendieux et ses mœurs dissolues. *(N.d.T.)*

Benedict était à présent comte de Ware, Sebastian comte de Mowbray, et Alexander portait désormais le titre de comte de Melton.

Cela laissait parfaitement indifférent sir Nathaniel, qui continuait d'appeler Alexander par son nom de Harland.

— Juste quand tout était tranquille et que je croyais ce maudit cambrioleur disparu de la circulation, peut-être même mort, marmonna-t-il, voilà qu'il réapparaît pour voler un bijou de la plus grande valeur ! C'est intolérable, Harland. Intolérable.

— Que savons-nous de lui exactement ?

— Pas grand-chose, pour tout vous dire.

Conant désigna le dossier sur la table.

— Le peu que nous avons est rassemblé ici. Son mode opératoire ne varie pas : il ne vole qu'une pièce à la fois, alors qu'il pourrait souvent en prendre d'autres, et ne choisit que des pierres d'une qualité exceptionnelle, même si celles qu'il dédaigne sont aussi remarquables. Et cet insolent laisse toujours une plume noire à la place de ce qu'il a pris, comme on déposerait sa carte de visite.

D'une voix indignée, le magistrat poursuivit :

— Et il y a des années que cela dure ! Voilà bien dix ans qu'il nous nargue, et il est possible que certaines plumes noires soient passées inaperçues. Nos collègues de province ne savent pas conserver les preuves de façon aussi méticuleuse que nous, hélas.

— S'il signe ses crimes, c'est parce qu'il tient à les revendiquer…, murmura Alexander, songeur.

— Oui, mais pourquoi ? s'impatienta Conant. Pour que ceux qu'il a cambriolés puissent se féliciter d'appartenir au cercle très fermé des victimes de l'Engoulevent ? Voilà un bien triste honneur !

— Qui sait… Au moins, cela nous permet d'établir un lien entre ses forfaits. Peut-être y a-t-il un schéma, une logique qui les relie ? Il n'agit pas au hasard.

— En effet. Chaque vol a dû être préparé avec le plus grand soin. Il n'y a jamais deux cas exactement identiques. Et, à part la plume, on n'a trouvé aucune trace de son passage. Ce n'est pas un homme, c'est un spectre !

Alexander sourit, amusé.

— Oh, l'Engoulevent est un individu de chair et d'os, croyez-moi. Tôt ou tard, il commettra une erreur. Comme tout le monde. Pensez-vous qu'il ait un certain âge, puisqu'il opère depuis si longtemps ? Ou aurions-nous affaire à un groupe agissant de concert ?

Sir Nathaniel marmonna :

— C'est précisément ce que je vous demande de découvrir.

Posant les bras sur les accoudoirs de son siège, il joignit les extrémités de ses doigts d'un geste pensif.

— Le plus étrange, c'est qu'il ne vole que des pierres faciles à reconnaître. Toutefois, elles ne réapparaissent jamais. Nous avons placé sous surveillance permanente les prêteurs sur gages, les bijoutiers et les joailliers, et même les commissaires-priseurs. Rien. Les bijoux semblent se volatiliser !

— Peut-être ne s'en sépare-t-il pas. Peut-être les réserve-t-il à une collection privée, rien que pour son plaisir.

— Vous parlez d'un plaisir, ricana le vieux magistrat. Des cailloux ? Cela ne vaut pas les cartes et les femmes, si vous voulez mon avis.

Alexander pianota sur sa cuisse, pensif. Déjà, toutes sortes d'hypothèses se présentaient à lui. Voilà un moment qu'il désespérait de trouver une activité qui occuperait son temps et son esprit, une mission qui chasserait son ennui. Enfin, on lui offrait un défi à sa mesure !

— Peut-être les fait-il passer à l'étranger en contrebande... Ou alors l'argent n'est pas un problème pour lui... Vous dites qu'il prend souvent moins qu'il ne le pourrait. Aurait-il une sorte de code moral qui lui interdise de voler plus d'un bijou à chacune de ses victimes ?

— Un *code moral* ? Voyons, un voleur n'a pas de morale, Harland. Et encore moins d'honneur. Quelles que soient ses raisons, elles ne pèseront pas lourd quand il sera pris, jugé et condamné. La loi est la loi. Nous le pendrons haut et court à la potence de Tyburn[1], croyez-moi.

D'un geste sec, sir Nathaniel posa les paumes sur ses accoudoirs et se leva.

— Bridge et Rundell préféreraient que l'affaire reste confidentielle et vous demandent d'enquêter en toute discrétion, mais je compte sur vous pour démasquer ce serpent. Le prince régent veut des résultats.

Il se dirigea vers la porte.

— Je présume que vous voudrez inspecter la scène du vol. C'est à Ludgate Hill.

Un sourire aux lèvres, il ajouta :

— Mais vous devez connaître l'endroit. Je suis sûr que vous y avez effectué quelques emplettes depuis votre retour de Waterloo.

Alexander eut du mal à cacher un mouvement de surprise devant la perspicacité de sir Nathaniel. Il s'était en effet rendu chez Bridge & Rundell le mois précédent, afin d'acheter un cadeau d'adieu

1. Tyburn : lieu où se déroulaient les exécutions capitales des criminels. *(N.d.T.)*

pour Alicia, sa dernière maîtresse. Si la jolie veuve avait été déçue, elle avait accueilli leur rupture avec pragmatisme. Peut-être avait-elle espéré plus qu'une simple liaison – qui sait, une demande en mariage en bonne et due forme –, mais Alexander n'avait jamais prétendu rechercher une épouse. Le mariage ? Il n'était pas pressé !

Il n'avait rien contre l'institution en elle-même, surtout quand il songeait au bonheur conjugal de Benedict et de Georgiana, la belle héritière que celui-ci venait d'épouser, mais contrairement à Alexander, Benedict n'était pas presque aveugle d'un œil, et sans doute pas aussi désabusé en ce qui concernait la gent féminine. En tant que cadet de famille, Alexander n'était pas tenu de se marier et d'avoir des héritiers. Il appréciait les femmes, leur sensualité, leur charme, mais jamais il n'avait ressenti l'envie de se contenter d'une seule.

Sauf une fois. Quatre ans plus tôt, lors d'un bal masqué, juste avant son départ pour l'Espagne, il avait croisé la femme de ses rêves, une inconnue au physique aussi séduisant que sa conversation. Son rire feutré et son parfum troublant l'avaient ensorcelé au point qu'il en avait presque oublié son propre nom. Un *coup de foudre*[1], comme disaient les Français. L'expression était particulièrement juste. Il avait eu l'impression d'une rencontre inéluctable, électrique. Et profondément authentique. À sa propre surprise, il avait eu la conviction d'avoir enfin trouvé celle qu'il cherchait.

Ils avaient parlé. Dansé. Flirté. Échangé des baisers.

Et elle avait disparu.

Jamais il n'avait découvert son identité.

---

1. En français dans le texte. *(N.d.T.)*

Avec un soupir, il referma le dossier d'un geste sec. Qu'il était naïf, à cette époque ! Trois années dans les fusiliers royaux lui avaient fait perdre son bel optimisme. Au fil de ses pérégrinations à travers l'Espagne, le Portugal, la France et la Belgique, il avait vu toute l'horreur de la guerre, la nature brutale des hommes… mais aussi des femmes. Il avait compris la futilité de ses rêves d'autrefois.

Il rêvait encore d'elle, pourtant. Peut-être pas chaque nuit, mais très souvent. À son réveil, la trace de son parfum flottait encore dans l'air, une senteur exotique qu'il n'avait jamais retrouvée. Il avait encore la sensation de ses lèvres sur les siennes. Sans parler d'une érection presque douloureuse.

Ce qui était parfaitement absurde. Il ne savait même pas de quelle couleur étaient ses cheveux, puisqu'elle portait une perruque poudrée dans le style de la cour de Versailles, démodé depuis une cinquantaine d'années.

La frustration avait failli le rendre fou. Jamais il ne résoudrait ce mystère, jamais il ne saurait si elle était l'épouse d'un autre, la maîtresse d'un autre, ou quelqu'un avec qui il aurait pu envisager un avenir commun.

Il redressa les épaules. Voilà bien longtemps qu'il aurait dû l'oublier. Certes, il n'avait pas vécu en moine pendant ces quatre années. Elle non plus, probablement, n'était pas restée seule. Pourtant, depuis qu'il était revenu à Londres, il la guettait inlassablement. Il observait chaque salle où il entrait, examinait chaque visage, persuadé contre toute raison que s'il la voyait, il la reconnaîtrait. Que son corps la reconnaîtrait. Que son *âme* la reconnaîtrait.

Furieux contre lui-même, il poussa un soupir. Bon sang, que lui arrivait-il ? Lui qui était copropriétaire d'un cercle de jeu savait mieux que quiconque quelles étaient les probabilités qu'il revoie sa belle inconnue : ridiculement faibles. Nul doute qu'aujourd'hui, cette femme était mariée et mère d'une horde de rejetons infernaux.

Quant à lui, il jouissait d'une bienheureuse liberté, d'une confortable fortune et d'un physique avenant. D'un seul sourire, d'un seul regard, il pouvait avoir toutes les femmes qu'il voulait.

Sauf celle-là. Celle qui a disparu.

Ceci expliquait-il cela ? Ne la désirait-il que parce qu'il ne l'avait jamais retrouvée ? S'ils avaient été présentés comme il se doit, il se serait lassé d'elle en moins d'un mois. Ce qui le séduisait en elle, c'était le mystère qui l'entourait.

Au demeurant, il en allait de même pour l'Engoulevent. Ce qui lui plaisait, c'était le mystère qui l'entourait. Alexander était très mauvais perdant. Sa fierté exigeait qu'il mène le jeu, qu'il ait le dernier mot, qu'il remporte le trophée. Quoi qu'il entreprenne, il voulait être le meilleur.

Pensif, il regarda les flammes. L'Engoulevent l'intriguait. Quel que soit l'individu qui se cachait sous ce pseudonyme, c'était un virtuose du déguisement, et il était plus rusé qu'un renard. Personne ne l'avait jamais vu, mais la presse relatait ses exploits depuis une bonne dizaine d'années.

Alexander ouvrit le dossier et commença à le parcourir. Il contenait des rapports succincts de cambriolages à travers toute l'Europe, dans des lieux remarquables : un château perché sur une montagne vertigineuse en Suisse, une villa fortifiée au bord du lac de Côme, en Italie… Conant avait raison, songea-t-il, perplexe. Personne n'avait le moindre indice sur le mode opératoire de l'Engoulevent.

Toutefois, on pouvait identifier des constantes. Jamais de violence. Aucun recours à la force, quelle qu'elle fût. Pas de serrures fracturées ni de portes enfoncées. Pas de domestiques drogués ni de gardes blessés. Les points communs les plus remarquables étaient l'intelligence et la discrétion. Et sans doute le déguisement. Dans nombre de cas, le vol n'avait été découvert que plusieurs jours après la date présumée des faits. La plupart du temps, on ignorait quand exactement les bijoux avaient été volés.

Une seule fois, l'Engoulevent ne s'était pas contenté de laisser une plume noire derrière lui. Alexander sourit en lisant le rapport. Le cambrioleur avait renversé un sucrier en argent par inadvertance, mais au lieu d'emporter la précieuse pièce de vaisselle, il avait pris le temps de ramasser le sucre et de rédiger un mot d'excuse.

Signor Locatelli,

Veuillez excuser le désordre. Je regrette de me voir dans l'obligation de priver votre épouse de ses superbes boucles d'oreilles en émeraude, mais je ne doute pas qu'elle sera ravie d'en acheter de nouvelles. Pour la gloire de la France[1] !

L'Engoulevent

Alexander étudia le bref message, dont l'élégante calligraphie appartenait manifestement à une personne éduquée. Avait-on affaire à un gentleman-cambrioleur ?

Le dernier vol mentionné avait eu lieu quatre ans auparavant, en 1812. Et ensuite, plus rien. L'Engoulevent avait brillé par son absence... jusqu'à

1. En français dans le texte. *(N.d.T.)*

sa petite expédition de la nuit précédente chez Bridge & Rundell.

Alexander secoua la tête, intrigué. Pourquoi cette longue interruption ? L'Engoulevent se faisait-il vieux ? Avait-il perdu le goût de l'aventure ? Au fond, peu importait. Alexander avait enfin un os à ronger. Jeune ou âgé, l'Engoulevent était un adversaire à sa mesure.

« La loi est la raison pure sans passion », enseignait Aristote, et Alexander était parfaitement d'accord. Il se flattait de ses qualités de détective et de sa capacité à envisager une situation avec objectivité. Il allait remettre l'Engoulevent à la justice, en faisant usage de la raison dépassionnée et de la logique la plus impartiale. Certes, Benedict, Sebastian et lui percevaient des émoluments pour chaque cas résolu pour le compte de Bow Street, mais l'argent n'était pas sa première motivation. Ce qui l'intéressait, c'était la satisfaction professionnelle qu'il retirait de chaque victoire.

La guerre lui avait enseigné que si les règles et les lois existaient, c'était pour de bonnes raisons. Les fantassins formaient des carrés en cas d'attaque afin de présenter un front uni et de se protéger mutuellement. Un homme qui brisait les rangs devenait une cible et mettait en danger la vie de ses camarades. Toute infraction menait au danger et à l'anarchie.

Dans les fusiliers, il avait fait partie d'un ensemble plus vaste, où il n'avait été qu'un rouage d'une immense machinerie. En tant qu'agent de Bow Street, il avait désormais la liberté d'agir de façon plus autonome puisqu'il travaillait en équipe réduite avec Benedict et Sebastian. Les succès étaient tout à leur crédit... et les échecs relevaient également de leur entière responsabilité.

Pendant trois ans, Alexander s'était battu pour protéger ses compatriotes. Et maintenant que Bonaparte était exilé à Sainte-Hélène, il continuait à faire régner la loi en Angleterre et à protéger son pays contre les criminels et autres éléments perturbateurs tels que l'Engoulevent.

Il fit appeler Mickey.

— Quand Sebastian se décidera à se lever, ordonna-t-il, dites-lui que je suis parti pour Ludgate Hill. Je serai de retour pour le déjeuner.

2

— Le British Museum ? Tu n'es pas sérieux !

Emmy Danvers, née Emmeline Louise d'Anvers et fille du voleur de bijoux le plus discret d'Europe, poussa un gémissement théâtral et posa le front sur la vieille table de la cuisine.

— Il faut avoir perdu la tête pour tenter un coup pareil. Pourquoi pas un casse à la tour de Londres pour voler les joyaux de la Couronne, pendant que tu y es ? L'avantage, quand on nous prendra, c'est que la cellule et la potence seront déjà sur place.

Son humour macabre fit sourire son frère, assis de l'autre côté de la table.

— C'est impossible, Luc ! insista-t-elle.

— Tu disais la même chose pour Bridge & Rundell et tout s'est passé sans anicroche, non ? Ce n'est pas impossible, Emmy, c'est *délicat*. Un défi digne de nos talents.

Redressant la tête, la jeune femme décocha un regard furieux à son frère.

— Je suis lasse des défis dignes de nos talents. Nous finirons par nous faire prendre. Ou plutôt : *pendre*. Avec un peu de chance, on se contentera de nous expédier dans un bagne aux antipodes. Notre bonne étoile ne veillera pas éternellement sur nous, Luc !

Camille, qui refusait qu'on l'appelle « grand-mère » au motif que cela lui donnait l'impression d'être affreusement vieille, prit une gorgée de thé et hocha la tête.

— Sur ce point, ma chérie, nous sommes tous du même avis. Votre papa, qu'il repose en paix, était peut-être un fils merveilleux, mais ses chimères vous valent un héritage des plus compromettants.

Elle émit un petit reniflement désabusé.

— L'Engoulevent ! On n'a pas idée... Je lui avais conseillé un autre nom. Le Renard, ou bien le Magicien. Cela aurait eu une autre allure !

Emmy ravala un rire désespéré. C'était tout Camille ! En quinze ans de carrière dans le crime, son fils avait enfreint les lois de six pays à travers toute l'Europe, mais ce qui heurtait sa sensibilité, c'était qu'il ne l'ait pas fait avec toute l'élégance requise. Camille pardonnait presque tout pourvu que l'on ait agi avec panache.

Avec une telle famille, comment Emmy aurait-elle pu mener une existence normale ? Et comment s'étonner de la situation inextricable où ils se trouvaient aujourd'hui ?

Elle baissa les yeux vers la lettre posée sur la table, encore pliée. C'était la plus récente d'une série de missives identiques dont la première était arrivée un peu plus d'un an auparavant.

— Ce Danton est un fou dangereux, dit-elle posément. Et d'abord, comment a-t-il découvert que père était l'Engoulevent ? Comment nous a-t-il retrouvés ?

Une grimace passa sur le beau visage de Luc.

— Quelle importance ? Comme il le dit, il a le pouvoir de nous envoyer à la potence. Nous n'avons pas d'autre choix que de nous plier à ses caprices.

Emmy poussa un gémissement de désespoir. Pendant quatre bienheureuses années après le décès de leur père, ils avaient mené une vie honnête. Le rêve patriotique de Louis d'Anvers – récupérer les joyaux de la Couronne de France et les conserver en lieu sûr jusqu'à ce que la monarchie des Bourbons soit restaurée – avait été sinon enterré, du moins mis en suspens. Bonaparte semblait solidement installé sur le trône, malgré les vaillants efforts de la Grande-Bretagne et de ses alliés pour contenir ses ardeurs expansionnistes. Même son exil sur l'île d'Elbe n'avait pas suffi à le neutraliser.

Toutefois, depuis sa défaite à Waterloo l'été précédent, la restauration des Bourbons sur le trône de France était effective. Luc et Emmy se demandaient que faire des richesses si mal acquises de l'Engoulevent quand la première lettre d'Émile Danton était arrivée.

Le père de ce dernier n'était autre que le révolutionnaire Georges Danton, que leur propre père avait publiquement dénoncé pour le vol des joyaux de la Couronne de France. Privé de cible par la mort de l'Engoulevent, le jeune Danton avait tourné sa vengeance contre ses enfants. Pour ce qu'Emmy en comprenait, il était aussi corrompu que son géniteur. Non content d'exiger qu'on lui remette les bijoux déjà subtilisés par l'Engoulevent, il ordonnait d'en dérober trois autres – un diamant blanc, un diamant bleu et un rubis – qui manquaient encore à l'ensemble. Emmy ne croyait pas un instant qu'il ait l'intention de les rendre à la France pour faire pardonner les crimes de son père.

Un refus de leur part, avait-il précisé, se solderait par les conséquences les plus déplaisantes non seulement pour eux-mêmes mais aussi pour ceux qu'ils aimaient. Il avait mentionné nommément Camille comme cible de représailles si ses désirs n'étaient pas satisfaits « dans des délais raisonnables ».

Luc et Emmy ne pouvaient ni refuser ni même communiquer avec leur maître chanteur. Ils avaient envisagé de prétendre qu'ils ignoraient où était caché le magot et que leur père avait emporté son secret dans la tombe, mais ils ne disposaient d'aucune adresse de retour de courrier. Les missives étaient toujours déposées par l'un des innombrables gamins des rues de Londres qui, quand on les interrogeait, ne pouvaient que mentionner « un gentleman brun avec un accent étranger ».

Faute d'autre solution, Luc et Emmy avaient monté l'expédition chez Bridge & Rundell.

C'est ainsi que l'Engoulevent avait été ressuscité.

Emmy avait douze ans la première fois qu'elle avait été contrainte de participer à l'un des « petits boulots » de son père. Il avait toujours été tacitement entendu que Luc hériterait du rôle de l'Engoulevent mais, l'année de ses dix-huit ans, il s'était engagé dans la Royal Navy sous les ordres de l'amiral Nelson pour combattre Bonaparte. Quelques mois plus tard, il avait été blessé à la jambe à Trafalgar. Il était rentré au pays, mais sa convalescence, longue et douloureuse, l'avait laissé handicapé, incapable de prendre physiquement part à un cambriolage.

Voilà comment, de douze à dix-huit ans, Emmy avait aidé son père et son frère à retrouver et à dérober les joyaux de la Couronne de France.

Pourtant, elle était singulièrement mal taillée pour cette existence criminelle. Elle était de petite taille – à peine plus d'un mètre soixante –, et malgré son agilité, rien n'avait pu la guérir de sa peur du vide. Elle refusait catégoriquement toute opération qui l'aurait obligée à s'élever à plus de trois mètres du sol.

Aux yeux de leur père, reprendre les joyaux était un impératif moral. Si cela s'opposait aux lois, c'était que les lois étaient erronées. Il était parfois nécessaire de les enfreindre pour servir un idéal plus élevé.

Emmy ne contestait pas ce point. Après tout, ces joyaux appartenaient effectivement à la France et devaient lui être restitués.

Elle aurait simplement préféré que la tâche en incombe à quelqu'un d'autre qu'elle. N'importe qui.

Leur père n'avait jamais exigé d'eux qu'ils reprennent le flambeau, du moins pas de façon explicite, mais elle avait toujours perçu ses attentes muettes, son espoir qu'ils achèveraient la tâche qu'il avait entreprise, et c'était un poids sur ses épaules.

La porte de service s'ouvrit à la volée, interrompant ses sombres ruminations.

Sally Hawkins, qui avait quitté huit ans plus tôt son travail de costumière au théâtre de Covent Garden pour devenir leur cuisinière et femme de ménage, entra en trombe. Elle portait un châle en laine rouge grenat, et avait d'une grâce dénuée d'artifice qu'Emmy lui enviait. En regardant la jeune femme déposer son panier de fruits et déboutonner sa cape rayée de vermillon, Emmy retint un soupir de dépit. Avec sa silhouette naturellement voluptueuse, Sally n'avait nul besoin de porter un corset pour mettre en valeur sa taille fine et ses formes rondes.

— B'jour tout le monde ! lança-t-elle.

Elle déposa un journal encore plié sur la table devant Luc. Celui-ci s'interdit vaillamment de loucher vers son décolleté mais Emmy le vit fermer les yeux, comme en proie à une vive souffrance.

Tandis que Sally prenait place sur l'une des chaises de la cuisine, Emmy retint un sourire devant les efforts qu'elle déployait pour ne pas toucher Luc. Il aurait fallu être aveugle pour ne pas voir l'attirance qui existait entre ces deux-là mais, pour ce qu'Emmy en savait, il ne s'était jamais rien passé.

C'était Sally qui avait aidé Emmy à prendre soin de Luc durant les premiers mois de sa convalescence, les plus terribles. Il la dévorait des yeux quand il croyait qu'elle ne le remarquait pas, mais une invisible barrière semblait les séparer, comme si, par quelque accord tacite, chacun s'était engagé à garder ses distances.

Parfois, Emmy se demandait si Luc se croyait moins viril à cause de la prothèse à son pied, et indigne de la belle Sally. En tant qu'aristocrate, même français, il lui était supérieur par le rang, et de loin. Sally était née dans les quartiers miséreux de l'East End londonien, dont elle avait conservé l'accent. Elle possédait une intelligence redoutable, ne s'excusait jamais d'avoir fait seule son chemin dans le monde et portait d'implacables jugements sur les gens.

Leur père avait fait sa connaissance un jour où elle mettait en fuite un agresseur armé dans une ruelle de Covent Garden. Sans l'aide de quiconque, elle avait assommé son assaillant avec sa mallette de couturière. Impressionné, le père d'Emmy l'avait aidée à traîner l'homme inconscient à l'écart de la chaussée et l'avait raccompagnée chez elle.

Il s'était avéré que le père de Sally n'était autre que George Barrington, l'un des plus fameux gentlemen-cambrioleurs de Londres. Enfant, Sally l'avait aidé à créer des costumes et à se grimer pour ses expéditions. Puis, quand Barrington avait été arrêté et déporté en Australie, elle avait trouvé un emploi de couturière et de maquilleuse dans l'un des théâtres les plus tapageurs de Covent Garden.

Le père d'Emmy lui avait offert un travail – un poste où elle ne serait plus obligée de se défendre contre des spectateurs ivres – et Sally s'était vite rendue indispensable en fournissant des déguisements pour les différentes escapades des Danvers. C'était une magicienne de l'aiguille et du fard à joues. En un éclair, elle pouvait transformer Emmy en petit ramoneur, en vendeuse de fleurs ou en duchesse.

Et lorsque Luc était rentré de Trafalgar terriblement blessé, elle avait révélé de remarquables qualités d'infirmière. Emmy l'aurait juré, c'étaient son beau visage et ses manières peu farouches qui avaient convaincu Luc de s'accrocher à la vie.

— Le *Times* parle du vol chez les bijoutiers, annonça Sally. Et en première page ! On a appelé Bow Street pour mener l'enquête.

Le cœur d'Emmy fit un petit bond dans sa poitrine, mais elle conserva un masque serein.

Évidemment que Bow Street allait envoyer ses détectives ! Ludgate Hill faisait partie de leur secteur. Toutefois, des dizaines d'officiers pouvaient se voir confier le dossier. Elle n'avait aucune raison de s'imaginer que c'était *lui* qui mènerait l'enquête. Lui, l'homme dont elle se languissait et qu'elle fuyait avec une égale ferveur.

Alexander Harland.

Repoussant sa chaise, elle se leva de table.

— Où vas-tu ? demanda Luc.

Au lieu de lui répondre, elle se tourna vers leur grand-mère.

— Camille, que diriez-vous d'un petit tour à Ludgate Hill ? J'ai vu un charmant petit chapeau de paille dans une vitrine, là-bas.

Camille prit une nouvelle gorgée de thé et décocha un regard entendu à la jeune femme.

— Chez la modiste à côté de Bridge & Rundell, j'imagine ? Ce n'est pas une bonne idée, Emmeline. Vous seriez plus avisée de garder vos distances. Vous savez ce qu'on dit : la curiosité est un vilain défaut.

Emmy fit la moue.

Sa grand-mère n'avait pas tort. Comme l'avait souvent fait remarquer son père, un cambrioleur ne pouvait pas s'offrir le luxe de la curiosité. Il lui fallait consacrer toute son attention au but qu'il s'était assigné, sans jamais se laisser distraire. Il ne devait prendre que ce qu'il était venu chercher et ignorer tout le reste, ou c'était lui qui risquait d'être pris. Jamais un voleur ne devait dévier de cette règle.

Emmy le savait très bien. Toute curiosité envers Alexander Harland ne pouvait mener qu'aux pires mésaventures.

Oui, mais…

L'aventure, agréable ou non, avait un parfum excitant. Alexander Harland l'attirait comme la flamme attire un papillon de nuit. Voilà des années qu'il était son point faible, même si jamais elle ne l'aurait reconnu devant quiconque. Et cependant, l'objet de sa folle affection ne savait même pas comment elle s'appelait !

— Tu prends le risque d'attirer inutilement l'attention sur toi, Emmy, marmonna Luc.

Elle le fusilla du regard.

— Serais-tu en train de suggérer que je suis incapable de me fondre dans la foule, Luc Danvers ?

Depuis des années, elle ne faisait rien d'autre que se cacher. Elle était devenue experte dans l'art de se rendre invisible.

— Je veux savoir à qui ils vont confier l'enquête, rien de plus, se défendit-elle. Il vaut toujours mieux connaître ses adversaires. Et je te promets d'être prudente.

3

Le fiacre qui transportait Emmy descendit Fleet Street dans un fracas de roues sur les pavés, avant de passer sous l'ancienne porte du mur d'enceinte de la ville qui avait donné son nom à Ludgate Hill. Ces dernières années, ce quartier était devenu presque aussi commerçant que Bond Street, et ses rues étaient pleines de dames élégantes et de messieurs à la mode.

Le majestueux dôme gris de la cathédrale Saint-Paul, le chef-d'œuvre de Christopher Wren, semblait monter paisiblement la garde sur les lieux. Alors que Camille et elle approchaient de leur destination, Emmy entrevit les hauts murs de brique rouge de la prison de Newgate[1]. La vue de l'imposant rempart tempéra quelque peu son excitation. L'austère édifice lui rappelait le sort qui attendait sa famille s'ils étaient pris.

Secouant la tête, elle chassa ces pensées morbides.

La voiture gravit la colline de Ludgate et fit halte ; le cocher avait reçu pour instruction de les déposer tout en haut de la rue. Emmy aida Camille à descendre, et elles se mirent à cheminer d'un pas tranquille le long de l'avenue.

1. Newgate : prison londonienne située dans Newgate Street, démolie en 1902. *(N.d.T.)*

Pour un observateur non averti, elles n'étaient que deux femmes bien habillées occupées à faire du lèche-vitrines. Toutefois, l'attention d'Emmy était rivée sur l'élégant bâtiment de pierre blanche qui s'élevait au numéro 32, dont elle avait cambriolé les sous-sols moins de douze heures plus tôt.

Haute de trois étages, la bâtisse qui accueillait les locaux de Bridge & Rundell s'ornait d'arches soutenues par des colonnes. L'enseigne suspendue au-dessus de la porte représentait deux saumons l'un contre l'autre, un symbole dont la signification, sans doute évidente pour un bijoutier ou un joaillier, lui échappait totalement.

Ouvrant son ombrelle d'un coup de poignet gracieux, elle entraîna Camille dans cette direction, le cœur battant. Bow Street allait envoyer l'un de ses meilleurs détectives pour enquêter. Et elle avait une petite idée de son identité.

Un appétissant fumet de café fraîchement torréfié, ainsi que l'écho de conversations, leur parvenait depuis le London Coffee House, qui occupait les numéros 24 et 26 de la rue. Un grondement affamé monta de l'estomac de la jeune femme.

La boutique suivante, Isherwood et Fils, décorateurs d'intérieur, exposait de superbes tentures murales aux motifs d'inspiration orientale peintes à la main. Emmy sourit en lisant le nom de la petite allée privée qui menait au magasin : Naked Boy Court, Cour du Garçon-Nu. Les rues de Londres étaient un trésor sans fin d'appellations à l'étrange poésie. Il y avait sûrement une histoire amusante derrière celle-ci.

Elles n'étaient pas encore assez proches pour voir l'intérieur de la bijouterie. Emmy fit une halte pour inspecter les chapeaux de paille d'Italie « importés de la région de Livourne » exposés dans la vitrine de

Charles Vyse, maître chapelier. Elles allèrent ensuite admirer les bas de soie présentés chez Ebenezer Flint, bonneterie et confection, passèrent devant la boutique de M. Sharp, parfumeur de Son Altesse Royale le prince de Galles, et s'arrêtèrent enfin devant le Grand Magasin d'éclairage de M. Blade… juste en face de l'endroit qui retenait l'attention d'Emmy.

— J'ignore ce que vous espérez trouver ici, ma chérie, mais Luc a raison, murmura Camille. Si tout s'est déroulé sans encombre, pourquoi revenir sur les lieux ?

Emmy l'entendit à peine. Derrière elle, dans la bijouterie, un homme dont elle n'apercevait que la silhouette discutait avec Edmond, le neveu de M. Rundell. Plissant les paupières, elle observa son reflet dans les miroirs et les surfaces brillantes des lampes devant elle dans la vitrine. Bientôt, elle put distinguer de larges épaules et une veste bleu sombre.

Grand, mince, brun. Le cœur d'Emmy battit un peu plus vite.

Quand il se tourna, ses soupçons se confirmèrent. Le beau visage d'Alexander Harland se reflétait par dizaines, démultiplié par les myriades de gouttes de cristal à facettes d'un chandelier. Comme si un seul exemplaire n'était pas déjà assez troublant !

Emmy prit une inspiration saccadée. Harland était aussi élégant qu'elle se le rappelait, avec ses poignets de chemise d'un blanc éclatant, sa cravate assortie et sa veste dont la coupe parfaite soulignait son impressionnante musculature. Sans parler des culottes de daim qui moulaient ses longues jambes musclées de façon presque indécente, ni de ses bottes d'équitation au lustre étincelant.

— Ah, murmura Camille avec un petit rire blasé. Je comprends mieux, à présent.

Camille se flattait d'être une fine connaisseuse en matière de gentlemen. Issue de la noblesse française, elle avait passé sa jeunesse à flirter et à intriguer à la cour de Versailles, où elle était devenue l'une des compagnes de Marie-Antoinette. Assumant totalement son pragmatisme en matière de sécurité matérielle, elle avait épousé son premier mari, le riche comte de Rougemont, de trente ans son aîné, alors qu'elle n'avait que dix-sept printemps. Le malheureux était décédé d'une crise d'apoplexie trois mois après le mariage, laissant derrière lui une jeune veuve aussi joyeuse que fortunée.

Son deuxième époux, le baron Hugo, avait été « un séducteur impénitent, mais totalement irrésistible ». Camille avait manifestement été très éprise de lui. « On ne s'ennuyait jamais avec Hugo, disait-elle souvent. Hélas, il a fallu qu'il tombe de son cheval. Je lui avais pourtant dit que ce n'était pas raisonnable de sauter par-dessus cette barrière après sa deuxième bouteille de bourgogne, mais cet idiot n'a rien voulu entendre. Ma foi, je suppose que c'était un mal pour un bien. Après tout, si mon cher Hugo ne s'était pas brisé le cou, jamais je n'aurais rencontré votre grand-père, n'est-ce pas ? »

Le grand-père d'Emmy avait été le troisième et dernier époux de la comtesse, et manifestement leur union avait été une histoire d'amour. Elle avait eu un coup de foudre pour Antonin d'Anvers, séduisant diplomate et compatriote exilé, lors d'une réception à l'ambassade de France. Le père d'Emmy était né huit petits mois après le mariage, ce qui avait causé quelques ragots.

Camille avait été heureuse auprès d'un merveilleux époux ; désormais, son but dans la vie était de voir sa petite-fille connaître le même bonheur conjugal. Elle tenait les dandys en perruque poudrée dans le plus grand mépris et ne jurait que par les séducteurs, les libertins et les rebelles de toutes sortes. Et elle avait un faible pour les hommes portant l'uniforme militaire.

Elle pressa le bras d'Emmy d'une main impatiente.

— Éclairez-moi, Emmeline. Qui est cet admirable spécimen ?

La jeune femme poussa un soupir. Autant jouer cartes sur table. De toute façon, on ne pouvait rien cacher à Camille.

— Ce « spécimen » s'appelle Alexander Harland, lord Melton.

Camille pivota discrètement sur elle-même pour jeter un regard vers la bijouterie.

— Oh oh ! Félicitations, ma petite, vous avez un goût parfait. *Quel beau garçon*[1] *!*

Camille était plus française que jamais en présence d'un bel homme.

Emmy observa le reflet de Harland, pensive. Il se préparait à partir, comprit-elle en le voyant ramasser ses gants sur le comptoir.

— Malheureusement, lord Melton est un danger que nous devons fuir si nous tenons à la vie. J'ai entendu dire qu'avec Benedict Wylde et Sebastian Wolff, ses amis, il avait été engagé par Bow Street pour résoudre ce genre d'affaire. Je craignais qu'il n'ait été nommé sur ce dossier.

Camille hocha la tête.

— Je vois. Nous voilà prévenus.

À cet instant, une voiture d'un noir étincelant s'arrêta devant la bijouterie, leur masquant la vue. Incapable de résister à la tentation de voir Harland

1. En français dans le texte. *(N.d.T.)*

une dernière fois, Emmy entraîna Camille sur le trottoir opposé et contourna l'attelage, dont le cocher avait déjà descendu le marchepied. Le cœur de la jeune femme faillit s'arrêter quand elle vit Harland sortir à grands pas du magasin.

Saisie de panique, elle baissa le menton et dissimula son visage sous son ombrelle. Puis elle prit Camille par le coude et l'entraîna en feignant d'être soudain fascinée par une boîte de tabac à priser dans la vitrine. Du coin de l'œil, elle aperçut une tache bleue, puis elle sentit un parfum masculin délicieusement troublant. Un instant plus tard, Harland avait sauté dans la voiture et donné un petit coup sur le plafond de l'habitacle pour signifier au cocher de se mettre en route.

Le cœur d'Emmy battait à tout rompre.

Que faisait-elle ? Elle aurait dû fuir aussi loin que possible de cet homme au lieu de le rechercher !

Elle maîtrisait mieux que quiconque l'art de s'éclipser discrètement. Si bien préparé que fût un vol, il contenait toujours une part d'imprévu – un passant de hasard, une livraison inattendue, un domestique qui changeait l'ordre habituel de ses tâches... Chaque expédition était différente, chacune avait sa tonalité propre, et Emmy avait appris à se fier à son instinct pour évaluer les risques. La chance comptait autant que le talent ; il n'y avait rien de lâche à savoir se retirer au bon moment. Mieux valait reporter l'opération et rester en vie. À plusieurs reprises, elle avait renoncé à un vol parce qu'elle avait un mauvais pressentiment.

Tout en Alexander Harland lui disait de fuir. Son instinct lui criait que cet homme ne lui apporterait que des ennuis, en particulier à cause de la puissante attirance qu'il exerçait sur elle. C'était une question de survie, la raison même pour laquelle elle s'était détournée de lui quatre ans auparavant.

Le jour où elle avait appris son retour de Waterloo avait été l'un des plus heureux de sa vie. Elle avait été folle de joie de le savoir vivant, même si la nouvelle de sa blessure l'avait attristée. Un jour, dans une salle de bal bondée, elle l'avait aperçu de loin. À part une cicatrice à la tempe droite, rien ne laissait deviner qu'il avait été blessé, mais on disait qu'il avait perdu une partie de la vision périphérique de son œil droit à cause d'un coup de canon. Du moins était-ce l'excuse qu'il donnait pour ne plus danser.

L'Alexander Harland qu'elle avait embrassé autrefois était un jeune homme audacieux et sûr de lui. Celui qui était rentré de la guerre semblait nettement plus âgé et plus posé. Il souriait moins souvent, et une expression de cynisme désabusé se peignait souvent sur ses traits parfaitement ciselés. Sans parler de cette lassitude qui assombrissait son regard, comme s'il y avait trop de choses qu'il aurait préféré oublier.

Emmy n'avait pas été très surprise d'apprendre qu'il avait ouvert un cercle de jeu dans Saint-James avec Benedict Wylde et Sebastian Wolff. Cette activité scandaleuse, à la frontière de ce qui était socialement acceptable mais avidement recherchée par une aristocratie toujours en quête de plaisirs nouveaux, correspondait parfaitement à son personnage.

Quelques mois auparavant, ses associés et lui avaient été anoblis par le prince régent pour services rendus à la Couronne. Pendant des semaines, la rumeur qu'ils travaillaient pour Bow Street avait circulé dans la bonne société – rumeur amplement relayée par le réseau d'amis et d'informateurs de Sally, qui rassemblait une bonne partie de la pègre londonienne.

Cet homme et elle n'étaient définitivement plus du même côté de la loi. Le Détective et la Voleuse. Quelle que soit son attirance pour lui, plus elle mettrait de distance entre eux, mieux cela vaudrait.

Elle poussa un soupir. Un Gallois de sa connaissance lui avait fait découvrir le mot *hiraeth*, un terme qui n'avait pas d'équivalent exact en langue anglaise mais décrivait à la perfection ce qu'elle ressentait pour Harland : la tristesse d'être loin de quelqu'un que l'on a aimé et le sentiment de gratitude à l'idée que cette personne existe. La nostalgie du pays ou des jours heureux d'autrefois.

L'année de ses dix-neuf ans, quatre ans auparavant, elle avait eu l'impression d'être chez elle entre les bras de Harland. Elle s'était crue éprise de lui, mais cela n'avait été qu'une passade. Elle ne connaissait pas le véritable Alexander Harland à cette époque, et celui qu'elle avait aimé n'était qu'une illusion, un prince charmant né de son imagination. Leur danse et leurs baisers n'étaient plus maintenant qu'un doux souvenir figé dans le temps, un moment de perfection qui jamais ne se répéterait.

À présent, elle était plus âgée et plus sage. Un peu moins naïve envers la vie et les hommes. Un peu plus réaliste quant aux princes et aux contes de fées.

Un claquement de fouet ponctué par le cri du cocher qui mettait l'attelage en route ramena la jeune femme à l'instant présent. Agacée par ce moment de distraction, elle prit Camille par le coude, tourna le dos au véhicule qui s'éloignait et fit demi-tour pour redescendre la rue.

Avec un soupir, Alexander s'adossa à la banquette. Quand il inspira de nouveau, une senteur féminine où dominait une note florale vint lui chatouiller les narines. Aussitôt, son cœur battit un peu plus vite.

Il se redressa, incrédule. En un instant, il avait été transporté dans un jardin baigné de lune, auprès de la femme qui hantait ses rêves.

Il n'osait y croire. Ce parfum… Il l'aurait reconnu entre mille. C'était *elle* !

S'approchant vivement de la portière, il sortit la tête par la fenêtre ouverte et regarda autour de lui, tous ses sens en éveil.

L'avait-il croisée dans la rue ? Il avait bien remarqué deux femmes qui observaient la vitrine de Bridge & Rundell mais, préoccupé par ce qu'il venait de découvrir sur le vol, il leur avait à peine accordé un regard. D'autant qu'elles se trouvaient sur sa droite, dans l'angle mort de son champ de vision.

Déjà, l'attelage prenait de la vitesse. Alexander poussa un juron. D'innombrables femmes marchaient sur les trottoirs, leurs robes et leurs ombrelles déployant toute la palette des nuances pastel.

Laquelle était-ce, bon sang ?

Il faillit tirer sur le cordon pour faire arrêter la voiture, puis il s'imagina en train de descendre Ludgate Hill au pas de course, saisissant chaque passante par les épaules pour la faire pivoter et scruter son visage dans le vain espoir de *la* reconnaître. Ou humant son poignet à la recherche de cet insaisissable parfum qui le rendait fou.

L'image était si grotesque qu'il émit un rire consterné.

Perdait-il la raison ? Cela n'aurait pas été impossible, après toutes les horreurs de la guerre… Parfois, la folie lui semblait préférable à la réalité.

Ses sens lui avaient joué un tour, voilà tout. La femme qui hantait ses rêves n'existait pas vraiment. Peut-être n'avait-elle jamais existé du tout et l'avait-il inventée de toutes pièces.

Il inspira de nouveau, mais le parfum s'était volatilisé. Tout ce qu'il sentait, c'était le café, la sueur des chevaux, le tabac et les poubelles.

Gagné par la lassitude, il s'adossa contre les coussins de velours et passa ses mains sur son visage. Il avait du travail. Un criminel à attraper. Un diamant à retrouver.

Et pas de temps pour les distractions.

4

— Eh bien, qu'as-tu appris chez Bridge & Rundell ? demanda Sebastian quand Alexander le rejoignit peu de temps après dans le salon privé du Tricorn. Sais-tu comment notre cambrioleur s'est introduit dans les lieux ?

— Oui. Il s'est fait livrer. Littéralement.

Sebastian, assis devant une assiette d'œufs au bacon, haussa un sourcil en une question muette.

— La Belle Sauvage, expliqua Alexander. Un relais de poste situé juste derrière la bijouterie. L'Engoulevent s'est caché dans un tonneau de bière vide et s'est fait livrer chez La Belle Sauvage sur la carriole d'un négociant en vins et spiritueux. D'après les garçons d'écurie, l'endroit est toujours plein de monde, de sorte qu'il est difficile de connaître l'heure exacte de la livraison. Quoi qu'il en soit, le tonneau a été emporté au cellier, dont le mur sud jouxte les sous-sols de Bridge & Rundell.

Sebastian sourit, manifestement impressionné.

— C'est audacieux, dit-il avant de porter sa fourchette à ses lèvres.

— Notre homme est ensuite sorti de son tonneau et a descellé quelques briques du mur qui sépare le cellier des sous-sols de Bridge & Rundell. Après avoir ménagé une ouverture suffisante, il l'a dissimulée derrière une pile de tonneaux, puis il s'est introduit dans les sous-sols de la bijouterie.

— As-tu jeté un coup d'œil au tonneau ? Le nom de la brasserie pourrait nous mettre sur une piste.

— Oui. Il provient de la très fictive Brasserie de la Plume noire. Notre homme ne manque pas d'humour.

Sebastian émit une exclamation de surprise.

— Et comment a-t-il ouvert le coffre-fort ? demanda-t-il.

Alexander secoua la tête, amusé.

— Crois-le ou non, avec une clé. Quand j'ai interrogé l'irascible Rundell senior et son neveu – bien plus accommodant – sur les événements des jours précédents, ils ont mentionné l'évanouissement d'une vieille dame devant la bijouterie, la veille du cambriolage. La femme qui l'accompagnait a demandé si elles pouvaient s'asseoir à l'intérieur, le temps que son amie se remette de son malaise. Rundell senior est allé chercher des sels et a fait appeler un médecin. Rundell junior, apparemment, est tombé sous le charme de la jeune accompagnatrice. Il m'a donné une description fort enthousiaste de son décolleté et de ses fossettes.

— Je présume qu'elle n'était là que pour le distraire ? demanda Sebastian en ricanant.

— Exactement. L'Engoulevent doit avoir des complices féminines. Puisque la clé est toujours en possession de Rundell, notre homme a dû se servir d'un double. L'une des femmes aura sans doute imprimé la clé dans une plaque de cire ou de savon pendant que l'autre détournait l'attention des bijoutiers. Quoi qu'il en soit, la vieille dame s'est rétablie avant l'arrivée du médecin, et elles sont reparties en fiacre.

— Laisse-moi deviner… L'Engoulevent a ouvert le coffre-fort, subtilisé le diamant et déposé une plume noire en guise de signature ?

— Exactement.

Alexander s'approcha des plats disposés sur une console pour se servir, puis alla s'asseoir à côté de Sebastian.

— Le propriétaire du diamant n'est autre que notre cher prince régent, même s'il ne l'a pas encore payé. Rundell est resté très discret, mais je l'ai persuadé de me dire ce qu'il savait. Prinny voulait en faire un pendentif pour sa maîtresse Maria Fitzherbert.

— Je croyais qu'ils avaient rompu depuis belle lurette ?

— Ma foi, ils se seront réconciliés. Et ce n'est pas tout. D'après Rundell, la personne qui lui a vendu le diamant est l'épouse de Prinny, la princesse Caroline. Elle et lui ont fait jurer le secret à Rundell. La princesse a affirmé à Rundell qu'elle tenait le diamant de son père, le duc de Brunswick.

Sebastian émit un long sifflement de surprise.

— C'est très embarrassant.

— Comme tu l'imagines, Conant tient à conserver la plus grande discrétion pour éviter le scandale.

Sebastian se leva pour aller chercher une liasse de papiers posée sur la console.

— Il a fait livrer cela en ton absence. Lord Sidmouth, du ministère de l'Intérieur, est en contact avec certains de nos collègues de l'autre côté de la Manche. Il leur a demandé s'ils avaient des informations sur l'Engoulevent, et Eugène Vidocq leur a envoyé cela.

Alexander fit la grimace.

— Il n'y a pas cinq minutes, les Français étaient nos pires ennemis, et voilà que nous échangeons des renseignements comme si nous étions les meilleurs amis du monde, dit-il avec amertume. Comme si ces dix maudites années de carnage n'avaient même pas existé !

— Elles sont pourtant difficiles à oublier quand on pense à tous les hommes que nous avons perdus…

— Ou quand on est devenu partiellement aveugle. Pour ma part, je ne suis pas près d'oublier l'« hospitalité » française !

Alexander soupira. La guerre était finie depuis plus d'un an. Le monde n'était plus le même. Il fallait aller de l'avant.

— Dis-moi plutôt ce que le chef de la Sûreté nous dit sur son compatriote, marmonna-t-il. Puisqu'il est lui-même un ancien criminel, je présume qu'il ne tarit pas d'éloges sur notre gentleman-cambrioleur !

Le chef de la Sûreté parisienne était un personnage hors normes. Pendant la première partie de sa vie, il avait été tour à tour soldat, voleur, contrebandier, parieur et bagnard. Il s'était échappé de différentes prisons, souvent sous d'astucieux déguisements. Une dizaine d'années auparavant, alors incarcéré, il avait entrepris de révéler aux autorités les rumeurs qui circulaient parmi les captifs. Par la suite, quand une parure d'émeraudes appartenant à l'impératrice Joséphine disparut, Bonaparte, considérant qu'un voleur était le mieux placé pour en attraper un autre, lui confia l'enquête.

Grâce à ses contacts dans la pègre, à ses talents d'observation et à sa façon, jusqu'alors inédite, de mener une enquête incognito, il avait retrouvé non seulement les bijoux de l'impératrice mais aussi les voleurs et leurs acheteurs, le tout en moins de trois jours. Cela lui avait valu d'être amnistié et en outre de bénéficier de l'indéfectible protection de l'empereur.

Avec ce sens de l'humour très particulier qui n'appartenait qu'à lui, il avait entrepris une nouvelle carrière dans la police parisienne, d'abord en donnant des informations sur ses anciens complices, puis en traquant les responsables de différents vols et assassinats. En moins d'un an, il avait fondé la Brigade de sûreté, une unité en uniforme dont il avait été le premier chef. Il engageait régulièrement d'anciens bagnards et prostituées comme agents et, non content de résoudre des crimes, essayait de les empêcher. Sous sa direction, la Sûreté avait capturé des milliers de criminels en quelques années.

— Tu ne crois pas si bien dire, répondit Sebastian en tapotant le dossier. Conant pense que Vidocq n'a pas ménagé ses efforts pour attraper l'Engoulevent. Il semble éprouver une certaine admiration professionnelle pour notre gaillard…

Il marqua une pause, comme pour ménager le suspense. Alexander fronça les sourcils, intrigué.

— Et ? demanda-t-il.

— Et il a une piste sur son identité. Un aristocrate appelé Louis d'Anvers, fils d'une certaine comtesse de Rougemont.

Alexander expira lentement.

— Ce nom ne me dit rien.

— Il est né ici, en Angleterre. La famille a modifié son nom en Danvers pour sonner plus anglais.

Sebastian ouvrit le dossier et prit un rapport manuscrit.

— Le problème, c'est que Louis d'Anvers est mort il y a cinq ans. Par conséquent, même s'il était effectivement l'Engoulevent, ce n'est pas lui qui a cambriolé Bridge & Rundell cette nuit.

Alexander prit le rapport et le feuilleta.

— Et sa famille ?

— Sa mère, la comtesse de Rougemont, est toujours de ce monde. Quant à Louis d'Anvers, il avait épousé une certaine demoiselle Emily Chadwick, la fille d'un gentleman du Leicestershire, qui lui a donné un fils et une fille. Elle est morte en couches, en mettant au monde un bébé mort-né, trois ans après la naissance de sa fille. Ses enfants habitent avec leur grand-mère dans Waverton Street, entre Hyde Park et Berkeley Square. Le fils a vingt-neuf ans, la fille vingt-trois.

— Le fils pourrait avoir repris le flambeau paternel. Ou alors nous avons affaire à un imitateur.

— L'Engoulevent est mort, vive l'Engoulevent, marmonna Sebastian.

Alexander sortit du dossier une coupure de journal jaunie. Il commença à la lire et haussa un sourcil surpris.

— On dirait que Vidocq ne s'est pas contenté de nous donner une piste sur son identité. Nous avons aussi un motif ! Regarde ceci.

Il tourna la page vers Sebastian. Il s'agissait d'un extrait du journal parisien *Le Mercure* daté d'avril 1800, soit seize ans auparavant. Le gros titre était : « J'accuse ! »

L'Engoulevent avait adressé au directeur de la rédaction une lettre ouverte dans laquelle il dénonçait publiquement le révolutionnaire Georges Danton comme un traître à la patrie. Il affirmait que le vol des joyaux de la Couronne de France au Louvre avait été orchestré par Danton en personne. D'après lui, les joyaux avaient servi à acheter des soutiens en faveur de la République, et plus tard en faveur de l'empereur Napoléon, à des nations étrangères telles que l'Autriche ou la Prusse.

— « Je fais le serment de reprendre notre trésor national à ceux qui l'ont injustement accaparé, lut-il.

Les joyaux seront repris pour la gloire de la France et conservés en sécurité jusqu'à ce que Bonaparte le parvenu ait été bouté hors de France et les Bourbons restaurés sur le trône qui leur revient de droit. » Signé : « l'Engoulevent ».

Alexander s'adossa en soupirant. Cette déclaration d'intention ne manquait pas de panache.

Sur la page suivante, Vidocq avait dressé une liste des joyaux d'après les Archives nationales et une autre des pierres que, de source sûre, l'Engoulevent avait volées. Les correspondances entre les deux listes étaient troublantes. Manifestement, le voleur avait honoré sa promesse.

— Ces cambriolages n'ont rien d'aléatoire, conclut Alexander. Il a repris l'un après l'autre les joyaux de la Couronne de France.

— Exactement.

Alexander désigna l'un des alinéas.

— Le diamant volé chez Bridge & Rundell doit être celui que les Français appellent le Régent. Il ne reste que trois pierres manquant à l'appel. Le diamant bleu qu'ils surnomment le Bleu de France, un rubis, et un saphir de cent trente-cinq carats connu sous le nom de Ruspoli.

Il parcourut la fin du dossier.

— Savons-nous où se trouvent les trois derniers joyaux de la liste ?

Sebastian s'adossa à son tour, un sourire satisfait aux lèvres.

— Figure-toi que oui. Bonaparte avait décrété un délai de prescription de vingt ans pour les crimes commis durant la Révolution. Puisque le vol original a eu lieu en 1792, plus aucune poursuite judiciaire n'est possible depuis 1812. À l'approche de la date fatidique, Vidocq a donné ordre à ses agents de surveiller toute information concernant les joyaux.

Comme il fallait s'en douter, deux jours ne s'étaient pas écoulés après la date de prescription qu'un bijoutier londonien du nom de John Francillon vendait un diamant bleu de quarante-cinq carats au diamantaire Daniel Eliason. Vidocq pense qu'il s'agit du Bleu de France, retaillé pour dissimuler ses origines.

— Où se trouve-t-il à présent ?

Sebastian tapota un autre document.

— Eliason n'a pas trouvé d'acheteur. Sans doute de peur qu'on le lui vole, il a opté pour la bonne vieille tactique qui consiste à cacher un objet en plein jour. Il l'a prêté au British Museum. Voilà trois ans que le diamant est visible du grand public dans la galerie des roches et minéraux.

Alexander ne put retenir un petit rire.

— Très intelligent. Et les autres ?

— Le rubis a été monté dans un collier acheté par lord Carrington pour son épouse, lady Sophia. Elle l'a porté à de nombreuses occasions mondaines. Pendant la saison, ils résident dans Park Crescent. Quant au saphir, d'après les sources de Vidocq, il est en possession d'un diplomate italien tombé en disgrâce, un dénommé Franco Andretti qui habite un petit village après Gravesend.

Alexander prit une gorgée de vin.

— Si ces informations sont exactes et que ce nouvel Engoulevent poursuit le même but que son prédécesseur, nous pouvons prévoir son prochain coup avec une quasi-certitude.

— Absolument.

— Parfait. Demain, nous irons inspecter les dispositifs de sécurité du British Museum et de l'hôtel particulier de Carrington. Je veux en savoir plus sur la famille de Louis d'Anvers, en particulier sur son fils. Ces gens fréquentent-ils la bonne société ?

Avons-nous des relations communes qui pourraient nous présenter ?

Sebastian lui décocha un sourire satisfait.

— Je savais que tu allais poser la question. Je suis allé ce matin rendre visite à ma grand-tante Dorothée, la Duchesse Douairière Démoniaque. Elle était médusée de me voir levé, habillé, rasé et sobre avant midi. Cette noble antiquité connaît tout le beau linge de Londres et elle a une mémoire d'éléphant. Elle n'oublie jamais rien. C'est le *Debrett's*[1] personnifié.

D'un geste, Alexander l'invita à poursuivre.

— Il se trouve qu'elle est amie avec la comtesse de Rougemont. Elle s'est d'abord étonnée que je n'aie jamais fait sa connaissance, puis elle m'a accordé des circonstances atténuantes en raison de mes trois années de service passées à « guerroyer contre l'odieux Bonaparte ». Elle est certaine de la voir aujourd'hui même à la soirée de Caroline Turnbull, ainsi que ses petits-enfants.

Alexander sourit.

— Et Caroline sera ravie de nous accueillir, je n'en doute pas, conclut-il.

1. *Debrett's* : ouvrage de référence de la généalogie anglaise, écossaise et irlandaise. *(N.d.T.)*

5

Quand Emmy, Luc et Camille arrivèrent, la soirée de lady Caroline Turnbull battait son plein. Ils furent accueillis par le brouhaha des conversations et les notes entraînantes d'un quadrille. Sans perdre de temps, Emmy trouva un siège libre pour Luc.

Onze années avaient passé depuis qu'il avait été blessé, et il ne marchait plus qu'avec une légère claudication, sans avoir besoin de s'appuyer sur quelqu'un. Certes, il était équipé d'une élégante canne à pommeau d'argent, mais celle-ci était plus un ornement qu'une nécessité. Il était convaincu qu'elle lui donnait des airs de dandy et de libertin, ce qui lui attirait régulièrement des piques de Sally.

Il avait été blessé par de la mitraille, des cartouches remplies de ferraille que l'on tirait depuis les canons d'un navire de guerre et qui produisaient une très violente déflagration. Il avait eu la chance de ne pas se vider de son sang sur le pont et que le chirurgien de bord ait déjà opéré de telles plaies. Emmy avait entendu parler de pauvres diables amputés qui n'avaient jamais guéri.

Puisque Luc n'avait perdu que la partie inférieure de sa jambe, Camille avait demandé à un chausseur de Jermyn Street de lui fabriquer une prothèse avec une cheville articulée faite de cuir et de bois. Luc avait mis du temps à s'habituer à ce pied artificiel – combien de jurons avait-il proférés, lourdement appuyé sur Emmy ou Sally, incapable de garder seul son équilibre ! –, mais à présent, il marchait avec une assurance qui ne trahissait presque rien du combat qu'il avait livré. Emmy éprouvait un immense respect pour la force qu'il avait montrée durant ce calvaire.

Sans nul doute, les escapades criminelles de leur père ainsi que la mauvaise éducation que sa sœur avait reçue en tant que complice malgré elle avaient fourni à Luc une diversion bienvenue. Il avait besoin d'employer sa vive intelligence. Quand il préparait un cambriolage, il oubliait ses souffrances.

Une fois qu'il fut installé, Emmy accepta la flûte de champagne que lui offrait un valet de pied en livrée et entreprit de se rendre invisible.

Dans le royaume animal, surtout lorsqu'on est entouré de carnivores, l'une des meilleures stratégies est de se fondre dans le décor. Emmy était devenue experte dans l'art de passer inaperçue, un peu à la manière de ces caméléons qu'elle avait vus à la ménagerie royale d'Exeter Exchange. La bonne société n'était pas à proprement parler une jungle, mais Emmy était très consciente de ne pas évoluer dans le même monde que les autres femmes. Ce qu'elle avait à cacher était bien plus grave qu'un penchant pour le jeu ou une liaison illicite. Elle ne pouvait pas se permettre de nouer des relations amicales, de peur que l'on découvre ses secrets. Elle devait protéger sa famille.

Des groupes de gens se formaient, se séparaient, se reformaient, à la façon des formes colorées dans un kaléidoscope. Camille rejoignit Emmy, et toutes deux observèrent la foule des danseurs.

— Lord Eversleigh est là, murmura Camille.

Emmy laissa échapper un gémissement. Non seulement cet homme n'était qu'un sot bouffi d'arrogance, mais il s'obstinait à la courtiser malgré tous ses refus.

— Il ne se rend même pas compte que je suis odieuse avec lui, marmonna Emmy. Il n'entend pas un mot de ce que je lui dis. Il ne fait que loucher vers mon décolleté.

— Il est très riche, lui rappela Camille.

— Je n'ai jamais rencontré personne qui soit aussi condescendant, répliqua Emmy.

Camille jeta un regard discrètement méprisant à l'homme, qui se trouvait de l'autre côté de la salle.

— Vous avez raison. Tout l'or du monde ne compenserait pas le fait d'avoir à supporter *cela* chaque matin au petit déjeuner pendant les trente prochaines années.

Eversleigh, qui se considérait comme un arbitre des élégances, arborait ce soir-là une spectaculaire veste rayée de vert et de rose, festonnée de chaînettes. Une étincelante épingle de cravate ornée d'un diamant fermait sa lavallière, et des boucles de marcassite brillaient à ses souliers. Emmy s'amusait parfois à imaginer qu'elle le dépouillait de tous ses bijoux.

— Si l'Engoulevent n'était pas un gentleman, murmura-t-elle, il se ferait un plaisir de rendre une petite visite à ce cher lord Eversleigh.

Rien qu'avec les babioles dont il était couvert, elle aurait eu de quoi vivre jusqu'à la fin de ses jours !

— Il ne sait rien de moi et n'a aucune envie de faire ma connaissance. Tout ce qu'il recherche, c'est une pièce décorative qui n'ait aucune opinion personnelle, aucune curiosité et aucun caractère. Vous serez d'accord avec moi, j'espère, pour dire que je ne suis pas cette femme-là.

— Bien, alors pourquoi pas Bantam ?

Emmy soupira de nouveau à la mention de ce fidèle admirateur. Edward Bantam était le plus gentil des garçons. Totalement inoffensif, il lui tournait autour depuis des années et, s'il ne brillait pas par son intelligence, il était malgré tout un bon parti. Elle pouvait toujours compter sur lui pour l'inviter à danser ou aller lui chercher un verre de citronnade. Son seul défaut était de ne jamais avoir fait battre son cœur.

Contrairement à Harland.

— J'aimerais éprouver plus pour lui qu'une simple amitié, murmura Emmy, mais je n'y arrive pas. Si j'acceptais de l'épouser, nous serions malheureux tous les deux. Et il serait horrifié s'il découvrait la vérité à mon sujet. C'est un citoyen exemplaire qui n'a probablement jamais enfreint la moindre règle de sa vie. D'ailleurs, même si j'étais disposée à lui faire confiance, comment amener un tel sujet dans la conversation ? « Je prendrais volontiers une autre tasse de thé et... Au fait, vous ai-je dit que j'étais une voleuse de bijoux recherchée par toutes les polices d'Europe ? »

Elle secoua la tête, puis étira les lèvres en un sourire sans joie.

— Il me dénoncerait aussitôt.

— Je veux vous voir mariée, insista Camille. Je ne rajeunis pas, et j'aimerais tant avoir des arrière-petits-enfants !

Agitant énergiquement son éventail, elle ajouta :

— Le problème, c'est votre exceptionnelle beauté !

Emmy faillit s'étrangler avec sa gorgée de champagne.

— Vous êtes partiale, protesta-t-elle. Je suis jolie, mais sans plus.

— Bah ! J'ai vu toutes les plus belles filles du demi-siècle passé dans les cours les plus éblouissantes du continent. Même si mon point de vue est un peu subjectif, ce qui est bien naturel, vous devez me croire quand j'affirme que vous êtes une beauté, Emmeline.

Les joues de la jeune femme la brûlèrent.

— Oh. Voilà qui explique pourquoi j'ai failli périr écrasée sous la horde des hommes qui se bousculaient pour me courtiser, railla-t-elle.

— Les hommes sont des idiots, riposta Camille en haussant les épaules. Ils sont trop aveugles pour voir ce qu'ils ont sous les yeux. Vous êtes toute en subtilité. Ils ne vous remarquent pas parce que vous refusez de mettre votre beauté en valeur. Mais, un de ces jours, vous rencontrerez un homme qui aura des yeux pour voir ce que vous dissimulez. Votre solitude l'intriguera. Votre mystère l'attirera.

— Le Ciel m'en préserve ! Nous n'avons pas besoin qu'on m'observe avec attention. Songez au danger que cela représenterait !

— Il serait préférable que vous soyez moins belle, admit Camille. Martha, par exemple…

D'un coup d'œil discret, elle désigna une jeune femme au visage agréable qui suivait les danseurs du regard tout en battant la mesure de son pied.

— … ferait une voleuse idéale, avec son physique passe-partout et sa personnalité sans relief. Elle ressemble à des centaines de bonnes, de gouvernantes, de lavandières ou de couturières.

— Mes dents de devant ne sont pas bien alignées, insista Emmy.

Camille chassa l'argument d'un coup d'éventail.

— Un adorable petit défaut qui ne fait que rehausser votre beauté, répliqua-t-elle.

Emmy s'apprêtait à protester quand le valet de pied en haut des marches annonça d'une voix de stentor :

— Monsieur le comte de Melton ! Monsieur le comte de Mowbray !

Le cœur battant la chamade, elle leva les yeux.

Alexander fit halte en haut des marches. Il détestait les foules, surtout quand on s'approchait de lui par le côté où il ne voyait pas. Il n'aimait pas avoir l'impression d'être pris au piège, en particulier par des femmes mariées en quête de distraction ou par des matrones cherchant à caser des débutantes à la conversation indigente. Il avait pris l'habitude de garder toujours un mur, ou Sebastian, sur sa droite.

Au moins, il n'était pas obligé de danser. La première fois qu'il avait essayé, peu de temps après son retour de Belgique, il s'était aperçu que, s'il voyait parfaitement devant lui, son angle mort sur sa droite lui masquait la main de sa partenaire quand elle la tendait vers lui. Et lorsqu'un autre couple de danseurs s'approchait d'eux sur sa droite, il se heurtait immanquablement à lui.

La goutte d'eau qui avait fait déborder le vase, c'était le jour où il avait accidentellement refermé les doigts sur la poitrine de lady Worthington au cours d'un quadrille particulièrement énergique. Non seulement elle ne s'en était pas offusquée, mais il avait dû passer la soirée à fuir ses œillades enamourées, sous le nez de son mari jaloux.

Depuis ce désastre, il avait renoncé à danser. Pas question de risquer un duel pour avoir mis en péril la réputation d'une débutante en posant la main à un endroit inapproprié de sa personne.

— Bon sang, quelle foule, marmonna Sebastian tandis qu'ils se frayaient un chemin vers l'autre extrémité de la salle, tout en échangeant de temps à autre un salut ou une remarque polie avec une connaissance.

Ils se postèrent sur la gauche de l'orchestre, devant une petite alcôve, et observèrent l'assemblée.

— J'ai croisé Caroline, dit Sebastian. Les Danvers sont là. D'après elle, le fils est probablement assis quelque part. La comtesse porte une robe rose pâle.

Alexander redressa la tête pour voir au-delà de la piste de danse et parcourut du regard les sièges alignés de l'autre côté de la salle. Après avoir éliminé plusieurs femmes vêtues de rose mais trop jeunes, il aperçut une dame d'un certain âge qui se tenait à côté d'un bel homme assis sur une chaise. La femme avait relevé ses cheveux argentés avec style et, si elle n'était plus toute jeune, elle avait manifestement été une authentique beauté. Elle en gardait une élégance naturelle qui attirait l'attention.

Sebastian suivit son regard.

— Les voilà. Le fils s'appelle Luc. Seulement, Vidocq a oublié un petit détail qui met à mal ta théorie selon laquelle il serait le nouvel Engoulevent. Il est estropié. Il a perdu le pied droit à Trafalgar.

Alexander observa l'homme avec attention. Ils avaient à peu près le même âge et la même taille. Rien n'indiquait que Luc Danvers avait été amputé d'un pied. Portait-il une prothèse, comme tant d'autres vétérans ? Une légère protubérance sous son genou semblait confirmer cette hypothèse.

— Il est presque aussi grand que nous, marmonna Alexander.

« Et aussi large d'épaules », songea-t-il. Jamais un homme de cette corpulence n'aurait pu se glisser dans le tonneau à bière qu'ils avaient vu dans les caves de La Belle Sauvage. *Celui que nous cherchons est plus petit.*

— Et la fille ? demanda Sebastian, pensif. De l'autre côté de la grand-mère. Elle s'appelle Emmeline.

Alexander tourna la tête vers la droite pour mieux voir… et tressaillit.

Parfaitement immobile au cœur de l'agitation qui régnait dans cette salle de bal, aussi discrète qu'une ombre parmi les froufrous colorés, se tenait une jeune femme à la beauté délicate. Ce n'était ni une débutante en robe pastel ni une matrone drapée de brun ou de gris. Elle portait une tenue bleu nuit, si sombre qu'elle était presque noire. Avec sa coupe sobre, totalement dénuée d'ornements, le vêtement frappait par son élégante simplicité.

Alexander fronça les sourcils en s'efforçant de discerner ses traits. Elle s'était placée dans l'endroit le moins éclairé de toute la pièce.

Elle mesurait environ un mètre soixante et sa silhouette était mince. Avec son visage d'elfe – petit nez, menton légèrement pointu, sourire énigmatique –, elle rayonnait d'une aura joyeuse et espiègle, comme si elle connaissait toutes sortes de secrets passionnants qu'elle préférait taire.

Une bouffée de désir monta en lui. Le mélange d'intelligence et d'ironie qui se dégageait d'elle la rendait étrangement attirante. De si loin, il ne distinguait pas la couleur de ses yeux, mais ses dents étincelèrent de blancheur quand elle sourit à une plaisanterie de son frère.

Car ils étaient du même sang, il ne pouvait en douter. Même beauté, mêmes sourcils arqués, mêmes pommettes hautes, mêmes cheveux bruns. Cependant, le premier était indéniablement masculin, et la seconde irrésistiblement féminine.

Alors qu'Alexander les observait, le précieux lord Eversleigh s'approcha du trio. Le gaillard était richissime. Il perdait régulièrement des centaines de livres aux tables de jeu du Tricorn, en général parce qu'il avait trop bu. Si Alexander en jugeait par son pas chancelant, il avait déjà effectué une razzia dans les alcools offerts par lord Turnbull.

Eversleigh gratifia la comtesse de Rougemont d'un baisemain d'anthologie, puis tourna son attention vers sa petite-fille. Après lui avoir adressé des compliments tout en louchant sur son décolleté, il s'éventa de son mouchoir garni de dentelle dans un geste théâtral, façon peut-être de souligner les appétits qu'elle éveillait en lui. En la voyant esquisser une moue dédaigneuse, Alexander ne put retenir un sourire satisfait. Elle ne se laissait pas impressionner par ses manières. Manifestement, elle était assez fine mouche pour juger du caractère d'autrui.

— *Elle* est assez menue pour se cacher dans un tonneau, murmura-t-il, pensif.

6

Alexander observa la jeune femme en essayant de l'imaginer dans le rôle de l'Engoulevent. Il était peu probable qu'un membre de la haute société s'amuse ainsi à contourner les lois, mais ce n'était pas tout à fait impossible.

Les Danvers étaient une famille aisée, ce qui semblait conforter cette hypothèse, puisque l'Engoulevent ne recherchait manifestement pas le profit. Il commettait ses crimes au nom de principes patriotiques bien plus élevés.

Trois années de guerre avaient appris à Alexander que des concepts aussi nobles que l'honneur ou la justice n'étaient en usage que chez ceux qui en avaient les moyens financiers. Pour un homme affamé ou une mère en détresse, aucun argument moral contre le vol ne tenait bien longtemps devant la nécessité de la survie.

Mlle Danvers s'ennuyait-elle ? Aimait-elle les défis ? C'était une chose qu'Alexander pouvait comprendre. Il travaillait pour Bow Street alors qu'il n'en avait pas besoin pour vivre. Son investissement dans le Tricorn lui suffisait amplement. Diriger cet établissement avec Sebastian et Benedict était déjà un défi en soi !

Pour les femmes de la bonne société, la vie était moins excitante. On ne leur assignait pas d'autre but dans la vie que de trouver un bon parti, de préférence doté d'un titre de noblesse, de s'installer dans une sinistre routine domestique et de mettre au monde une nouvelle génération de petits aristocrates. Si Mlle Danvers recherchait un peu d'action, il ne pouvait pas l'en blâmer, mais la loi était la loi.

Un petit sourire cynique étira les lèvres d'Alexander quand il la vit parcourir la salle du regard pardessus l'épaule d'Eversleigh. Elle localisait les issues. Alexander, qui avait été soldat, en faisait toujours autant, qu'il soit à l'opéra ou dans une taverne malfamée. Il examinait également les endroits situés en hauteur, ceux où un tireur pouvait s'être posté en embuscade. Une estrade, un balcon, une terrasse... Les vieilles habitudes avaient la vie dure. Sebastian et Benedict faisaient de même.

Guettait-elle une occasion d'échapper à l'exaspérant dandy, ou s'agissait-il d'un réflexe de cambrioleuse ? Il la vit parcourir du regard les hautes fenêtres à guillotine, un passage de service qui se fondait discrètement dans le mur tendu de papier peint, la porte qui donnait sur la salle à manger et les grandes portes-fenêtres ouvrant sur la terrasse.

Un voleur ne devait pas aimer être enfermé. Il était toujours à l'affût d'une issue de secours.

Elle, rectifia-t-il en observant la belle Emmeline Danvers.

Se pouvait-il qu'elle soit l'Engoulevent ?

À la perspective d'être celui qui l'arrêterait, un frisson d'excitation le parcourut. Il ne s'agissait pas seulement d'amener un criminel devant la justice. La possibilité que son voleur soit cette séduisante jeune femme éveillait en lui un trouble presque... sensuel.

Il secoua la tête, agacé. Voilà trop longtemps qu'il était célibataire. Plus d'un mois s'était écoulé depuis qu'il avait rompu avec Alicia.

Quand il posa de nouveau les yeux sur la jeune femme, une bouffée d'impatience monta en lui. Jamais il n'avait éprouvé de désir pour les femmes qu'il avait arrêtées jusqu'à présent. Au demeurant, ce n'était guère surprenant. En général, c'étaient des contrebandières mal lavées, des prostituées ravagées par la petite vérole ou de vieilles femmes édentées. L'attirance qu'il ressentait pour celle-ci ne le distrairait pas de son but, mais elle ajouterait un piment bienvenu à la traque.

— Sais-tu ce qu'est un engoulevent, au fait ? demanda alors Sebastian. J'ai effectué quelques recherches cet après-midi. Figure-toi qu'il s'agit d'un oiseau nocturne. Son plumage est brun tacheté, comme de l'écorce ou du feuillage. Il est particulièrement doué pour se fondre dans son environnement.

De fait, Emmeline Danvers parvenait admirablement à se noyer dans les ombres, de l'autre côté de la vaste salle.

— On en trouve dans tous les coins du monde, poursuivit Sebastian, et c'est entre le soir et l'aube qu'il est le plus actif. Voilà une bonne description de notre proie, qu'en penses-tu ?

— Elle est même admirable, murmura Alexander en souriant.

Emmy avait toutes les peines du monde à se concentrer. Elle avait suivi la progression de Harland à travers la pièce et l'avait regardé dispenser autour de lui ce charme désinvolte qui n'appartenait qu'à lui. Il savait toujours ce qu'il fallait dire. Comment flatter, comment charmer… ou comment s'échapper avec élégance.

Il était plus séduisant que jamais dans sa veste noire, songea-t-elle, contrariée. Aucun homme n'avait le droit d'être aussi attirant, surtout un homme qu'elle tentait désespérément d'ignorer. Elle le vit pencher sa tête brune vers une femme couverte de bijoux et rire à ce qu'elle lui disait. Dévorée par la jalousie, elle la regarda poser une main affectueuse sur l'épaule de Harland, puis la faire descendre d'un geste familier sur le devant de sa chemise. Il recula d'un pas et se tourna de façon à faire face à Emmeline.

Aussitôt, un désagréable frisson la parcourut.

Il l'observait, elle l'aurait juré.

Son cœur se mit à battre plus vite. Elle pouvait sentir le poids de son regard qui la parcourait de la tête aux pieds.

Ton imagination te joue des tours. Cet homme ne s'intéresse pas à toi ; il ne sait même pas que tu existes !

Consciente de prendre un risque, elle glissa un nouveau coup d'œil dans sa direction pour se persuader qu'elle s'était trompée, qu'il était en train d'observer quelqu'un d'autre.

Elle sursauta comme si elle s'était brûlée quand leurs regards se croisèrent.

Sous le feu de son attention, elle fut parcourue d'un long frisson d'alarme. Elle en avait la gorge nouée et la poitrine oppressée, comme si elle venait d'apercevoir un bandit de grand chemin sur la crête d'une colline ou la voile d'une goélette pirate à l'horizon. Aussitôt, elle sut qu'elle serait sa prochaine proie.

Seigneur, elle était parfaitement ridicule !

Elle avait envie de s'enfuir, mais elle était incapable de détourner les yeux, ou même de baisser les paupières. Personne ne remarquait donc qu'il la fixait du regard ?

Il haussa les sourcils d'un air de défi, comme pour lui faire baisser les yeux la première. Aussitôt, la fierté d'Emmy se réveilla. Une demoiselle modeste et bien élevée aurait pudiquement caché son visage rougissant derrière son éventail, mais Emmy toisa bravement l'adversaire, refusant de se laisser intimider.

Ses joues se mirent à la brûler tandis qu'un vertige la saisissait. Son instinct lui criait de détourner le regard pour échapper à son œil perçant, mais elle se sentait aussi impuissante qu'un papillon cloué sur la planche d'un entomologiste.

Puis un sourire éclaira le visage de Harland, et en un instant, le détective à la mine austère, presque accusatrice, céda la place à un homme d'une beauté à couper le souffle.

— Eh bien, Emmy, encore dans la lune ?

Arrachée à sa fascination par la voix de son frère, la jeune femme détourna enfin les yeux, le cœur battant, tandis que l'air affluait de nouveau dans ses poumons. Elle n'avait rien fait pour attirer l'attention de Harland. Pourquoi s'intéressait-il à elle tout à coup ? Cela n'augurait rien de bon.

— Nous ferions mieux de partir, murmura-t-elle.

— Avant le dîner ? protesta Luc. Il paraît qu'il y a de la tarte aux…

— Lord Melton m'observe, l'interrompit-elle. Il est là-bas, près de l'orchestre, avec son ami lord Mowbray.

Luc, qui était trop intelligent pour tourner les yeux dans cette direction, se contenta de hocher la tête comme s'ils étaient plongés dans une passionnante conversation.

— Ah. Savons-nous pourquoi ?

— Il ne faut pas exclure que la beauté de votre sœur ait attiré son attention, répondit Camille. D'après ce que je sais, lord Melton est l'un de ces hommes dont je parlais tout à l'heure. Ceux qui ont des yeux pour voir.

— C'est très peu probable, murmura Emmy. Il a eu des liaisons avec les plus belles femmes de Londres. Si j'ai attiré son attention, ce n'est probablement pas pour des raisons très flatteuses pour ma personne.

— Pourrait-il t'avoir vue ce matin devant la bijouterie ? demanda Luc.

— Je suis sûre que non, répondit-elle en cachant son agacement derrière un sourire. Fais-moi un peu confiance. Et je crois vraiment qu'il serait plus prudent de partir. Je n'ai aucune envie qu'il m'alpague devant le buffet.

Luc hocha la tête.

— Entendu. Prudence est mère de sûreté. Aide-moi à me lever. Nous nous éclipserons dès que tout le monde passera à table. Tant pis pour la tarte.

Au même instant, deux valets de pied apparurent aux portes qui donnaient sur la salle à manger et annoncèrent que le dîner était servi. Emmy, Luc et Camille profitèrent de la cohue pour traverser la salle de bal, mais ils étaient ralentis par le mouvement de la foule qui se dirigeait dans le sens opposé. En tournant la tête pour surveiller Harland, Emmy s'aperçut qu'il remontait le courant dans leur sillage.

Aussitôt, elle hâta le pas. Maudissant en son for intérieur la lenteur de Luc, elle l'entraîna dans l'escalier et jeta de nouveau un regard par-dessus son épaule, persuadée que Harland s'apprêtait à fondre sur eux.

Apparemment, la chance était de leur côté. Il avait été intercepté par la duchesse douairière de Winwick, la grand-tante de lord Mowbray, qui l'accompagnait. Les bonnes manières dictaient aux deux hommes de prendre le temps de saluer la vieille dame. Emmy ravala un sourire en la voyant les saisir par ses doigts noueux, leur faire faire demi-tour et les entraîner vers la salle à manger.

Durant tout le trajet de retour à Waverton Street, elle tenta de se convaincre que l'attention de Harland n'était qu'une coïncidence. Sans doute s'amusait-il souvent à ce petit jeu qui consistait à faire perdre contenance à une jeune fille. Peut-être même pariaient-ils, avec son ami, sur celles qui flancheraient le plus vite.

À peine la voiture s'était-elle arrêtée devant le perron que Sally apparut sur le pas de la porte, l'air inhabituellement agitée. Elle les entraîna à l'intérieur, puis dans le petit salon.

— Que se passe-t-il, Sally ? demanda Luc en s'asseyant avec une grimace de fatigue.

— Vous venez d'avoir de la visite.

Camille leva les yeux vers l'horloge.

— À une heure pareille ? Il est presque minuit !

— C'est bien ce que je lui ai dit, marmonna la jeune femme en s'asseyant près de Luc. Mais le *gentleman* a insisté.

Elle avait prononcé ce mot avec des inflexions vibrantes de mépris.

— Qui ? demanda Emmy.

— Votre maître chanteur français, rien de moins.

Camille ravala un hoquet de stupeur tandis que Luc serrait l'accoudoir d'une main furieuse.

— Danton ? Il ne vous a pas fait de mal, au moins ? S'il s'est permis le moindre geste déplacé...

Sally secoua la tête.

— Non, il s'est montré poli. Trop poli pour être honnête, si vous voulez mon avis. J'en ai vu d'autres comme lui, quand je travaillais au théâtre. Plus ils sont mielleux, plus ils sont dangereux. L'air tout souriant, ils vous plantent un couteau entre les côtes.

— Pourriez-vous le décrire ? demanda Emmy.

— Taille moyenne, plus petit que Luc, je dirais... Cheveux bruns coupés court. Visage empâté avec des petits yeux de cochon et une bouche de fille qui lui donne l'air boudeur. On dirait un enfant gâté.

— Qu'a-t-il dit ?

— Il était désolé de ne pas vous trouver, répondit Sally avec une moue dédaigneuse. Il a lu la nouvelle du vol chez Bridge & Rundell et voulait vous féliciter.

— A-t-il réclamé le diamant ? demanda Luc.

— Il voulait savoir si j'avais quelque chose pour lui, mais je lui ai répondu que je ne comprenais pas de quoi il parlait et je lui ai conseillé de repasser à une heure plus convenable.

Elle sourit, mais son regard était sombre.

— Il a dit qu'il reviendrait et que s'il n'avait pas rapidement des nouvelles du British Museum, il y aurait des conséquences.

Luc tourna vivement la tête vers elle.

— Vous a-t-il menacée ?

Elle posa une main sur sa manche d'un geste rassurant.

— Je suis une grande fille, Luc Danvers. J'ai connu pire que lui à Limehouse[1].

Luc serra les dents. Il était rouge de colère.

— Je suis navré qu'il ait tenté de vous intimider, maugréa-t-il en posant sa paume sur ses doigts. Je m'en veux de ne pas avoir été là.

Elle couvrit sa main de la sienne et, pendant un moment, ils semblèrent avoir totalement oublié qu'Emmy et Camille se trouvaient dans la pièce

1. Limehouse : quartier populaire de l'Est londonien. *(N.d.T.)*

avec eux. Puis Sally se leva et lissa ses jupes d'un air affairé.

— Eh bien, moi, répliqua-t-elle d'un ton faussement bougon, je m'en félicite. Vous l'auriez sûrement transpercé avec l'épée cachée dans votre canne, et nous serions bien avancés ! Vous n'avez pas idée comme c'est pénible de nettoyer un tapis plein de sang.

Emmy massa ses tempes douloureuses. Cette soudaine visite de Danton, juste après son inquiétante rencontre avec Harland, lui donnait la migraine.

— Il doit tout de même se douter qu'un cambriolage au British Museum exige des semaines de préparation ! Pour qui nous prend-il ? des magiciens ?

Camille soupira.

— Je suppose que c'est le drame de l'Engoulevent. La réputation de pouvoir accomplir l'impossible.

Luc croisa le regard d'Emmy.

— Peut-être, mais nous ne devons plus perdre de temps. Dès demain, Camille et toi irez au musée. Plus tôt nous aurons mis la main sur les derniers joyaux, plus vite nous serons débarrassés de ce sale bonhomme.

7

Le British Museum occupait un immense édifice de style français dans Great Russell Street. Le bâtiment avait été construit pour le premier duc de Montagu, mais l'un de ses successeurs, alarmé de voir la très sélecte enclave aristocratique de Bloomsbury décliner en quartier bourgeois, avait déserté les lieux vers le milieu du XVIIIe siècle pour s'établir dans Whitehall.

— L'hôtel particulier a été vendu aux administrateurs du British Museum et aménagé pour abriter la collection du médecin et scientifique irlandais sir Hans Sloane, expliqua le conservateur.

Hochant la tête, Alexander suivit Henry Franks, qui l'entraînait à travers les immenses salles du musée.

— Le rez-de-chaussée, où nous nous trouvons actuellement, contient toute notre bibliothèque d'ouvrages imprimés.

D'un geste, son guide désigna une aile vers leur droite et poursuivit :

— Le premier étage, où nous irons tout à l'heure, est consacré à nos collections d'insectes, de vers, de coraux, de végétaux, d'oiseaux et de quadrupèdes – empaillés, rassurez-vous –, précisa-t-il en riant de sa plaisanterie, ainsi qu'aux serpents, lézards et poissons.

Alexander frémit. Il avait vu assez de moustiques et de serpents pendant la campagne d'Espagne. Ces maudites bestioles avaient empoisonné la vie de tout le régiment. Il émit un grognement évasif.

— Et savez-vous où je pourrais voir un diamant bleu qui a été prêté au musée voici quelques années ?

Franks remonta ses petites lunettes sur son nez.

— Ah. Le joyau d'Eliason. Il se trouve au premier étage dans la galerie des minéraux, coquillages et fossiles. Par ici, s'il vous plaît.

Alexander laissa échapper un soupir de soulagement en constatant que la pierre précieuse se trouvait toujours dans son écrin de verre et de velours. L'Engoulevent n'avait pas encore rendu de visite clandestine au musée.

— Qui détient la clé de cette vitrine ?

— Moi-même, monsieur, mais je ne la conserve pas sur moi toute la journée.

Le conservateur éleva un anneau de métal auquel étaient attachées une dizaine de clés.

— Je ne garde que celles des portes principales ; toutes celles qui ouvrent les vitrines sont rangées en bas, dans mon bureau, sur des crochets. Chacune porte une étiquette mentionnant la salle et le numéro de la vitrine qu'elle ouvre.

— Je vois. À part cela, quelles mesures de sécurité avez-vous mises en place ?

— Eh bien, mon logement de fonction se trouve dans l'aile est, monsieur. Je fais une ronde tous les soirs à 23 heures avant d'aller me coucher, et une autre le matin à 9 heures avant l'ouverture. Et, naturellement, nous avons Brutus.

— Brutus ?

— Notre chien de garde. Il est à moitié doberman. Je le laisse en liberté la nuit. S'il y avait des intrus, il me le ferait savoir.

— Ne craignez-vous pas qu'il ne se soulage sur une pièce rare ? s'étonna Alexander.

Une expression choquée se peignit sur le visage du conservateur.

— Brutus ne ferait jamais cela, monsieur. Il sait qu'il n'aura son bifteck matinal que s'il attend pour aller au jardin.

Alexander hocha la tête.

— Puis-je vous demander pourquoi vous vous intéressez à la sécurité du musée, monsieur ?

— Je présume que vous avez entendu parler du cambriolage chez Bridge & Rundell il y a quelques jours ?

— Naturellement, monsieur. Une affaire déplorable. J'espère que Bow Street ne craint pas une effraction du même ordre au musée...

— C'est une possibilité, répondit Alexander, évasif. Vous devez rester sur vos gardes.

C'était plus une certitude qu'une possibilité, s'il ne faisait pas erreur.

Franks se redressa avec fierté.

— Je suis très conscient de la valeur du patrimoine que nous conservons ici, monsieur. Soyez sûr que je veillerai à la sécurité de nos collections avec la plus grande vigilance.

Alexander lui donna une tape sur l'épaule.

— Je n'en doute pas. Je suis sûr que Bow Street peut compter sur vous pour nous signaler tout détail suspect. À présent, j'aimerais faire un détour par la galerie des sculptures. Lord Elgin m'a dit que les frises qu'il avait rapportées de Grèce étaient de toute beauté.

— Le diamant est à l'étage, murmura Camille.

Emmy et elle traversaient paisiblement la galerie des sculptures grecques et romaines du British Museum, leurs jupes bruissant sur le parquet poli. Emmy compta le nombre de pas pour atteindre l'escalier. Vingt-huit.

Elles marquèrent un arrêt pour admirer un gladiateur à moitié nu taillé dans le marbre. Emmy tenta d'imaginer cette silhouette athlétique habillée. Jamais des épaules aussi musclées n'auraient tenu dans les limites d'une veste moderne ! Et quelle cravate aurait pu se nouer autour d'un si large cou ? Puis elle se demanda à quoi ressemblerait Alexander Harland sans ses vêtements. Aussitôt, une onde de chaleur la parcourut. Serait-il semblable à ce gladiateur, à la fois dur et lisse, tout en muscles et en tendons ?

— Tiens, on dirait lord Melton, dit Camille.

Saisie d'horreur, Emmy pivota sur ses talons. De fait, l'objet de ses rêveries inavouables venait d'apparaître de l'autre côté de la galerie.

Aussitôt, elle plongea derrière la statue et ferma les paupières. Ses fantasmes brûlants avaient-ils fait apparaître Harland, tel un effrayant – et bien trop séduisant – génie ? Elle tenta de le renvoyer dans les limbes d'où il avait surgi, mais quand elle risqua un regard, prudemment cachée derrière la cuisse du gladiateur, il était toujours là, obstinément présent.

Par chance, il ne semblait pas les avoir remarquées. Il était plongé dans l'observation d'une longue frise de panneaux qui occupait tout un pan de mur. Elles pouvaient encore s'échapper.

Profitant de la distance qui les séparait, Emmy s'accorda un instant pour examiner l'admirable plastique de Harland, de la même façon qu'elle aurait étudié le plan des lieux d'un futur cambriolage, notant tous les détails utiles. Cet homme était bâti comme un demi-dieu. Son élégante tenue ne parvenait pas à dissimuler ses solides biceps ni ses larges épaules. Ses culottes en daim soulignaient ses jambes, si bien qu'elle pouvait voir le jeu de ses muscles qui roulaient sous sa peau. Quant au bas de sa veste, il cachait très probablement des fesses fermes et...

— Si nous allions nous présenter ? roucoula Camille.

Emmy lui serra le bras.

— Vous n'y songez pas ! Pourquoi prendre un risque pareil ? N'étions-nous pas d'accord pour *éviter* qu'il nous remarque ?

— D'un instant à l'autre, il peut se retourner et nous voir. Nous nous ferons plus remarquer en feignant de l'ignorer. Un peu d'audace ! Et figurez-vous que j'ai bien connu sa mère. Je suis sûre que c'est un homme charmant.

— C'est un *ennemi*, siffla Emmy comme si elle jouait la méchante belle-mère dans une mauvaise pièce de théâtre. Il travaille pour Bow Street. Il incarne la loi !

Camille chassa ses protestations d'un revers de main insouciant.

— Et ce n'est pas un « homme charmant », poursuivit Emmy. C'est un libertin et un joueur ; il a peut-être été anobli mais sa réputation est des plus douteuses. Saviez-vous qu'il avait ouvert un cercle de jeu dans Saint-James ?

— Où d'autre voudriez-vous qu'il ouvre un cercle de jeu ? Dans Limehouse ? Dans Blackheath ? répliqua sa grand-mère avec un pragmatisme exaspérant. Bien. Je présume qu'il est fortuné ?

Emmy fronça les sourcils.

— Eh bien, oui, à ce que l'on dit, mais cela ne change rien à...

— Alors qu'attendons-nous ? l'interrompit Camille. Beau, riche *et* charmant. Le tiercé gagnant !

Emmy tenta de la rattraper, en vain.

Alexander n'était pas très impressionné par les marbres de lord Elgin. On aurait dit une interminable procession de cavaliers sans tête en tenue de bain tentant de maîtriser des montures trop nerveuses. Si les Grecs voulaient récupérer de tels canassons – mais Alexander n'en voyait guère l'intérêt –, grand bien leur fasse !

Il s'apprêtait à reprendre le chemin du Tricorn quand il détecta le même parfum que devant chez Bridge & Rundell. Son cœur se mit à battre à tout rompre dans sa poitrine et, l'espace d'un instant, il fut envahi par une bouffée de joie. Le destin lui offrait une seconde chance !

Elle devait être tout près. Voilà des mois que personne n'était parvenu à s'approcher si près de lui à son insu. En général, il surveillait avec attention les environs afin de ne pas se laisser surprendre par quiconque dans son angle mort. Les statues de marbre devaient l'avoir dissimulée.

Il avait presque peur de se retourner. « On ne sort de l'ambiguïté qu'à son détriment », disait l'adage, et cela était sans doute aussi vrai d'une cavalière d'un soir que d'un homme d'État. Aucune femme bien réelle n'aurait pu rivaliser avec celle qu'il avait forgée en imagination durant quatre années de rêveries assidues... Elle serait nécessairement décevante. Mariée. Quelconque. Repoussante.

Pourtant, il fallait qu'il sache.

Carrant les épaules pour encaisser le choc, il pivota lentement sur ses talons... et vit une masse de boucles châtains relevées en un élégant chignon. Il baissa les yeux. La propriétaire de cette superbe chevelure mesurait deux têtes de moins que lui. Son regard plongea dans deux immenses iris gris enchâssés dans un visage d'elfe, pâle et menu.

Celui-là même qu'il avait aperçu la veille chez lady Turnbull.

Passé un premier instant de confusion, une vague d'amertume et de déception l'envahit. Puis une bouffée de rage indignée le submergea, anéantissant le peu d'optimisme qu'il nourrissait encore dans le secret de son âme.

Il avait toujours soupçonné la destinée de n'être qu'une garce manipulatrice. *Bien entendu*, sa mystérieuse inconnue était le suspect numéro un dans une série de crimes notoires. *Bien entendu*, elle possédait cette beauté subtile et pleine de grâce qui l'avait toujours attiré.

Ravalant un rire sans joie, il fronça les sourcils. Quelle déception ! Combien d'énergie avait-il gaspillée à rêver de sa belle inconnue ? Il aurait dû savoir qu'elle était trop parfaite pour être vraie.

D'aussi près, il pouvait distinguer certains détails qui lui avaient échappé la veille. Ses yeux gris étaient pailletés d'argent. Son nez petit et légèrement retroussé – le mot « impertinent » lui vint à l'esprit – était parsemé de taches de rousseur. Sous l'œil gauche, elle avait un petit grain de beauté.

Alexander poursuivit son examen et ravala un gémissement. Ses lèvres étaient exactement comme dans son souvenir. Roses, appétissantes, parfaites. C'étaient bien elles qui avaient ri de lui sous un masque vénitien. Elles qui s'étaient pressées contre les siennes avec une innocente ardeur. Elles qui l'avaient laissé éperdu de désir.

— Lord Melton ?

Il sursauta. Sur sa droite, une voix féminine feutrée s'était élevée, l'arrachant à sa douloureuse admiration.

— Ravie de vous rencontrer. Je suis Camille Danvers, comtesse de Rougemont, et j'ai très bien connu votre maman autrefois. C'était une femme charmante ! Je l'ai souvent regrettée.

Retrouvant ses bonnes manières, il prit la main de la vieille dame pour la porter à ses lèvres.

— Mes hommages, madame. Je vous remercie mais pour ma part, je me souviens à peine d'elle. Je n'avais que six ans quand elle est décédée.

La comtesse l'observa avec attention.

— C'était une très belle femme, et vous avez assurément hérité d'elle.

Puis elle désigna la jeune femme à ses côtés.

— Permettez-moi de vous présenter ma petite-fille, Emmeline.

Alexander se pencha galamment sur la main que celle-ci lui tendait, si menue dans la sienne. Ils étaient tous deux gantés, mais cela n'atténua pas le choc. À son contact, un frisson – de colère, assurément – le traversa tout entier.

Sur une impulsion, il fit tourner la main de la jeune femme pour presser ses lèvres sur le petit carré de peau nue exposé entre son gant et sa manche.

Son parfum lui coupa presque le souffle, et une satisfaction perverse l'envahit lorsqu'elle émit un hoquet de surprise.

— C'est un plaisir de faire votre connaissance, mademoiselle Danvers.

Enfin !

8

Le cœur d'Emmy allait lâcher, elle en était sûre. Elle retira prestement sa main tandis que Harland se redressait. L'intérieur de son poignet la brûlait.

L'attitude de lord Melton était incompréhensible. Quand il s'était retourné, un sourire de bienvenue éclairait son visage. Puis il avait posé sur elle un regard choqué, et une expression hostile, presque cynique, avait tiré ses traits. Et après ce baisemain des plus audacieux, voilà qu'il dardait sur elle un regard noir, comme si elle avait commis un impardonnable péché. Ce qui était le cas, mais il ne pouvait pas le savoir.

Un frisson glacé la parcourut, suivi d'une vague de chaleur. Elle avait l'estomac noué par la panique. Elle avait oublié à quel point sa présence la troublait quand il se tenait aussi près. Ses yeux étaient extraordinaires, du même azur cristallin que le diamant qu'elle s'apprêtait à dérober. À présent qu'il l'observait en face, de la même façon qu'il l'avait dévisagée la veille au soir, leur impact était déstabilisant. Scrutait-il tout le monde avec cette même attention ? Ou bien éveillait-elle en lui un intérêt particulier ? Elle pria pour que ce ne soit pas le cas.

Et, Seigneur, qu'il était grand ! Emmy lui arrivait tout juste à l'épaule, de sorte qu'elle devait lever le visage pour soutenir son regard. Un étrange cocktail de peur et d'excitation la parcourut. Il n'aurait eu aucun mal à refermer ses grandes mains viriles sur sa taille pour la soulever. Ses lèvres auraient alors été à la hauteur des siennes et…

Non. Cet homme était beaucoup trop grand pour son goût. Il était immense et effrayant. Il aurait forcément le dessus dans n'importe quelle situation. Il était l'ennemi.

— Je me suis laissé dire que vous prêtiez votre concours à Bow Street, lord Melton, roucoula Camille. J'espère que vous n'êtes pas ici pour enquêter sur un crime ?

Emmy se composa une expression d'amusement innocent et, retrouvant sa voix, demanda :

— Vous ne sauriez pas par où commencer, dans un tel endroit !

Il haussa un sourcil surpris.

— Que voulez-vous dire, mademoiselle Danvers ?

— Simplement que je soupçonne que quatre-vingt-dix pour cent des objets qui nous entourent, depuis la pierre de Rosette…

Elle désigna la salle des antiquités égyptiennes derrière eux et poursuivit :

— … jusqu'à ces marbres que lord Elgin a prétendument sauvés du Parthénon, ont été volés à d'autres pays.

— On pourrait arguer qu'ils ont été mis en sécurité ici. Préservés pour les générations à venir.

Elle lui décocha un grand sourire.

— Hum… Voler avec de nobles intentions, est-ce moralement défendable ? Voler pour reprendre un objet volé, est-ce un crime ou une action juste ? Voilà de passionnantes questions philosophiques, ne trouvez-vous pas ?

Ses yeux semblèrent lancer des éclairs.

— Le principe qui prévaut en matière de droit, mademoiselle Danvers, c'est qu'un vol reste un vol, quel que soit le statut de l'objet dérobé. Deux crimes additionnés ne font pas une action juste.

— En effet. Néanmoins, s'il est très plaisant de pouvoir admirer ces objets ici à Londres, ils seraient plus à leur place dans l'environnement dont ils sont originaires. Ne pensez-vous pas qu'il serait plus moral de les restituer à leur pays ?

— Ma foi, vous avez peut-être raison.

Après l'avoir gratifiée d'un hochement de tête diplomate, il se tourna vers Camille.

— Et pour répondre à votre question, madame, non, je ne suis pas ici pour enquêter sur un crime. M. Franks a mis en place tout le dispositif nécessaire pour assurer la sécurité des lieux. Toutefois, il arrive que Bow Street fasse appel à mes services. En tant que copropriétaire du Tricorn Club, j'ai des relations utiles. Peut-être avez-vous entendu parler de l'incident chez Bridge & Rundell ? Il se trouve que je m'y intéresse.

Camille agita son éventail d'un geste gracieux.

— Oh oui ! Le *Times* ne suggère-t-il pas que c'était un coup du fameux Engoulevent ?

Elle porta une main à sa gorge, comme si son collier de perles risquait de lui être arraché d'un instant à l'autre.

— C'est terrible, reprit-elle. On ne peut plus dormir tranquille. Croyez-vous pouvoir l'attraper, lord Melton ? Tous vos prédécesseurs n'ont-ils pas échoué ?

Un sourire carnassier étira les lèvres de Harland.

— Je ne le crois pas, madame, je le *sais*. Je le pourchasserai jusqu'à l'autre bout de la Terre s'il le faut. Il ne m'échappera pas. Justice sera rendue.

Il décocha de nouveau un regard appuyé à Emmy. Un désagréable frisson parcourut la jeune femme. Cet homme était un chasseur ; derrière ses apparences paisibles, il dissimulait une détermination d'acier. S'il se fixait un but, il le poursuivait sans relâche.

Elle détourna les yeux, comme saisie d'une soudaine admiration pour les deux statues qui flanquaient la double porte d'entrée de la galerie.

— Vous aimez la sculpture italienne, mademoiselle Danvers ? s'enquit-il en pivotant sur ses talons pour se placer à ses côtés.

Il se pencha pour lire la plaque explicative. Quand il tendit une main vers les statues, sa manche remonta légèrement, révélant sa peau.

Emmy observa, fascinée, son poignet nu. Qu'il était viril ! Elle en avait presque le vertige. Seigneur, si elle réagissait avec une telle intensité devant ce petit carré de peau, que serait-ce si elle le voyait nu !

— Ce sont des œuvres de Michel-Ange. Des esclaves à l'agonie, apparemment.

Elle s'obligea à reporter son attention sur les sculptures. Le marbre blanc avait été laissé brut par endroits, de sorte que les personnages semblaient littéralement jaillir de la roche, comme s'ils prenaient vie sous ses yeux. Le premier avait le visage rejeté en arrière et les paupières closes, son bras levé au-dessus de la tête faisait saillir les muscles de son torse. Emmy déglutit péniblement. Il semblait moins torturé qu'épuisé par des excès amoureux. Elle baissa les yeux… et ravala un hoquet de stupeur en apercevant la représentation on ne peut plus réaliste de son anatomie intime, qu'il exhibait de la façon la plus impudique. Les joues en feu, elle entendit le ricanement amusé de son compagnon.

— Apparemment, la Rome du XVIe siècle a souffert d'une pénurie de feuilles de vigne, fit-il remarquer d'un ton pince-sans-rire. Pas étonnant que les enfants de moins de dix ans ne soient pas admis au musée. Ce lieu est un antre de perdition. M. Franks devrait placer un avertissement pour les dames aux nerfs fragiles.

— En effet, renchérit Camille avec légèreté. Il serait regrettable que les débutantes impressionnables s'évanouissent dans les salles du musée. Venez, Emmy. Allons admirer autre chose. Que diriez-vous des fossiles ? Ou des cristaux ?

Harland les salua poliment.

— Dans ce cas, mesdames, je vais vous laisser poursuivre votre visite. Je vous souhaite une bonne journée.

Emmy esquissa une petite révérence. Tandis qu'il s'éloignait, ses talons claquant sur le sol, elle s'aperçut qu'elle avait les genoux tremblants. Elle prit une profonde inspiration pour se calmer et souffla très lentement.

Camille et elle gravirent l'escalier qui menait à la galerie des minéraux. Elle connaissait le chemin : elle l'avait appris par cœur. Le diamant, ainsi que d'autres pierres précieuses ou semi-précieuses, était exposé dans une solide vitrine en chêne si massive que deux solides gaillards n'auraient pas pu la soulever, même si elle n'avait pas été boulonnée au sol.

Emmy se pencha jusqu'à ce que son nez touche presque le haut de la vitrine. Son souffle embua la vitre quand elle demanda :

— Que faisait Harland ici ? Ce n'est pas une coïncidence. S'il a établi un lien entre le diamant de chez Bridge & Rundell et celui-ci...

Elle posa son doigt ganté au-dessus de la pierre en question.

— … nous avons un sérieux problème, poursuivit-elle. S'il a compris quels joyaux l'Engoulevent essaie de rassembler, il risque fort de poster des hommes en embuscade ici.

Camille se pencha pour observer une géode aux cristaux scintillants.

— Je présume que Bow Street ne fait rien de plus qu'avertir quiconque possède des pierres de grande valeur de rester sur ses gardes.

— Cela ne me plaît pas, insista Emmy. Nous devrions laisser passer quelque temps, en attendant que leur vigilance se relâche.

— Vous savez que c'est impossible. La visite de M. Danton n'est pas bon signe. Il aurait très bien pu continuer à nous menacer par courrier, ou s'arranger pour récupérer les pierres sans jamais nous montrer son visage. Nous ne devons pas prendre ses menaces à la légère. Il peut se révéler extrêmement dangereux, j'en suis sûre.

Emmy poussa un soupir de dépit. Camille avait raison.

— Et tout est prêt pour ce soir, poursuivit celle-ci avec des inflexions qui se voulaient rassurantes. M. Franks a accepté de retrouver Sally au Lion blanc à 17 heures. Vous connaissez le plan des lieux comme votre poche. La livraison est programmée.

Tapotant son réticule, elle ajouta :

— Et j'ai une délicieuse friandise à offrir à Brutus quand nous traverserons le jardin. Il est tellement adorable !

— Il est aussi lourd que moi, maugréa Emmy. Et il *bave*.

Camille poussa un soupir de regret.

— Oh, ma chérie ! Si j'avais vingt ans de moins, je vous accompagnerais.

— Vous seriez sûrement meilleure que moi.

Sa grand-mère avait des nerfs d'acier. Rien ne la décontenançait, et elle pouvait faire détaler quelqu'un d'un simple regard.

Emmy, quant à elle, était souvent partagée entre l'enthousiasme et la terreur, entre la rancœur à l'idée qu'on lui avait imposé une telle carrière, et le sentiment qu'en volant, elle faisait quelque chose qui était moralement juste. Pour dire la vérité, elle éprouvait un certain plaisir à flirter avec le danger – du moins quand tout était terminé. Sans doute était-ce la satisfaction du travail bien fait. Ou l'euphorie de s'en être sortie sans dommages.

Peut-être ressemblait-elle plus à son père qu'elle ne le croyait.

Camille baissa les yeux vers le diamant gris-bleu, et son regard s'adoucit.

— Je me souviens de cette pierre avant qu'elle ait été retaillée. Elle était deux fois plus grosse. Le Roi-Soleil la portait en épingle de chapeau, puis Louis XVI l'a fait monter sur une écharpe pour l'ordre de la Toison d'or. Il la portait lors des cérémonies officielles. Marie-Antoinette lui disait en plaisantant qu'il éclipsait les étoiles dans le ciel.

Elle poussa un soupir.

— C'étaient les jours heureux.

Emmy se redressa et lui pressa le bras.

— Venez. J'en ai assez vu ici. J'ai besoin de manger un peu avant de me glisser dans ce grotesque cercueil.

9

L'aspect le plus déplaisant du plan du British Museum, c'était le sarcophage. Quand elle s'étendit dans l'étroit caisson de bois, Emmy s'interdit de songer à son précédent occupant. Elle lança un regard noir à Luc.

— Comment te sens-tu ? demanda-t-il.

— Affreusement mal à l'aise.

Son frère sourit.

— Tu sais que ce n'était pas conçu pour des personnes vivantes.

— Merci de me le rappeler.

— Tu n'auras pas besoin d'y rester bien longtemps. Note que c'est une amélioration par rapport au tonneau de bière : au moins, tu es allongée. Et on te transportera avec beaucoup plus de respect.

— Le tonneau n'avait contenu aucun macchabée, marmonna-t-elle. Et il sentait moins mauvais.

— Je t'ai percé des trous pour respirer. Essayons.

Dans un soupir résigné, la jeune femme croisa les mains sur sa poitrine. Avec l'aide de Sally, Luc repoussa le lourd couvercle qui coulissa dans un grincement sinistre, obscurcissant la vue d'Emmy. Plongée dans l'obscurité, elle s'obligea à respirer calmement. L'odeur de renfermé lui donnait l'impression d'être emmurée vivante dans un tronc d'arbre creux. Elle se félicita d'avoir mis un peu plus de parfum que d'ordinaire pour couvrir ce désagréable fumet.

Quand sa vision se fut accoutumée à l'obscurité, Emmy distingua une myriade de minuscules trous dans le couvercle. Elle était entourée d'innombrables points lumineux, comme sous un ciel étoilé. Toutefois, quand elle essaya de bouger pour évaluer l'espace dont elle disposait, elle se cogna douloureusement le coude contre un côté.

À travers l'épaisseur de bois, la voix de Luc lui parvint, assourdie.

— Tu vois ? C'est une bonne chose que tu sois aussi menue, Emmy. Jamais je n'aurais pu entrer là-dedans. Maintenant, ouvre le couvercle. Il est impératif que tu puisses sortir toute seule.

Tout en jurant sous l'effort, elle agrippa vigoureusement l'intérieur du couvercle. Après plusieurs tentatives, elle parvint à le déplacer suffisamment pour que ses doigts trouvent une prise sur le côté, puis elle le fit coulisser et s'assit. Sally l'applaudit avec enthousiasme tandis que Luc hochait la tête d'un air approbateur.

— Parfait, dit-il.

Camille entra alors dans la cuisine et sourit en voyant Emmy assise dans le sarcophage, qu'on avait déposé sur la table. Ce n'était pas, hélas, la situation la plus étrange dans laquelle Emmy se soit trouvée pour faire plaisir aux siens, preuve s'il en fallait que les Danvers n'étaient pas une famille ordinaire.

— C'est l'heure, annonça sa grand-mère. La voiture est attelée. Sally, vous êtes éblouissante.

Celle-ci la salua d'une révérence ironique. Elle s'était faite encore plus séduisante que d'habitude pour retrouver Henry Franks, le conservateur, dans une taverne proche du musée. Une mèche provocante retombait de son chignon pour s'enrouler sur son épaule ronde, et sa robe de batiste bleu pâle révélait un décolleté laiteux spectaculaire. On n'aurait pu trouver meilleure distraction.

Luc fronça les sourcils.

— Franks n'a pas intérêt à se montrer trop entreprenant, gronda-t-il.

Sally lui décocha un sourire plein d'assurance.

— Ne vous en faites pas, je saurai le remettre à sa place si nécessaire.

Elle posa une main sur la joue de Luc avant d'y déposer un baiser.

— Vous n'avez aucune raison de vous inquiéter pour moi, mon ami.

L'espace d'un instant, ils se regardèrent dans les yeux. Emmy retint son souffle. Allaient-ils enfin céder à leur attirance mutuelle et tomber dans les bras l'un de l'autre ? Non. Sally s'écarta, soudain nerveuse, et la magie de l'instant s'envola.

Luc se tourna de nouveau vers Emmy, l'air affairé.

— Hum, bien, allons-y. Tu devrais arriver juste avant l'heure de la fermeture. Franks n'aura pas le temps de faire attention au sarcophage comme il le devrait. Il ne voudra pas arriver en retard, de peur de faire attendre Sally.

Devant son air soucieux, Emmy dut se mordre les lèvres pour réprimer un sourire. Manifestement, l'idée d'envoyer Sally flirter avec un autre homme, surtout dans une tenue aussi séduisante, le mettait au supplice.

La jeune femme avait également exercé sur lui ses talents de costumière. Il ne ressemblait plus du tout au séduisant jeune homme de vingt-neuf ans qu'il était, mais à un homme nettement plus âgé, aux cheveux argentés, à la moustache broussailleuse et aux favoris grisonnants. Un chapeau à large bord dissimulait le haut de son visage, et un grand manteau gris informe cachait sa silhouette athlétique.

— On te laissera soit dans la réserve, soit dans le cagibi, lui rappela Luc. C'est l'endroit le plus proche de la porte de service. Dès que tu seras sûre que Franks a fermé à clé, ouvre le couvercle et mets-toi au travail. Les clés de la vitrine sont suspendues à un crochet dans son bureau.

Camille glissa à ses pieds un petit paquet emballé dans du papier kraft.

— Et n'oubliez pas Brutus, recommanda-t-elle en se penchant pour serrer Emmy dans ses bras. Que votre bonne étoile veille sur vous, ma petite. J'ai une confiance absolue dans vos talents, naturellement, mais un peu de chance ne fait de mal à personne. Et maintenant, filez !

Une carriole de livraison ouverte attendait devant la porte. Un gamin des rues en haillons tenait le cheval par la bride. Aidée de Sally, Emmy plaça le sarcophage dans la grande caisse de bois préparée à cet effet, puis elle se glissa de nouveau dans l'étroit caisson, en laissant le couvercle entrouvert pour pouvoir respirer librement. Après avoir rempli de paille le reste de la grande caisse, Sally jeta une couverture par-dessus pour plus de discrétion. Les ressorts jouèrent quand Luc monta sur le siège du cocher et prit les rênes.

— C'est parti ! s'exclama-t-il.

Emmy tenta de se retenir pour ne pas se cogner pendant que la carriole roulait sur le pavé avec force secousses. Le trajet depuis Waverton Street jusqu'à Bloomsbury ne durait qu'une dizaine de minutes, mais la jeune femme sentit douloureusement chaque creux et chaque bosse de la chaussée. Nul doute qu'elle serait couverte de bleus le lendemain.

Sous la couverture régnait une chaleur étouffante, sans parler de l'obscurité. La rumeur de la ville ne lui parvenait plus qu'assourdie, presque comme dans un rêve. Bientôt, son esprit se mit à dériver. Quelle vie menait-elle donc ? À cette heure, d'autres femmes se préparaient pour une promenade dans Hyde Park ou une soirée au bal. Elles s'amusaient, flirtaient, cherchaient l'amour. Et elle ? Comment rencontrerait-elle l'âme sœur si elle passait son temps à fureter dans des bâtiments déserts ? Les seuls célibataires qu'elle risquait de croiser dans un proche avenir, c'étaient des officiers de police ou des détenus.

Voire des détectives de Bow Street.

Elle chassa aussitôt cette dernière hypothèse.

Une bouffée d'impuissance monta en elle. Elle n'était pas seulement enfermée dans ce stupide caisson, elle était enfermée dans cette stupide existence, à cause de l'héritage de son père et des caprices et de l'avidité de Danton. La seule façon d'y échapper, c'était de mener à son terme cet éprouvant défi. Ce sarcophage était une métaphore parfaite de sa vie actuelle. Les peintures sur sa surface ne représentaient pas la personne qu'il abritait, de même que l'image qu'elle donnait d'elle-même en société ne reflétait pas la femme qu'elle était en réalité.

Était-ce trop demander de mener une vie normale et à peu près paisible ? D'avoir un foyer, un mari et, si le Ciel le voulait, des enfants ? Sans doute. Un mariage était fondé sur la confiance, et elle préférait finir vieille fille plutôt que s'engager dans une vie de mensonge. Comment pourrait-elle épouser un homme qui ne saurait d'elle que le peu qu'elle lui en dirait ? Et quel homme voudrait d'elle s'il savait la vérité ? Inutile de rêver ! Jamais elle ne rencontrerait un compagnon qui continuerait à l'aimer s'il apprenait tous les crimes qu'elle avait commis.

Au carrefour précédant Russell Street, Luc arrêta la carriole, se tourna sur son siège et écarta la couverture. Emmy battit des paupières, aveuglée par la lumière du jour.

— On ferme ! annonça-t-il joyeusement.

Il fit coulisser le dessus du sarcophage jusqu'au bout, puis Emmy l'entendit rabattre le couvercle de la caisse par-dessus. Quand il arrêta la carriole devant l'entrée de service du musée et descendit pour aller chercher le conservateur, elle s'efforça de respirer calmement, tout en se représentant de grands espaces ouverts et des champs de blé ondulant sous le vent, à perte de vue. Dans cet espace confiné, les battements de son cœur étaient presque assourdissants.

La voix de Henry Franks ne tarda pas à s'élever.

— Je n'attends aucune livraison, marmonna-t-il, interloqué. D'où cette caisse provient-elle, m'avez-vous dit ?

Luc, qui imitait à la perfection l'accent des quartiers populaires de l'Est londonien, sortit un feuillet de sa poche. Emmy entendit le froissement du papier.

— Les docks de Blackwall, m'sieur. Un navire appelé *Le Zénobie*, qui arrive tout juste d'Alexandrie. Le cap'taine m'a ordonné de livrer c'te caisse à un certain M. Franks, au British Museum.

— C'est bien la première fois que j'entends parler d'un don de lord... Quel est son nom, au fait ?

— Lord Burlington, m'sieur. C'est c'qu'est écrit sur c'papier. Un collègue d'un certain Belzoni en Égypte. Paraît qu'il a trouvé toutes sortes de vieux trucs moisis.

— Très étrange. Savez-vous de quoi il s'agit ?

Luc émit un reniflement ironique.

— C'est un sacro... un sorca... un cercueil égyptien, m'sieur.

Emmy sut à cet instant que la curiosité venait de gagner Franks. L'allusion de Luc au fameux archéologue Giovanni Belzoni était un coup de génie. Le conservateur serait forcément intrigué.

Elle ne put s'empêcher de s'étonner d'une telle naïveté. N'avait-il jamais entendu parler du cheval de Troie ? La littérature classique regorgeait de mémorables récits dont la morale était toujours : « Méfiez-vous des inconnus qui vous apportent de somptueux présents. »

Lord Burlington était une pure invention de Luc. Le titre était tombé en déshérence une dizaine d'années auparavant, comme l'avait confirmé la veille au soir une rapide consultation du *Debrett's*, mais la mention d'un membre de la noblesse ne manquait jamais d'impressionner les gens. Emmy fit la grimace. Harland, qui était désormais le comte de Melton, en était un excellent exemple. Cependant, ce titre ronflant n'avait rien changé à son caractère. Il était toujours un exaspérant libertin au physique avantageux.

Henry Franks, pour sa part, semblait d'avis qu'à cheval donné, on ne regarde pas la bride.

— Un sarcophage ? s'exclama-t-il avec des inflexions gourmandes. C'est incroyable ! Très bien, très bien, apportez-le donc à l'intérieur, mon brave.

— Désolé, m'sieur, répliqua Luc avec un accent de regret des plus convaincants, mais mon dos n'est plus c'qu'il était. J'peux rien soulever de plus lourd qu'un bock de bière. C'est pour ça qu'j'ai la carriole, voyez ?

Franks poussa un soupir.

— D'accord. Toi, là !

Apparemment, il venait de héler l'un des innombrables gamins qui erraient dans les rues.

— Aide-moi à porter cette caisse, ordonna-t-il.

Emmy crispa tout son corps pour ne pas se cogner pendant qu'on retirait la caisse de la carriole et pria pour que l'assistant improvisé de Franks ne la laisse pas choir. Non seulement ce serait extrêmement douloureux, mais si elle tombait du sarcophage, tout était perdu. Elle fut ballottée d'un côté et de l'autre, se retrouva la tête en bas quand on gravit des marches, puis recouvra la position horizontale lorsqu'on déposa sans ménagement la caisse sur une table. Elle devait à présent se trouver à l'intérieur du musée.

L'obscurité se dissipa quand Luc, ou peut-être Franks, ôta le couvercle de la caisse. Une multitude de petits points lumineux se posèrent sur le visage d'Emmy.

— Bonté divine, mais c'est extraordinaire ! s'exclama le conservateur. On dirait que cette pièce date du Moyen Empire. Admirez-moi ces peintures !

Emmy retint son souffle. Quelque chose – une main ? – venait de frôler le couvercle du sarcophage. Par chance, Luc intervint à temps pour éviter le désastre.

— Faites excuse, m'sieur, mais j'dois filer. J'ai un rendez-vous avec une dame, si vous voyez c'que j'veux dire.

— Je vous en prie, mon brave, répondit l'autre d'un ton distrait.

Enfin, il s'éloigna du sarcophage, puis Emmy entendit un tintement de pièces.

— Tenez, pour votre peine, reprit-il. Au fait, quelle heure est-il ? C'est que moi aussi, j'ai un rendez-vous !

— Presque 17 heures, m'sieur. On dirait qu'il est temps d'y aller pour tous les deux, alors. Ça n'se fait pas d'être en retard à un rendez-vous galant.

— En effet, en effet, marmonna Franks dans un soupir résigné. Ma foi, je suppose que cela peut attendre jusqu'à demain.

— Et comment ! s'esclaffa Luc avec un rire complice. Une vieille momie, c'est quand même moins intéressant qu'un jupon de dentelle, pas vrai ? Ce pauv' bougre là-dedans sera encore mort demain, hein ?

Il ricana de sa bonne plaisanterie, puis fut pris d'une effroyable quinte de toux. Emmy salua muettement sa prestation. On aurait vraiment dit un vieux cocher aux poumons fragiles.

Soulagée, elle entendit l'écho des pas des deux hommes qui s'éloignaient. Puis une porte se referma. Elle attendit encore quelques minutes pour s'assurer qu'elle était seule, fit coulisser le couvercle du sarcophage et prit une longue bouffée d'air frais.

Elle était dans la place.

10

Il suffit à Emmy d'un rapide regard autour d'elle pour comprendre qu'elle se trouvait dans le fameux cagibi, situé sous l'escalier côté nord-est. L'endroit ressemblait plutôt à un petit entrepôt. Un assortiment hétéroclite de pièces en cours de restauration était disposé sur des bancs et des étagères en bois. Une tête de zèbre empaillée aux yeux vitreux jeta un regard de reproche à Emmy quand elle s'étira pour soulager ses crampes. En retour, elle lui tira la langue. Au moins, elle n'était pas un trophée empaillé, elle !

Enfin, pas encore.

Elle sortit du sarcophage en se félicitant d'avoir passé sa tenue de cambrioleuse, composée d'une chemise masculine, de culottes de daim et de bas de soie. Qu'elle enviait les hommes ! Leurs vêtements étaient infiniment plus pratiques que les jupes et jupons qui s'enroulaient autour de vos jambes et entravaient vos pas.

C'était Camille qui avait dessiné cette tenue. En tant que voleuse, Emmy était peut-être contrainte à un certain pragmatisme, mais cela ne signifiait pas pour autant qu'elle devait renoncer à toute élégance. D'après Camille, le noir, certes toujours flatteur pour la silhouette, était « totalement exclu », même si c'était la couleur préférée des bandits de grand chemin. Le brun, il ne fallait même pas y songer – « Pas avec votre teint, ma chérie. »

Voilà pourquoi Emmy ne portait pour ses expéditions nocturnes que du bleu nuit, une nuance assez sombre pour se fondre dans l'ombre, idéale pour une brune aux yeux gris. Son père avait approuvé, Luc également, et Emmy avait ravalé une remarque sarcastique. Ceux qui la jetteraient en prison et l'enverraient à la potence se moqueraient bien de son élégance vestimentaire !

De tous les conseils de son père, Emmy n'en avait rejeté qu'un. Il lui avait recommandé de ne se laver qu'à l'eau chaude et d'éviter la poudre et le parfum avant une opération. Camille s'était empressée d'objecter qu'une femme sans parfum était une femme nue.

La jeune femme sourit, attendrie. Pour son seizième anniversaire, sa grand-mère l'avait emmenée chez *Floris*, son parfumeur préféré, et l'avait aidée à choisir un parfum créé pour elle sur mesure, un délicat accord de pivoine, de rose, de néroli et d'orchidée. Emmy avait eu l'impression d'être une vraie femme. Depuis, elle était restée fidèle à cette senteur, qui lui donnait le sentiment de porter une cape d'invisibilité, une rassurante armure féminine.

Il était temps de se mettre au travail, à présent.

Une porte donnait sur le bureau du conservateur. Un sourire de triomphe étira les lèvres de la jeune femme quand elle aperçut la rangée de clés parfaitement étiquetées accrochées au mur. Prestement, elle empocha celle intitulée « Vitrine 4A – Roches et Minéraux ».

Cambrioleur, c'était une étrange profession. Cela ressemblait sans doute à la vie d'un soldat, songea-t-elle. De longues périodes d'ennui jalonnées de brefs moments d'activité intense et effrayante.

Emmy attendit encore une dizaine de minutes pour s'assurer que Franks était bel et bien parti pour son rendez-vous avec Sally et défit le paquet que Camille lui avait remis. Puis elle entrouvrit la porte qui donnait sur l'aile principale du musée et siffla.

— Brutus ? Viens ici, mon toutou !

Aussitôt, un cliquetis de griffes sur le parquet poli se fit entendre. La jeune femme resta prudemment derrière la porte, dont elle se servit comme d'un bouclier. Jusqu'à présent, ses interactions avec le chien de garde s'étaient déroulées de part et d'autre de la rassurante barrière en fer forgé des jardins du musée.

Un grondement sourd lui donna la chair de poule quand l'immense animal apparut à l'angle d'un couloir. Il était effrayant. On aurait dit un chien de chasse, peut-être un doberman. Noir et brun, avec des oreilles en pointe et une rangée de dents menaçantes, il offrait une sinistre ressemblance avec le dieu à tête de chacal peint sur son sarcophage.

Emmy n'avait jamais beaucoup aimé les chiens plus gros que les teckels, qu'elle pouvait éviter en courant ou en montant sur une chaise. Brutus était grand comme un veau et tout en muscles. Même la porte ne pourrait pas l'arrêter.

Le molosse s'arrêta à quelques pas d'elle et lui jeta un regard méfiant.

— Coucou, mon toutou, le salua-t-elle avec des inflexions enjôleuses. Ce n'est que moi, ton amie Emmy. Celle qui t'apporte des friandises.

Elle sortit une immense tranche de viande du paquet et la lança au chien.

— Regarde ce que j'ai pour toi aujourd'hui.

Brutus se pencha pour humer son présent.

— Je parie que tu es affamé, pas vrai ? roucoula Emmy. Oui, bien sûr. Les garçons ont toujours faim.

Du moins, si elle en jugeait d'après l'appétit de Luc.

Enfin, Brutus la reconnut. Son comportement changea aussitôt, au grand soulagement de la jeune femme. Dans un jappement de bienvenue, il se jeta sur la viande, dont il ne fit que quelques bouchées, avant de s'approcher d'elle en agitant joyeusement la queue. Elle lui donna un second steak en prenant bien garde de ne pas trop approcher les doigts de sa redoutable mâchoire.

— Brave toutou ! le félicita-t-elle d'une voix tremblante de peur.

« Si seulement tous les hommes grands et effrayants étaient aussi faciles à dompter ! » songea-t-elle en s'engageant dans le couloir. Le chien sur ses talons, elle prit la direction de l'escalier principal. Peut-être l'animal espérait-il un troisième steak, ou s'était-il désigné comme son garde du corps le temps de sa visite.

Le diamant bleu était toujours dans sa vitrine. Emmy glissa une main dans sa poche pour en sortir une plume noire, la signature de l'Engoulevent.

La petite carte manuscrite qu'elle avait apportée était peut-être une erreur. La voix de son père résonnait encore à ses oreilles. *Prends le joyau, rien que le joyau, et va-t'en.* Cette carte était une entorse à la règle et risquait d'entraîner toutes sortes de complications, mais c'était plus fort qu'elle.

Elle ouvrit la vitrine, souleva le couvercle, rafla le diamant pour le glisser dans sa poche et le remplaça par la plume.

Puis elle passa à la vitrine suivante, observant les autres pierres à la recherche de celle qui provoquerait le mieux Alexander Harland.

L'obsidienne, cette belle roche volcanique ? Elle se pencha pour lire la description : « Roche ignée, du latin *ignis*, feu, formée de lave solidifiée. » Alexander Harland avait assurément le don de faire monter sa température dans des proportions affolantes, mais cela ne convenait pas. L'allusion était trop flatteuse.

Elle passa à la suivante. Le granite ? Une pierre particulièrement dure. Comme ses yeux, étincelants et perçants, presque accusateurs. Ou comme son cœur. Ou comme la puissante musculature de ses cuisses, de son torse ou de… Stop ! Non, Alexander Harland n'était pas en granite. Le granite était une pierre ordinaire, et il n'y avait rien d'ordinaire en lui.

Pourquoi pas l'ambre ? Les Grecs l'appelaient *elektron*, en raison de sa charge statique. Son père lui avait montré comment frotter un morceau d'ambre sur ses cheveux afin de le charger pour soulever comme par magie un morceau de papier de soie. Harland exerçait sur elle une attraction similaire. Elle percevait la même tension quand leurs regards se croisaient, la même petite décharge électrique chaque fois que leurs mains se frôlaient. À cette évocation, un frisson la parcourut.

Lorsqu'elle lut la description de la pierre suivante, elle retint un fou rire. Celle-ci était parfaite ! Elle prit la plaque explicative et la remplaça par sa carte. Qu'elle aurait aimé être une petite souris pour voir l'expression du coureur de Bow Street[1] quand il la lirait !

Luc lui en voudrait d'avoir pris un risque aussi insensé, mais à quoi bon vivre si on ne pouvait pas s'amuser un peu ?

---

1. Les premiers policiers professionnels londoniens étaient appelés les *Bow Street runners* (coureurs de Bow Street). *(N.d.T.)*

Brutus toujours dans son sillage, elle referma les vitrines, retourna au rez-de-chaussée, remit les clés dans le bureau du directeur et rajusta le couvercle du sarcophage.

Il était toujours plus simple de quitter un bâtiment que d'y entrer. Après avoir gratifié le molosse d'une dernière caresse, elle grimpa sur une statue de Psyché et Cupidon enlacés, ouvrit une fenêtre haute et se glissa par l'étroit espace, avant de se laisser retomber dans la ruelle sombre qui menait à Montague Place.

Luc avait garé la carriole en travers de la ruelle afin d'en bloquer l'accès. Il lui décocha un clin d'œil de sous son large couvre-chef lorsqu'elle monta à côté de lui sur le banc du cocher.

— Mission accomplie ? demanda-t-il d'un ton désinvolte tandis qu'elle se coiffait elle aussi d'un chapeau.

Elle s'adossa à son siège, soudain épuisée. Elle était toujours vidée de son énergie quand l'excitation de l'action retombait.

— Mission accomplie, répondit-elle. Rentrons à la maison.

11

Alexander fronça les sourcils, agacé. Il avait fallu une journée entière à Franks pour s'apercevoir de la disparition du diamant. Le conservateur avait été si absorbé par l'examen d'un sarcophage égyptien qu'il n'avait même pas remarqué l'absence du joyau lors de sa tournée matinale.

Contenant un juron d'impatience, il écouta les explications maladroites du malheureux.

— Il était environ 16 heures quand un visiteur m'a informé que le diamant n'était plus là et m'a demandé si on était en train de le nettoyer.

Franks se tordit les mains, en proie à une vive agitation.

— J'ai aussitôt envoyé quelqu'un vous prévenir, lord Melton.

Alexander hocha la tête.

— Très bien, mais qu'a donc fait votre chien de garde ? Vous m'aviez assuré que c'était un véritable cerbère.

Il jeta un regard à l'animal, qui trottait docilement derrière eux. Brutus gémit comme s'il avait perçu ses inflexions accusatrices puis, la queue entre les pattes, baissa le museau d'un air presque contrit.

Franks rougit de confusion.

— Ma foi, on dirait que le cambrioleur a découvert le talon d'Achille de Brutus. Ce diable d'homme l'a amadoué avec de la viande.

Sebastian, qui accompagnait Alexander, leva les yeux au plafond d'un air faussement surpris.

— Qui aurait pensé à cela !

— Toi aussi, Brutus ? demanda Alexander en se tournant vers le chien pour le gronder.

Aucun de ses compagnons ne rit de son allusion à Shakespeare.

— Et ce n'est pas tout, monsieur, dit le conservateur d'une petite voix.

Il émit une toux gênée alors qu'ils approchaient de la galerie des minéraux.

— Il semble que le cambrioleur vous ait également visé à titre personnel, ajouta-t-il.

— Que voulez-vous dire ?

Ils firent halte devant la vitrine. Le verre était intact et on ne distinguait aucune trace d'effraction, mais le diamant avait bel et bien disparu. Une plume noire se trouvait à sa place. Franks désigna une petite carte appuyée contre une pierre dans une vitrine voisine.

— Notre homme ne s'est pas contenté de prendre le diamant, il a aussi changé une étiquette.

Partagé entre l'agacement et l'incrédulité, Alexander se pencha pour lire la petite carte.

— Spécimen : *Meltonium Harlandii.* Provenance : Londres et ses environs. Caractéristique : inerte. Apparence : terne. Dureté : extrême. Utilisations pratiques : aucune. Valeur : faible.

— De quelle roche s'agit-il ? demanda-t-il avec une douceur trompeuse.

— C'est une météorite, monsieur. Selon toute probabilité, l'une des plus anciennes de la planète.

Derrière lui, Alexander entendit Sebastian tenter de contenir un fou rire, puis laisser libre cours à son hilarité.

— Excellent ! Alexander Harland : vieux, lourd, et pas de ce monde !

Alexander dut se rappeler avec fermeté que Sebastian était son meilleur ami et que cela ne se faisait pas de casser les dents de son meilleur ami. Il jeta un regard noir à la petite carte rédigée à la main. Ce n'était pas la même écriture que celle que l'on avait retrouvée sur le précédent message, celui où il était question du sucre renversé. Celle-ci était tout aussi propre et élégante, mais plus penchée. Légèrement plus… comment dire… féminine ?

Sebastian n'avait pas terminé.

— Alors voilà l'image que l'Engoulevent se fait de nous autres, les coureurs de Bow Street ? Des montagnes de muscles pas plus futées qu'un vulgaire caillou ? C'est insultant ! Surtout pour toi, Alexander.

Celui-ci serra les dents. Sa paupière se contracta nerveusement. S'il avait encore eu un doute sur l'identité de l'Engoulevent, ce petit message le dissipait. Le visage espiègle d'Emmeline Danvers apparut devant lui, avec ses lèvres étirées en un sourire provocant et ses adorables taches de son sur son petit nez frondeur. À cette image, une vague de chaleur monta en lui.

Franks ouvrit la vitrine, prit la plume et la tendit à Alexander. Quand celui-ci la porta à son nez, son estomac se noua. C'était bien elle. L'énigmatique beauté qui avait hanté son esprit. Emmeline Danvers. L'Engoulevent.

Une seule et même personne. Enfer !

Ceux qui pensaient les femmes incapables d'un tel sang-froid étaient des idiots. Les femmes étaient capables de tout faire. Il ignorait encore comment elle s'y était prise, même s'il était prêt à parier que le mystérieux sarcophage n'était pas étranger à l'affaire, mais il avait une certitude : elle était celle qu'il cherchait.

— Il y a une question qui m'a toujours intrigué..., commença Sebastian, sans s'adresser à personne en particulier. Pourquoi dit-on parfois d'une dame qu'elle est « un diamant de la plus belle eau » ? Est-ce un terme de gemmologie ?

Franks hocha la tête, visiblement ravi de cette distraction.

— Tout à fait, monsieur. Cette expression indique une qualité idéale. Les diamants sont évalués en fonction de leur transparence. Plus ils sont translucides, comme l'eau, plus ils ont de valeur. Cela signifie qu'ils correspondent aux critères les plus exigeants en matière de taille, de couleur, de clarté, et qu'ils n'ont aucun défaut interne.

— Nous avons tous des défauts internes, marmonna Alexander. Et des défauts externes également.

Il porta une main à la cicatrice à sa tempe, puis pivota sur ses talons et quitta la galerie à grands pas rageurs.

— Où allons-nous maintenant ? s'enquit Sebastian en le rattrapant.

— Chez les Danvers. Bonne journée, monsieur Franks.

Alexander dévala les marches, franchit les hautes portes du musée, donna ses ordres au cocher et sauta dans la voiture, suivi de Sebastian.

— Tu penses vraiment que c'est elle ?

— Sans le moindre doute. Je l'ai même croisée ici pas plus tard qu'hier, quand je suis venu prévenir Franks. Elle a un sacré culot.

Sebastian lui décocha un sourire en coin.

— Il y a quelque chose d'incroyablement attirant chez les femmes compétentes, ne trouves-tu pas ? C'est presque… excitant. Enfin, dans certaines circonstances.

Alexander darda sur lui un regard incrédule.

— Tu ne suggères tout de même pas que nous devrions admirer son impudence !

Si cette effrontée ne manquait pas de sang-froid, lui non plus. Au cours des années passées dans les fusiliers, il avait appris à garder la tête froide quand les balles sifflaient autour de sa tête. Chez un camarade, c'était une qualité éminemment appréciable. Chez un adversaire, c'était plus exaspérant que tout.

L'expression de Sebastian se fit plus sérieuse.

— On ne lui a peut-être pas laissé le choix, plaida-t-il. Peut-être a-t-elle des circonstances atténuantes…

— On a toujours le choix, marmonna Alexander. Elle connaît la différence entre le bien et le mal.

— Peut-être sa seule marge de manœuvre était-elle de choisir le moindre de deux maux.

— Cesse de te faire l'avocat du diable ! On dirait que tu es de son côté. Cette femme est une criminelle, nom de nom !

Sebastian haussa les épaules.

— Je m'étonne seulement de te voir aussi furieux. C'est bien la première fois qu'un suspect te fait un tel effet.

Il poussa un soupir rêveur.

— Il faut reconnaître que les autres n'avaient pas un si charmant décolleté.

— Ne t'occupes pas de son décolleté ! gronda Alexander.

Sebastian émit un petit rire désinvolte.

— Inutile de te mettre dans des états pareils ! On dirait que tu en fais une affaire personnelle.

— Tu connais le dicton : « Gardez vos amis près de vous, et vos ennemis plus près encore. Surtout si ce sont des femmes. »

— Voilà qui ferait une belle devise pour les Melton ! s'exclama Sebastian en riant. Nous devrions peut-être la faire graver au-dessus de la cheminée du Tricorn ?

Alexander tressaillit. Sebastian savait toujours tout sur tout le monde, c'était même sa spécialité. Sa propre devise était : « Savoir, c'est pouvoir. » Et même s'il plaisantait, il avait mis le doigt sur le point sensible de l'affaire : l'implication d'Emmeline Danvers dans ces vols était non seulement un affront personnel pour Alexander mais aussi la fin de ses rêves. Pendant des années, il avait chéri le souvenir d'une manipulatrice et nourri d'absurdes espoirs. La jeune femme innocente et pure qui l'avait irrésistiblement séduit n'avait jamais été qu'une chimère.

— Je l'aurai. Je finis toujours par attraper ma proie.

Sebastian étendit les bras sur le dossier de la banquette, un sourire amusé aux lèvres.

— Il se trouve que ta proie est une femme. Une femme extrêmement séduisante.

— Peu importe. Justice doit être rendue. N'oublions pas ce qui s'est passé la dernière fois que j'ai accordé le bénéfice du doute à une jolie fille.

Sebastian le regarda droit dans les yeux.

— Nous ne sommes plus en Espagne, Alexander, lui rappela-t-il avec une gravité soudaine. La situation n'est pas comparable.

Cela avait été l'un des moments les plus noirs de la vie d'Alexander, une épreuve qu'il ne pouvait oublier. Ils escortaient alors un groupe de prisonniers de guerre français à travers les Pyrénées et avaient fait halte dans un petit village. Comme d'habitude, des gens étaient arrivés pour leur offrir à boire et à manger. Une jeune femme espagnole portant un panier de fleurs s'était approchée des prisonniers épuisés assis sur le sol.

Elle était très belle. Ses cheveux dénoués encadraient son visage, révélant le doux éclat de ses yeux d'ambre, et son châle aux couleurs de feu dansait autour d'elle au rythme de sa démarche. Toutes les têtes s'étaient tournées sur son passage.

Le commandant d'Alexander venait de lui ordonner de s'éloigner du groupe quand elle avait sorti une grenade de son panier.

Tout le monde s'était figé. Alexander était de faction, son fusil armé à la main. Quelqu'un lui avait ordonné de tirer mais il avait hésité. Il ne pouvait pas faire feu sur une femme. Il n'imaginait pas un instant qu'elle mettrait sa menace à exécution.

Quelques secondes plus tard, la déflagration avait tué non seulement la femme et deux prisonniers français, mais en avait blessé une dizaine d'autres. Par la suite, on avait appris que son mari avait été abattu par les Français la semaine précédente.

Alexander ferma les yeux. L'histoire était encore douloureuse pour lui. Dans sa naïveté, il s'était laissé berner par une apparence séduisante, refusant de croire malgré l'évidence que le monde puisse être aussi brutal. Son instinct l'avait averti du danger imminent, mais il ne l'avait pas écouté. Il avait laissé ses émotions prendre le dessus, et sa faiblesse avait entraîné la mort d'innocents – même si c'étaient des ennemis.

Avec le recul, il prenait la mesure de la tragique ironie de cette histoire. À l'époque des faits, il y voyait encore parfaitement, mais il avait été aveuglé par un optimisme naïf. Aujourd'hui, il avait partiellement perdu la vue, mais plus jamais il ne se laisserait duper par un joli minois. Il avait retenu la leçon.

— Nous ne pouvons pas nous présenter là-bas et fouiller la maison, protesta Sebastian, interrompant ses sombres méditations. Nous devons obtenir un mandat de perquisition de Conant.

— Je sais.

— Alors pourquoi y aller ?

— Aucune idée, maugréa Alexander, irrité. Disons que je veux juste la voir chez elle, dans l'endroit où elle se sent le plus en sécurité. Elle sera plus détendue. Elle pourrait laisser échapper un indice déterminant.

Il n'aurait pu l'expliquer de façon rationnelle, mais il était convaincu que s'il pouvait la regarder dans les yeux, il *saurait*. Il lirait la vérité sur son visage. La culpabilité. La provocation. Peut-être une étincelle de défi dans son regard.

— Et il y a toutes sortes de façons de parvenir à nos fins sans mandat de perquisition, poursuivit-il. Quelquefois, il suffit de demander gentiment.

12

Harland avait choisi le pire moment pour une visite.

Emmy, Luc et Camille venaient de s'attabler pour le dîner, avec un peu d'avance sur l'horaire habituel, car ils avaient prévu de se rendre au théâtre de Haymarket, où devait se produire Molly, une amie de Sally.

Quand des coups impatients retentirent à la porte d'entrée, Emmy et Camille échangèrent un regard alarmé. La première pensée de la jeune femme fut que Danton venait réclamer le diamant de Bridge & Rundell et la pierre bleue qu'elle avait subtilisée au musée la veille au soir. Les deux joyaux se trouvaient sur la nappe blanche devant elle.

Plus vive que l'éclair, Emmy prit la bleue et la jeta dans la soupière, aussitôt imitée par Camille qui en fit autant avec le diamant blanc. Par chance, c'était une soupe épaisse et opaque, et non un consommé léger.

Au même instant, Sally apparut et annonça :

— Lord Melton et lord Mowbray demandent si vous pouvez les recevoir.

Emmy avait les joues en feu, mais Camille se contenta de se tamponner délicatement les lèvres avec sa serviette avant de s'exclamer à haute voix :

— À une heure pareille ? Voilà qui est étrange. Il doit s'agir d'une affaire urgente.

— Dois-je les faire attendre au salon, Madame ? demanda Sally.

— Certainement pas. Faites-les donc entrer ici. Quand on se présente à l'heure du dîner, il faut s'attendre à trouver les gens à table.

Une bouffée d'excitation presque nauséeuse envahit Emmy lorsque les deux coureurs de Bow Street apparurent sur le seuil de la salle à manger. Camille les accueillit en battant des cils, un grand sourire aux lèvres. Emmy dut réprimer un mouvement d'agacement. Parfois, sa grand-mère ne se comportait pas comme une dame de soixante-dix ans mais comme une gamine de seize printemps.

— Messieurs, voilà une charmante surprise.

— Bonsoir, madame la comtesse. Danvers. Mademoiselle Danvers.

Le simple fait d'entendre la voix de Harland faisait trembler Emmy comme une feuille. Elle s'efforça de concentrer son attention sur son assiette, en vain. Dès l'instant où elle leva la tête, le regard bleu acier de Harland la happa. Malgré sa nervosité, elle dut se mordre les lèvres pour retenir un sourire insolent. Il semblait fou de rage. Sans doute venait-il de découvrir la petite carte.

Camille se leva, aussitôt imitée par Emmy. Luc, en revanche, demeura assis.

— Que nous vaut l'honneur de cette visite, messieurs ? marmonna-t-il.

— Veuillez nous excuser d'interrompre votre repas.

Quand Harland posa un bref regard sur la table, Emmy contint le réflexe stupide de couvrir la soupière avec sa serviette.

— Je vous en prie, reprit Harland, rasseyez-vous.

Camille obtempéra. Emmy en fit autant, à contrecœur. Elle aurait préféré rester debout. Harland était déjà bien assez grand comme cela, inutile de creuser encore l'écart !

— J'aimerais m'entretenir brièvement avec Mlle Danvers, si c'est possible.

Luc haussa un sourcil surpris.

— J'ignorais que vous aviez été présentés.

— Nous nous sommes croisés hier au British Museum, expliqua Camille avec des inflexions joyeuses.

— Et de quoi voulez-vous lui parler ? demanda Luc de sa voix de grand frère protecteur.

Harland lança à Emmy un regard indéchiffrable.

— Il ne s'agit pas d'une visite de courtoisie. J'ai le regret de vous annoncer que, peu de temps après le passage de Mlle Danvers et de Mme la comtesse, le musée a été cambriolé par le fameux Engoulevent. Un joyau d'une valeur considérable a été dérobé.

Camille émit un hoquet de stupeur remarquablement convaincant.

— Bonté divine ! C'est terrible, mais en quoi cela nous concerne-t-il ?

— J'ai des raisons de croire que le voleur pourrait s'être trouvé dans le musée en même temps que vous pour préparer son coup.

Emmy se mordit les lèvres. Ainsi, il avait compris. Il savait que c'était elle. Et il jouait avec elle comme un chat avec une souris.

— J'espérais que vous pourriez nous donner une description des visiteurs que vous avez croisés.

Camille hocha la tête.

— Bien entendu. Nous serions ravies de vous aider. Ma mémoire n'est plus ce qu'elle était, mais je suis sûre qu'Emmeline pourra vous fournir la liste des gens dont elle se souvient.

Emmy se retint de fusiller sa grand-mère du regard. Elle n'avait aucune envie de donner un exemplaire de son écriture à Harland. Elle l'avait modifiée de son mieux en rédigeant la petite carte ironique, mais pourquoi lui faire cadeau d'une preuve potentielle ?

— Nous vous la ferons parvenir dès demain à Bow Street, poursuivit Camille. Y a-t-il autre chose pour votre service, messieurs ?

— Une toute petite, oui, répondit Harland d'un ton suave. Pourrais-je jeter un coup d'œil dans la chambre de Mlle Danvers ?

Luc lui décocha un regard glacial.

— Je crains que le lien avec votre enquête ne m'échappe, lord Melton.

Le sourire de Harland était angélique… et en même temps parfaitement diabolique, songea Emmy. Il retira deux plumes noires de sa poche.

— L'Engoulevent a laissé ceci derrière lui après ses derniers vols.

Quand il approcha les plumes de son nez pour les humer, un frisson d'alarme parcourut Emmy.

— Ces plumes portent une odeur très particulière. On dirait un parfum pour dame. Quand j'ai croisé Mlle Danvers hier, j'ai remarqué que le sien y ressemblait beaucoup. Une pure coïncidence, sans nul doute.

Emmy fronça les sourcils. *Une pure coïncidence ?* À d'autres ! Il savait. Toutefois, il avait la décence de ne pas l'accuser d'être l'Engoulevent sans plus de preuves… pour l'instant.

— Vous possédez un excellent flair, lord Melton, déclara Luc d'un ton acide.

Un sourire de triomphe se peignit sur les lèvres de Harland.

— Je crois pouvoir me vanter d'avoir une certaine expérience en matière de parfums féminins.

Emmy ne voulait rien savoir de son *expérience* en la matière, au nom du Ciel !

— Si Mlle Danvers avait la bonté de me montrer celui qu'elle utilise, je saurais lequel chercher. Après tout, je n'écarte pas l'hypothèse que l'Engoulevent soit une femme.

— Ou un homme qui vole ses plumes à un éventail ou à une coiffe féminine ? suggéra Camille. De quoi s'agit-il, d'ailleurs ? De plumes d'autruche ?

Harland se caressa pensivement la joue avec les plumes. Emmy ne pouvait détacher les yeux de ce spectacle hypnotisant, à la fois sensuel et effrayant.

— Je crois que les plumes d'autruche sont plus grandes. Ce sont des plumes d'oie teintes en noir. Malheureusement, elles sont trop communes pour qu'on puisse identifier leur provenance. On en trouve aussi bien dans les oreillers que sur des chapeaux. En revanche, le parfum de celles-ci est très particulier ; si je parviens à l'identifier, ce sera peut-être la clé qui me mènera au coupable.

Enfer et damnation ! Elle aurait dû écouter son père. Jamais elle n'aurait imaginé qu'une plume puisse retenir un parfum avec une telle efficacité ! Ni que ce diable de Melton possédât un nez si délicat...

Enfin, elle retrouva sa voix.

— Très bien. Je vais demander à Sally d'aller chercher mon flacon de parfum dans ma chambre.

Camille lui lança un regard amusé.

— Sally est à la cuisine et elle est débordée de travail. Si vous y alliez vous-même, ma petite Emmy ?

Emmy et Luc échangèrent un regard incrédule. Camille n'était tout de même pas en train de jouer les marieuses alors que la situation était aussi grave ? Hélas, le grand sourire et les yeux étincelants de sa grand-mère étaient éloquents. Elle était bel et bien en train de jouer les marieuses.

— Eh bien, nous ne pouvons tout de même pas laisser lord Melton y aller seul, n'est-ce pas ? poursuivit Camille, tout innocence. Il ne serait pas convenable qu'un gentleman fouille dans vos petites affaires.

Emmy fronça les sourcils, choquée par ce sous-entendu osé. Wolff, le compagnon de Harland, souriait jusqu'aux oreilles. Soudain, une vision s'imposa à l'esprit de la jeune femme. Harland furetant dans ses sous-vêtements de dentelle. La seule idée que ses grandes mains viriles touchent la soie délicate de sa lingerie éveillait en elle une coupable moiteur. Elle se leva pourtant avec détermination.

— Puisqu'il le faut, marmonna-t-elle.

Harland ne la quitta pas des yeux tandis qu'elle contournait la table, puis son compagnon et lui s'effacèrent pour la laisser quitter la salle à manger.

En prévision de cette soirée au théâtre, elle avait revêtu une robe de soie moirée bleu roi ornée de dentelle noire à l'ourlet et aux manches, qui faisait entendre un doux froissement quand elle marchait.

Emmy eut presque l'impression de percevoir la brûlure du regard de Harland dans son dos pendant qu'elle gravissait les marches. L'espace d'un instant, gagnée par la panique, elle envisagea de lui montrer le flacon de parfum de Camille, mais elle renonça. Il avait su distinguer son parfum parmi des centaines d'autres. En soi, cela était très déstabilisant. Comment était-ce seulement possible ? C'était comme trouver une aiguille dans une botte de foin ! Cet homme possédait un flair exceptionnel. L'avait-il développé pour compenser sa perte de vision ?

Emmy parcourut sa chambre d'un regard neuf, comme si elle la voyait à travers les yeux de Harland. N'allait-il pas la trouver… étrange ? Décadente ? Pour sa part, elle adorait le papier vert Nil peint à la main qu'elle avait choisi. Les branchages en fleurs et les oiseaux de paradis apportaient une note luxuriante et exotique. Emmy avait l'impression de s'endormir dans une jungle et non au cœur de Mayfair. Des éclats d'authentique feuille d'argent parsemés sur les motifs reflétaient la lumière des bougies et donnaient à la pièce une atmosphère irréelle.

Elle avait souvent imaginé que Harland venait dans sa chambre. Le vrai Harland allait-il s'asseoir sur son lit ? Toucher ses draps ? Laisser l'odeur de son eau de Cologne flotter dans la pièce ?

Son flacon de parfum, presque vide, se trouvait sur la coiffeuse. Emmy le prit d'un geste rapide et quitta aussitôt la chambre, pressée de voir Harland s'en aller.

Celui-ci attendait dans le couloir. D'une main tremblante, elle lui tendit la petite bouteille.

— Tenez, mais cela ne vous aidera pas beaucoup. Les ingrédients ne sont pas indiqués. Je le commande chez *Floris* ; ils auront la recette.

Quand Harland prit le flacon, ses mains gantées effleurèrent les doigts d'Emmy. Dans ses grandes paumes, la petite bouteille semblait ridiculement délicate.

— Merci, mademoiselle Danvers.

Fascinée, elle le regarda déboucher le flacon et le porter à son nez. Lorsqu'il ferma brièvement les paupières, le cœur d'Emmy se serra. Il y avait quelque chose de si intime dans ce geste ! Elle avait l'impression qu'il respirait son essence, qu'il absorbait un peu d'elle en lui. Un léger vertige la saisit, comme si c'était elle tout entière qu'il inhalait ainsi. Puis il rouvrit les yeux. Ses iris étaient immenses, presque noirs tant ses pupilles étaient dilatées. Emmy ne parvenait pas à en détacher son regard.

Puis la voix de Camille s'éleva de la salle à manger.

— Ne voulez-vous pas rester dîner, messieurs ?

Harland baissa les yeux vers les lèvres d'Emmy d'un air gourmand.

— Merci, répondit-il, mais nous devons décliner votre offre. J'ai ce que j'étais venu chercher.

— Peut-être nous verrons-nous au bal annuel de lady Carrington, la semaine prochaine, poursuivit Camille.

Il vrilla un regard noir dans celui d'Emmy.

— Peut-être, répondit-il.

C'était une promesse et une menace tout à la fois.

Wolff s'engagea sur le palier, brisant la magie de l'instant. Aussitôt, Harland la salua d'une rapide courbette.

— Bonsoir, mademoiselle Danvers, dit-il.

Puis il pivota sur ses talons et remonta le couloir à grands pas.

Dès que la porte de la maison se fut refermée, Emmy poussa un soupir de soulagement. Puis elle dévala l'escalier, revint dans la salle à manger et fusilla du regard l'infernale septuagénaire.

— À quoi jouez-vous, Camille ? Voulez-vous nous faire arrêter ?

Avec un petit rire, celle-ci prit sa cuillère pour retirer un diamant de la soupière.

— Il était difficile de refuser sa requête, non ? répondit-elle d'un ton raisonnable. Et il ne peut pas vous jeter en prison parce que vous possédez un flacon de parfum.

— Il *sait*, répliqua Emmy. Il attend seulement d'avoir assez d'éléments pour attaquer.

Camille essuya le diamant sur sa serviette, puis le posa sur son assiette à pain.

— Cet homme est délicieux, Emmeline. Si vous ne lui mettez pas immédiatement le grappin dessus, j'en serai fort contrariée. Quel superbe spécimen !

— Ce n'est pas un cheval ! protesta Emmy, exaspérée.

— Oh que si. Un magnifique étalon, répliqua sa grand-mère avec un rire coquin, avant d'ajouter : Et je le chevaucherais volontiers.

— Franchement, Camille ! s'exclama Luc, scandalisé.

La vieille dame prit une gorgée de vin.

— Bah ! Vous autres, les jeunes d'aujourd'hui, vous ne savez pas vous amuser. Ce n'est pas un crime d'apprécier le sexe opposé. Si j'avais vingt ans de moins, je le garderais pour moi.

Emmy émit un rire stupéfait.

— Je vous le laisse volontiers, répliqua-t-elle.

13

Emmy ne parvenait pas à se concentrer sur la représentation. Les acteurs étaient excellents et l'intrigue riche en rebondissements, mais elle ne tenait pas en place. Sans la présence magnétique de Harland, cette soirée ressemblait à du champagne éventé. La vie manquait de sel quand on n'avait personne à qui chercher querelle.

Ou à qui échapper.

Lorsque les lampes se rallumèrent pour l'entracte, Camille tendit une main vers Emmy pour immobiliser son éventail, dont elle se frappait nerveusement le genou.

— Pourquoi ne rentrez-vous pas à la maison ? Ou, mieux, vous pourriez faire usage des invitations que lord Mowbray nous a envoyées.

Luc sursauta.

— Au Tricorn ? s'exclama-t-il en interrogeant Emmy du regard.

Une heure ne s'était pas écoulée depuis le départ de Harland que Luc avait reçu un pli contenant deux cartes d'entrée au cercle de jeu, ainsi qu'un feuillet simplement signé « Mowbray ».

Impossible de savoir si Harland était au courant de cette invitation.

Camille hocha la tête.

— N'essayez pas de me faire croire que vous ne mourez pas d'envie de tenter votre chance aux tables du Tricorn Club depuis son ouverture, Luc Danvers.

Puis, se tournant vers Emmy, elle poursuivit :

— Et *vous*, n'essayez pas de me faire croire que vous ne brûlez pas de curiosité de voir où habite lord Melton.

Elle leur tapota la main à chacun en les couvant d'un sourire bienveillant.

— Je vous connais trop bien, mes petits.

Emmy se mordit les lèvres. Camille disait vrai. Voilà des mois qu'elle rêvait de jeter un coup d'œil à ce mystérieux Tricorn Club. De voir le repaire de Harland.

— Et si on me reconnaissait ? protesta-t-elle sans conviction.

Camille ouvrit son réticule, en sortit un loup de soie noire et battit des paupières d'un air faussement surpris.

— Ça alors ! Je dois l'avoir oublié là après le bal masqué des Colcroft.

Emmy prit le loup avec un petit rire blasé.

— Quelle heureuse coïncidence. C'est presque trop beau pour être vrai. À quoi jouez-vous, Camille ?

Sa grand-mère haussa les épaules d'un geste désinvolte.

— Il n'y a pas de mal à effectuer une petite reconnaissance en terrain ennemi, ma chérie. Ne serait-ce que pour évaluer l'adversaire. Ne vient-il pas de passer à la maison ? Vous ne feriez que lui rendre la politesse.

Emmy s'agita, en proie à une douloureuse indécision. Une excitante perspective s'ouvrait soudain, mais le bon sens lui dictait de garder ses distances. On leur tendait peut-être un piège, même si elle ignorait lequel exactement. Bien entendu, elle n'envisageait pas de voler quoi que ce soit au cercle de jeu et n'avait pas l'intention de tricher aux cartes, ce dont elle aurait été incapable de toute façon.

Camille agita son éventail.

— Ne vous inquiétez pas pour moi, lady Sutherland me déposera à la maison avec sa voiture.

Emmy se tourna vers son frère.

— Pourquoi pas ?

Elle prendrait soin de ne pas être reconnue. Et la perspective de voir Harland dans son domaine était trop tentante. Savoir, c'était pouvoir, n'est-ce pas ? Elle voulait savoir où il vivait.

Luc poussa un soupir résigné.

— Très bien, allons-y.

Étouffant un bâillement, Alexander parcourut du regard la grande salle du Tricorn depuis son poste d'observation préféré, le balcon de l'orchestre. Ici, près du plafond, la chaleur était étouffante, mais cette position en hauteur lui donnait la confortable impression d'être le maître des lieux. Du moins, le maître d'un tiers des lieux.

Avant son départ pour le continent, il avait dépensé une bonne partie de sa fortune dans ce genre d'endroit. À l'époque, il menait une vie d'errance mondaine, partagée entre l'alcool et le jeu, sans autre but que de prendre du bon temps. Le cadre structuré de l'armée avait représenté un changement bienvenu. Chaque mission y était clairement définie : prendre cette citadelle, sécuriser ce col de montagne, protéger les habitants de cette ville. Tous ces défis l'avaient fait mûrir.

La direction du Tricorn lui apportait une satisfaction similaire, le sentiment de donner un sens à sa vie au lieu de gaspiller son temps et ses talents. Et c'était un legs qu'il pourrait transmettre à la génération suivante.

En admettant qu'il y ait une génération suivante. Il n'avait pas encore rencontré la femme qu'il pourrait supporter comme épouse. La seule à qui il avait sérieusement songé était sans doute une criminelle de premier plan.

Son estomac émit un gargouillement affamé. Il avait été trop occupé à chasser sa jolie scélérate pour songer à dîner. Il aurait dû accepter l'invitation de sa grand-mère, rien que pour contrarier la demoiselle.

Contrairement aux usages du White's ou du Brooks', le Tricorn Club proposait une bonne table à ses membres, en plus des jeux d'argent où l'on pouvait gagner gros. Benedict avait convaincu Alexander et Sebastian d'engager Jean-Baptiste Lagrasse, un chef français aux tarifs astronomiques, pour diriger les cuisines. Les deux hommes, qui venaient de passer trois ans à faire la guerre aux Français, s'y étaient d'abord farouchement opposés, mais après avoir goûté la cuisine de Lagrasse, ils s'étaient empressés d'accepter.

Aujourd'hui, près d'un an après l'ouverture du club, la liste d'attente pour devenir membre comptait deux cents gentlemen, aristocrates ou riches bourgeois. Alexander et ses deux acolytes étaient en bon chemin pour faire fortune.

Un sourire amusé joua sur ses lèvres. Le Tricorn était un club très égalitaire. Ducs ou banquiers, rentiers ou négociants… tous étaient les bienvenus, du moment qu'ils remplissaient ses poches.

En tant que cadet de famille, il ne devait pas espérer hériter du titre ni des terres de son père. Tout reviendrait à James, son aîné. Toutefois, jamais Alexander n'avait envié la place de son frère. James n'avait pas eu le droit de décider de sa vie. Jamais il n'aurait pu s'engager dans l'armée pour aller combattre Bonaparte. Leur père, un homme froid et distant, n'aurait pas toléré que son héritier mette ainsi sa vie en danger.

Alexander n'avait été que le fils de réserve, l'assurance que l'illustre nom des Harland ne s'éteindrait pas. Ironiquement, cela lui avait donné une grande liberté.

Son frère souffrait-il de la prison où, en tant qu'aîné, il était enfermé ? Se sentait-il atteint dans sa virilité par l'incapacité où il était de faire ses propres choix ? Alexander, pour sa part, avait pu prouver sa valeur dans l'armée – à la fois à lui-même et à son père, qui avait désapprouvé son engagement. Et il allait bâtir sa fortune de ses propres mains.

Le comté que le prince régent lui avait octroyé était arrivé comme la fameuse cerise sur le gâteau. Alexander en était légitimement fier. Il avait gagné ce titre de haute lutte au lieu de se contenter d'en hériter.

C'était peut-être pour cela qu'il était si furieux à l'idée que l'Engoulevent reste impuni. Voler des joyaux, ce n'était pas la même chose que les *gagner*.

Chassant ces pensées, il observa le ballet bien réglé des employés de la maison. Tout semblait se dérouler sans accroc. À chaque table présidait un homme chargé de distribuer les cartes, aidé de deux croupiers qui surveillaient le jeu et s'assuraient que les participants ne trichaient pas. Mickey, l'ancien boxeur, faisait également office de physionomiste et, à l'occasion, se chargeait de recouvrer les dettes des clients distraits. Deux serveurs passaient parmi les tables pour veiller à ce que les vins, choisis dans l'excellent cellier du Tricorn, coulent à flots.

Ce soir, la salle était bondée. On jouait – bruyamment – au whist et à la mouche à deux tables, et au macao aux autres. Ici, des fortunes changeaient de main avec une rapidité effrayante.

La plupart des femmes présentes étaient des courtisanes accompagnant des membres du club. Leurs soies et leurs satins aux couleurs vives étincelaient comme autant de pierres précieuses entre les tenues sombres des hommes. Elles agitaient leurs éventails et, au moindre mouvement de tête, faisaient danser les grandes plumes piquées dans leurs chignons extravagants. Deux d'entre elles portaient des masques pour se voiler de mystère. « Ou peut-être pour dissimuler un teint imparfait », songea Alexander avec une pointe de cynisme.

Il prit une gorgée de cognac, savourant la brûlure de l'alcool qui descendait dans sa gorge. Peu à peu, sa tension s'apaisa.

Il avait commis une grossière erreur en ouvrant de nouveau le flacon de parfum un peu plus tôt, une fois de retour dans sa chambre. Les senteurs enivrantes avaient empli son nez, ses poumons, tout son espace personnel. Et aussitôt, il l'avait imaginée, nue sur son lit, un doux sourire de bienvenue aux lèvres. Il ravala un grondement de frustration. Bon sang, il avait les reins en feu.

Alors qu'il se détournait pour descendre dans la salle, un éclair bleu roi attira son regard.

Non. Elle n'avait pas osé ?

Si.

Il vida son verre d'un trait.

Elle se frayait un chemin parmi la foule, dans le sillage d'un homme qui, si Alexander en jugeait par sa canne à pommeau d'argent et son pas incertain, ne pouvait être que son frère. Danvers n'était pas membre du Tricorn. Comment diable le frère et la sœur s'étaient-ils introduits ici ?

Emmeline Danvers portait la même robe qu'au dîner, un modèle qui dénudait ses épaules et révélait un décolleté fascinant… surtout depuis le point de vue où Alexander se trouvait. Sa taille était si fine qu'il aurait pu l'enserrer de ses mains, et il n'avait pas manqué d'admirer sa chute de reins quand il l'avait suivie dans l'escalier, chez elle. Là-bas, toutes sortes d'idées hautement dépravées lui étaient venues. La suivre jusque dans sa chambre. Découvrir si ses adorables taches de rousseur s'étendaient sur le reste de son corps…

Il darda un regard furieux sur l'effrontée. Elle portait un loup noir qui cachait son visage, depuis son front jusqu'à son petit nez insolent, mais il l'aurait reconnue n'importe où, même dans l'obscurité. *Surtout* dans l'obscurité. Comme si un lien surnaturel les unissait.

Une bouffée de rage monta en lui. La dernière fois qu'il l'avait vue masquée, il s'était cru amoureux d'elle. Aujourd'hui, quatre ans plus tard, il la détestait de les placer dans une situation aussi intenable. Si elle était l'Engoulevent, et il était prêt à mettre sa main au feu qu'elle l'était, il n'aurait pas d'autre choix que de l'arrêter. Il ne le ferait pas de gaieté de cœur, mais il allait la capturer, c'était inévitable. Il était trop bon détective pour échouer.

Elle serait traduite en justice. Elle perdrait non seulement la liberté, mais peut-être la vie. Pourquoi prenait-elle le risque insensé de venir se pavaner dans son domaine ? Se pensait-elle invincible ? Le croyait-elle vraiment idiot ?

Seigneur, si elle était aussi coupable qu'il le pensait, elle aurait mieux fait de sauter dans la première malle-poste pour l'Écosse, ou d'embarquer sur le premier bateau en partance pour la France ! Si charmante fût-elle, elle devait quitter le pays au plus vite, partir aussi loin que possible de la justice, de Bow Street. De lui.

14

Luttant contre la tentation de jeter autour d'elle des regards curieux, Emmy garda la tête baissée afin de ne pas se faire remarquer.

C'était la première fois qu'elle pénétrait dans un club pour gentlemen. Jamais elle n'aurait imaginé tout ce bruit, cet étalage de luxe, ces senteurs capiteuses ! Les dés s'entrechoquaient dans les gobelets, les billes sautaient en cliquetant dans les roulettes de bois, les cartes claquaient et ripaient sur les tapis de feutrine verte. L'air était envahi d'une brume presque tangible où se mêlaient les alcools, le tabac et la chaleur corporelle. Des voix masculines criaient, juraient, riaient ou grondaient dans un brouhaha incessant, parfois ponctué d'éclats de rire féminins. Ce monde était aux antipodes de la formalité guindée de l'*Almack's* et de sa citronnade tiède.

Emmy était sidérée par les sommes colossales que l'on misait. Elle qui jouait sa vie chaque fois qu'elle dérobait un joyau comprenait que les enjeux, ici, étaient tout aussi élevés. Le caprice d'une seule carte pouvait ruiner un homme ou faire sa fortune.

Une vague de colère contre les joueurs l'envahit. *Elle* avait de bonnes raisons pour tout risquer. Et elle agissait contre son gré. Quelle excuse avaient ces hommes ? Comment pouvaient-ils jouer à frôler la catastrophe, rien que pour s'amuser, pour le frisson de l'excitation ? Leur recherche de sensations fortes lui semblait désespérément irresponsable.

Luc prit place à la table de whist, et elle demeura derrière lui en feignant de s'intéresser au jeu. Elle n'avait jamais aimé les cartes ; cela demandait une patience qu'elle n'avait pas. L'estomac noué par l'anxiété, elle se composa un air détaché et parcourut la salle à la recherche d'un visage familier.

Les propriétaires de ce club passaient-ils du temps dans cette salle, ou préféraient-ils rester seuls dans leurs luxueux appartements ? Si les appartements privés de ces lieux étaient aussi fastueux que ces salles ouvertes au public, qui étaient une ode au bon goût subtil mais hors de prix, les trois amis devaient vivre comme des rois.

Par habitude, elle repéra les sorties. La porte principale donnait sur l'escalier tournant qu'ils avaient emprunté depuis le hall dallé de marbre. Une salle à manger apparaissait sur la gauche. Une salle de billard, si elle se fiait aux claquements de boules d'ivoire qui en jaillissaient de temps à autre, se trouvait de l'autre côté. Elle leva les yeux. Une galerie, disposée en balcon comme une loge d'opéra, surplombait la salle. On n'y accédait que par une porte. Si elle en avait eu la possibilité, c'est là qu'elle se serait réfugiée.

Elle reconnaissait quelques-uns des gentlemen présents dans l'assemblée. Avec son gilet aux rayures d'un jaune criard, lord Eversleigh aurait eu bien du mal à passer inaperçu. Il ressemblait à un bonbon au citron et paraissait passablement éméché. Lord East était là aussi, accompagné d'une rousse flamboyante qui n'était définitivement pas sa légitime épouse.

Emmy était un peu déçue. Aucun signe de Harland ou de son ami Wolff. Elle ne s'était pas attendue à voir leur ami, Benedict Wylde. Celui-ci venait d'épouser Georgiana Caversteed, héritière d'un empire commercial maritime, et on disait qu'il s'agissait d'un mariage d'amour. Emmy espérait pour lui qu'il avait mieux à faire de ses soirées que de surveiller une foule de joueurs ivres.

Peut-être Harland était-il en train de dîner. Peut-être ne se trouvait-il même pas dans cette maison.

Peut-être était-il avec une femme. Elle serra les dents et chassa cette pensée.

Luc repoussa sa chaise pour se lever.

— Je dois aller aux toilettes, mais il n'est pas question que tu restes seule ici, murmura-t-il. Jamais je n'aurais dû vous laisser, Camille et toi, me convaincre de venir. Je ne veux même pas penser à ce qui arriverait si on te reconnaissait. Accompagne-moi, c'est en bas.

Hochant la tête, elle le suivit vers l'escalier. Luc s'amusait, c'était évident. Son frère était doté d'une intelligence exceptionnelle. S'il l'avait voulu, il aurait probablement trouvé le moyen de piller la banque. Elle se réjouissait de le voir se détendre un peu. Sa longue convalescence l'avait privé d'innombrables soirées telles que celle-ci.

L'impressionnant portier de l'établissement, un homme que l'on appelait Mickey, désigna à Luc la direction des toilettes des messieurs. Emmy profita de son bref moment d'inattention pour subtiliser la clé qu'il avait déposée sur une console non loin de la porte.

Pour ce qu'elle en savait, cette clé n'ouvrait peut-être rien de plus intéressant que le cellier ou la réserve à charbon, mais peut-être était-ce celle d'une porte plus stratégique. L'entrée de service, par exemple. Ou les appartements privés. Elle la glissa dans son réticule. On ne savait jamais.

Tandis que son frère s'éloignait, elle déambula dans le couloir en feignant de s'intéresser aux tableaux – de meilleure facture qu'elle ne s'y était attendue – accrochés aux murs tapissés de rouge grenat. Sur sa droite, une porte s'ouvrit. Emmy se tourna, s'attendant à voir un valet, mais son regard croisa deux yeux bleu ardoise qu'elle ne connaissait que trop bien.

Au nom du Ciel.

Elle s'apprêtait à bafouiller des politesses convenues quand Harland, après un bref coup d'œil dans le couloir désert, la prit par le coude et l'attira de son côté.

Elle laissa échapper un hoquet de stupeur tandis qu'il repoussait le battant derrière elle d'un geste sec… puis la plaquait sans douceur contre le mur.

Dans ce corridor secondaire éclairé par des appliques, les sons de l'extérieur ne lui parvenaient plus qu'assourdis. Harland s'approcha d'elle, jusqu'à ce que son large torse ne soit plus qu'à deux doigts de sa poitrine, les jambes contre ses jupes.

Une bouffée d'agacement se mêla à sa surprise. Elle était masquée ; il ne pouvait avoir deviné son identité. Avait-il pour habitude d'enlever des inconnues ? Était-ce sa façon de se comporter avec les dames, en les attirant dans un coin sombre quand il avait envie de… Hum. À la réflexion, elle préférait ne pas savoir.

Elle dégagea son coude d'un mouvement brusque et passa à l'attaque, le cœur battant à tout rompre.

— Monsieur, je crains qu'il n'y ait erreur sur la pers…

— Que faites-vous ici ? Comment êtes-vous entrée ?

— J'ignore pour qui vous me prenez, mais vous vous trompez.

Il jeta un regard de dérision sur son loup.

— Me croyez-vous *complètement* aveugle ?

Emmy tenta de nouveau de protester.

— Je m'appelle…

— Emmeline Danvers, poursuivit-il à sa place.

Elle tressaillit, surprise par la perfection de son accent français. Dans sa bouche, son nom prenait des sonorités fondantes, languides, presque sensuelles. Comme s'il l'avait déjà prononcé des centaines de fois. Seuls Camille et son père l'appelaient ainsi. Luc et Sally préféraient son surnom anglais, Emmy.

Il croisa les bras sur sa poitrine.

— Je répète ma question. Comment vous êtes-vous introduite chez moi ?

Elle soutint son regard.

— Votre ami lord Mowbray a envoyé des invitations à mon frère.

Elle vit sa mâchoire se serrer et crut l'entendre étouffer un juron. Il baissa brièvement les yeux vers ses lèvres, la seule partie de son visage qu'il pouvait voir sous son loup.

— Vous n'auriez jamais dû venir. Ce n'est pas un endroit pour une dame. Cela pourrait être dangereux.

Emmy retint un éclat de rire. Dangereux, c'était le mot ! Toutefois, le danger ne se trouvait pas dans la salle de jeu mais là, devant elle, sous l'apparence d'un apollon bouillant de rage mal contenue.

— Si on vous reconnaissait, poursuivit-il, votre réputation pourrait être ruinée.

Elle esquissa un haussement d'épaules désinvolte.

— Je doute que quiconque s'offusque de ma présence. Et ma réputation, ou sa ruine, ne vous regarde pas.

Il posa ses mains sur le mur, de part et d'autre de la tête d'Emmy, puis se pencha vers elle. Un frisson, qui n'était pas uniquement dû à la peur, la traversa. Elle avait commis une erreur en venant ici, en le provoquant sur son terrain, mais jamais elle ne s'était sentie aussi vivante. Sa proximité physique éveillait en elle le même frémissement qu'elle éprouvait pendant un cambriolage.

— Vous êtes dans mon club, mademoiselle Danvers. Et tout ce qui se passe ici me concerne.

Elle se plaqua contre le mur, essayant, vainement, de mettre un peu d'espace entre elle et lui. L'air semblait épais, crépitant de tension. D'impatience. De désir. Ils étaient si proches que leurs nez se touchaient presque. Dans la lumière des appliques, elle pouvait voir la ligne dure de son menton, son épaule solide. Elle devina un soupçon de cognac dans son haleine, et cela suffit presque à l'enivrer.

Il fronça les sourcils comme s'il était fâché contre elle.

— Vous êtes la femme la plus contrariante que j'aie jamais eu le malheur de croiser.

— Et moi, je n'ai jamais vu un homme aussi exaspérant que vous.

Elle s'obligea à soutenir son regard. Elle comprenait son jeu. Baisser les paupières, cela reviendrait à admettre sa défaite, et elle refusait de céder. Elle garda donc les yeux rivés aux siens pendant qu'il la prenait par le menton, puis étirait les doigts pour lui caresser la mâchoire, comme pour la mettre au défi de bouger.

— Trouvez-vous *ceci* exaspérant, mademoiselle Danvers ? demanda-t-il dans un murmure.

De son pouce, il lui caressa le menton, puis les commissures des lèvres. Elle s'aperçut qu'elle haletait. L'estomac noué, elle ne protesta pas quand il posa son doigt sur sa bouche et tira doucement sur sa lèvre inférieure, les pupilles dilatées par le désir.

Puis, d'un geste fluide, il dénoua le ruban qui maintenait son loup. Derrière ce petit bout de velours, Emmy s'était sentie sûre d'elle, en sécurité. Quand le masque tomba sur le sol, elle eut soudain l'impression d'être infiniment vulnérable.

— Voilà qui est mieux, murmura-t-il. Je vous vois, Emmy Danvers.

S'agissait-il d'une menace ? D'un avertissement ?

— Pour un homme à moitié aveugle, cela ne manque pas de sel ! ricana-t-elle d'une voix tremblante.

Ses iris s'assombrirent un peu plus derrière leur rangée de cils fournis. Emmy fronça les sourcils lorsqu'il glissa sa main derrière sa nuque tout en se penchant vers elle. Puis ses lèvres se posèrent sur les siennes et un frisson électrique la parcourut, lui arrachant un hoquet. Il recula imperceptiblement, comme pour jauger sa réaction, puis ferma les yeux, manifestement en proie à un conflit intérieur. Emmy retint son souffle.

— Au diable..., murmura-t-il.

Cette fois, il n'eut aucune hésitation, aucun doute. Sa bouche se pressa sur la sienne avec assurance, sans pression excessive mais sans douceur inutile. Une vague de chaleur monta en elle. Il appuya un peu plus et elle lui ouvrit ses lèvres, subjuguée, avant de laisser échapper un gémissement quand sa langue chercha la sienne.

Un parfum de cognac et de péché.

Emmy ferma les yeux. Il mordilla d'abord sa lèvre inférieure, puis se montra plus insistant à mesure que le désir flambait entre eux. Bientôt, toute raison abandonna Emmy.

C'est de la folie. De la pure folie !

Et pourtant, rien ne lui avait jamais semblé plus juste. Embrasser Alexander Harland était encore meilleur que dans son souvenir. Son cœur battait si fort qu'elle en était assourdie.

Faire semblant. Juste un instant, faire semblant que nous ne sommes pas ennemis.

Encore un baiser. Profond, fiévreux. Et, en même temps, lent et sensuel, comme s'ils avaient la vie devant eux. Comme s'il était heureux d'être auprès d'elle.

N'arrêtez pas. N'arrêtez jamais.

Dans un geste désespéré, elle referma les dents sur les lèvres de son compagnon. Quand il répondit par un long gémissement de plaisir, le cœur de la jeune femme bondit joyeusement. Il pesait sur elle de tout son merveilleux poids d'homme, la plaquant sans merci contre le mur, éveillant en elle une chaleur coupable.

Il baissa alors une main le long de ses côtes, avant de remonter vers son sein en une caresse lente et sensuelle. Sous son corsage, elle sentit les pointes de ses seins se dresser. Il prit son menton dans sa paume. Son baiser était à présent un défi, comme un gant qu'il lui lançait. Qui demanderait grâce le premier ? Qui déclarerait forfait et céderait la victoire à l'autre ?

Pas moi !

Il lui sembla que ses poumons se vidaient de leur air quand il la prit par la taille. Emmy noua les bras autour de son cou et s'émerveilla de sa force lorsqu'il la saisit par les fesses pour la presser contre lui.

— Seigneur ! gémit-il d'une voix étranglée.

— Emmy ?

Une autre voix venait de s'élever, sonore et impatiente. Luc.

Harland tressaillit, poussa un juron puis, comme à regret, fit doucement descendre Emmy vers le sol en la laissant glisser le long du mur. Aussitôt, un courant d'air froid passa entre eux.

La jeune femme regarda son compagnon, abasourdie. Que venait-il de se passer ? se demanda-t-elle, le souffle court. Ses jambes la portaient à peine. Elle posa une main tremblante sur son cœur et inspira aussi profondément que son corset le lui permettait. *Bonté divine !*

Alexander recula, rajusta ses manches, puis ramena ses cheveux en arrière.

— Emmy ! répéta Luc dans le couloir, cette fois un peu plus loin.

Harland tourna la poignée et ouvrit la porte. La lumière entra, presque aveuglante. Il darda sur Emmy un regard étincelant.

— Rentrez chez vous, Emmeline Danvers. Et cessez de jouer avec le feu.

Elle ramassa son masque sur le sol et s'enfuit en courant.

15

Quand Alexander entra dans le salon privé du Tricorn le lendemain après-midi, Sebastian fronça le nez.

— Bonté divine, d'où viens-tu ? Tu empestes la cocotte !

Alexander porta son poignet à son nez, huma, puis fit la grimace.

— J'étais chez Floris, le parfumeur de Jermyn Street.

— Toujours sur la piste de notre voleuse parfumée ? ricana Sebastian. Des résultats ?

— C'est bien possible. M. Fargeon a confirmé mes soupçons : le parfum des plumes de l'Engoulevent et celui de Mlle Danvers ne font qu'un.

— Et ensuite ? demanda Sebastian avec un haussement d'épaules fataliste. Elle n'est pas la seule femme dans tout Londres à le porter !

— Il se trouve que si, justement. C'est un parfum inhabituel à plus d'un titre. Aussi personnel qu'un tabac à priser personnalisé.

Alexander sortit son calepin et lut :

— Il a été créé par un Français, un certain Houbigant, parfumeur de Marie-Antoinette et de l'impératrice Joséphine. Fargeon le réalise pour

Mlle Danvers depuis son seizième anniversaire, et uniquement pour elle.

Il plissa les yeux pour relire ses notes prises à la hâte.

— D'après lui, ce parfum évoque « un jardin à la française, avec des notes de tête de bergamote et de citron, des touches de jasmin, de rose et de fleur d'oranger, sur un fond de bois de santal et d'ambre gris ». Ne me demandez pas ce que cela signifie.

Ce Fargeon était un original. Selon lui, chaque parfum racontait une histoire ou tissait un sortilège. Il affirmait que, rien qu'en ouvrant un flacon, il pouvait transporter un homme en Arabie ou sur des rivages tropicaux.

Ou dans un jardin au clair de lune, dans les bras d'une jolie traîtresse au parfum délicat.

Alexander fronça les sourcils. Non seulement le flacon qu'il avait réquisitionné répandait dans sa chambre le troublant parfum d'Emmeline Danvers, mais le goût de ses lèvres s'attardait encore sur les siennes, alors que presque une journée était passée. Au nom du Ciel, quelle mouche l'avait piqué de l'embrasser ainsi ? Il avait perdu la tête. Il aurait dû lui arracher des aveux, pas l'embrasser à la hussarde.

Sebastian haussa un sourcil intrigué.

— Il faut reconnaître que l'odeur est assez capiteuse, mais est-il certain que c'est exactement la même ? Sans aucun doute possible ?

— C'est un expert. Son opinion me suffit, répondit Alexander d'un ton grave. Si tu établis le lien entre l'histoire des Danvers et les déductions de Vidocq, la conclusion s'impose. Cette femme est l'Engoulevent.

— Bon Dieu, marmonna Sebastian. Je présume que tu vas l'arrêter, alors ?

Alexander hocha la tête.

— Il ne reste que deux joyaux à voler. Le rubis de lady Carrington et le saphir du Kent.

— Je n'aurais rien contre une petite excursion dans le Kent, dit Sebastian. Je commence à me lasser de Londres. Je vais essayer d'arracher Benedict à son bonheur conjugal pour qu'il m'accompagne.

— Très bien. Allez-y tous les deux. Moi, je m'occupe des Carrington.

— Vous ne devinerez jamais qui je viens de croiser dans Covent Garden ! s'exclama Sally en entrant dans le salon, les bras chargés de fleurs fraîchement coupées. Votre lord Melton.

D'une main tremblante, Emmy remit sa tasse à thé sur sa soucoupe, puis elle fronça les sourcils.

— Ce n'est pas *mon* lord Melton, marmonna-t-elle.

Camille porta sa propre tasse à ses lèvres et échangea un regard amusé avec Sally, au grand agacement d'Emmy.

— Non, ma chérie. Bien sûr que non.

Bien entendu, ces deux derniers jours, Emmy n'avait *pas* pensé à lui, ni à cet incroyable baiser. Pas un instant. Elle ne s'était *pas* réveillée ce matin, moite de désir, au sortir du rêve le plus brûlant de sa vie – un rêve où elle était nue sous Harland, dans un lit plutôt que contre un mur, sur le point de basculer dans le plaisir.

Trouvez-vous ceci exaspérant, mademoiselle Danvers ?

Pas. Du. Tout.

Elle émit une petite toux.

— Que faisait-il ?

Sally disposa les fleurs dans un vase.

— J'entrais chez Floris pour vous acheter un nouveau flacon de parfum, puisqu'il a emporté le vôtre, au moment où il en sortait.

Un homme aussi viril dans ce temple de la féminité… L'image avait dû offrir un contraste saisissant. Quelqu'un de moins masculin que lui aurait pu être mal à l'aise dans un tel endroit, mais rien ne semblait intimider Alexander Harland. C'était probablement le genre d'homme qui se sentait chez lui dans le salon d'essayage d'une modiste et pouvait choisir le plus calmement du monde des sous-vêtements pour une maîtresse.

Son cœur se serra. Au diable Alexander Harland ! À cause de lui, elle était privée de parfum depuis deux jours. Elle se sentait nue. Moins féminine. Plus vulnérable. Et l'idée qu'il ait son parfum chez lui, qu'il puisse le sentir chaque fois que bon lui semblait, la plongeait dans un trouble indéfinissable.

Ni Luc ni Camille ne paraissaient s'alarmer de l'enquête en cours. Sans doute la croyaient-ils assez habile pour brouiller les pistes. Emmy, en revanche, sentait le piège se refermer sur eux. L'épée de Damoclès était juste au-dessus d'elle, à peine retenue par un fil. D'un instant à l'autre, si Harland en décidait ainsi, elle pouvait s'abattre sur elle.

Elle leva les yeux vers Camille.

— Je présume que personne ne m'écoutera si je propose que nous reportions le vol du rubis ?

Avec délicatesse, sa grand-mère prit une bouchée de cake.

— Je comprends vos inquiétudes, Emmy, mais le temps presse. Le silence de Danton ne présage rien de bon. Harland entretient peut-être quelques soupçons à votre égard, mais il n'a pas assez de preuves pour passer à l'offensive. S'il en avait, il aurait déjà agi.

— Il connaît nos projets, insista Emmy. Il va tenter de me prendre en flagrant délit.

— Qu'il essaie donc ! Vous êtes intelligente et avertie. Et, vraiment, ce bal est une occasion que nous ne devons pas laisser passer.

Emmy poussa un soupir. Le rubis exigé par Danton appartenait à lady Carrington, qui résidait dans Park Crescent. Le surlendemain, son voisin l'ambassadeur d'Espagne devait donner un bal en l'honneur des cours russe et française. Près de six cents invités étaient attendus pour ce qui serait l'un des événements majeurs de la saison. C'était le moment idéal pour passer à l'action.

— Comme j'aimerais avoir des inquiétudes ordinaires ! gémit Emmy. Décider de la robe que je vais porter ou choisir la bonne paire de gants, plutôt que de me demander par quelle fenêtre je vais m'introduire dans la place.

— Vous n'êtes certainement pas une personne *ordinaire*, Emmeline.

— Je suppose que toutes les jeunes femmes rêvent de s'entendre dire cela.

Camille esquissa un geste évasif de la main.

— Si vous n'étiez pas cambrioleuse, vous seriez comme n'importe quelle demoiselle, désespérément banale et sans la moindre conversation. Vous êtes infiniment plus intéressante telle que vous êtes, ma chérie.

— Pour être intéressante, encore faudrait-il que je puisse parler de ma vie à quelqu'un ! Je dois faire semblant d'être insipide et quasiment muette, et supporter sans broncher les inepties que me débitent des imbéciles. J'ai eu toutes les peines du monde à ne pas jeter mon champagne à la figure de lord Bolton quand il m'a affirmé que rubis ou spinelle, c'était du pareil au même.

— N'oubliez pas que les diamants naissent d'une pression colossale. On peut en dire autant des êtres humains. Vous avez donné le meilleur de vous-même parce que vous subissiez une pression.

— Peut-être, mais...

Camille l'interrompit, une lueur espiègle au fond des yeux.

— La vie m'a enseigné que c'était également le cas avec les maris. La bonne combinaison de chaleur et de pression peut produire de véritables joyaux.

Elle émit un petit rire entendu.

— La chaleur doit être *torride,* notez bien. Ah, que votre grand-père me manque !

— Camille ! s'offusqua Emmy.

— Allons, allons. N'essayez pas de me faire croire que votre lord Melton vous laisse de glace !

Emmy marmonna dans sa tasse de thé en regrettant de ne pouvoir nier.

— Voilà une attirance bien regrettable, poursuivit Camille avec un soupir navré. Vos professions ne sont pas très compatibles.

Emmy ne put retenir un rire étranglé.

— Regrettable ? répéta-t-elle. Ce qui est regrettable, c'est de casser son ombrelle un jour de canicule ou de ne pas retrouver son second bas. Cette attirance n'est pas regrettable, elle est désastreuse.

— Je connais votre intérêt pour les mots qui n'ont pas d'équivalent en langue anglaise, Emmeline. En voici un. Ce que vous décrivez, les Russes l'appellent *toska*. Une nostalgie, un désir, une maladie d'amour. Une émotion insupportable que vous voudriez fuir sans en avoir le courage, ou la force. C'est une expérience douloureuse. Mais sans *toska,* pas de grand bonheur, pas de joie intense.

Pensive, Emmy observa les feuilles de thé qui dansaient dans le fond de sa tasse.

— Je n'ai aucune envie d'être attirée par lui. Ce n'est pas un homme, c'est un chien de chasse. Il nous flaire, nous traque sans relâche. Il finira par nous attraper et nous réduire en lambeaux et…

— Voilà une vision bien tragique ! s'exclama Camille en riant. J'ai vu comme il vous regardait. Sous ses airs froids, il est fou de vous. Je connais ce genre d'homme. Lent à s'enflammer, mais ensuite… Oh là là !

Elle haussa les sourcils d'un air éloquent.

— Vous le troublez, Emmeline. Vous avez un avantage sur lui ; vous pouvez lui faire commettre des erreurs. Provoquez-le suffisamment et il fera une bêtise.

— Je n'ai aucune envie d'en arriver là, répondit Emmy. Il est dangereux.

Camille pencha la tête.

— Au contraire, je pense que cela pourrait être très amusant. Il faut du courage avec un tel homme. Vous devez l'affronter directement.

— S'il m'attrape, il n'aura aucune pitié.

Camille hocha la tête.

— Parfois, la chasse est si passionnante que sa conclusion peut être décevante.

Elle prit un autre morceau de cake.

— Mais le moment où l'on se laisse attraper peut aussi être le début d'une aventure…

— Oui, ricana Emmy. Une expédition à la potence, par exemple. Merci bien.

Sally réapparut, interrompant leur échange.

— Prête pour une promenade à Park Crescent ?

Emmy hocha la tête, résignée.

16

Emmy posa les mains sur ses reins et redressa le dos, imitant le mouvement d'une future maman essayant de soulager le poids qu'elle porte, puis serra fortement l'échelle de Sally pour la retenir.

Luc s'était rendu dans Park Crescent la nuit précédente pour projeter un peu de peinture blanche délavée sur plusieurs fenêtres du rez-de-chaussée. Ce matin, Sally et Emmy, déguisées en laveurs de carreaux, s'activaient à nettoyer les « saletés des pigeons ».

Cette fois, Sally s'était surpassée. Elle avait fixé une vessie de porc – nettoyée avec soin – remplie d'eau à la taille d'Emmy grâce à un ingénieux assemblage de lanières et de boucles. Cette prothèse lui donnait une silhouette de femme enceinte particulièrement réaliste, et le poids de l'eau ne faisait que renforcer l'authenticité de ses mouvements.

Pour qu'un déguisement soit crédible, celui qui le portait devait avoir la gestuelle adéquate, affirmait Sally. Si vous étiez grimée en danseuse de ballet, chacun de vos mouvements devait correspondre au rôle que vous jouiez – tête bien droite, menton haut, épaules rejetées avec grâce. À l'inverse, si vous incarniez ce jour-là une vagabonde, il fallait voûter le dos, traîner des pieds et vous gratter. Elle avait appris tout cela à l'époque où elle travaillait au théâtre.

Emmy avait réellement la sensation d'être une femme qui ne rêve que de s'asseoir pour soulager ses jambes lourdes. Le tablier noué sur ses jupes arrondissait encore son ventre, et la perruque un peu rêche qu'elle portait sous un chapeau informe cachait son visage.

Les domestiques de lady Carrington avaient paru ravis de déléguer le nettoyage des carreaux à Sally, qui s'était grimée ce jour-là en séduisant jeune homme. Perchée sur son échelle, elle sifflotait joyeusement en nettoyant les « saletés » avec un chiffon humide.

Elles avaient mené à bien la mission du jour. Tout en nettoyant les fenêtres situées sur l'arrière de la résidence des Carrington, Sally avait discrètement tordu le loquet d'une des fenêtres, de sorte qu'elle ne fermait plus très bien. Tout était prêt. Emmy aurait préféré partir immédiatement, car Luc les attendait dans la voiture, à l'angle de Harley Street, mais Sally avait préféré laver encore quelques fenêtres sur la façade principale pour ne pas éveiller les soupçons.

Emmy ravala un juron quand quelques gouttes d'eau jaillirent du seau de Sally et lui tombèrent sur le visage, lui piquant les yeux. Sally était catégorique : le secret de carreaux impeccables, c'était un peu de vinaigre ajouté à l'eau.

— Activons ! marmonna Emmy.

Sally, manifestement très à l'aise dans son pantalon de garçon, baissa les yeux vers elle. Un sourire étincelant éclaira son visage noirci à la suie.

— Presque fini, la bourgeoise ! Faut pas laisser de traces.

Emmy tourna un regard las vers l'élégante courbe que décrivait Park Crescent. Le long bâtiment blanc dessiné par John Nash, l'architecte favori de Prinny, formait un demi-cercle autour d'un parc planté d'arbres. Deux habitants de ce quartier luxueux cheminaient le long d'une des allées impeccablement entretenues qui menaient vers les verdoyants espaces de Regent's Park, un peu plus bas dans la rue.

Emmy baissa le nez en reconnaissant lord Denman, le président de la Cour supérieure de justice, qui sortait de chez lui. Après le lord chancelier, lord Denman était le juge le plus important du pays. Elle n'avait aucune envie d'attirer son attention, que ce soit dans un tribunal ou dans la rue.

Quand elle leva de nouveau les yeux, elle retint un hoquet de stupeur. Alexander Harland remontait Park Crescent… et se dirigeait droit vers elles. Avec un juron, elle se plaqua contre l'échelle.

— Voilà Harland ! murmura-t-elle.

Du haut de son perchoir, Sally se tourna et posa un regard gourmand sur lui.

— Bonté divine, quelles épaules ! Camille a raison, cet homme est un magnifique…

— Filons ! l'interrompit Emmy.

Il était presque sur elles. Emmy se pencha sur son gros ventre avec difficulté pour rapprocher ostensiblement le seau d'eau du pied de l'échelle, comme pour ne pas entraver le chemin de Harland. Elle perçut un courant d'air lorsqu'il passa derrière elle. Puis elle poussa un soupir de soulagement en constatant qu'il leur avait à peine accordé un regard et venait d'entrer dans l'hôtel particulier des Carrington.

Soudain, elle avait les mains moites. Elle ne s'était pas trompée. Il avait compris qu'ils s'apprêtaient à voler le rubis de lady Carrington, même si elle ignorait comment il avait pu parvenir à cette déduction. Certes, son père avait autrefois proclamé les intentions de l'Engoulevent dans la presse, mais c'était à Paris, seize ans plus tôt. La probabilité que Harland ait eu vent d'un événement aussi lointain était infime. Pourtant, d'une façon ou d'une autre, l'information avait dû lui parvenir. Quelle déveine !

Enfin, Sally parut s'aviser de l'urgence de la situation. Elle descendit de l'échelle, jeta le chiffon dans le seau et suivit Emmy, qui remontait le trottoir d'un pas lourd.

Le déguisement de femme enceinte était parfait… sauf s'il fallait s'enfuir rapidement.

Glissant la main dans la poche de son tablier, elle en sortit un petit couteau pliant et perça un trou dans la poche remplie d'eau. Un désagréable filet liquide coula sur sa jambe droite, mouillant son bas, puis sa chaussure, à mesure que son faux ventre se vidait. Mais mieux valait être trempée qu'arrêtée.

Sans cesser de siffloter, Sally lui passa un bras autour des épaules et se pencha vers elle comme pour lui murmurer des paroles de réconfort.

— Dès que nous aurons tourné au coin de la rue, dit-elle, courez !

Alexander gravit au pas de course les marches du perron des Carrington, puis il fit halte. Un détail le tracassait. Il avait l'impression confuse que quelque chose clochait.

Il observa la rue en se demandant ce qui l'avait mis en alerte. Une voiture remontait la chaussée. Un enfant jouait avec un chien dans le parc. Le jeune laveur de carreaux remontait le trottoir en sifflotant, accompagné de sa compagne enceinte.

Alexander fronça les sourcils. Le jeune homme avait abandonné son échelle contre la façade de la maison. Le seau était là également. Pourquoi partaient-ils sans leurs affaires ? Alexander fronça les sourcils. Ce jeune homme avait des hanches bien rondes. Et la femme enceinte semblait marcher de plus en plus vite.

Il tâta ses poches, alarmé. Lui avaient-ils dérobé sa montre ? Non.

Toujours méfiant, il fit demi-tour, dévala les marches et s'élança à leur poursuite.

— Hé, vous !

Tous deux hâtèrent le pas sans même regarder derrière eux, signe qu'ils n'avaient pas la conscience tranquille. Alexander accéléra à son tour. Quand ils tournèrent à l'angle de la rue, il se mit à courir.

Alors qu'il parvenait à son tour au carrefour, il vit la femme enceinte dans une flaque d'eau, soudain mince comme un roseau. Alexander poussa un grondement furieux. Dans un halètement d'effort, la femme prit ses jupes trempées à pleines mains et s'élança à la suite du « laveur de carreaux » aux courbes un peu trop rondes.

Les deux fuyardes remontaient à présent Harley Street en se faufilant avec agilité entre les passants. Elles traversèrent la rue devant la carriole d'un marchand de nouveautés, s'attirant un flot d'imprécations de la part du cocher, et sautèrent dans une voiture noire d'apparence banale. Le conducteur, un homme d'un certain âge aux favoris grisonnants et au dos déformé par une bosse, lança aussitôt les chevaux au trot et la voiture s'éloigna avant qu'Alexander ait pu la rattraper.

Celui-ci fit halte, essoufflé, au milieu de la rue, en laissant échapper un chapelet de jurons. Il n'avait pas vu le visage de la femme, mais il aurait juré qu'elle n'était autre qu'Emmy Danvers.

Enfer et damnation !

Pourtant, le fait de la trouver là, manifestement occupée à repérer les lieux en vue de son prochain crime, aurait dû l'emplir d'une profonde satisfaction.

Il avait prédit avec exactitude l'endroit où elle comptait frapper. Il allait l'attraper. Il doutait qu'elle fût assez raisonnable pour renoncer à voler le rubis de lady Carrington, même si elle savait qu'il était sur ses talons. Quelles que fussent ses motivations – et il se demandait si elle avait toute sa raison sur ce point –, elle semblait résolue à poursuivre son entreprise criminelle.

Les poings serrés par une rage impuissante, il revint vers Park Crescent. Maudite écervelée ! Ne voyait-elle pas de quelle façon tout cela finirait ? Que pensait-elle qu'il arriverait quand elle serait prise ? S'imaginait-elle que son joli minois et son patronyme aristocratique lui permettraient d'échapper à la potence ? Elle rêvait !

La justice ne plaisantait pas avec le vol. On pouvait être condamné à mort pour avoir dérobé tout ce qui coûtait plus de cinq shillings, que ce soit un mouchoir ou un mouton. Espérait-elle attendrir un juge en levant vers lui ses beaux yeux embués de larmes ? Proférer de nouveaux mensonges de ses lèvres adorables ?

Alexander secoua la tête. Peut-être croyait-elle que le maillon faible, ce serait *lui* ? Qu'elle pourrait le convaincre de ne pas la remettre aux autorités ? Un muscle tressaillit dans sa mâchoire. Envisageait-elle de le séduire pour qu'il la relâche ? Un « oui » enthousiaste monta de ses reins.

Bon sang, la tentation serait terrible. Irrésistible.

Il fronça les sourcils, furieux contre lui-même. Non, il ne se laisserait pas séduire, si fou soit-il de ses courbes rondes et de sa bouche pulpeuse. La loi était la loi. La raison libre de toute passion, selon la formule d'Aristote.

Une demi-heure plus tard, après s'être entretenu avec lady Carrington, il avait appris deux choses.

Tout d'abord, que cette femme ne méritait pas le sublime collier de rubis. Quand il l'avait priée de lui montrer l'endroit où elle rangeait ses bijoux, elle s'était volontiers pliée à sa demande. Il fallait pour cela se rendre dans sa chambre à coucher. Tout en léchant ses lèvres, qui étaient minces et sèches, infiniment moins attirantes que celles d'Emmy Danvers, elle avait mentionné d'un ton désinvolte que son « idiot de mari était parti pour un de ces débats parlementaires sans intérêt » et ne rentrerait pas avant quelques heures. Lord Melton souhaitait-il visiter son boudoir, dont elle venait de refaire la décoration ? Alexander avait poliment décliné sa proposition.

Ensuite, il avait découvert que l'ambassadeur d'Espagne, le voisin des Carrington, donnerait son grand bal annuel ce jeudi. Selon toute probabilité, l'Engoulevent espérait profiter de la foule et de la confusion pour frapper.

Alexander dévala les marches du perron, le cœur battant d'excitation. Il était sur le point de prendre Emmeline Danvers.

17

Pour le bal de l'ambassadeur, Emmy avait choisi une robe en soie bleu indigo, une délicieuse création d'inspiration française qui soulignait ses épaules et sa taille avant de retomber avec naturel autour de ses jambes. Le contact de la soie sur sa peau était aussi sensuel, aussi délectable qu'une cuillère de crème fraîche fondant sur la langue.

Sally l'avait coiffée, remontant ses cheveux en boucles élégantes sur le sommet de sa tête, avant d'y piquer trois plumes noires et une épingle à chignon ornée d'un diamant. Emmy semblait un peu plus grande avec cette coiffure, qu'elle avait assortie de gants en satin noir et d'un éventail en plumes d'autruche.

Camille aussi était particulièrement en beauté, très grande dame dans sa robe en brocart vert céladon moiré de fils d'or qui luisaient doucement au moindre de ses mouvements. Son chignon haut soulignait ses traits aristocratiques et ses iris d'un bleu perçant.

— Ne sommes-nous pas sublimes ? demanda-t-elle en éclatant de rire, les yeux pétillants de joie. Ces messieurs ont intérêt à bien surveiller leur cœur ce soir.

— Tant que lady Carrington ne surveille pas trop ses bijoux..., murmura Emmy. Si elle porte son collier de rubis ce soir, il faudra trouver un autre plan.

Luc, très chic dans sa veste du soir en satin noir, haussa les épaules.

— Tu es douée pour l'improvisation, Emmy. Tu trouveras bien une idée.

À leur arrivée, Park Crescent était rempli de voitures. Devant les portes de la demeure de l'ambassadeur, d'où sortaient des flots de lumière, une file d'invités attendaient que les valets de pied en livrée les fassent entrer. Un escadron de la garde royale était de faction dans la rue car, d'après la rumeur, le prince régent devait assister au bal, ainsi que le général Wellington et plusieurs membres de la famille royale et du gouvernement.

Emmy jeta un regard en direction de la résidence des Carrington. Comme elle s'y était attendue, seules quelques lampes étaient allumées aux étages supérieurs. Une partie des domestiques avaient eu leur soirée, puisque le maître et la maîtresse de maison seraient absents, et les autres devaient se trouver au rez-de-chaussée, dans les cuisines ou derrière les grilles pour admirer la foule élégante qui se pressait devant la résidence voisine.

Alors qu'elle gravissait les marches menant à l'immense salle de réception, située sur le devant de la demeure, Emmy constata avec soulagement que lady Carrington portait un collier de diamants. Elle avait donc laissé ses rubis chez elle, grâce à Dieu.

Luc se dirigea vers la salle de jeu, située dans une pièce voisine, et s'assit. Laissant Camille discuter avec des amis, Emmy se rendit dans la salle de bal.

Des danseurs, coudes levés et mains jointes, virevoltaient sur le parquet au rythme de la valse que jouait l'orchestre. Le brouhaha des conversations montait et descendait, telles les vagues sur l'océan. Les éventails s'agitaient, les joyaux étincelaient, les turbans se balançaient en un spectacle étourdissant. Emmy se posta entre un solide pilier de bois orné de fausses marbrures et une console dont le pied représentait un dauphin doré.

Un frisson dans sa nuque l'avertit de l'arrivée de Harland. Quelque part derrière elle, elle percevait sa présence solide et virile, reconnaissable entre toutes. C'était sans doute dans l'armée qu'il avait appris à s'approcher de l'ennemi sans être remarqué, et à utiliser le terrain et les abris naturels à son avantage.

Elle s'était bien doutée qu'il la chercherait, et sa venue ne faisait qu'ajouter une pointe de danger et d'excitation à l'aventure. Il serait là à chaque instant, rôdant derrière elle, mais elle n'aurait su dire si elle s'en réjouissait ou s'en désolait.

Sa voix de basse s'éleva dans son dos.

— Mademoiselle Danvers, quel heureux hasard, s'exclama-t-il d'un ton plus sec que le vent du désert.

À ses paroles, tout son corps lui parut s'embraser, telle une braise sur laquelle on souffle.

— Lord Melton, le salua-t-elle aussi froidement qu'elle en était capable.

Avait-elle réellement embrassé cet homme quelques jours plus tôt ? Elle avait du mal à y croire. Et elle avait une folle envie de recommencer.

— Dites-moi une chose sur vous que personne ici ne sait, demanda-t-il soudain.

Elle garda les yeux rivés sur les danseurs. *Je suis une intrépide voleuse de diamants*. Au nom du Ciel, elle n'aurait même pas dû lui adresser la parole. Tout ce qu'elle lui dirait pourrait être utilisé contre elle. Toutefois, sa bonne éducation l'emporta.

— Si vous voulez. J'aime découvrir des termes étrangers intraduisibles en anglais.

Jetant un coup d'œil par-dessus son épaule, elle vit son expression interloquée. Une autre femme aurait probablement répondu qu'elle aimait broder, jouer du piano ou dessiner des fleurs.

— Hum, fit-il d'un ton approbateur, comme s'il avait reçu une réponse satisfaisante à une énigme qui l'intriguait depuis longtemps.

Emmy expliqua :

— Il y en a plusieurs en français. Par exemple, l'*esprit d'escalier*[1]. Cela désigne une situation où vous trouvez la réplique parfaite quand vous remontez les marches pour rentrer chez vous, une fois que votre interlocuteur est parti.

Harland sourit, d'un grand sourire chaleureux qui fit briller ses yeux et serra le cœur de la jeune femme. Ce sourire était merveilleux, rare et précieux. Elle aurait tout donné pour le faire apparaître plus souvent sur son visage.

— *Sortable*[2], poursuivit-elle, est un adjectif qui désigne un ami ou un parent avec qui vous pouvez vous montrer en public sans craindre d'être embarrassé.

Alexander Harland était éminemment *sortable*. N'importe quelle femme aurait été flattée d'apparaître à son bras.

À présent qu'elle avait commencé, Emmy était intarissable.

— Et savez-vous ce que les Écossais entendent par *tartle* ? C'est ce que vous faites quand vous devez présenter une personne dont vous avez oublié le nom.

— Cela m'est arrivé plus d'une fois, commenta-t-il.

Il pencha la tête avant de reprendre :

1. En français dans le texte. *(N.d.T.)*
2. En français dans le texte. *(N.d.T.)*

— J'ai longuement voyagé à travers le continent. Le Grand Tour, façon Bonaparte. Je dois avoir collecté en route quelques mots qui pourraient agrandir votre collection. Voyons…

Il laissa son regard dériver vers la piste de danse, l'air pensif. Emmy risqua un clin d'œil vers son profil ferme et viril. Aussitôt, un frisson la parcourut.

— En voilà un, dit-il. Voyez-vous cet agaçant personnage, là-bas ? Celui en pantalon jaune moutarde.

— Lord Eversleigh ?

— Lui-même. Les Allemands ont un mot pour lui.

Elle haussa les sourcils en une question muette.

— *Backpfeifengesicht*, dit-il.

— À vos souhaits, répliqua-t-elle, pince-sans-rire.

— Les Français appellent cela une *tête à claques*[1].

Emmy ravala un rire amusé.

— Intéressant !

— Les soldats russes que j'ai rencontrés avaient également toutes sortes d'expressions pittoresques. En particulier, ils ont tout un vocabulaire pour décrire les différents stades de l'ébriété. Par exemple, *soosh-nyak* désigne cette sensation de gorge sèche quand vous vous réveillez après une nuit de beuverie.

— Voilà qui m'est tout à fait étranger, répondit-elle vertueusement, mais je présume que l'expérience vous est familière.

Il ignora sa pique.

— Ils ont également un terme pour décrire la déception que l'on ressent devant une femme qui semblait jolie vue de derrière mais ne l'est pas vue de devant. Hélas, je ne m'en souviens plus.

— Voilà une information particulièrement utile, rétorqua-t-elle.

---

1. En français dans le texte. *(N.d.T.)*

Elle s'amusait beaucoup, et elle en avait le cœur serré. Cette conversation légère et agréable lui donnait un cruel aperçu de ce qui aurait pu être, si les circonstances avaient été différentes. Hélas, aucune amitié n'était possible entre eux. Elle n'aurait jamais rien de plus que ces brefs moments volés.

La danse s'acheva, et l'orchestre se prépara à en entamer une autre. Harland se tourna vers Emmy et lui offrit son coude.

— Nous devrions danser, décréta-t-il.

Elle n'eut pas le temps de protester. Déjà, il l'avait entraînée sur la piste et lui avait pris la main. Sous son gant, elle percevait la chaleur de sa paume. Puis il posa son autre main au creux de son dos.

Rassemblant tout son courage, elle chercha son regard. Aussitôt, l'éclair désormais familier zébra l'espace entre elle et lui. *Une attirance magnétique.*

Il posa les yeux sur ses lèvres, puis les détourna aussitôt. Emmy percevait, autour d'eux, les regards curieux et les murmures intrigués. Toute femme s'affichant au bras d'Alexander Harland était enviée des autres. Avec sa haute stature et sa beauté ténébreuse, il était irrésistible. La nervosité la gagna. Les commères devaient se demander comment ce demi-dieu pouvait danser avec une ingénue au visage constellé de taches de rousseur.

— Je croyais que vous ne dansiez pas ! s'exclama-t-elle alors que la mémoire lui revenait. Vous n'avez pas dansé depuis votre retour d'Espagne.

Il haussa un sourcil amusé, et elle regretta d'avoir trahi son intérêt pour lui. Il esquissa un sourire mi-figue, mi-raisin.

— Il est exact que je n'ai pas dansé, mais je n'en suis pas pour autant incapable. J'ai choisi de m'abstenir, voilà tout. Du moins, jusqu'à présent. Je n'ai jamais trouvé de partenaire à mon goût.

Le cœur d'Emmy battit plus vite. Que devait-elle déduire de ces déclarations ?

— Je vais avoir besoin de votre aide, mademoiselle Danvers, poursuivit-il dans un murmure. Je ne peux pas voir nos mains jointes, ni les couples autour de nous. Si nous risquons la collision, merci de me prévenir.

Elle regarda autour d'eux, alarmée.

— Vraiment, nous ne sommes pas obligés de danser. Nous pourrions juste nous asseoir.

— Auriez-vous peur ? demanda-t-il d'un ton de défi.

Piquée au vif, elle redressa le menton.

— Certainement pas.

Il émit un petit rire, ses lèvres tout contre sa tempe, et l'attira un peu plus près de lui en serrant sa main.

— Dans ce cas, c'est parti !

Quand la valse commença, Emmy fut saisie de panique et manqua ses premiers pas. Par chance, son cavalier l'aida à retrouver le rythme avec habileté.

Dire qu'elle s'était imaginé qu'il serait maladroit sur une piste de danse ! Ses pas suivaient parfaitement la cadence, et il se tenait bien droit. Ses mains semblaient partout à la fois sur elle – au creux de son dos, sur son coude, autour de sa taille ou frôlant sa hanche.

La salle de bal n'était plus qu'une succession étourdissante de mouvements. Plier, tourner, avancer, reculer… Une douce chaleur avait envahi Emmy et semblait rayonner à travers sa peau. Toutes les fibres de son être vibraient, éveillées par la présence de son cavalier. Elle aurait voulu se blottir contre lui, sentir son large torse sous sa joue, son abdomen musclé sous ses paumes… ou ses lèvres sur les siennes.

Non, non, non ! Cet homme la troublait beaucoup trop. Elle ne devait pas lui faire confiance. Il était là pour la prendre en flagrant délit de vol. Sinon, pourquoi s'était-il rendu chez les Carrington l'avant-veille ?

Avait-il averti les propriétaires du rubis ? Ceux-ci avaient-ils placé le collier en lieu sûr ? Lui avait-il tendu un piège ?

Elle avait été hantée par des visions effrayantes. Par exemple, elle ouvrait le coffret à bijoux de lady Carrington et n'y trouvait qu'une provocante plume noire. Ou, en se retournant, elle voyait les grandes mains et le visage triomphant de Harland sortir de l'ombre et lui barrer le passage.

La nuit précédente, elle s'était réveillée d'un rêve brûlant et troublant. Elle était pourchassée et attrapée, plaquée contre un torse dur comme le roc, puis menottée par des mains impérieuses. Elle pleurait, suppliait, mais que demandait-elle ? Elle ne s'en souvenait plus. La liberté ? Le pardon ? Ou encore un peu de cette inavouable chaleur ?

Elle était impatiente que toute cette affaire soit terminée. Quand Danton aurait obtenu ce qu'il désirait, elle pourrait enfin poursuivre ses propres rêves, concrétiser ses propres espoirs. Seul petit problème : tout ce qu'elle voulait vraiment, c'était cet homme qui n'hésiterait pas un instant à remettre l'Engoulevent aux mains de la justice. C'était un cauchemar éveillé…

— Vous jouez avec le feu, murmura Harland, l'arrachant à ses tristes réflexions.

— J'ignore de quoi vous parlez.

— Je crois que vous le savez très bien, au contraire. Vous êtes très douée pour la dissimulation, n'est-ce pas, mademoiselle Danvers ? Vous vous faites passer pour plus sotte que vous ne l'êtes. Vous cachez votre beauté sous des couleurs fades. Sauf aujourd'hui, ajouta-t-il avec un regard éloquent vers sa robe. Ce soir, vous ressemblez à un joyau qu'on a envie de voler.

De stupeur, elle lui marcha sur le pied. Quelle étrange expression ! Était-ce délibéré, ou fallait-il y voir une pure coïncidence ? Mais Emmy ne croyait pas aux coïncidences. Tout ce que disait cet homme était soigneusement pesé.

Il l'observa avec intensité, comme s'il pouvait lire dans son esprit, comme si toutes les mauvaises actions et les noires pensées de la jeune femme lui étaient dévoilées. Elle se mordit les lèvres pour contenir une absurde envie de tout lui avouer. Pas étonnant qu'il soit si bon détective s'il lui suffisait de regarder un hors-la-loi pour que celui-ci confesse aussitôt ses secrets !

Baissant la tête vers elle, il lui murmura à l'oreille :

— Un petit conseil, mademoiselle Danvers : ne jouez que si vous êtes sûre de gagner.

— Venant d'un propriétaire de cercle de jeu, voilà un avis qui doit valoir son pesant d'or.

Il haussa les épaules d'un geste fataliste.

— Tout le monde peut avoir de la chance, mais un jour ou l'autre, notre bonne étoile pâlit. Au jeu, les probabilités penchent toujours en faveur de la banque.

Emmy savait que la fortune ne lui sourirait pas toujours, mais croyait-il qu'elle avait le choix ? Ce jeu, elle devait le jouer.

— Eh bien, me voilà avertie, monsieur, répliqua-t-elle d'un ton léger.

La danse s'acheva sur deux accords joyeux.

Assez ! Emmy devait cesser de s'infliger ce mélange de plaisir et de douleur qu'éveillait toujours en elle la présence de Harland. Il était grand temps de se mettre au travail.

— Merci pour cette valse, lord Melton. Et pour vos conseils avisés.

Elle le salua, puis se composa une expression compatissante et lui décocha un regard moqueur.

— Seigneur ! Je vois une horde de dames qui espèrent une valse avec vous, à présent que vous avez retrouvé le chemin de la piste de danse. Je crains que vous ne veniez d'ouvrir la boîte de Pandore.

Le regard alarmé qu'il tourna vers la foule derrière eux fut un pur bonheur. Profitant de ce bref moment d'inattention, Emmy s'éclipsa. Elle avait un rubis à voler.

18

Il ne fut guère difficile de s'introduire dans la bibliothèque, située à l'arrière de la résidence. La pièce n'était pas officiellement ouverte aux invités, mais elle n'avait pas été fermée à clé. Emmy déverrouilla l'une des hautes portes-fenêtres qui donnaient sur un étroit balcon à la rambarde de fer forgé et se glissa dehors. La fraîcheur de l'air nocturne la fit frissonner.

En contrebas, les contours indistincts d'arbres et de bosquets taillés avec soin disparaissaient dans la pénombre du jardin. Les mains crispées sur le garde-fou, Emmy s'obligea à regarder vers le bas. À sa droite, à quelques pas seulement, un balcon identique, celui des Carrington, faisait saillie sur le mur. Ravalant une bouffée de panique nauséeuse, elle souleva ses jupes et enjamba le métal, dont le froid traversa ses gants.

Elle détestait les hauteurs.

Les Français avaient une expression pour cela. *L'appel du vide*[1]. Elle le ressentait toujours, ce besoin presque irrépressible de se jeter depuis un point élevé, malgré la peur qui l'étreignait.

S'étirant douloureusement, elle se pencha pour attraper l'autre rambarde, puis elle posa son pied

---

1. En français dans le texte. *(N.d.T.)*

gauche. Pendant quelques instants effrayants, elle demeura immobile, suspendue entre les deux balcons au-dessus du vide, un pied et une main sur chacun.

S'avisant soudain que quelqu'un pouvait sortir et avoir une vue imprenable sur ses dessous en soie bleu nuit, elle ravala un fou rire nerveux.

Poussant de toutes ses forces, elle fit passer son poids vers l'autre balcon, dont elle enjamba la rambarde avec soulagement. Tout aurait été plus simple si elle avait pu porter ses culottes de daim !

Là. Le plus dur est fait.

Elle avait les paumes moites sous ses gants, mais le loquet que Sally avait tordu se révéla facile à ouvrir. Elle tendit l'oreille, guettant des voix à l'intérieur. Rien. Elle se glissa donc dans l'étroite ouverture.

La demeure des Carrington était le reflet de celle de l'ambassadeur, mais leur bibliothèque était nettement moins garnie.

Tous ses sens en éveil, Emmy traversa la maison. Quel piège Harland lui avait-il tendu ? Il était actuellement sur la piste de danse et ne pouvait donc pas se trouver ici en embuscade, mais peut-être avait-il posté des agents de Bow Street.

Elle s'avança sur la pointe des pieds, surveillant chaque canapé assez gros pour dissimuler une silhouette, chaque mouvement de rideau, mais ne détecta aucune présence. Assourdie par les battements de son cœur, elle se dirigea vers la chambre de lady Carrington.

Le rubis se trouvait exactement là où Luc l'avait dit, dans un coffret en cuir rouge rangé dans le fond de l'armoire. Comme prévu, la clé était cachée sous un perroquet en porcelaine de Meissen, sur le manteau de la cheminée. Emmy n'aurait su dire comment son frère s'était procuré ces informations, mais lady Carrington n'était pas avare de ses charmes.

Sans doute de nombreux gentlemen étaient-ils assez intimes avec elle pour être au courant de tels détails... et assez complaisants pour partager cette information, si on les y incitait.

Elle aurait juré que Luc ne s'était pas chargé lui-même de cette enquête ; il était trop épris de Sally.

La griffe qui retenait la pierre précieuse effilocha le gant d'Emmy quand elle l'arracha au reste du collier, dont il occupait le centre. Elle était navrée de devoir détruire le bijou, mais ce rubis n'avait pas sa place ici.

Glissant une main dans ses cheveux, elle en retira une plume noire qu'elle déposa dans le coffret à bijoux. Elle envisagea de cacher le joyau dans son décolleté, mais celui-ci n'était pas aussi généreux que celui de Sally. La pierre risquait de former une bosse inconfortable et peu discrète sous son corset. Elle choisit de la dissimuler entre les boucles serrées de son chignon, où elle serait en sécurité.

Ne pouvant croire que Harland ne lui avait pas tendu de piège, elle rebroussa chemin sans un bruit, ses pas étouffés par l'épais tapis du couloir. Toutefois, plutôt que de sortir par les balcons, elle décida de passer par la porte de service et le jardin de derrière. Elle tendit l'oreille, guettant le moindre bruit.

Où était donc Harland ? Où étaient ses hommes ? C'était presque trop facile ! Elle ne pouvait pas imaginer qu'il n'ait rien prévu, surtout après les sous-entendus qu'il avait formulés durant leur danse.

C'est alors que la porte donnant sur les quartiers du personnel s'ouvrit.

Enfer ! Je ne m'étais pas trompée.

Emmy plongea derrière un pilier, le cœur battant, mais au lieu de la voix autoritaire de Harland lui ordonnant de se rendre, elle entendit un petit rire féminin, suivi d'un soupir masculin, puis le son de pas sur le couloir dallé de marbre.

— William, non ! chuchota la femme d'une voix excitée qui signifiait clairement : « William, oui ! »

— Allons, répondit l'autre, ils ne seront pas de retour avant plusieurs heures. Et sais-tu combien de fois j'ai eu envie de te prendre dans mes bras en te voyant devant cette cheminée, en train d'allumer le feu ?

— Une centaine ? suggéra la fille d'une voix espiègle.

— Un millier.

— Oh, William !

Emmy sourit en comprenant qu'ils s'embrassaient.

— Viens, reprit l'homme. Allons voir si le bureau de Monsieur est aussi solide qu'il en a l'air.

Il y eut un froissement d'étoffe, le déclic d'une porte, puis le son d'un verrou que l'on tournait. Emmy porta mentalement un toast aux tourtereaux. Au moins, ces deux-là appréciaient leur soirée. Seigneur, qu'elle enviait leur insouciance !

Les rires et les conversations du personnel montaient des cuisines, à l'entresol. Les domestiques semblaient s'amuser autant, sinon plus, que les invités en tenue d'apparat dans la salle de bal de la demeure voisine. Emmy sourit. Si l'Engoulevent signait toujours son passage par une plume noire, c'était pour que le petit personnel ne soit pas accusé. Au moins, elle n'avait pas ce poids sur la conscience.

Après un bref regard de chaque côté, elle traversa la maison jusqu'à la porte de service, puis se faufila dans le jardin de derrière. De la musique et des rires se déversaient par les fenêtres ouvertes de la maison de l'ambassadeur, mais la soirée était si fraîche qu'aucun invité ne s'était aventuré sur la terrasse. Les deux jardins n'étaient séparés que par un simple muret de pierre, qu'Emmy franchit d'un petit bond triomphant.

Que dites-vous de cela, Alexander Harland, avec vos avertissements voilés et vos sous-entendus menaçants ? Ce soir, c'est moi qui rafle la mise !

Elle s'approcha de la véranda située à l'arrière de la maison et se glissa à l'intérieur. L'orangerie de l'ambassadeur était envahie par une végétation tropicale. Elle avait l'impression que le papier peint de sa chambre était soudain en trois dimensions, et qu'il s'était animé de la vie luxuriante et frémissante d'une forêt nocturne.

Elle frissonna dans l'air moite en remontant l'un des passages dallés de brique qui menaient vers l'intérieur de la maison. L'endroit était plongé dans la pénombre. De petits lampions de papier de style japonais avaient été disposés ici et là le long de l'étroit passage, mais leurs faibles halos de lumière peinaient à chasser l'obscurité. Et si le clair de lune traversait les panneaux de verre du toit, tout là-haut, le réseau en ombres chinoises des feuilles, des palmes et des fougères géantes formait un treillis mouvant au-dessus d'elle et filtrait la lumière de l'astre nocturne.

Emmy prit une profonde inspiration pour apaiser ses nerfs encore tendus. L'odeur qui régnait ici, un parfum fertile de terre tiède, de fleurs exotiques et de terreau, était étrangement rassurante. Enfin, une vague de soulagement la parcourut, elle se laissa tomber sans grâce sur l'un des murets bas de brique rouge qui ceignaient les massifs. Ses mains tremblaient.

C'était idiot, mais cela se produisait chaque fois. Durant l'opération, elle était totalement concentrée, capable de maîtriser ses nerfs, mais ensuite, une fois en sécurité dans sa chambre, la panique l'envahissait. Elle tremblait. Parfois même, elle se mettait à pleurer en songeant à tout ce qui aurait pu mal tourner.

Dè l'autre côté de l'orangerie, une porte s'ouvrit, laissant brièvement entrer le vacarme de la fête. Aussitôt, Emmy redressa la tête. Une bouffée d'air froid souleva les fins cheveux sur sa nuque, moite de transpiration. Tout en se félicitant que sa robe sombre la dissimule, elle recula dans l'ombre des feuillages. Quelqu'un était sorti pour prendre l'air, sans doute un invité un peu éméché.

Des pieds bottés, définitivement masculins, claquèrent sur l'allée. Emmy se tendit quand les pas s'approchèrent. *Malédiction !* L'homme n'aurait-il pas pu choisir un autre passage ? Elle n'avait pas pris tous ces risques pour finir surprise dans une situation compromettante avec un inconnu !

Lorsqu'une silhouette apparut, haute et menaçante, un frisson d'alarme parcourut la jeune femme. Elle se leva d'un bond, sans plus se soucier de trahir sa présence. C'est alors que la voix d'Alexander Harland s'éleva dans la pénombre.

— Fâcheuse rencontre au clair de lune, mademoiselle Danvers.

19

Dans l'obscurité, Emmy fronça les sourcils. Shakespeare ? Elle se rappelait confusément cette réplique tirée du *Songe d'une nuit d'été,* un échange entre Oberon et Titania, le couple infernal du Petit Peuple. C'était bien trouvé... à la différence que jamais elle ne serait l'épouse d'Alexander Harland, Dieu merci.

Elle porta sa main gantée à sa gorge et n'eut pas besoin de feindre qu'elle était choquée.

— Lord Melton ! Vous m'avez surprise. Je prenais l'air. J'allais rentrer.

Il pencha la tête de côté.

— Et moi, j'arrive juste. Décidément, nous ne parviendrons jamais à accorder nos violons. À croire que tout nous opposera toujours.

Elle émit un petit rire nerveux.

— Je ne dirais pas cela, monsieur.

— Ah non ?

Il fit mine de réfléchir.

— Et que diriez-vous, alors ? Nous ne pouvons pas nous considérer comme des amis, n'est-ce pas ?

Chassant une pointe de déception devant l'indifférence avec laquelle il écartait toute idée d'amitié entre eux, elle esquissa un haussement d'épaules évasif.

— Ma foi, je n'en sais rien. J'aurais imaginé que votre travail pour Bow Street vous attirait déjà suffisamment d'ennemis pour que vous n'ayez pas à en chercher de nouveaux.

Il fit un pas vers elle. Elle tenta de reculer, mais le muret de brique derrière elle lui barrait le passage.

— En effet, répondit-il d'un ton détendu, presque amusé. Toutefois, un peu d'adversité n'est pas désagréable. C'est assez… stimulant, ne pensez-vous pas ?

— Je n'y ai jamais réfléchi, mentit la jeune femme.

— Moi, si. Un adversaire digne de ce nom vous maintient en alerte et révèle votre potentiel. Jamais je n'aurais appris à tirer si je n'avais pas été contraint de combattre les armées de Bonaparte, par exemple. Jamais je n'aurais appris à pourchasser les criminels si je n'avais pas travaillé pour Bow Street.

Une pensée la traversa. *Les diamants naissent d'une pression colossale*. Camille et lui partageaient la même vision.

— Vous semblez y prendre un certain plaisir, fit-elle remarquer.

Elle détestait le tremblement dans sa voix. Elle aurait dû se montrer audacieuse et séduisante, plutôt que coupable et anxieuse.

Il fit un nouveau pas vers elle et lui décocha un sourire qui étincela dans l'obscurité. Un rayon de lune éclaira la moitié de son visage, soulignant ses pommettes, son nez droit, ses lèvres sensuelles.

— En effet, admit-il. Attraper un criminel, c'est toujours une victoire exaltante. Surtout quand il m'a donné du fil à retordre.

Il avait parlé avec des inflexions feutrées, presque enrouées, qui éveillaient en elle un trouble inavouable.

— On prend plus de plaisir aux choses qu'on a longtemps désirées, ne croyez-vous pas ?

L'espace d'un instant, il baissa les yeux vers sa bouche. Sans réfléchir, Emmy se mordit la lèvre inférieure. Une expression presque douloureuse se peignit alors sur le visage de son compagnon qui, de sous ses cils épais, l'enveloppa d'un regard qui la fit fondre.

— Par exemple, savez-vous depuis combien de temps je rêve d'attraper l'Engoulevent ?

Le cœur de la jeune femme battit un peu plus fort. *Il sait.*

Non ! Il ne pouvait avoir aucune certitude. Il tentait seulement de la faire parler dans l'espoir qu'elle se trahirait. Elle serra les lèvres, de peur d'en dire trop.

Il répondit à sa place.

— Très longtemps. Et je sais exactement ce que je ferai quand je le prendrai.

Emmy poussa un soupir silencieux. *Le*. Il avait dit « le ». Ses allusions et ses sous-entendus n'étaient que le fruit de son imagination inquiète. Elle était en sécurité. Pour l'instant.

— Que ferez-vous ? ne put-elle s'empêcher de demander.

— Je le punirai, répondit-il d'un ton rêveur. Voilà longtemps que je rêve de ce moment. Je brûle d'impatience de mettre la main sur lui.

Il était si près d'elle qu'elle percevait la chaleur de son corps. Elle inhala son parfum et, l'espace d'un instant, envisagea de venir tout contre lui pour poser la tête sur son épaule et s'abandonner à sa chaleur virile. Au lieu de cela, elle tenta de le contourner.

— Je dois retourner dans la salle de bal, dit-elle.

Il fit un pas de côté pour lui bloquer le passage. Aussitôt, une bouffée de panique envahit Emmy. Les senteurs capiteuses de la terre et des fleurs exotiques lui tournaient la tête.

Dans la pénombre propice aux confidences, il se pencha vers elle avec des mines de conspirateur.

— Vous ne m'avez toujours pas dit ce que vous faisiez ici, seule dans le noir. Attendez-vous un soupirant ?

Emmy sursauta.

— Certainement pas ! J'avais besoin d'air frais, voilà tout. Il règne une chaleur étouffante dans cette salle.

En proie à une vive agitation, elle se tourna pour humer le parfum d'une pivoine épanouie. C'était sa fleur préférée, avec ses pétales extravagants et son parfum envoûtant. Emmy ferma les paupières. Comment diable allait-elle s'échapper s'il lui bloquait le passage ?

Exaspéré, Alexander observa le délicat profil de sa compagne. Cette femme le rendait fou. Pourquoi ne ressemblait-elle pas à toutes ces débutantes, si insipides mais si innocentes, qui se pressaient dans la salle de bal ? Ravalant un grondement de frustration, il parcourut du regard son petit nez mutin, ses lèvres si douées pour les mensonges… et pour les baisers. Bonté divine, pourquoi ne ressentait-il d'attirance pour aucune autre qu'elle ?

Si elle était ici, ce n'était pas pour un quelconque rendez-vous amoureux. Le seul rendez-vous clandestin qu'elle avait ce soir, c'était avec le coffret à bijoux de lady Carrington.

Étrangement, l'idée qu'elle retrouve en secret un admirateur le dérangeait tout autant que la certitude qu'elle était une cambrioleuse, mais il n'avait pas envie d'examiner cette contradiction de trop près. Que lui importait si elle avait un amant ? Il s'en moquait. Il s'en moquait éperdument !

Il fronça les sourcils. Ces plumes noires dans sa coiffure n'étaient rien d'autre qu'une façon provocante de dire : « Je suis l'Engoulevent. » Sans doute le croyait-elle aussi lent d'esprit que le caillou qu'elle avait étiqueté au musée. Elle n'avait disparu de sa vue que quelques minutes, mais il aurait mis sa main au feu que s'il se rendait dans la maison voisine, il trouverait l'une de ces plumes dans le coffret à bijoux de lady Carrington.

Il était furieux, à la fois contre elle et contre lui-même. Cette femme était une menteuse et une manipulatrice, alors pourquoi était-il si réticent à la perspective de la démasquer ? Pourquoi cette envie d'arrêter la marche du temps, de prolonger encore un peu le doute ? Pourquoi cet absurde élan de la serrer dans ses bras une dernière fois avant le désastre ?

Une bouffée de dégoût envers lui-même l'envahit. Décidément, il ne retiendrait jamais la leçon ! Une fois de plus, il essayait de se voiler la face, de croire à l'innocence d'un joli minois. Exactement comme en Espagne, il refusait de regarder la vérité en face. Il ravala un rire plein d'amertume. Peut-être sa blessure à l'œil était-elle un juste châtiment, une façon finalement assez poétique d'incarner son pire défaut : sa tendance à s'aveugler lui-même.

En la voyant faire courir un doigt sur les pétales cireux d'une orchidée, il chassa le troublant souvenir de sa main sur sa peau.

Concentre-toi, bon sang !

Quand elle leva vers lui ses grands yeux pailletés d'argent, il fut parcouru par une sensation désormais familière, cette impression d'être pleinement vivant, vibrant d'énergie. Il avait déjà éprouvé cela avec la machine électrostatique que lord Braxton avait louée pour divertir ses invités, un frisson qui mettait tous ses nerfs en éveil. Emmeline Danvers provoquait exactement la même réaction chez lui.

Il ne pouvait pas se permettre le moindre sentiment pour elle. Cette femme était une criminelle, et il s'était engagé par serment à faire respecter la loi. Il n'avait pas le droit de céder à l'attirance qu'elle éveillait en lui.

Hélas, il était littéralement fou de désir.

Les faibles échos d'un quadrille résonnaient au loin mais il les entendait à peine, comme si elle et lui se trouvaient dans un autre monde, plus élémentaire, un monde de terre et de pénombre. Les pupilles de sa compagne étaient immenses et sa peau semblait briller, rehaussée par l'écrin de sa robe bleu nuit. Il serra les doigts pour retenir une impérieuse envie de les nouer autour de sa gorge blanche. Il n'aurait su dire s'il voulait l'étrangler... ou lui faire passionnément l'amour.

À quoi bon le nier ? Il désirait cette femme. Et il ne voyait pas l'intérêt de prétendre qu'il n'allait pas l'embrasser. Voilà des jours qu'il ne pensait qu'à cela. Il attendait ce baiser avec la même impatience qu'autrefois il avait attendu le laudanum qu'on lui administrait, quand il avait été blessé.

Elle avait dissimulé le fruit de son vol quelque part sur elle, il l'aurait juré. Il allait le trouver... et cela allait être un plaisir sans bornes.

Il réduisit encore un peu la distance qui les séparait. Elle leva les yeux vers lui d'un air alarmé et s'apprêta à protester, mais il murmura :

— Ne dites rien.

Sa bouche trouva la sienne sans la moindre hésitation. Puis ses mains se refermèrent autour de sa nuque pour l'empêcher de s'enfuir.

Il ferma les yeux, ivre de volupté. Le parfum d'Emmy emplit ses narines, plus capiteux que celui de toutes les fleurs exotiques autour d'eux. L'espace d'un instant, il crut qu'elle allait le repousser mais, dans un petit soupir, elle se hissa sur la pointe des pieds et lui offrit sa bouche, comme si elle avait espéré ce baiser avec la même fièvre que lui.

Enfer ! Cette femme me surprendra toujours.

Il l'embrassa passionnément, sans tenter de lui cacher son désir, prenant son souffle et lui donnant le sien en un ballet impudique. Quand il l'attira contre lui, il perçut les battements affolés de son cœur contre son torse. Le même martèlement rugissait à ses oreilles, presque assourdissant.

Tu es censé chercher le rubis.

Ce rappel de sa conscience se fraya péniblement un chemin à travers les brumes du plaisir qui menaçaient de l'engloutir. Alexander laissa ses mains descendre le long des bras de sa compagne, puis sur sa taille, avant de remonter le long de ses côtes. Elle émit un doux gémissement. Il continua de l'embrasser tout en prenant ses seins entre ses paumes et fit courir ses pouces le long de son corsage à la recherche du rubis, mais il ne rencontra que les baleines de son corset.

Seigneur, qu'elle était désirable !

Sa poitrine pesait délicieusement dans ses mains et sa peau était plus douce que la soie, songea-t-il tout en déposant une série de baisers le long de son cou. De son pouce, il effleura la pointe de son sein sous sa robe. Aussitôt, elle se cambra en gémissant. Incapable de résister à la tentation, il glissa ses mains dans son corset.

Elle était faite pour lui. Sa place était là, entre ses bras !

Et lorsqu'elle poussa un petit soupir impatient, ses lèvres tout contre les siennes, il perdit le contrôle de la situation. Il n'avait plus la moindre notion du temps. Les secondes, les minutes ne signifiaient plus rien. Il n'y avait qu'une suite d'éternités de béatitude – la moiteur accueillante de sa bouche, la joie extatique de dénuder ses seins… Elle glissa ses doigts dans ses cheveux quand il approcha ses lèvres de sa poitrine pour lécher ses seins, les embrasser, s'émerveillant du contraste entre leurs pointes durcies de plaisir et leurs courbes satinées.

Il avait les reins en feu. Il voulait plus que cela, beaucoup plus.

20

Depuis que son compagnon avait posé sa langue sur son sein, Emmy était incapable de la moindre pensée cohérente. Elle avait failli s'évanouir quand il l'avait embrassée sur la bouche, alors que dire de *cela* ? Les mots lui manquaient.

Une vague de chaleur avait envahi tout son corps. Sous les baisers audacieux de son compagnon, son ventre se contractait et une lancinante impatience se formait entre ses jambes. Quand il tira très doucement sur la pointe de son sein, elle crut défaillir. C'était une délicieuse torture, une indescriptible impression de plaisir et de frustration mêlés.

Elle sentit confusément que son chignon se défaisait, que les épingles tombaient, que ses lourdes boucles glissaient sur ses épaules, mais rien d'autre n'avait plus d'importance à présent que les fabuleuses sensations que son compagnon éveillait en elle.

Ce ne fut que quand elle sentit bouger le petit peigne où elle avait glissé ses plumes noires qu'elle revint à la réalité.

Enfer, le rubis ! Il est là, dans mes cheveux !

Elle tenta de retenir son chignon qui s'effondrait, en vain. Toute la masse de ses cheveux retomba sur son épaule. Dans une tentative désespérée d'éviter le désastre complet, qui ne manquerait pas de se produire si le rubis roulait sur le sol, elle rejeta vivement la tête en arrière au moment où la pierre précieuse glissait le long de son crâne. Ce mouvement, qui révéla sa gorge en une invitation explicite, eut aussi pour effet de faire descendre le rubis le long de son dos. Elle l'entendit tomber dans les feuillages derrière elle avec un son mat.

Bonté divine ! Chavirée par les baisers de Harland, elle en avait oublié la pierre précieuse cachée dans son chignon !

Un frisson de triomphe et d'excitation la parcourut. Harland pourrait la fouiller autant qu'il le voudrait, jamais il ne trouverait le diamant sur elle.

Puis un doute l'envahit. Était-ce pour *cela* qu'il la couvrait ainsi de caresses impatientes ? Eh bien, même si c'était le cas, qu'importait ? Il n'avait pas remarqué la chute du rubis, et les caresses qu'il lui prodiguait étaient tout simplement indescriptibles. C'était la première et probablement la dernière fois qu'elle vivait une expérience aussi extraordinaire, et elle n'était pas pressée de l'interrompre.

Étouffant un petit rire de pur ravissement, elle attira le visage de son compagnon vers le sien et l'embrassa avec fougue. Sous ses lèvres, il poussa un gémissement.

— Vous êtes si douce ! murmura-t-il avec des inflexions qui ressemblaient presque à des accusations.

Il glissa ses mains dans ses cheveux défaits. Elle tressaillit quand il enroula l'une de ses longues mèches autour de son poing et tira vers lui. Ce geste primitif, presque barbare, lui donnait de petits frissons de plaisir. Puis il lâcha ses cheveux et fit descendre ses paumes le long de son dos, de sa nuque jusqu'à sa taille, et plus bas encore, avant d'écarter les doigts pour la prendre par les fesses. Dans le même mouvement, il froissa l'étoffe de ses jupes, qu'il releva lentement. Aussitôt, un courant d'air chaud passa sur sa peau nue, juste au-dessus de ses bas, en une caresse indécente. Lorsqu'il glissa sa main sur la soie de ses dessous, une brûlure intense se forma au plus secret d'elle-même.

Elle savait où il espérait en venir. Sally lui avait parlé des choses qu'un homme pouvait faire à une femme. Elle avait juste omis de décrire l'inavouable plaisir que cela éveillait, cette fièvre qui vous consumait tout entière.

Bientôt, il trouva la fente de sa culotte. Emmy se cambra dans un gémissement impudique lorsqu'il toucha les plis moites de son intimité, et retint son souffle en le sentant hésiter à l'orée de son sexe.

Oui ! Là ! Encore !

Seigneur, avait-elle dit cela à haute voix ?

Elle perçut alors le déclic de la porte, peut-être le son le plus effrayant qu'elle eût jamais entendu. L'espace d'un instant, Harland et elle se figèrent, tels les personnages d'une estampe érotique. Puis Emmy se redressa dans un petit hoquet de stupeur tandis que son compagnon faisait un bond en arrière.

Ses jupes retombèrent sagement sur ses jambes, et Harland, à présent à distance respectueuse, tourna le dos à la porte et émit une petite toux.

— ... et voilà comment, mademoiselle Danvers, l'ananas est parvenu jusqu'à nos rivages, déclara-t-il d'un ton docte. Dans la nature, bien entendu, il est pollinisé par les colibris, voire par des chauves-souris, mais ici, d'après ce que je sais, on a recours à d'autres méthodes pour assurer une récolte satisfaisante.

Elle battit des paupières, abasourdie. Il s'exprimait d'une voix parfaitement normale, comme s'il n'était pas le moins du monde affecté par ce qui venait de se passer entre eux ! Pour sa part, c'était tout juste si elle savait encore comment elle s'appelait.

Il se retourna alors, comme s'il s'avisait seulement de la présence du couple d'un certain âge qui venait d'entrer dans l'orangerie, qu'il salua d'un hochement de tête distrait.

— Ah, lord Travers, lady Travers, bonsoir. Nous admirions les fameux ananas de l'ambassadeur. Mlle Danvers est une ardente naturaliste.

Celle-ci acquiesça d'une voix étranglée. « Une ardente dévergondée », rectifia-t-elle en son for intérieur. Elle avait les joues en feu et sa coiffure en désordre devait offrir un spectacle consternant, mais le couple grisonnant ne parut même pas s'en apercevoir. Elle adressa au Ciel une muette prière de remerciement pour la pénombre qui la dissimulait en partie.

Harland se tourna de nouveau vers elle et la salua d'une rapide courbette.

— J'espère avoir satisfait votre curiosité, mademoiselle Danvers.

Un sourire complice étira ses lèvres.

— Si vous avez d'autres questions, n'hésitez pas, ajouta-t-il.

Puis il quitta l'orangerie d'un pas décidé, sans un regard en arrière. Pour un peu, Emmy aurait applaudi sa prestation. Il rayonnait d'arrogance et d'indifférence. S'il avait réagi un peu moins vite, ils auraient été surpris dans une situation extrêmement compromettante.

Lady Travers lui décocha un sourire dénué de toute curiosité. Elle avait beau les avoir vus dans une situation susceptible de prêter à confusion, il ne devait même pas lui être venu à l'idée que lord Melton, si exigeant dans ses conquêtes féminines, puisse s'intéresser à quelqu'un d'aussi ordinaire qu'Emmeline Danvers.

Se composant à son tour un air détaché, Emmy se tourna de nouveau vers les fleurs en feignant un intérêt passionné pour un lys tigré. Mieux valait être considérée comme un déprimant bas-bleu que comme une femme qui avait failli se laisser trousser derrière un bosquet de fougères. Seigneur, ses jambes la portaient à peine…

Lord et lady Travers s'engagèrent dans une autre allée. Emmy se pencha, ramassa le rubis qui avait roulé dans la terre puis, à tâtons, entreprit de rassembler ses épingles à cheveux et son peigne orné de plumes.

Elle ne pouvait pas retourner dans la salle de bal ainsi décoiffée. Elle ramena sa chevelure en chignon en la tournant sur elle-même, la fixa sur le sommet de sa tête d'une main si tremblante qu'elle se griffa le crâne à plusieurs reprises, puis se rendit en hâte dans la salle de toilette réservée aux dames. Là, dans le reflet d'un miroir et avec l'assistance de l'une des domestiques de l'ambassadeur, elle parvint à se rendre de nouveau présentable.

Il n'y avait hélas rien à faire pour ses lèvres, bien plus rouges et gonflées que d'ordinaire. Ses joues étaient roses, ses yeux étincelants d'excitation. Manifestement, le danger lui allait bien. Avait-elle la même apparence quand elle opérait un cambriolage ? Secouant la tête devant une idée aussi ridicule, elle retourna dans la salle de bal.

Harland était invisible, et elle tenta de se convaincre qu'elle en était soulagée. Seigneur, quelle folie les avait pris tous les deux ? Au début, elle avait cru qu'il savait qu'elle détenait le rubis. Puis il l'avait embrassée, et si son but avait été de la fouiller pour trouver la pierre, il avait échoué.

Elle aurait aimé se dire que, emporté par la fièvre qui les consumait, il en avait oublié sa mission, mais elle n'y croyait guère. Cependant, comment expliquer autrement ce qui venait de se passer ? Devait-elle croire qu'il l'avait croisée dans l'orangerie par le plus grand des hasards et l'avait embrassée pour la seule raison qu'il en avait envie ? C'était encore plus improbable. Un homme tel que lui n'agissait pas sur une impulsion. Peut-être avait-il tenté de la troubler pour la pousser à avouer ses crimes ?

Quoi qu'il en soit, elle avait obtenu un répit inespéré, et peu importait le reste. Son regard croisa celui de Luc, qui se tenait de l'autre côté de la salle. Aussitôt, son frère la rejoignit.

— Un imprévu ? demanda-t-il d'un ton désinvolte en posant sur sa coiffure un coup d'œil éloquent.

Maudissant ses joues brûlantes, elle marmonna :

— Rien d'insurmontable.

La honte et la frustration se disputaient en elle. Grâce à Dieu, ils avaient été interrompus ! Quelques instants de plus, et elle se donnait à Harland sans la moindre retenue. Au lieu de prendre le premier prétexte pour s'éloigner, comme elle aurait dû le faire, elle s'était pratiquement offerte à lui. Il lui semblait sentir encore ses cheveux sous ses mains, la caresse de ses larges paumes sur sa peau, le contact de ses lèvres sur ses seins.

Camille les rejoignit.

— Sommes-nous prêts à partir ? demanda-t-elle.

La gorge nouée, Emmy hocha la tête.

Une fois que la voiture les eut déposés devant la maison, elle monta directement dans sa chambre. Sans un regard pour le rubis, elle le déposa sur sa table de nuit et s'effondra sur son lit dans un gémissement de détresse.

Quelle soirée ! Elle était épuisée par toute la gamme des émotions qui l'avaient traversée, de l'excitation nerveuse à l'effroi, de l'euphorie à la panique, de la culpabilité au plaisir.

Sa véritable victoire, ce soir, n'était pas le vol du rubis mais son baiser avec Alexander Harland. « Vous jouez avec le feu », l'avait-il prévenue. Hélas, le plaisir de croiser le fer avec lui était devenu dangereusement addictif.

21

— *Il* est revenu, annonça Sally d'une voix sombre.

Emmy leva les yeux du petit déjeuner qu'elle prenait en solitaire. Sally parlait-elle de Harland ? À l'idée de le revoir, son pouls battit un peu plus vite.

— Qui ? demanda-t-elle d'une voix étranglée.

— Danton ! gémit Sally. Il attend dans le vestibule.

Aussitôt, le cœur d'Emmy se serra.

— Où est Luc ? s'enquit-elle, anxieuse.

— Il est sorti faire sa promenade matinale au parc.

Emmy marmonna un juron. *Malédiction !* Elle n'avait pas envie d'être seule pour recevoir Danton, mais Camille dormait encore et elle ne voulait pas la réveiller.

— Fais-le entrer, mais laisse la porte ouverte.

Quand Danton franchit le seuil, Emmy vit enfin l'homme qui faisait de sa vie un enfer depuis près d'un an. Sally l'avait bien décrit. De taille moyenne, plutôt râblé, il devait avoir une dizaine d'années de plus qu'Emmy et ses traits avaient une expression d'enfant gâté. Il aurait ressemblé à un bébé trop bien nourri sur le point de faire un caprice si ses petits yeux froids n'avaient brillé d'une lueur calculatrice. Il n'y avait rien d'innocent dans ce regard ! Il l'observa sans cacher son intérêt, s'attardant à loisir sur son décolleté, comme si c'était son bon droit. Comme s'il la possédait.

Quand il esquissa un sourire onctueux, un frisson de malaise parcourut la jeune femme. Voilà un homme qui connaissait le coût de chaque chose, mais pas sa valeur. Manifestement, il adorait jouer le marionnettiste et faire danser la famille Danvers au bout de ses doigts boudinés.

— Mademoiselle Danvers, roucoula-t-il. Nous nous rencontrons enfin.

Il la salua d'un imperceptible hochement de tête avant de s'attabler en face d'elle avec un sans-gêne qui la fit frémir d'indignation.

— J'étais impatient de rencontrer le nouvel Engoulevent.

Elle répondit d'un coup de menton un peu raide.

— J'avoue que j'étais quelque peu réticent quand j'ai appris que c'était une *femme* qui prendrait sa place, reprit-il en jouant avec un couteau à beurre, mais vous m'avez impressionné. Je crois savoir que vous avez récupéré le Régent et le Bleu de France ?

Elle hocha la tête, muette de rage et d'impuissance. Ç'aurait été de la folie de se quereller avec cet homme, mais elle n'avait que des paroles de colère à la bouche. De quel droit la contraignait-il à voler ? Et comment osait-il laisser entendre qu'une femme était moins capable qu'un homme ?

À la réflexion, elle était soulagée que Luc ne soit pas là. Il aurait été capable de commettre une bêtise. Par exemple, d'essayer de poignarder Danton avec ce couteau à beurre.

Son silence glacial ne parut pas le décourager. Haussant un sourcil interrogateur, il prit un petit pain et demanda :

— Et le rubis ?

— Je l'ai également, répondit Emmy, retrouvant sa voix. Je l'ai pris hier soir.

S'il était venu récupérer les joyaux, autant les lui remettre tout de suite. Inutile de lui donner une raison de revenir.

— Je vais vous les chercher, ajouta-t-elle.

Elle se leva et quitta la pièce pendant que Sally surveillait Danton depuis le couloir. Rapidement, elle retira les deux premières pierres précieuses de l'escarpin où elle les avait cachées et récupéra la troisième, toujours sur sa table de chevet.

Quand elle les déposa devant Danton, il eut un sourire ravi qui donna à la jeune femme une furieuse envie de le gifler. Elle avait pris des risques insensés pour voler ces pierres. Ce n'était pas juste qu'il ait le droit de s'en emparer. Jamais son père n'avait eu pour projet de vendre ces joyaux. En les remettant à Danton, qui ne manquerait pas d'en tirer le meilleur profit, elle avait l'impression de trahir la mémoire paternelle.

L'estomac noué par la culpabilité, elle regarda son importun visiteur examiner le diamant de Bridge & Rundell, puis le bleu fumé. Des reflets arc-en-ciel éclaboussèrent la nappe blanche quand il leva les joyaux dans la lumière du matin.

Puis il prit le rubis et émit un hoquet. Les traits soudain déformés par la colère, il tourna vers elle un regard assassin.

— Vous avez un curieux sens de l'humour, mademoiselle Danvers. Que voulez-vous que je fasse de *cela* ?

Emmy fronça les sourcils, désarçonnée.

— Vous avez demandé le rubis de lady Carrington. Le voilà.

Un éclat rageur passa dans les yeux froids de Danton.

— Ce n'est pas un rubis, c'est de la vulgaire pâte de verre. Ça ne vaut rien !

Il lui lança la pierre, qui roula sur la table. Emmy la regarda, abasourdie. La veille au soir, elle n'avait pas pris le temps d'examiner le rubis – il faisait trop sombre, et Harland occupait toutes ses pensées. Aurait-elle été dupée ?

Ce n'était pas possible !

La voix de Danton, vibrante de fureur, l'arracha à ses pensées.

— Vous espériez me rouler dans la farine, la fille ? Me prenez-vous pour un sot ?

Bondissant sur ses pieds, elle prit la pierre.

— Pas du tout, voyons ! protesta-t-elle. Je... je...

Elle s'interrompit brusquement. À présent qu'elle voyait le joyau à la lumière du jour, elle ne pouvait plus douter. C'était un faux. Une copie d'excellente qualité, mais une copie tout de même. Emmy avait vu assez de rubis pour savoir les reconnaître. Plissant les yeux, elle observa la surface de la pierre. Son cœur se serra lorsqu'elle aperçut les petites taches blanches qui trahissaient des bulles de gaz et les fines lignes de fracture qui remontaient vers la surface, détails que l'on ne retrouvait jamais dans les véritables rubis.

Comme s'il lui fallait une confirmation supplémentaire, elle passa son couteau sur la surface, que la lame entailla sans peine. Le rubis était une pierre dure, presque autant que le diamant. On ne pouvait l'abîmer aussi facilement.

Enfer et malédiction !

Quand le rubis avait-il été échangé contre du verre ? Où était la véritable pierre précieuse ?

Danton se leva, rafla les deux diamants et, les traits tordus par la rage, les glissa dans une poche intérieure de sa veste.

— Vous allez me trouver le véritable rubis dans les plus brefs délais, mademoiselle Danvers, ou votre famille le paiera cher. Ce ne sont pas des menaces en l'air.

Elle ne se donna même pas la peine de lui répondre. Une fois qu'il eut quitté la pièce, elle se laissa tomber lourdement sur sa chaise et regarda le faux rubis. Les questions se bousculaient dans son esprit. Quelqu'un avait échangé les pierres, mais qui ? Quand ?

Elle prit une profonde inspiration et s'efforça de réfléchir calmement. L'un des époux Carrington pouvait avoir remplacé la pierre. Peut-être le mari lui-même, avant d'offrir le collier à sa femme, mais c'était peu probable. Trop de gens avaient vu lady Carrington arborer le collier en public et avaient eu l'occasion de l'examiner de près, pour qu'un éventuel faux soit passé inaperçu. Les commères de la bonne société auraient jasé pendant des semaines.

Lady Carrington pouvait avoir elle-même procédé à l'échange. Peut-être avait-elle confié l'original à un prêteur sur gages et fait effectuer une copie parce qu'elle avait besoin d'argent et ne voulait pas que son époux en soit informé.

À moins qu'un autre cambrioleur ne soit passé avant Emmy ? S'il fallait en croire les rumeurs, la chambre de lady Carrington n'était pas exactement un sanctuaire inviolable.

Toutefois, aucune de ces explications ne tenait compte d'Alexander Harland, ce génie malfaisant. Selon toute probabilité, c'était lui, le coupable.

Qu'il aille au diable ! Il avait dû mettre le véritable rubis en sécurité, elle en était certaine à présent. Voilà pourquoi il s'était rendu chez les Carrington, l'autre jour. Pour échanger les pierres. Pas étonnant qu'il n'ait placé aucun homme en embuscade pour la prendre en flagrant délit ! Il n'en avait pas eu besoin. Il l'avait laissée voler un objet qui n'avait pas la moindre valeur.

Le traître ! Elle s'était bien doutée qu'il la provoquait, avec ses sous-entendus mielleux. Il avait adoré jouer à lui faire peur. Force lui était d'admirer son habileté. C'était exactement le genre de ruse qu'elle aurait employée elle-même.

Quand il l'avait embrassée dans l'orangerie, était-ce dans l'espoir de retrouver le faux rubis sur elle ? Avait-il fait semblant de la désirer ? Dire qu'elle était presque tombée en pâmoison entre ses bras, pantelante de désir !

Elle prit une gorgée de thé et retrouva un peu de calme. Non. Elle n'avait peut-être pas beaucoup d'expérience avec les hommes, mais il n'avait pas fait semblant de la désirer. Elle en avait eu la preuve indéniable, pressée contre son abdomen ; elle l'avait entendu dans ses soupirs enroués de passion lorsqu'ils s'étaient embrassés.

Que devait-elle conclure de tout cela ?

Quelles que fussent les raisons qui avaient poussé Harland à l'embrasser, une chose était sûre : il savait qu'elle était l'Engoulevent. Il ne s'était pas trompé en supposant qu'elle allait voler le rubis. Et, en cet instant même, il était probablement en route pour Waverton Street, muni d'un mandat de perquisition.

Alors qu'elle laissait son regard errer sur les facettes rouge sombre du faux rubis, un calme inattendu l'envahit. Où était Luc ? Son frère et elle avaient déjà évoqué ce qu'ils feraient si elle était prise, mais en termes généraux, presque abstraits. Quant à Camille, elle avait toujours fui de telles discussions en arguant que le seul fait d'en parler, c'était provoquer le destin.

Emmy avait souvent répété qu'elle assumerait seule la responsabilité de leurs délits. À quoi bon les exposer tous aux rigueurs de la loi ? Elle avait fait jurer à Luc que, si elle était arrêtée, il emmènerait Camille et Sally en France, en Espagne, ou dans n'importe quel pays où ils seraient en sécurité. Seulement, les années avaient passé depuis cette discussion. Certes, Camille avait une grande force d'âme, mais elle avait maintenant plus de soixante-dix ans. Le voyage l'épuiserait.

Emmy se leva. On ne l'avait pas encore prise. Ils avaient le temps de quitter l'Angleterre. Ce serait un déchirement de quitter la vie qu'elle avait toujours connue, et cela n'avait jamais été dans ses habitudes de fuir le danger au lieu de l'affronter, mais l'exil était un moindre mal, comparé à la peine de mort ou à une condamnation au bagne.

Sa décision était prise. Elle se dirigea vers la porte et, s'élançant vers l'escalier, cria à Sally :

— Je vais au parc chercher Luc ! Réveillez Camille et dites-lui que nous devons partir. Emballez ses bijoux, une ou deux robes et…

Des coups frappés avec force à la porte d'entrée interrompirent ses instructions. Elle s'arrêta net sur le sol dallé de marbre.

Trop tard.

Elle redressa le dos, résignée. Qu'il en soit ainsi. La partie était terminée. Elle devait assumer les conséquences de ses actes avec grâce. D'une main à peine tremblante, elle déverrouilla la porte et se prépara à subir le regard accusateur de Harland.

Au lieu de la personne qu'elle s'attendait à voir, un gamin des rues se tenait sur le seuil.

— Un courrier pour vous, m'zelle. De Bow Street.

Intriguée, elle prit la lettre. Pendant que le jeune messager la saluait et détalait, elle décacheta le pli, en parcourut le contenu et poussa un gémissement de rage et d'incrédulité.

Luc avait été arrêté dans le cadre de l'enquête sur l'Engoulevent. Il était en garde à vue à Bow Street, où on l'interrogeait sur le récent vol au British Museum. Emmy posa les yeux sur l'arrogante signature au bas du document. *Alexander Harland.*

Maudit, maudit soit cet homme !

Lorsque Camille descendit l'escalier, Emmy avait arrêté un plan d'action. Si Harland avait appréhendé Luc, probablement alors que celui-ci effectuait sa promenade matinale dans les jardins de Mount Street, ce n'était bien sûr que pour la provoquer.

Elle avait d'abord envisagé de se rendre directement à Bow Street, d'exiger de voir Luc, puis de contre-attaquer en accusant Harland de harceler d'innocents citoyens sans l'ombre d'une preuve.

Seulement, Harland savait pertinemment que Luc n'était pas celui qu'il recherchait : son handicap l'excluait de la liste des coupables potentiels. Il ne pouvait en aucun cas être cet agile cambrioleur qui sautait d'un balcon à l'autre, se glissait dans un tonneau ou se cachait dans un sarcophage moisi. Non. Harland, ce traître de la pire espèce, avait très bien compris qu'il aurait plus de prise sur elle en s'attaquant aux siens plutôt qu'à elle-même.

Elle pianota nerveusement sur la table. Ce monstre de cynisme avait peut-être déjà ordonné l'arrestation de Luc la veille au soir, alors même qu'il embrassait Emmy à perdre haleine ! Il espérait manifestement qu'elle allait se ruer à Bow Street, supplier qu'on libère son frère et se rendre en avouant tous ses crimes.

Il pouvait toujours attendre. La partie n'était pas encore finie.

La meilleure façon de prouver l'innocence de Luc, c'était que l'Engoulevent commette un nouveau cambriolage pendant qu'il était encore derrière les barreaux. Harland ne pourrait pas continuer d'accuser Luc. Seulement, que voler ? Hormis le rubis, qui était très probablement entre les mains de Harland, le seul joyau encore sur la liste de Danton était le saphir Ruspoli, mais Luc et elle n'avaient pas de certitude sur sa localisation ni, a fortiori, de plan pour s'en emparer.

Emmy se mordit les lèvres, pensive. En s'en prenant à son frère, Harland en avait fait une affaire personnelle.

Elle allait lui rendre la monnaie de sa pièce.

Ne sachant combien de temps Luc serait retenu à Bow Street, elle devait agir vite. Elle détenait toujours la clé qu'elle avait volée au Tricorn. Ce soir, elle s'introduirait dans le club, se rendrait dans les appartements privés de Harland et le défierait en laissant une plume noire sur son oreiller. Non seulement cela prouverait l'innocence de Luc, mais ce serait pour l'arrogant lord Melton une preuve humiliante qu'il n'était pas invulnérable.

Elle sourit, ravie de son plan. Quand Camille entra dans la pièce, encore tout ensommeillée, Emmy décida de ne rien lui dire de la visite de Danton, de l'arrestation de Luc ni de sa décision. Sa grand-mère ne ferait que s'inquiéter inutilement.

Sally irait plus tard à Bow Street pour rassurer Luc et lui dire qu'Emmy avait la situation bien en main.

Il ne restait plus qu'à prier pour que ce soit vrai.

22

Frissonnant dans la brume des petites heures du matin, Emmy se glissa dans les écuries derrière le Tricorn Club. Elle portait ses culottes longues et sa chemise bleu nuit, avec un bustier à la place de son habituel corset.

Les Espagnols avaient un mot pour désigner ce moment entre la fin de la nuit et le début du matin : *madrugada*. Les Anglais l'appelaient l'heure des sorcières, les Français l'heure du crime. C'était un moment étrange et solitaire, où l'immense cœur de Londres battait au ralenti dans un silence surnaturel. Les seuls innocents qui ne dormaient pas à cette heure-là, c'étaient les mamans de nouveau-nés, les veilleurs de nuit et les bateliers. La nuit était réservée aux criminels comme elle, les bons à rien et les coupe-jarrets, les filles de joie et les monte-en-l'air.

Les fenêtres des étages du Tricorn Club étaient sombres. Emmy aurait préféré attendre afin de s'assurer que Harland était absent mais le temps pressait. Pour ne pas risquer de le réveiller, elle déposerait la plume sur son bureau plutôt que sur son lit. Elle n'était pas assez audacieuse pour s'introduire jusque dans sa chambre à coucher dans le seul but de le défier.

Elle glissa la clé volée dans la serrure de la porte de derrière et tenta de la faire jouer, en vain. Elle ravala un juron de dépit, même si elle ne s'était pas attendue à un tel coup de chance. Après avoir descendu sur la pointe des pieds les quelques marches qui menaient à l'entresol, elle essaya une porte de service. Cette fois, il y eut un déclic métallique, si sonore qu'elle frémit de peur, puis la serrure céda.

Victoire !

Les gonds ne grincèrent pas quand elle poussa le battant, et ici, aucun Brutus montrant les dents ne lui barrait le chemin.

Elle se trouvait dans les vastes cuisines du club. Des casseroles en cuivre, des poêles en fonte et de grands bouquets d'herbes aromatiques séchées étaient suspendus à un râtelier en métal fixé au plafond au-dessus d'une immense table en bois. Emmy louvoya entre les ombres et gravit l'escalier qui menait à la partie privée de la demeure.

Aucune applique n'était allumée, mais elle reconnut le somptueux couloir où Harland l'avait attirée. Elle jeta un regard à la porte située à l'extrémité, qui donnait sur la partie publique de l'immeuble. *Il m'a embrassée contre ce mur.* À ce souvenir, son cœur battit un peu plus vite.

Tendant l'oreille, elle poursuivit son chemin à pas de loup. Elle passa d'abord devant une salle à manger, puis devant un petit salon privé. Quelque part, le tic-tac d'une horloge égrenait les secondes avec une régularité rassurante. Nul doute que cette maison était dirigée avec une précision similaire. Harland et Wolff avaient connu la vie militaire ; elle était prête à parier que leur personnel anticipait toutes leurs demandes avec discrétion et efficacité. Ici, une rebelle comme elle ne serait pas tolérée, songea-t-elle en réprimant un ricanement insolent.

Arrivée sur le palier, elle écouta à la première porte. Rien. Elle n'en fut pas surprise. Benedict

Wylde ne vivait plus ici depuis qu'il s'était installé avec sa jeune épouse, un mois auparavant.

Cet après-midi, Emmy avait confié son plan à Sally. Celle-ci l'avait engagée à la plus grande prudence mais n'avait pas tenté de la dissuader. Puis elle était partie pour Covent Garden et en était revenue avec une amie, une actrice à la beauté spectaculaire répondant au nom de Molly O'Keene. Apparemment, elle avait été invitée peu de temps auparavant par Sebastian Wolff, lord Mowbray, dans le salon privé du Tricorn, et savait où chacun des occupants des lieux prenait ses quartiers pour la nuit. Au début, elle s'était montrée réticente à divulguer cette information, mais quand Sally l'avait rassurée en lui disant que c'était la chambre de Harland qu'Emmy souhaitait localiser, et non celle de Wolff, elle avait accepté de leur parler.

Troisième porte sur la droite.

Emmy remonta le couloir sur la pointe des pieds et appuya la tête contre le battant. La peur et l'excitation lui nouaient l'estomac. D'après Molly, chacun des trois hommes disposait d'une suite composée d'un salon donnant sur une chambre à coucher. Emmy n'avait plus qu'à ouvrir cette porte sans réveiller Harland et à déposer la plume sur son bureau. Elle imaginait déjà son expression furieuse quand il la découvrirait au matin.

Avec un imperceptible déclic, la porte céda sous sa poussée. Emmy entra, sidérée par son audace. Le feu dans l'âtre avait été couvert de cendres pour la nuit mais quelques braises rougeoyaient encore. La jeune femme distinguait tout juste une seconde porte, entrouverte sur la chambre à coucher plongée dans l'ombre.

Parfait.

Aucun ronflement ne s'élevait de la pièce attenante. Harland n'avait manifestement pas le sommeil bruyant. Elle l'imagina, étendu sur un lit, ses cheveux noirs en désordre sur un oreiller immaculé.

Pense à autre chose !

Elle avança à pas de loup. Que révélait cette pièce sur son adversaire ? Elle laissa sa main courir sur un fauteuil à haut dossier, puis s'approcha d'une table de toilette surmontée d'un miroir. Un broc à eau et une bassine en porcelaine y étaient disposés, ainsi qu'un rasoir pliable, un cuir à affûter et un flacon d'eau de Cologne. Elle se pencha pour le humer. Une touche de pin, un soupçon de cognac... Délicieux !

En vérité, toute la pièce embaumait, comme si l'irrésistible odeur de son propriétaire imprégnait chaque objet. La jeune femme refoula une bouffée de désir.

Au travail, Emmy !

Un bureau était placé dans un angle du salon. Emmy sortit de son corsage la plume qu'elle avait dissimulée dans son bustier, y déposa un baiser pour se porter chance et plaça son offrande au centre de la table, sur laquelle rien d'autre ne se trouvait. Mission accomplie.

Elle pivotait sur ses talons pour s'en aller quand un éclair attira son regard. Son propre flacon de parfum, là, sur une console. Il était presque vide mais, par réflexe, elle tendit une main pour le reprendre. Elle n'acheva pas son geste.

Juste à côté se trouvait un petit objet à facettes qu'elle identifia aussitôt.

Le rubis de lady Carrington.

Enfer et damnation ! Elle savait que c'était lui !

La pierre, de la taille d'un œuf de pigeon, étincelait, superbe même dans la pénombre.

À l'instant où la jeune femme s'en approchait, le craquement d'une allumette déchira le silence.

23

Glacée d'effroi, Emmy pivota sur ses talons. Harland alluma calmement la mèche d'une lampe à huile, puis il régla la flamme de sorte qu'une douce lueur emplit bientôt l'espace entre eux. La porte de la chambre était ouverte. Pendant combien de temps l'avait-il observée, caché dans l'ombre ?

Et qu'allait-il se passer à présent ? Toutes sortes d'hypothèses effrayantes défilèrent dans son esprit. « Je peux tout expliquer ! eut-elle envie de s'écrier. Ce n'est pas ce que vous croyez ! »

Hélas ! Elle ne pouvait rien expliquer, sous peine d'entraîner Luc et Camille dans le désastre. Le plus sage était de garder le silence.

Le regard que Harland darda sur elle la transperça jusqu'au cœur. Il était si lourd d'accusation, de certitude ! Maudit soit-il, il n'était pas surpris. Dès le début, il avait compris qu'elle viendrait. Comment avait-elle pu se montrer aussi stupide ? Il lui avait tendu un piège, et elle y avait foncé tête baissée.

Il était vêtu – ou plutôt dévêtu – d'une chemise au col ouvert, sortie de ses culottes en daim, et ses pieds étaient nus. Avait-il veillé pour guetter son arrivée ? se demanda-t-elle, le souffle court.

S'adossant à l'encadrement de la porte, il croisa les bras sur son torse avec une exaspérante désinvolture.

— Savez-vous ce qu'a dit Bonaparte ? « N'interrompez jamais un ennemi en train de commettre une erreur. » Pourtant, dans le cas présent, j'ai préféré intervenir. Nous ne pouvons pas vous laisser voler ce rubis, n'est-ce pas, mademoiselle Danvers ?

Sa voix était grave, enrouée de sommeil, et son ton aimable, presque amusé. Toutefois, derrière sa courtoisie de façade, il bouillait d'une rage contenue, elle l'aurait juré.

— Savez-vous ce que je déteste ? poursuivit-il avec une douceur trompeuse. Être aveugle.

Elle fronça les sourcils, intriguée.

— Je croyais que vous n'aviez perdu que…

Il l'interrompit d'un geste.

— Non. Je veux dire que j'ai été aveuglé. Par *vous*. C'est terminé, à présent. Je vois la véritable Emmeline Danvers.

Il la parcourut d'un long regard, comme s'il effectuait l'inventaire de sa tenue, depuis sa chemise sombre au col en V jusqu'aux culottes masculines qui ne cachaient rien de sa silhouette. Une vague de chaleur la parcourut.

— Je vous en prie, reprit-il en désignant le fauteuil placé devant le bureau, asseyez-vous.

Elle fit un pas de côté et obtempéra, les jambes soudain faibles.

Seigneur, quel sort l'attendait, à présent ? La potence ? Les galères ? Le bagne ?

Harland vint prendre place dans le vaste fauteuil de l'autre côté du bureau et s'y installa confortablement, tel un souverain sur son trône, avant de darder sur elle un regard cynique. Emmy enfonça ses ongles dans ses paumes. Puis il pencha la tête de côté, comme si une pensée lui venait tout juste à l'esprit.

— Vous êtes si menue..., murmura-t-il d'un ton songeur. Les couturières vous accordent-elles une réduction ? Avec vos mensurations, elles doivent réaliser de sacrées économies sur le métrage de tissu !

Elle battit des paupières, abasourdie par cette étrange entrée en matière. Elle avait plutôt imaginé qu'il commencerait par : « Où sont cachés les joyaux ? Pourquoi avez-vous volé ? Comment avez-vous procédé ? »

Elle était bien décidée à ne rien dire.

Il n'attendit pas sa réponse.

— Notez que je ne désapprouve en rien vos choix vestimentaires. Votre personne vêtue de culottes de daim... voilà bien le spectacle le plus fascinant que j'aie admiré depuis des années !

Il croisa son regard.

— J'ai maintenant de nouveaux fantasmes pour ma collection.

Cette fois, Emmy crut bien que son cœur s'arrêtait pour de bon. Elle prit une inspiration saccadée. L'interrogatoire commençait. Il tentait de la choquer pour l'intimider.

— J'en ai déjà des dizaines, poursuivit-il. Des images de vous et moi, ensemble.

Son regard se riva au sien pendant cinq interminables battements de cœur, puis il détourna les yeux.

Bonté divine.

Quelque chose de sombre et d'effrayant frissonnait dans l'air entre eux. La complicité tacite qui unit le chasseur et sa proie. Le cœur d'Emmy battait follement, mais sa peur était mêlée d'un désir inavouable. *Je perds la tête.*

Il l'observa, un indéfinissable sourire aux lèvres. Elle le regarda, méfiante, comme elle aurait surveillé un fauve aux réactions imprévisibles.

Puis il pianota sur l'accoudoir de son fauteuil.

— Permettez-moi de profiter de cette occasion pour vous dire que c'est un plaisir de vous avoir comme adversaire. Vraiment.

Sa façon de prononcer le mot « plaisir », comme un bonbon qu'il aurait fait rouler sur sa langue, la fit frissonner.

Non de nom, elle n'était qu'une sotte. Une triple tête de linotte.

— Voilà des semaines que vous menez la danse, poursuivit-il, mais c'est terminé. La partie est finie, Emmeline Danvers, et vous l'avez bien cherché. Vous êtes prise.

Il étira ses longues jambes devant lui et croisa nonchalamment les chevilles.

— À ce moment-là, ajouta-t-il d'un ton désinvolte, vous êtes censée protester de votre innocence.

Il y avait tant de cynisme dans sa voix qu'elle tressaillit. Disparu, l'amant passionné qui l'avait embrassée dans l'orangerie de l'ambassadeur. L'homme qu'elle avait en face d'elle était le justicier intransigeant, le chasseur sans merci qui avait acculé sa proie et s'apprêtait à l'exécuter.

— Eh bien, insista-t-il, n'allez-vous pas me supplier de vous libérer ?

Emmy faillit ricaner. Elle n'était pas aussi naïve ! Il n'y avait aucune douceur en lui, aucun pardon. Rien de ce qu'elle pourrait dire ne le ferait changer d'avis.

Il posa un coude sur le bras de son fauteuil et se frotta les lèvres d'un geste pensif. Une lueur alarmante brillait dans ses yeux.

— Je serais curieux de voir jusqu'où vous iriez pour sauver votre peau.

Son ton courtois vibrait de colère contenue quand il poursuivit :

— Certaines femmes condamnées à la peine capitale invoquent leur état.

Elle fronça les sourcils, confuse.

— Les femmes enceintes au moment de la sentence voient celle-ci reportée jusqu'à la naissance de leur enfant, expliqua-t-il. En théorie, la sanction doit être appliquée mais, dans la pratique, l'arrivée du nouveau-né attendrit le jury, qui acquitte la mère.

Emmy ravala un hoquet de stupeur et d'indignation lorsqu'elle comprit enfin ses sous-entendus. Une bouffée de rage et d'embarras monta en elle.

— Donner mon corps à un homme pour sauver ma peau ? Vous n'y pensez pas !

Il parut amusé par sa réaction.

— Ah non ? Vous ne coucheriez pas avec moi en échange de votre liberté ?

Des images brûlantes passèrent dans l'esprit de la jeune femme. S'il avait eu moins de principes, s'il avait été plus facile à manipuler, elle aurait pu prendre ce risque, mais Alexander Harland était d'une droiture à toute épreuve. Même si elle se donnait à lui, jamais il ne la libérerait. Il était incorruptible.

Elle lui décocha un regard hautain.

— Si vous imaginez un seul instant, lord Melton, que je tomberais si bas, vous vous trompez lourdement. De plus, ajouta-t-elle, même en admettant que je sois ce genre de femme, je sais très bien que rien ne peut vous faire plier.

Il émit un rire si grave qu'elle en eut la chair de poule.

— En êtes-vous certaine ? Pourquoi ne pas essayer ? Qu'avez-vous à perdre ?

À part sa virginité ? Sa fierté. Son honneur. Sa dignité. Tout ce qu'il lui restait.

— On ne sait jamais, insista-t-il d'une voix douce qui lui rappela un serpent se lovant autour de sa proie. Peut-être céderai-je sous les assauts de votre innocente ardeur...

De nouveau, son regard plongea dans le sien.

— Montrez-vous convaincante, *Emmy*.

— Allez au diable, *Alexander*.

Il haussa un sourcil amusé.

— Pourquoi refuser ? Vous vous êtes plutôt bien débrouillée, hier soir. Je vous félicite. Si votre passion était feinte, vous êtes une admirable actrice. Vous avez assurément convaincu mon corps, sinon ma raison.

Elle écarquilla les yeux, stupéfaite par une telle franchise. Il sourit.

— Essayons quelque chose de différent, voulez-vous ? On appelle cela l'honnêteté. Cela consiste à ne dire que ce qui est vrai. Je vais commencer, si vous voulez. Je suis fou de désir pour vous.

Elle le regarda, bouche bée.

D'un regard surprenant de désinvolture, il désigna la bosse qui tendait ses pantalons et qu'il ne tentait même pas de dissimuler sous les pans de sa chemise. Puis il éclata d'un rire joyeux.

Emmy détourna le regard. Une effrayante vague de désir la traversait. Il ne mentait pas. Il la désirait. Et elle aussi avait envie de faire l'amour avec lui. Non pas dans l'espoir de le persuader de la libérer mais parce que, pour la première fois de sa vie, elle était en présence d'un homme qui savait la vérité sur elle, toute la vérité. Et qui la désirait tout de même. Malgré cela. Peut-être même *à cause* de cela.

Soudain, il se leva. Elle en fit autant, tous ses sens en alerte. Quand il contourna le bureau, se rapprochant d'elle, elle recula mais se heurta à une petite table d'appoint. Il lui décocha un regard de triomphe qui semblait dire : « Et maintenant ? » Il lui bloquait l'accès au couloir, ne lui laissant d'autre choix que sa chambre à coucher.

Pas question.

Il se posta devant elle, si près qu'il la touchait presque. Elle se pencha en arrière, mais son souffle tiède lui caressait la joue et une énergie effrayante, incontrôlable, faisait crépiter l'air entre eux.

— Voici une autre vérité, gronda-t-il.

Cette fois, elle n'eut aucun mal à déchiffrer la colère dans son regard. Ses narines frémissaient et ses pupilles étaient dilatées.

— Vous êtes à moi, Emmy Danvers. Je ne vous libérerai pas. Même si vous me suppliez à genoux. Même si vous me faites l'amour toute la nuit.

Son regard, plus tourmenté qu'un ciel d'orage, descendit vers son décolleté, puis remonta vers ses lèvres. Tous deux avaient le souffle court, comme s'il n'y avait pas assez d'oxygène dans la pièce. Emmy brûlait de désir. Chaque fibre de son être était en feu.

— Soyez maudite, marmonna-t-il.

Emmy se lécha les lèvres. Parfois, voler n'était pas si immoral que cela en avait l'air. Voler un baiser, par exemple.

— Je…

— Taisez-vous ! gronda-t-il. Je ne croirai jamais un mot de ce que vous dites.

24

Alexander n'avait pas le souvenir d'avoir jamais été aussi furieux, aussi excité, aussi écartelé entre des émotions contradictoires. Il avait envie d'étrangler cette infernale manipulatrice qui venait de donner raison à ses soupçons. De la punir d'avoir eu l'inconscience de se laisser prendre en flagrant délit – et par lui, qui plus est.

L'honneur lui dictait de la remettre aux autorités. Cette femme était une criminelle. Elle avait volé l'équivalent de milliers de livres sterling. Alors, au nom du Ciel, pourquoi se sentait-il aussi coupable de lui avoir tendu une embuscade ? D'avoir gagné ? D'où lui venait cet élan qui le poussait à la protéger contre les inévitables conséquences de sa capture – la mort par pendaison, ou à tout le moins l'exil aux colonies, ce qui revenait aussi à une condamnation à mort, plus lente et douloureuse ?

Et où était-il allé pêcher la proposition indécente qu'il venait de lui faire ? Les paroles avaient jailli de ses lèvres sans que sa raison ait été consultée. Avait-il voulu la mettre à l'épreuve ? la provoquer, l'obliger à réagir, même s'il savait que jamais une femme ne pourrait l'acheter en lui offrant son corps ?

Seulement, il la désirait tant qu'il aurait bien été capable de faire une entorse à ses principes moraux et la laisser s'échapper. Bon sang, que lui arrivait-il ?

Il aurait été fou de rage qu'elle accepte une offre aussi avilissante, mais peut-être cela aurait-il été préférable. Si elle tentait de le séduire, elle se déconsidérerait définitivement à ses yeux. Il n'aurait plus que du dégoût pour elle. En cet instant, et bien malgré lui, il n'avait que de l'admiration pour son intégrité morale, alors même qu'il savait, sans l'ombre d'un doute, qu'elle était une menteuse et une voleuse.

Enfer et damnation !

Il darda un regard furieux sur elle. Comment pouvait-elle avoir l'air coupable et innocente à la fois ?

Du bout du pouce, il effleura sa lèvre inférieure. Aussitôt, un élan sauvage l'envahit. Il avait envie de la dévorer, de dompter tant de courage et d'audace, de la consumer dans le brasier de son désir. Maudite tentatrice, qui se jouait de sa volonté et anéantissait tout bon sens en lui ! Que diable devait-il faire d'elle ?

Il l'embrassa.

Dès l'instant où leurs lèvres se touchèrent, tout s'embrasa.

Soudain, ce baiser lui paraissait la décision la plus sage qui soit. Et sa priorité numéro un. À présent, qu'il l'avait attrapée, il n'allait pas la laisser s'échapper. S'il l'embrassait à lui faire perdre la raison, elle ne s'en irait pas. *Là. J'ai retrouvé tout mon bon sens.*

Il ferma les yeux et s'abandonna à l'obscurité. Sous sa bouche, Emmy ouvrit ses lèvres – douces, si douces ! – et glissa sa langue sur la sienne avec un gémissement de plaisir. Dans la nuit, tous ses sens étaient décuplés. Il percevait comme jamais la douceur de sa peau, sa chaleur, son irrésistible parfum, le son de sa voix quand elle soupira, tout contre sa bouche.

Maudite soit-elle.

Emmy n'y comprenait plus rien. Pourquoi Harland l'embrassait-il ? Était-ce ce qu'il considérait comme une sanction ? Cela n'y ressemblait assurément pas ! Lorsqu'il plongea sa langue dans sa bouche, elle dut se retenir à la table derrière elle pour s'interdire de se jeter dans ses bras.

Entre deux baisers, il murmura son prénom. Tout au fond d'elle, un tremblement l'ébranla. Une vague de chaleur se forma en elle et l'inonda. Ceci était une erreur. Une terrible, une merveilleuse erreur.

Elle n'avait plus rien à défendre. Elle était sur le point de perdre sa liberté, peut-être sa vie. Ce moment était sa dernière chance de voler au destin un peu de bonheur. Si elle demandait à Harland de s'arrêter, il n'insisterait pas. Il était assez gentleman pour accepter un refus… mais elle n'avait pas envie de refuser. Pour une fois, elle allait voler quelque chose, quelqu'un, qu'elle désirait réellement. Rien que pour elle. Car, paradoxalement, même s'il était l'auteur de sa chute, seul Alexander Harland pouvait l'emmener jusqu'aux plus hauts sommets.

— Attendez ! s'écria-t-elle.

Il s'immobilisa, puis s'écarta légèrement.

Alors, elle se pencha vers la lampe pour l'éteindre. Quand les ténèbres les enveloppèrent, il referma les mains sur elle en poussant un juron, croyant peut-être qu'elle avait l'intention de s'échapper. Il lui serrait les épaules avec tant de détermination qu'elle ne put retenir un rire euphorique.

Elle se rapprocha de lui et se pressa contre son corps, avant de nouer les bras autour de son cou pour l'attirer à elle. Il vacilla légèrement, comme surpris par la force de son élan, et soupira quand elle posa ses lèvres sur les siennes. Il demeura immobile si longtemps qu'elle crut qu'il allait la repousser, puis, avec un grondement assourdi, il la serra contre lui et la souleva de terre en plaquant ses mains derrière ses cuisses.

Dans l'obscurité, le monde pivota sur son axe. Emmy enroula les jambes autour des hanches de son compagnon et se retint à lui en croisant les chevilles derrière son dos. Lorsque leurs lèvres se cherchèrent de nouveau, il scella leurs retrouvailles par un baiser incandescent.

Soudain, elle était tout à la fois Icare volant trop près du soleil et Perséphone entraînée aux enfers. Elle courait probablement au désastre, mais un désastre somptueux, étincelant, sublime. Leurs corps enfiévrés se cherchèrent, se perdirent, se retrouvèrent.

— Vous n'êtes qu'une menteuse, dit-il, le souffle court, tout contre sa bouche. Et une voleuse.

À quoi bon nier ? Elle glissa ses doigts dans ses mèches soyeuses.

Il planta ses dents dans sa lèvre inférieure et tira doucement.

— Je vous veux. Je vous veux plus que je n'ai jamais désiré une femme.

Elle accueillit cet aveu par un long baiser fébrile.

Derrière ses cuisses, les mains de son compagnon se crispèrent.

— Je veux vous faire l'amour. Tout de suite.

Ses déclarations brûlantes ne firent que jeter de l'huile sur le brasier de son désir. Voilà le Harland dont elle avait tant rêvé, l'homme libéré du carcan des lois et des obligations.

— Oui ! gémit-elle.

Il se figea, puis se redressa légèrement. Dans la pénombre, elle distinguait tout juste les contours de sa silhouette, mais elle savait qu'elle l'avait surpris. Soudain, il semblait avoir oublié qu'il la tenait dans ses bras.

— Oui, répondit-elle avec plus de force. Je ne vous le demande pas pour que vous me laissiez échapper à la justice. Cela n'a rien à voir. Tout ce que je veux, c'est... vous et moi. Ensemble.

Elle n'espérait aucune clémence, elle n'attendait rien d'autre qu'un ultime adieu à la vie. Enfin, elle avait rencontré un homme à qui elle pouvait offrir son corps, sinon ses secrets. Harland ne lui ferait pas de mal, même si elle le provoquait et le défiait. Si cette nuit était effectivement son dernier moment de liberté, elle ne voulait pas la gâcher. Elle allait s'embraser, se consumer dans un brasier de passion.

Les bras de son compagnon se serrèrent un peu plus fort autour d'elle, lui coupant presque le souffle. Elle percevait sa respiration haletante, le mouvement rapide de son torse qui montait et descendait contre le sien. Il semblait en proie à un terrible dilemme. Nul doute que son sens du devoir menait une âpre lutte contre la violente excitation dont elle avait la preuve rigide contre son abdomen.

Elle voulait que le désir l'emporte. Il le fallait. Tout son corps était en feu, frémissant d'impatience. Exactement comme avant une expédition nocturne.

— Ôtez vos vêtements, ordonna-t-elle sur une impulsion.

25

Son ordre, formulé d'une voix enrouée par l'émotion, parut libérer Harland du vernis de civilisation qu'il lui restait. D'un geste fluide, il se tourna, entraînant Emmy vers sa chambre. Il y eut un courant d'air, une brève mais vertigineuse sensation de chute, et elle se retrouva étendue sur le dos, délicieusement écrasée sous le poids de Harland, sur un matelas moelleux.

Ici, il faisait encore plus sombre. Elle était un peu déçue de ne pouvoir voir le visage de son compagnon, son expression, son corps parfait, mais jamais ses sens n'avaient été aussi affûtés.

Ses grandes mains couraient sur elle, caressant, pressant, soupesant. Puis il roula sur le dos, l'entraînant avec lui, et elle fut soudain au-dessus de lui, à califourchon.

— Chemise, gronda-t-il d'une voix presque rauque.

Sans un mot, elle fit passer la sienne par-dessus sa tête. Elle ne savait plus lequel d'entre eux donnait les ordres, et peu lui importait... d'autant qu'ils désiraient exactement la même chose.

Enhardie par la pénombre, elle se sentait soudain belle, invincible. Libre.

Il posa une paume sur sa hanche, remonta le long de ses côtes, et elle prit une inspiration saccadée quand il atteignit le bas de son bustier. De ses doigts tremblants, elle tenta de dénouer le ruban qui le fermait sur le devant, en vain. Écartant sa main d'un geste impatient, il saisit les pans du bustier et les écarta vivement. Le coton céda dans un craquement sonore. D'un mouvement d'épaules, Emmy acheva de le retirer… avant de pousser un hoquet de surprise en sentant les paumes tièdes de Harland sur ses seins nus.

Il laissa échapper un long gémissement de plaisir.

— Emmy, murmura-t-il comme on dit une prière. Vous êtes si douce…

Lorsqu'il exerça une légère pression, elle rejeta la tête en arrière, savourant le contact légèrement râpeux de ses mains sur ses seins tendus. Sous elle, l'abdomen de son compagnon se contracta quand elle se redressa pour s'asseoir sur lui. Puis il ôta sa propre chemise et la jeta au loin, et il n'y eut plus que l'exaltante sensation de son corps dur et brûlant contre le sien.

Envahie par une merveilleuse chaleur, elle fit courir ses doigts sur ses épaules musclées, le long de ses biceps, puis sur son torse. Quand il frissonna sous sa caresse, elle changea de position pour s'approcher de cette mystérieuse part de lui, si rigide, qu'elle sentait pulser entre ses cuisses.

— Vous me rendez fou ! gronda-t-il.

Redressant la tête, il referma ses lèvres sur son sein tout en l'attirant à lui. Aussitôt, elle se cambra pour mieux s'offrir à l'étourdissant ballet de sa langue sur sa peau. *Oui !* Voilà ce qu'il lui avait fait dans l'orangerie, mais cette fois, personne ne viendrait les interrompre. Cette fois, elle allait se donner totalement à lui. Sans retenue ni regret.

Il la prit par les hanches pour la faire rouler sur le matelas. Elle faillit gémir quand le contact entre elle et lui fut rompu. Puis le matelas se creusa près d'elle, et elle comprit que son compagnon ôtait son pantalon avec des gestes impatients. Elle l'imita, mais elle était moins efficace que lui. Dans sa nervosité, elle lui cogna les côtes avec son coude. Il émit un grognement, mais elle n'aurait su dire si c'était de douleur ou d'amusement.

— Attendez un peu, coquine ! gronda-t-il.

Jamais elle n'avait été nue en présence d'un homme. Elle avait l'impression que tout son corps était rose de désir. Puis elle cessa de réfléchir. Harland se tourna sur le côté pour la regarder. Sous son poids, le matelas s'enfonçait, de telle sorte qu'elle roula vers lui. Son érection se pressa contre elle, et le cœur de la jeune femme fit un bond. En elle, la peur le disputait à l'impatience. Elle était presque soulagée de ne rien voir.

Ô Seigneur ! Je suis vraiment en train de le faire.

Il la prit par la hanche et, poussant un soupir de satisfaction, lui caressa la taille, les côtes, l'épaule, puis le cou avant de glisser ses doigts dans ses cheveux pour l'attirer à lui et l'embrasser de nouveau.

— Vous êtes à moi…, murmura-t-il tout contre sa gorge.

Emmy ne put que répondre par un gémissement étranglé.

Il la fit rouler sur le dos et s'étendit au-dessus d'elle, tout en lui caressant les bras et en les remontant au-dessus de sa tête. Puis il la prit par les poignets, comme s'il l'emprisonnait, avant de la libérer pour poursuivre sa caresse sur l'intérieur de son bras, ses seins, et toujours plus bas. Quand sa paume s'immobilisa sur son ventre, Emmy souleva les hanches pour l'inviter à poursuivre son exploration jusqu'à l'endroit entre ses jambes où elle brûlait et palpitait de désir. Lui seul pouvait éteindre l'incendie qui la consumait.

— ... et vous me mettez à la torture.

Elle n'aurait su dire s'il s'en plaignait ou s'en réjouissait.

Enfin, il glissa la main entre ses jambes. Aussitôt, la fièvre monta en elle de quelques degrés. La moiteur de ses chairs humecta les doigts de son compagnon. Elle se cambra lorsqu'il commença à décrire de petits cercles légers sur son intimité. Il émit un rire satisfait, comme s'il savait très bien à quel supplice il la soumettait. Puis il prit de nouveau ses lèvres pour l'embrasser et, au même instant, plongea un doigt en elle.

Elle ne put retenir un hoquet de plaisir. *Voilà* ce qu'elle désirait.

Il retira sa main, puis revint de nouveau en elle. Cette fois, elle laissa échapper un long soupir de pure volupté. À présent, tout son corps était en fusion. Elle se sentit frémir tout entière tandis que le plaisir gagnait en intensité. Bientôt, elle parvint au seuil de... *quelque chose* qu'elle désirait avec ardeur, sans savoir toutefois le nommer. Elle trembla, se cambra, supplia son compagnon de mettre fin à ce supplice.

— Harland ! gémit-elle.

Il comprit ce qu'elle voulait.

— Maintenant ! gronda-t-il.

Comme si son corps obéissait à cet ordre, elle s'arc-bouta, se tendit, puis il lui sembla qu'elle explosait sous l'intensité du plaisir qui déferlait en elle, en longues vagues que plus aucune digue ne retenait.

Elle était encore secouée de spasmes de jouissance quand il se souleva et s'étendit de nouveau sur elle, prenant appui des coudes sur le matelas pour ne pas l'écraser sous son poids. Sous la pression de ses jambes, elle ouvrit les siennes. Aussitôt, il se glissa entre ses cuisses. Son abdomen musclé se plaqua contre le sien en une délicieuse pression, lui communiquant toute sa chaleur, toute son ardeur. Le parfum musqué de leurs ébats flottait dans l'air, attisant encore son excitation.

Ici, dans l'obscurité, ils étaient à égalité. Aussi aveugles l'un que l'autre. Toutefois, si elle ne pouvait pas le voir, elle entendait les grondements étranglés qui montaient de son large torse et résonnaient en elle.

— Je vous veux, demanda-t-il. Me voulez-vous ?

— Oui, répondit-elle, pantelante.

Prenant sa main, il la glissa entre eux. Emmy inspira dans un hoquet quand il lui referma les doigts autour de son érection et garda sa main sur la sienne.

— Vous causerez ma perte, murmura-t-il d'une voix enrouée.

Emmy était surprise par le contact de son sexe sous sa paume, à la fois doux comme le velours et dur comme le bois. Sans libérer sa main, il se plaça à l'orée de sa féminité et se pressa contre les replis les plus secrets de sa chair. Un frisson d'impatience parcourut la jeune femme.

Alexander devait fournir un effort surhumain pour contenir son ardeur, mais avant d'aller plus loin, il fallait absolument qu'il pose la question.

— Suis-je le premier ? demanda-t-il, le souffle court. Êtes-vous encore vierge ?

Il entendit son hoquet de surprise.

— Oui, mais je…

— J'irai très doucement, s'entendit-il promettre.

Aussitôt, il regretta ses paroles. En dépit de ses vantardises, il avait pensé se contenter de lui donner du plaisir en la caressant, et de lui demander la même faveur en retour. Cela, s'était-il dit, suffirait à étancher ce désir absurde et contrariant qui les poussait l'un vers l'autre. Pourtant, en cet instant, il avait l'impression que s'il ne possédait pas Emmeline Danvers, il n'y survivrait pas.

Elle était vierge. Cela aurait dû refroidir ses ardeurs – même si elle n'avait fait que confirmer ce qu'il avait déjà deviné –, mais à la perspective d'être celui qui l'initierait au plaisir, une ridicule bouffée de satisfaction l'envahit.

Il tenta de se convaincre que cela ne l'engageait à rien, qu'il ne s'agissait que de l'union de deux corps. Hélas, cela ne dissipait pas les élans de tendresse qui le traversaient et se mêlaient à l'attirance qu'elle exerçait sur lui. Il avait envie de la conquérir. Il avait envie de la protéger. Il avait envie de la capturer *et* de la garder en sécurité. Tout cela n'avait aucun sens.

Elle dut prendre son silence pour une hésitation, car elle murmura avec des accents de défi et de peur mal dissimulée :

— Auriez-vous changé d'avis, Harland ?

Irrésistible et courageuse Emmy !

Il entra en elle, un tout petit peu. Aussitôt, elle se tendit. Il sentit une goutte de sueur se former sur son front. Il brûlait de plonger en elle jusqu'à la garde mais il devait tenir sa promesse. Il ne lui ferait pas mal. Il voulait qu'elle connaisse le même plaisir exquis que lui. Mais, au nom du Ciel, que son fourreau de chair était parfait autour de lui ! Si délicieusement étroit !

Il la prit par les hanches pour la soulever légèrement et, serrant les dents, reprit sa lente progression en elle. Il se retira, entra de nouveau en elle. Cette fois, il l'entendit gémir. Elle le prit par les poignets avec une force inattendue. À sa propre surprise, il adorait cette sensation d'être son prisonnier.

En revanche, ne pas pouvoir la voir lui faisait horreur. Son pire cauchemar était de perdre totalement la vue. Il ne se rappelait que trop bien les terribles instants qui avaient suivi cette explosion sur le champ de bataille qui l'avait partiellement privé de la vue. Il était resté étendu sur le sol, sonné, les oreilles bourdonnantes, tous les sons extérieurs assourdis par ses tympans perforés. Pendant quelques instants de pure panique, il s'était cru complètement aveugle. Puis sa vision s'était éclaircie. Il avait vu de la fumée, puis le ciel, et enfin Sebastian qui le rejoignait en titubant, le visage ruisselant de sang. Jamais il n'avait été aussi heureux de *voir* son fidèle camarade.

À présent, il était là, également dans l'obscurité mais avec Emmy Danvers. Dans le noir, il aurait pu tenter de se convaincre qu'elle était une autre femme, mais comment oublier qui elle était ? Son parfum ensorcelant emplissait ses narines. La saveur suave et florale de sa peau était unique. Impossible de le nier, la femme étendue sous lui était bien Emmeline Danvers. Ce maudit Engoulevent.

Elle se cambra en une irrésistible invitation. Ravalant un juron, il plongea en elle.

Son corps avait pris le contrôle de sa volonté. Il se mit à aller et venir en elle, non pas avec la douceur qu'il avait promise mais fiévreusement, presque douloureusement. Et pourtant, il ressentait un plaisir plus vif que jamais.

— À qui êtes-vous ? s'entendit-il demander.

— À vous, Alexander Harland, répondit-elle.

Et il y avait dans sa voix un ravissement incrédule identique au sien.

Il accéléra le rythme. Bientôt, elle poussa un cri de plaisir. Ses mains coururent sur lui, le serrant avec force, lui griffant la peau, allumant en lui une exquise souffrance qui lui arracha des frissons de volupté. Elle ondula des hanches sous lui, cherchant son plaisir.

— C'est vous que je veux, gémit-elle d'une voix brisée. Vous, depuis toujours !

Alexander retint son souffle. Il n'avait pas dû bien entendre. Pourtant, cet aveu qui résonnait comme un éclair dans un ciel bleu le fit basculer dans le plaisir. Elle se serra convulsivement autour de lui, emportée par un nouvel orgasme. Par miracle, il retrouva un peu d'empire sur lui-même.

Pas en elle !

Dans un hoquet étranglé, il se retira et déversa sa semence sur les draps.

26

Emmy était étendue, le souffle court, la peau moite, sur les draps frais. Son regard était perdu dans l'obscurité, et son cœur reprenait peu à peu un rythme normal.

Qu'avait-elle fait ? Quelle folie ! Mais une merveilleuse folie, un tourbillon de passion. Tout ce que Sally n'avait pas décrit.

Elle avait envie de rire aux éclats, et aussi de pleurer un peu. En elle se mêlaient les mêmes émotions qu'après un cambriolage – l'impression d'avoir frôlé le danger, voire la catastrophe, puis d'avoir été sauvée, rattrapée au dernier instant au bord du gouffre. Elle tremblait de tous ses membres de peur rétrospective, et un mélange de tension et d'euphorie lui nouait le ventre.

Elle n'était plus vierge. Selon les critères du monde, elle était une femme perdue. Pourtant, elle ne parvenait pas à s'en émouvoir. Quelle importance, à présent qu'elle était sur le point d'être incarcérée et jugée pour vol ?

Du reste, elle n'éprouvait pas le moindre regret. Si cette union devait être son unique expérience de l'amour charnel, alors elle se félicitait de l'avoir vécue avec Alexander Harland. Ces instants avaient été magiques. De toute façon, elle n'avait jamais imaginé se donner à un autre que lui. Depuis toujours, il était celui qu'elle avait élu.

Cette réflexion en amena une autre : l'avait-elle avoué à haute voix ? Assurément, elle l'avait pensé très fort. Et c'était la pure vérité. Jamais elle n'avait désiré un autre homme que lui. Ses sentiments pour lui étaient si complexes qu'elle ne tentait même pas de les démêler. Elle le voulait, même lorsqu'il s'opposait à elle. Il occupait toutes ses pensées. Et elle tenait à ce qu'il ait une bonne opinion d'elle.

Était-elle amoureuse de lui ? Cela semblait absurde, impossible, mais c'était plus que du désir ou une simple attirance. Plus elle le connaissait, plus elle l'admirait.

Pourtant, malgré les moments d'intimité qu'ils venaient de partager, elle ne pouvait se permettre d'oublier qui il était ni ce qu'il représentait.

Il était étendu à ses côtés dans l'obscurité. Elle entendait sa respiration, percevait la chaleur de son corps près du sien. Elle aurait dû profiter de son épuisement, sauter sur ses pieds et quitter la chambre en courant, mais elle était aussi fatiguée que lui. Ses membres lui semblaient aussi pesants que du plomb.

De plus, elle devait regarder la réalité en face. Même si elle parvenait à s'échapper de cette pièce, de cette demeure, où irait-elle ? Luc était toujours incarcéré à Bow Street. Sally et Camille se trouvaient à la maison ; elle n'aurait pas le temps de les éloigner avant que Harland leur mette la main dessus.

Elle poussa un long soupir. Elle était si fatiguée que c'était presque un soulagement d'avoir été capturée.

Presque.

Le désespoir l'envahissait peu à peu, si lourd qu'elle en avait la poitrine oppressée et le souffle court. Plus de fuite. Sa vie, telle qu'elle l'avait toujours connue, était terminée. Quand l'aube se lèverait, tout aurait changé. En pire. En infiniment pire. Pourrait-elle seulement revoir sa famille avant d'être jetée en prison ?

Elle sursauta quand son compagnon bougea. Le matelas rebondit lorsqu'il se leva et s'éloigna du lit, puis elle entendit un froissement de draps. Qu'allait-il se passer à présent ? S'habillait-il ? Allait-il allumer une lampe ? L'interroger ?

Elle perçut le déclic d'une clé – il fermait la porte. La nervosité la gagna. Puis elle l'entendit s'approcher de la fenêtre et faire jouer la poignée, probablement pour s'assurer qu'elle était bien verrouillée. Sans doute rassuré d'avoir condamné toutes les issues, il revint s'asseoir sur le lit.

Emmy déglutit péniblement.

— Et maintenant ? demanda-t-elle d'une toute petite voix.

Alexander n'avait aucune réponse à cette question. Au nom du Ciel, qu'allait-il faire de sa captive ? Il devait la mettre immédiatement aux arrêts, l'emmener de gré ou de force à Bow Street et la jeter derrière les barreaux, comme son frère. La confier aux autorités compétentes. Et mettre en marche les rouages de la justice.

Seulement, le devoir et l'honneur lui semblaient soudain des concepts froids et abstraits, surtout après ce qu'ils venaient de partager. Il n'y avait rien eu de froid ni d'abstrait dans leur union. Cela avait été brûlant, authentique… merveilleux.

Il se représenta Emmy, glacée et affamée dans une cellule de Bow Street ou, pire, attendant son jugement dans l'univers effrayant de la prison de Newgate, à la merci de détenues cruelles, de gardiens corrompus, de supérieurs pervers. Là-bas, elle pourrait être violée, battue, assassinée.

Puis le doute montra son vilain nez. Elle avait affirmé qu'elle ne se donnait pas à lui dans l'espoir d'un traitement de faveur, mais avait-elle dit la vérité ? Elle était probablement prête à tout pour échapper à la justice. N'était-ce qu'un mensonge de plus pour l'attendrir ?

D'un geste las, il ramena ses cheveux en arrière. Bon sang, il était perdu. Avait-elle fait semblant d'éprouver du désir pour lui ? Il avait du mal à le croire. Elle avait montré une telle ardeur ! Et son corps, moite d'excitation, ne pouvait pas avoir menti... À ce souvenir, ses reins s'enflammèrent de nouveau.

C'était la première fois qu'il faisait l'amour à une femme encore vierge. Il aurait dû trouver son inexpérience pénible, mais en réalité, il avait adoré cela. Son ardeur mêlée d'innocence n'avait fait que la rendre plus adorable encore. Dans la pénombre, il fronça les sourcils. Il aurait dû prendre plus son temps. Se montrer plus délicat. Elle était si menue ! Lui avait-il fait du mal ? L'avait-il blessée ? On disait que souvent, la première fois, les femmes saignaient.

Il se redressa et alluma la lampe de chevet.

Surprise par la lumière, elle voulut couvrir sa nudité.

— Attendez ! s'écria-t-elle. Je suis nue !

Elle tenta, sans la moindre efficacité, de dissimuler ses seins et le triangle sombre entre ses jambes.

— Vous aussi ! ajouta-t-elle d'une voix étranglée.

Avant qu'il ait eu le temps de lui présenter des excuses, elle attrapa la couverture et, d'un geste vif comme l'éclair, la remonta jusque par-dessus sa tête.

Alexander retint un sourire. Cela ne le dérangeait pas du tout d'être nu, et en général cela ne dérangeait pas non plus ses conquêtes. Elles étaient audacieuses, fières de leur corps, et à juste titre. Les courbes féminines étaient toujours belles dans leur infinie variété, et si douces, si mystérieuses !

Emmeline Danvers, elle, était manifestement mortifiée. D'elle, il ne voyait plus qu'une petite forme roulée sur elle-même sous les couvertures.

Il ramassa ses culottes et les enfila rapidement.

— Vous pouvez vous montrer, dit-il. Je suis décent.

Elle émit un son qui ressemblait à un ricanement sarcastique.

— Je suis *habillé*, rectifia Alexander, un peu agacé.

Jamais il ne serait *décent*. Ce qu'il venait de faire avec elle avait été terriblement *indécent*. Son inquiétude revint.

— Il faut que je vous regarde. Y a-t-il du sang ?

— Pardon ?

Sa voix était étouffée par la couverture. Il descendit légèrement le drap pour la voir. Ses cheveux emmêlés lui cachaient le visage.

— Vous ai-je fait mal ? demanda-t-il. Il arrive que la première fois...

Sous ses mèches en désordre, ses joues se couvrirent d'une délicieuse nuance de rose.

— Oh ! Non. Je ne crois pas. Enfin, un peu, au début, quand vous... hum. Je vais bien. Je vais tout à fait bien.

Alexander fronça les sourcils. Devait-il la croire ? Ne sachant que faire de plus, il éteignit la lampe.

Il n'avait pas les idées assez claires pour l'interroger maintenant. Il avait besoin de sommeil. Il envisagea de l'enfermer ici et d'aller dormir dans l'ancienne chambre de Benedict, mais il craignait qu'elle ne tente de s'évader. Avec elle, il ne pouvait laisser son attention se relâcher un instant. Il n'avait d'autre choix que de rester à ses côtés jusqu'au matin.

Avec un soupir, il se recoucha. Puis, sans lui laisser le temps de protester, il souleva les draps, s'approcha d'elle et la prit dans ses bras. Elle tressaillit.

Son dos était contre lui, le sommet de son crâne juste sous son menton, et son corps nu se lovait à la perfection contre le sien. Ses fesses rondes se pressaient contre son entrejambe. Son dos nu lui réchauffa le torse quand il se serra contre elle pour humer avec délice l'odeur de ses cheveux.

Bon sang, qu'il aimait son parfum !

Il posa son bras sur elle, fournissant un effort surhumain pour ne pas refermer la main sur son sein.

Peut-être parce qu'il avait gardé ses culottes, ou parce qu'elle savait toute tentative de fuite vouée à l'échec, sa tension se relâcha quelque peu.

— J'ai le sommeil léger, l'avertit-il. Si vous essayez de me fausser compagnie, je le saurai immédiatement. N'y songez même pas.

Elle ne répondit pas. Alexander se détendit. Il était empli par une immense satisfaction, et cependant, il était déchiré entre son cœur et sa raison.

Ou plutôt, entre ses pulsions et sa raison. Était-il aveuglé par le désir ? Il s'était déjà laissé duper par un visage innocent. Serait-il capable de faire feu sur Emmy ? Supporterait-il de la voir étendue, sans vie, comme cette femme en Espagne ? Cette fois, ce ne serait peut-être pas à lui qu'il incomberait d'appuyer sur la détente, mais le résultat serait le même.

Dans la pénombre, il fronça les sourcils, pensif. La situation n'était plus la même. Emmy était inoffensive. S'il la libérait, elle ne mettrait personne en danger. Pourrait-il lui faire confiance si elle promettait de ne plus jamais effectuer le moindre cambriolage ? Il ne l'aurait pas juré. Manifestement, quelque chose la poussait à voler, malgré tous les risques qu'elle courait. Dès qu'il ferait jour, il lui demanderait des explications.

Emmy restait immobile, nichée entre les bras de Harland. Avec le corps massif de son compagnon contre le sien, ses bras solides refermés autour d'elle, elle aurait dû se sentir prisonnière. Or elle n'éprouvait qu'une rassurante impression de sécurité.

Elle ferma les paupières avec force, au désespoir. Quelle folie de chercher du réconfort auprès de cet homme qui ne pouvait que la faire souffrir !

Autrefois, elle avait rêvé d'avoir Alexander Harland non pas comme adversaire mais comme allié. Assez intelligent pour organiser les opérations les plus audacieuses, assez solide pour la protéger contre tous les Danton de la Terre, il aurait été le partenaire idéal. Si seulement elle l'avait eu à ses côtés quand la première lettre du Français était arrivée !

Quel dommage qu'une cambrioleuse ne puisse pas engager un coureur de Bow Street pour neutraliser son maître chanteur... L'idée était si incongrue qu'elle faillit éclater de rire.

Peu à peu, elle se détendit. C'était une expérience inédite pour elle de se trouver ainsi dans les bras d'un homme, mais cela lui semblait aussi naturel que si elle s'était blottie toute sa vie dans la rassurante chaleur de son compagnon. Bien sûr, la trêve n'était que provisoire. Au matin, ils seraient de nouveau ennemis. Pourtant, pendant quelques heures, elle allait faire comme si le matin ne devait jamais se lever.

— Dormez, murmura Harland.

Elle perçut la vibration qui montait de son large torse et se propageait dans son propre dos.

Que faire d'autre, de toute façon, que dormir ? Emmy ferma les yeux et laissa l'épuisement la gagner.

27

Le soleil se levait quand Emmy se réveilla. Étendue sur le côté, la jeune femme regarda la lumière passer du gris tourterelle au blanc perle, le cœur lourd. Que n'aurait-elle pas donné pour pouvoir rester dans une bienheureuse obscurité jusqu'à la fin des temps !

Dans son sommeil, Harland l'avait libérée. Il dormait encore, allongé sur le dos, son visage émergeant peu à peu de la pénombre, si beau qu'elle en avait la gorge nouée. Ses cheveux étaient en désordre et le drap avait glissé jusqu'à sa taille, révélant son torse nu. Elle frémit au souvenir du contact soyeux de sa toison sous ses doigts.

De petites cicatrices constellaient sa peau. Elle dut lutter contre une folle envie de les caresser, de faire courir ses paumes sur sa musculature finement ciselée. Il lui rappelait la statue du musée – non pas le gladiateur, même s'il en avait le physique athlétique, mais l'esclave agonisant. Son visage austère était détendu, et ses lèvres au dessin parfait semblaient infiniment douces, plus tentantes que jamais. Il avait l'air à la fois puissant et inexplicablement vulnérable, un peu comme un enfant.

Elle soupira.

L'heure n'était plus aux rêveries. Il était temps d'affronter la réalité.

Peut-être réveillé par son soupir, il ouvrit les yeux. L'espace d'un instant, elle vit de l'incrédulité et de la confusion dans les profondeurs bleu ardoise de son regard. La mémoire dut lui revenir soudain car, en un instant, il retrouva toute sa vivacité – probablement le fruit des années passées dans l'armée.

En quelques secondes, il s'assit, se leva et traversa la chambre. Puis il se baissa pour ramasser les vêtements d'Emmy sur le parquet. La jeune femme rougit en se souvenant qu'elle était totalement nue sous les draps.

Le visage impassible, il lui lança ses habits.

— Habillez-vous. Je vous attends dehors.

Dès qu'il eut quitté ses appartements privés, elle se leva, utilisa le pot de chambre, puis se rafraîchit le visage avec l'eau du broc sur la table de toilette. Le parfum viril de Harland embaumait la serviette en coton. Un seul regard dans le petit miroir confirma les craintes d'Emmy : elle était méconnaissable. Ses cheveux n'étaient qu'une masse de boucles en désordre, et ses lèvres étaient nettement plus gonflées qu'à l'ordinaire. Elle dompta ses mèches rebelles avec ses doigts, puis les noua en une longue tresse qu'elle attacha avec un fil arraché à la serviette.

Dans ses cuisses et son abdomen, des muscles dont elle avait jusqu'à présent ignoré l'existence protestèrent quand elle se pencha pour enfiler ses culottes. Une fois habillée, elle se sentit mieux armée pour affronter son destin. Elle se redressa et alla ouvrir la porte du couloir.

Harland rentra alors, s'assit derrière le bureau et lui fit signe de prendre l'autre siège. Par chance, il avait passé une chemise. Elle aurait été bien incapable de réfléchir s'il était resté torse nu.

— Asseyez-vous.

Elle obtempéra.

Il émit une petite toux, puis leva vers elle son regard perçant.

— Je crois que nous devons clarifier nos rôles respectifs dans cette pièce, mademoiselle Danvers.

Elle tressaillit en l'entendant s'adresser à elle de manière si formelle, mais parvint à répondre sur le même ton :

— De quel genre théâtral s'agit-il ? Farce ? Comédie ? Tragédie ?

— Je n'ai pas encore décidé.

Il posa ses paumes à plat sur le bureau, et elle dut se faire violence pour ne pas imaginer ces grandes mains courant sur son corps.

— Niez-vous être le voleur surnommé l'Engoulevent ?

Haussant une épaule d'un geste désinvolte, elle concéda :

— Je suis sa fille.

Il darda sur elle un regard courroucé, auquel elle répondit d'un haussement de sourcils insolent. Le combat était engagé. La veille au soir, elle avait été trop effrayée pour réfléchir posément, mais à présent sa décision était prise. Elle ne se rendrait pas sans se battre.

— Tout ce que vous pouvez prouver contre moi, c'est que je suis coupable d'être entrée par effraction dans votre chambre à coucher, déclara-t-elle d'un ton imperturbable. Ce n'est pas un bien grand crime. Il y a fort à parier que je ne suis pas la première à vous rendre visite en pleine nuit sans y avoir été expressément invitée.

À cette idée, une bouffée de jalousie monta en elle, qu'elle s'empressa de chasser.

Il lui jeta un regard agacé.

— Votre père est mort. Ce n'est pas un fantôme qui a cambriolé Bridge & Rundell, volé le diamant bleu au British Museum…

Il se pencha vers elle et poursuivit :

— … ou m'a comparé à un vulgaire caillou inerte.

Emmy se mordit les lèvres pour réprimer un sourire. Ainsi, il n'avait pas oublié ? Tant mieux.

— Que tentez-vous de me faire dire, lord Melton ? Que j'ai repris le flambeau paternel ? Personne ne vous croira. Je ne suis qu'une femme, c'est-à-dire une créature fragile et naïve.

Du moins, avec un peu de chance, telles seraient les conclusions des juges si elle était traduite devant un tribunal. Elle allait se conformer à leurs préjugés masculins : une jeune femme comme elle était trop sotte pour fomenter des cambriolages aussi audacieux et trop faible pour mettre de tels plans à exécution.

— Vous n'avez pas agi seule. Je sais très bien que votre frère est impliqué, ainsi que votre femme de ménage, cette Sally Hawkins.

Enfer. Emmy se composa un masque impassible. Elle était résolue à assumer la pleine responsabilité des actes de l'Engoulevent si cela pouvait épargner sa famille. Peut-être le moment était-il venu de distraire l'attention de Harland. Elle lui décocha un sourire de regret.

— J'aurais tant aimé faire votre connaissance dans des circonstances différentes, lord Melton, mais le fait est que je suis…

— Une criminelle ? suggéra-t-il avec des inflexions onctueuses.

Elle inclina la tête en signe d'assentiment mais refusa de l'admettre à haute voix.

— Et que vous…

— Et que je ne le suis pas ?

— Précisément. Par conséquent, cette question nous divisera toujours. Comme Wellington et Bonaparte. Toutefois, j'aime à penser que nous aurions pu être... amis.

Il ricana.

— Autant demander à l'avocat de la partie civile et à celui de la défense d'être bons camarades.

De sous ses cils épais, il lui décocha un regard qui la fit frissonner.

— Je crains que nous ne soyons destinés à être les meilleurs ennemis du monde.

Un silence tomba entre eux.

— Vous n'échapperez pas à la justice, reprit-il doucement. Vous le savez, n'est-ce pas ?

Le plaisir que lui avait donné leur échange léger s'évapora aussitôt, chassé par une douloureuse impression de fatalité.

— Parlez ! ordonna-t-il. Dites-moi comment vous êtes devenue l'Engoulevent. Cela n'a pas pu se faire du jour au lendemain ; il vous a probablement fallu des années d'entraînement. Qui vous a tout appris ? Votre père ?

Emmy ferma les yeux. Ainsi, l'interrogatoire avait commencé. Les salves de questions destinées à user sa résistance. Les menaces. Elle ne pourrait pas y échapper. Il finirait par la briser. Il ne cesserait que quand il aurait les réponses, les preuves qu'il attendait. Même si elle gagnait du temps maintenant, le répit ne serait que de courte durée. Et ce serait un soulagement de pouvoir enfin se confesser.

Elle se redressa dans son fauteuil et tenta d'imiter l'élégante assurance de Camille.

— J'ai fait tout ce qui était en mon pouvoir pour ne pas devenir une criminelle, commença-t-elle, mais étant donné les décisions prises par mon père, c'était inévitable. Alors, puisque je n'ai pas eu le choix, j'en ai fait un défi personnel. Quitte à embrasser une carrière de cambrioleuse, autant être la meilleure de Londres.

L'expression de stupeur de Harland était un pur régal. De toute évidence, il ne s'était pas attendu à lui arracher des aveux aussi facilement.

Elle sourit.

— Sans me vanter, je suis une remarquable voleuse.

— Vous *étiez*, rectifia-t-il d'un ton sec. Jusqu'à ce que vous soyez prise.

Devant ce cruel rappel de la réalité, le cœur d'Emmy se serra.

— Pourquoi des joyaux ? demanda-t-il. Et pourquoi uniquement ceux de la Couronne de France ?

Ainsi, il avait fait le lien. Elle aurait dû s'en douter. Sinon, comment aurait-il pu prévoir qu'elle viserait le rubis de lady Carrington plutôt que n'importe quel autre ?

Elle esquissa un petit sourire triste.

— Quelle est l'expression, déjà ? Ah, oui. L'enfer est pavé de bonnes intentions.

Il se pencha en avant dans son fauteuil en pianotant sur l'accoudoir.

— Vous connaissez la définition exacte du vol, n'est-ce pas ? Prendre quelque chose qui ne nous appartient pas sans intention de le rendre ?

Une bouffée d'indignation monta en elle.

— Ah, mais j'ai bien l'intention de restituer les bijoux ! Non pas à ceux à qui je les ai pris, naturellement, mais à leur légitime propriétaire.

— À savoir ? demanda-t-il d'une voix sarcastique.

— Le peuple de France.

Un silence médusé accueillit sa réponse. Harland la regardait, bouche bée, comme si pas un instant il n'avait envisagé qu'elle ait des motifs nobles. Emmy se sentit vaguement insultée. L'avait-il donc crue si vénale ?

— Vos actions ne vous inspirent aucun remords ?

C'était plus une affirmation qu'une question, mais Emmy y répondit tout de même.

— En toute honnêteté ? Non. Je ressens de la fierté. Si vous espérez des excuses de ma part, vous risquez d'attendre longtemps. Jamais je ne regretterai d'avoir accompli mon devoir. Mon devoir envers mon père, mon devoir envers la France !

Reprendre ces joyaux était un acte juste sur le plan moral, Emmy en avait l'intime conviction. Elle aurait seulement préféré que quelqu'un d'autre qu'elle s'en charge. C'était bien joli d'être patriote, mais ses actions l'avaient opposée à Alexander Harland, un homme qu'elle tenait en très haute estime, et avaient anéanti tout espoir d'avenir avec lui.

Il poussa un soupir.

— Le diamant que vous avez pris chez Bridge & Rundell appartient au prince régent, et il veut le récupérer.

— Eh bien, c'est impossible. Il ne lui appartient pas.

— Dites-moi où il se trouve.

— Je ne peux pas, répondit-elle.

Elle disait vrai. Elle n'avait aucune idée de ce que Danton en avait fait.

Un muscle tressaillit dans la mâchoire de Harland.

— Inconsciente ! Ne jouez pas à ce jeu, vous avez tout à y perdre. Qui vous a manipulée ainsi ? Votre frère ? Votre grand-mère ?

— Personne. J'agis de ma propre volonté. Je travaille seule.

Serrant les poings sur ses cuisses, elle ajouta :

— Vous ne comprenez pas. Je n'avais pas le choix.

Devant son regard étincelant de colère, elle chercha un moyen de l'apaiser.

— Nous pourrions négocier ? s'entendit-elle proposer. Le Régent et le Bleu de France contre mon immunité judiciaire.

Elle ignorait comment reprendre les pierres à Danton, mais cela valait la peine d'essayer.

— Jamais le prince n'acceptera. Il exige une sanction exemplaire pour l'Engoulevent. Et que faites-vous de tous les autres joyaux volés au fil des ans ? Espérez-vous que nous allons les oublier ?

Il ponctua ses paroles d'un long soupir de frustration.

Emmy détourna le regard et concentra son attention sur son flacon de parfum, qui se trouvait toujours sur la petite table. Elle n'avait aucun atout dans sa manche. Son sort était scellé. En revanche, elle pouvait encore entraîner Danton dans sa chute…

— Très bien. Je vais vous dire qui m'a « manipulée ». C'est un Français du nom d'Émile Danton.

Elle lui parla des lettres de son maître chanteur, de ses menaces et de ses exigences, du vol chez Bridge & Rundell et de celui du British Museum – en omettant toutefois la participation de Luc, de Sally et de Camille. Harland ne l'interrompit pas une seule fois. Il l'écouta jusqu'au bout, sans un mot. Quand elle eut terminé, elle se sentit étrangement libérée d'un poids formidable.

Le visage impassible, son compagnon se leva, faisant grincer son siège sur le parquet.

— Je dois sortir.

— Où allez-vous ?

— À Bow Street, pour faire libérer votre frère.

Emmy avait beau savoir que Luc n'était lavé de tout soupçon que parce qu'elle avait pris sur elle l'entière responsabilité des vols, un immense soulagement l'envahit.

— Merci, dit-elle simplement.

Harland hocha la tête, s'approcha d'un somptueux semainier en acajou et en sortit une cravate. Emmy pensa qu'il allait la nouer à son cou, mais il se dirigea vers la table de toilette, plongea la cravate dans la cuvette et revint, serrant dans ses mains la longue pièce de soie ruisselante d'eau.

— Le tissu est plus solide quand il est mouillé, dit-il en guise d'explication. Mettez les mains dans votre dos, je vous prie.

Emmy protesta, mais elle ne s'était pas vraiment attendue qu'il la laisse seule sans la neutraliser d'une façon ou d'une autre.

— Je vous promets de ne pas essayer de m'enfuir ! protesta-t-elle.

Il ne se donna même pas la peine de répondre. Tandis qu'il nouait la cravate autour de ses poignets, accroupi derrière elle, elle s'efforça d'ignorer la sensation de son souffle tiède dans son cou.

— On dirait que c'est devenu l'histoire de ma vie, fit-elle remarquer d'un ton léger, comme pour conjurer la panique. Je suis régulièrement enfermée dans les endroits les plus déplaisants. Des tonneaux de bière. Des sarcophages. Des chambres de gentlemen.

— Je suis désolé, marmonna-t-il. Je serai vite de retour.

C'était probable, hélas. Et il reviendrait de Bow Street équipé de menottes à sa taille. Elle était surprise qu'il n'en ait pas une paire dans son bureau, toujours à portée de main. Pour une raison absurde, cette idée la troubla.

Il tira une dernière fois sur les liens puis se redressa, apparemment satisfait. Emmy tenta d'écarter les poignets, en vain. Elle ravala un juron. Impossible de se libérer. Maudit soit cet homme !

Elle entendit un froissement d'étoffe derrière elle mais, par fierté, refusa de le regarder tandis qu'il finissait de s'habiller. Lorsqu'il revint dans son champ de vision, elle contint un mouvement de frustration. Il était si beau que c'en était exaspérant. Ses larges épaules et ses cuisses musclées – qui s'étaient intimement pressées contre elle quelques heures auparavant seulement – étaient soulignées par sa veste à la coupe impeccable et ses culottes en daim.

Si elle avait été libre de ses mouvements, elle lui aurait donné des coups de pied dans les tibias !

Il l'observa quelques instants, comme pour graver son visage dans sa mémoire, puis baissa les yeux vers son décolleté, mis en valeur par la position de ses bras derrière elle. Elle le vit rougir légèrement et passer ses mains dans ses cheveux.

Elle ne put s'empêcher de hausser les sourcils d'un air de défi.

— Restez ici, ordonna-t-il.

Emmy lui décocha un regard exaspéré, façon de lui rappeler combien cette injonction était inutile.

— Fichez le camp, marmonna-t-elle.

Alexander ferma la porte à double tour, glissa la clé dans sa poche et s'éloigna dans le couloir, pressé de quitter cette femme déconcertante. Il bouillait de rage, non plus à cause d'Emmeline Danvers mais de la brute qui l'avait placée dans une situation aussi intenable.

Après avoir été furieux contre elle pendant si longtemps, voilà qu'il était furieux *pour* elle. L'ironie de la situation ne lui échappait pas. Il brûlait maintenant d'une féroce envie de la protéger – contre ce Danton, contre lui-même, contre les décisions insensées qu'elle avait prises.

En trois années de guerre, il avait vu toute la violence dont l'humanité est capable. Il connaissait les dommages qui peuvent être infligés à un corps humain. L'idée que quelqu'un s'en prenne à Emmy le rendait fou de rage. Si ce Danton touchait à un seul de ses cheveux, il serait bien capable de l'étrangler de ses mains.

Il s'efforça de respirer calmement. Il avait besoin d'espace plutôt que de proximité. Emmeline Danvers était un véritable danger. Elle lui coupait le souffle à chaque instant. Pas étonnant qu'il soit incapable de réfléchir quand elle était là ! En sa présence, son pauvre cerveau était littéralement privé d'oxygène.

Qu'espérait-il d'elle, au juste ? Un rire sans joie lui échappa. Il aurait voulu qu'elle soit une autre. Qu'elle soit la jeune femme parfaite, innocente, qui avait hanté ses rêves pendant si longtemps. N'importe qui sauf une criminelle.

Et si elle n'avait pas été l'Engoulevent ? Il examina cette hypothèse. Si, en retrouvant son inconnue, il avait découvert qu'elle était un parangon de vertu, une jeune femme à la réputation irréprochable… aurait-il envisagé un avenir avec elle ?

Il ne l'aurait pas juré. Malgré toute l'attirance physique qu'elle exerçait sur lui, il n'avait aucun point commun avec un parangon de vertu. Il se serait désespérément ennuyé auprès d'une épouse dont l'univers se bornait à organiser des dîners mondains et à commander de nouvelles robes. Ce qui le séduisait tant chez Emmy, c'était son goût de l'aventure, son courage, son intelligence.

En général, il perdait tout intérêt pour une femme une fois qu'il l'avait mise dans son lit. Le frisson de la chasse s'éteignait, le mystère se dissipait. En temps normal, il aurait été pressé d'oublier sa conquête de la nuit. Pourtant, il était encore plus attiré par Emmy ce matin que la veille au soir, si cela était possible. Et ce malgré les aveux qu'elle venait de lui faire !

Il aurait dû être fou de joie. Il avait capturé l'Engoulevent et lui avait fait avouer ses crimes. Toutefois, cet exploit pâlissait, éclipsé par la joie qu'il avait ressentie quand leurs corps s'étaient unis, par le bonheur de la serrer dans ses bras. Il la désirait plus que jamais.

Non ! Leurs ébats de la nuit n'avaient été qu'un bref moment de folie induit par toutes sortes d'émotions complexes. Lui faire de nouveau l'amour serait une erreur colossale, une faute impardonnable. Il avait évité un désastre absolu en se retirant au dernier instant, mais il craignait de ne pas en avoir le courage si l'occasion se présentait une fois de plus. Avec elle, il oubliait jusqu'à son propre nom !

Il s'en voulait d'avoir été contraint de l'attacher. Lorsqu'il l'avait vue ainsi entravée, sa poitrine soulevée d'indignation, des images torrides lui étaient venues. Il savait qu'il existait à Londres des endroits où l'on pouvait laisser libre cours à ce genre de fantasme, mais jamais il n'aurait imaginé qu'il serait sensible à la vue d'une femme ligotée, offerte à ses désirs. Bon sang, il était dur comme le roc.

Au nom du Ciel, qu'allait-il faire d'elle ?

28

Emmy avait l'impression qu'une éternité s'était écoulée depuis que Harland avait quitté la pièce. Quelque part, non loin d'elle, une horloge invisible égrenait les minutes. Par petits mouvements successifs, elle fit pivoter son fauteuil pour se tourner vers la porte. À plusieurs reprises, elle entendit des pas pesants derrière la porte – sans doute ceux de l'impressionnant vigile du Tricorn Club –, mais personne n'entra.

Son estomac émit une protestation sonore, lui rappelant qu'elle avait été privée de petit déjeuner. La faim n'arrangeait en rien son humeur maussade. Des pensées plus déprimantes les unes que les autres défilaient dans son esprit. Ne pas savoir ce qui l'attendait la rendait folle.

Enfin, la porte s'ouvrit, et son geôlier entra à grands pas, apportant dans son sillage une bouffée d'air frais. Son air grave n'augurait rien de bon.

— Que se passe-t-il ? demanda-t-elle, alarmée. Est-il arrivé quelque chose à Luc ?

Au lieu de répondre immédiatement, il s'approcha d'elle pour dénouer ses liens. Les bras de la jeune femme étaient tout ankylosés. Elle fit bouger ses poignets pour faire de nouveau circuler le sang.

— Votre frère va bien. Je suis allé à Bow Street le faire libérer.

— Et ? demanda-t-elle, comprenant qu'il ne lui avait pas tout dit.

— J'ai retrouvé mon collègue, Sebastian Wolff, qui rentrait tout juste de Gravesend.

Emmy fronça les sourcils, intriguée.

— Gravesend ? répéta-t-elle sans comprendre.

— L'endroit où se trouve le seul joyau que vous n'avez pas encore tenté de voler. Le saphir Ruspoli.

Elle le regarda, bouche bée.

— Vous savez où il est ?

— Nous avons eu un petit coup de main du chef de la Sûreté française, Vidocq.

— Je suis très impressionnée, admit-elle. Je n'avais pas réussi à localiser le Ruspoli. Où se trouve-t-il ?

— Chez Franco Andretti, un ancien diplomate italien. Sebastian est tombé sur une scène de crime. Andretti a été assassiné la nuit dernière.

Il sembla à Emmy que ses poumons se vidaient de leur air.

— Pardon ?

— Et ce n'est pas tout. Le meurtrier a laissé une plume noire derrière lui.

À ces mots, l'estomac de la jeune femme se noua.

— Pour qu'on accuse l'Engoulevent ? demanda-t-elle d'une voix étranglée.

Elle refoula une bouffée de panique. C'était une chose d'être accusée d'avoir volé des diamants, c'en était une autre d'être soupçonnée de meurtre.

Danton. Cela ne pouvait être que lui ! Il avait menacé de recourir à la violence, mais jamais elle n'avait imaginé qu'il irait jusqu'au meurtre. Ce fou ne reculerait devant rien pour mettre la main sur les joyaux que le père d'Emmy avait rassemblés. Le fait qu'il implique l'Engoulevent dans un acte aussi révoltant était un avertissement clair : si elle ne se pliait pas à ses exigences, il n'hésiterait pas à s'en prendre à sa famille.

Ô Seigneur ! Comment pourrait-elle récupérer les pierres que son père avait cachées si elle était retenue captive ici ou jetée dans une cellule de Bow Street ?

La terreur lui coupait littéralement le souffle. Au bord de l'évanouissement, elle se recroquevilla sur elle-même. Harland dut comprendre, car il lui posa une main dans les reins et lui frotta le dos dans un geste réconfortant. Son intervention fut si efficace qu'Emmy faillit gémir de gratitude quand l'air entra de nouveau dans ses poumons.

— Respirez profondément, dit-il. Là, lentement…

Le vertige se dissipa bientôt. Dès qu'Emmy put se redresser, Harland retourna s'asseoir de l'autre côté du bureau.

— L'assassin a-t-il pris le saphir ? demanda-t-elle, bien qu'elle connût déjà la réponse.

— Oui. Le coffre-fort était ouvert et vide. Le voleur a obligé Andretti à le déverrouiller, puis il l'a abattu de sang-froid.

— Alors, à présent, l'Engoulevent est recherché pour meurtre.

Ses lèvres tremblaient tellement qu'elle parvenait tout juste à articuler.

Harland hocha la tête.

— Les juges comprendront bien que le meurtrier s'est fait passer pour l'Engoulevent ? demanda-t-elle avec des accents désespérés. Jamais l'Engoulevent n'a brisé quoi que ce soit, pas même une fenêtre. Ce n'est pas son style !

Une bouffée de rage impuissante monta en elle. Danton avait souillé la mémoire de son père, son héritage.

Harland vrilla sur elle son étincelant regard bleu ardoise.

— Je doute qu'ils s'attardent à ce détail. La présence d'une plume noire leur suffira. Les vols à eux seuls suffiront à envoyer l'Engoulevent à la potence. Ce meurtre ne fera qu'ajouter une charge de plus à une sentence déjà inévitable.

Emmy se pencha pour tendre une main vers lui. Dans sa poitrine, son cœur était aussi lourd, aussi inerte qu'une pierre.

— Permettez-moi d'écrire à ma famille. Il faut que je les avertisse. S'il vous plaît.

Il posa sur elle un regard grave.

— Vous pensez que c'est Danton qui a fait le coup, n'est-ce pas ?

— Qui d'autre ?

Alexander observait Emmy, le cœur serré. Ses yeux étaient plus immenses que jamais dans son petit visage livide, et ses taches de rousseur plus prononcées. Toutefois, ses lèvres étaient d'un rose vif, soit parce qu'elle les avait mordues dans sa nervosité, soit à cause de leurs ébats de la nuit. À ce souvenir, son corps se tendit.

Il y avait tant de peur, tant de désespoir dans son regard ! Alexander serra les poings afin de s'interdire de se ruer auprès d'elle pour la serrer dans ses bras en lui jurant que tout irait bien. Il n'était pas un galant chevalier prêt à tout pour sauver une demoiselle en détresse. Il ne pouvait rien lui promettre.

Elle tenta de parler, mais sa gorge semblait nouée par l'angoisse.

— Aidez-moi, murmura-t-elle enfin, une résolution nouvelle au fond des yeux. Danton ne devrait pas tarder à prendre contact avec moi pour savoir si j'ai pu récupérer le véritable rubis.

Elle tourna les yeux vers le joyau, toujours posé sur la petite table à côté de son flacon de parfum.

— S'il découvre que j'ai été arrêtée, il s'en prendra aux miens. Laissez-moi rentrer à la maison, au moins le temps qu'il entre en relation avec moi, et vous pourrez lui tendre un piège.

Quand leurs regards se croisèrent, Alexander fut parcouru par un frisson désormais familier. Il ne pouvait qu'admirer la fermeté avec laquelle elle affrontait la situation. On eût dit une aristocrate déchue montant les marches vers la guillotine sans trembler. Condamnée, mais toujours digne.

— Je ne tenterai pas de m'enfuir, ajouta-t-elle, anticipant son objection. Je suis prête à assumer les actes de l'Engoulevent. En revanche, il n'est pas question que je paie pour un meurtre que je n'ai pas commis. Il faut arrêter Danton. Attrapez-le, et vous aurez non seulement les joyaux, mais aussi le meurtrier. Vous serez un héros.

Elle avait prononcé ce dernier mot avec une petite moue hautaine des plus éloquentes. À ses yeux, s'il rendait les joyaux à leurs propriétaires, il serait tout sauf un héros.

Il s'apprêtait à répondre lorsqu'il entendit des éclats de voix dans le couloir – le timbre rocailleux de Mickey, auquel répondait celui, impétueux et impatient, d'une femme. Il alla ouvrir la porte, à temps pour voir une beauté aux formes généreuses et à la crinière en désordre échapper au garde du corps et gravir l'escalier, telle une déesse de la vengeance.

— Alexander Harland ? demanda-t-elle avec un fort accent de l'East End. Qu'avez-vous fait d'Emmy, espèce de brute ? Je sais qu'elle est ici !

— Sally !

Emmy franchit le seuil, frôla Alexander et s'éloigna en courant. Alexander tenta de la rattraper, en vain. Elle avait été trop rapide. Poussant un cri de joie, elle se jeta dans les bras de leur visiteuse, puis les deux femmes se séparèrent et se mirent à parler en même temps.

— Sally ! Que faites-vous ici ?

— Emmy, Dieu merci ! Je ne savais plus quoi faire.

— Que voulez-vous dire ?

Enfin, Emmy parut remarquer le trouble de son amie. Sally avait les cheveux détachés, et elle n'avait même pas pris le temps de coiffer un chapeau ni d'enfiler des gants. Avec un détachement inhabituel chez lui, Alexander nota qu'elle avait un superbe décolleté.

— Que se passe-t-il ? insista Emmy.

— Encore une lettre, répondit l'autre d'une voix tendue.

Méfiante, elle lança un regard en direction d'Alexander, qui répliqua par un hochement de tête ironique.

— Vous pouvez parler, mademoiselle Hawkins, dit-il d'une voix aimable.

Ce ne pouvait être que la gouvernante et complice d'Emmy, la fameuse Sally Hawkins. Il ne s'expliquait toujours pas par quel tour de force cette belle plante avait dissimulé ses courbes généreuses sous un costume de laveur de carreaux.

— Mlle Danvers et moi-même n'avons plus aucun secret l'un pour l'autre, ajouta-t-il en observant, amusé, l'intéressée qui rougissait de confusion. Qu'a donc M. Danton à *nous* dire ?

Sally décocha à Emmy un regard accusateur, comme si elle était déçue que celle-ci ait tout avoué, puis elle sortit un message de son corsage. Un soupir de désespoir lui échappa tandis que ses beaux yeux s'embuaient de larmes.

— Il a capturé Luc !

29

Emmy parcourut rapidement la lettre que Sally lui avait donnée. Apparemment, Luc avait été enlevé par Danton peu de temps après avoir été libéré de Bow Street.

— J'ai interrogé un balayeur, expliqua Sally. Il a vu Luc monter dans une voiture au bout de la rue, mais tout semblait normal. Il n'a remarqué ni inscription ni armoiries sur le véhicule.

Emmy ferma les yeux, gagnée par la panique. Luc était l'otage de Danton.

Elle ne tenta pas de résister quand Harland retira le feuillet de ses doigts tremblants.

Mon Dieu ! Dire qu'elle n'avait rien imaginé de pire que sa propre arrestation… Et voilà que Danton exigeait qu'elle lui remette dans un délai de vingt-quatre heures la totalité des joyaux amassés par son père, et menaçait d'exécuter Luc si elle n'obtempérait pas !

Si vous doutez de ma détermination, écrivait-il, *songez à ce qui est arrivé au* signore *Andretti. Tel est le sort de ceux qui ne m'obéissent pas.*

Emmy frissonna. Cette allusion prouvait-elle que Danton était l'assassin de l'Italien ? Suffirait-elle à convaincre Harland de l'aider ?

— Camille est-elle au courant ? demanda-t-elle.

Sally secoua la tête.

— Pas encore. Elle était toujours dans sa chambre quand je suis partie. Qu'allons-nous faire ?

Elle essuya d'un geste impatient les larmes qui menaçaient de rouler sur ses joues.

— Le salaud ! S'il fait du mal à Luc, je le...

Elle ne parut pas trouver un terme adéquat pour terminer sa phrase. Emmy la prit par le coude pour l'entraîner dans le bureau, et toutes deux s'assirent dans les grands fauteuils disposés devant l'âtre.

Sally observa le salon de Harland sans cacher sa curiosité. Nul doute qu'elle avait remarqué, par la porte ouverte sur la chambre à coucher, les draps en désordre, et qu'elle en avait tiré certaines conclusions – tout à fait justes, au demeurant – sur l'escapade nocturne d'Emmy. Elle décocha à celle-ci un regard complice qui fit de nouveau rougir la jeune femme d'embarras, mais eut la bonne grâce de s'abstenir de tout commentaire.

Harland, resté debout, posa sur Sally son regard pénétrant.

— Quand avez-vous reçu cette lettre ? demanda-t-il.

— Il y a environ une heure.

— Qui vous l'a remise ?

— Un gamin des rues. Impossible de localiser l'expéditeur, nous avons déjà essayé. Aucun messager n'a jamais pu nous dire où il habitait.

— Danton ne peut pas savoir que Mlle Danvers prête son concours à Bow Street pour cette enquête.

Cette audacieuse formulation arracha à Emmy un petit reniflement ironique. Elle prêtait son concours à Bow Street, maintenant ? Première nouvelle !

Harland l'ignora superbement.

— Mademoiselle Hawkins, retournez à Waverton Street et attendez les instructions. Vous pouvez informer la comtesse de Rougemont de ce qui s'est passé, si vous le jugez utile.

Emmy voulut protester, indignée de le voir donner ainsi des ordres concernant *sa* famille, mais il la fit taire d'un regard ferme.

— Mlle Danvers et moi devons maintenant discuter de l'endroit ou l'Engoulevent a caché ses biens mal acquis, poursuivit-il.

Sally lança à Emmy un regard désespéré, auquel cette dernière répondit par un haussement d'épaules fataliste. Entre les joyaux de l'Engoulevent et la vie de son frère, son choix était déjà fait. Luc valait infiniment plus que n'importe quel élan patriotique, si noble fût-il. Elle aimait son père de tout son cœur, mais il était mort, et Luc était vivant – du moins l'espérait-elle.

Elle n'était pas assez naïve pour s'imaginer qu'elle pourrait s'attirer la clémence des juges en se montrant coopérative avec Bow Street, mais elle ferait tout pour sauver Luc. Elle adressa à Sally un sourire qu'elle espérait rassurant.

— Il a raison. Rentrez auprès de Camille et dites-lui que j'ai la situation en main.

Sally hocha la tête, apparemment convaincue par ce mensonge éhonté.

— D'accord. Mais, je vous en conjure, soyez prudente.

Elle lança un nouveau regard appuyé en direction de Harland et se leva en lissant ses jupes.

— Ne faites rien que je ne ferais moi-même, ajouta-t-elle.

Emmy se retint de répliquer que cela ne lui interdisait pas grand-chose.

— Mickey va se faire un plaisir de vous raccompagner, mademoiselle Hawkins, dit Harland en désignant la porte d'un geste théâtral, comme s'il s'adressait à une duchesse.

Sally, l'air un peu rassérénée, se leva et quitta la pièce.

— Mickey ! lança Harland, interpellant le domestique qui attendait dans le couloir. Dites à Sam de seller Bey.

Dès que le froissement des jupes de Sally et le martèlement des souliers de Mickey se furent éloignés, il se tourna de nouveau vers Emmy, une lueur d'acier dans les yeux.

— Et maintenant, Emmeline Danvers, à nous deux. Assez joué. Où sont les joyaux ?

Elle émit un petit rire narquois.

— Ils sont enterrés dans les jardins d'une abbaye en ruine. Dans le Rutland.

— Dans le *Rutland* ? répéta-t-il, abasourdi. Près du Lincolnshire ? Dieu du Ciel, pourquoi aussi loin ? Je les croyais ici, à Londres.

Emmy secoua la tête, presque amusée de le voir aussi contrarié.

— Mon grand-père y avait un pavillon de chasse, qui appartient aujourd'hui à Camille. Même si vous fouillez tout le terrain, vous ne les trouverez pas. Seuls Luc et moi connaissons leur emplacement exact.

Elle lui décocha un sourire onctueux.

— Vous n'avez pas d'autre choix que de m'emmener.

Il fronça les sourcils d'un air furieux.

— Qu'est-ce qui me dit que vous n'essayez pas de me lancer sur une fausse piste ? Ou que vous ne tenterez pas de me fausser compagnie à la première occasion ?

— À part le fait que je vous donne ma parole, monsieur ? rétorqua-t-elle, hautaine. Accordez-moi au moins le crédit de vouloir protéger mon frère. Je suis aussi décidée que vous à restituer ces joyaux.

L'argument parut le satisfaire.

— Où allons-nous ? demanda-t-il.

Emmy ravala un sourire.

— Près de Stamford, sur la grand-route du Nord, à environ quatre-vingt-dix miles de Londres.

— Pouvons-nous effectuer l'aller et le retour avant demain, même heure ?

— Il me semble que c'est possible. En général, il faut six heures en changeant de chevaux. Je prends la malle-poste.

— Seriez-vous capable d'y aller à cheval ?

Elle secoua la tête.

— Pas sur une telle distance.

Il poussa un soupir résigné et consulta l'horloge.

— En partant tout de suite, nous pouvons arriver avant la nuit. Je vais demander à Sam de vous préparer la voiture.

— Et vous ?

Il secoua la tête d'un air irrité.

— J'irai à cheval.

Emmy tenta de se convaincre que la pointe de tristesse qu'elle ressentait soudain n'était pas de la déception.

Il s'approcha de la petite table, prit le rubis et le glissa dans une poche intérieure de sa veste.

— Restez ici, ordonna-t-il. Je vais vous faire apporter de quoi vous restaurer.

Emmy fit la grimace à l'idée qu'il la laisse seule, mais il n'aurait pas été juste de bouder alors qu'il se montrait aussi prévenant. Elle n'avait pas imaginé qu'il se soucierait qu'elle ait mangé ou non.

Elle était toujours sa captive, mais elle avait dit vrai en promettant de ne pas tenter de s'échapper. Avec l'aide de Harland, non seulement elle serait de retour à Londres avec les joyaux bien plus vite que si elle partait seule, mais elle bénéficierait de sa protection sur le trajet.

Tant qu'elle remettait les joyaux à Danton dans le délai imparti et sauvait la vie de Luc, peu lui importait ce qu'il adviendrait ensuite du trésor. Mieux valait qu'il soit repris par le gouvernement britannique que par Danton.

Et, jusqu'au lendemain, elle aurait le plaisir doux-amer de la compagnie de Harland. Elle secoua la tête. Elle devait être masochiste ! Même en cet instant, alors qu'elle aurait dû haïr cet homme, elle ne parvenait pas à lui en vouloir.

Quelques minutes plus tard, une jeune domestique lui apporta un plateau d'où montait un appétissant fumet. Emmy faillit gémir de plaisir. Du café avec de la crème et du sucre, des œufs au bacon, des toasts et de la confiture… Alexander Harland était un geôlier des plus généreux !

Elle venait de finir sa dernière tartine quand Mickey arriva, chargé d'un sac de voyage qu'elle reconnut aussitôt.

— M'zelle Hawkins a fait envoyer ceci pour vous, milady, annonça-t-il. Monsieur dit que vous avez un quart d'heure pour vous habiller et le retrouver en bas.

— Merci, Mickey, dit-elle avec un sourire gracieux.

Amusée, elle vit le colosse rougir jusqu'aux oreilles.

Puis elle ouvrit le sac et faillit éclater de rire. Sally y avait mis deux de ses robes les plus élégantes, ainsi que toutes sortes d'affaires. Elle passa une chemise de batiste si fine qu'elle en était transparente, un corset, des bas de soie, puis enfila la robe bleu lavande. Au moins, le vêtement était en coton et non en mousseline de soie légère. Toutefois, elle était fort peu pratique. Les manches ballon, très courtes, ne suffiraient pas à lui tenir chaud, et la rangée de nœuds de satin qui bordait le décolleté était un peu trop frivole à son goût. Par chance, Sally avait prévu une petite veste assortie, taillée dans un velours bleu nuit et ornée sur le devant de brandebourgs dorés. Emmy se brossa rapidement les cheveux et les noua en un chignon bas, qu'elle fixa à l'aide des épingles que Sally avait pensé à ajouter.

Pour donner une note finale à sa tenue, elle s'approcha de la console, prit son flacon de parfum et en déposa les dernières gouttes au creux de ses poignets et sur sa nuque. L'odeur familière l'apaisa aussitôt. Elle enfila des gants en cuir couleur crème et prit le petit réticule où Sally avait glissé un mouchoir, un miroir rond, un couteau de poche à manche en nacre et quelques pièces.

Un pistolet aurait été plus rassurant, mais il n'y avait jamais eu d'arme à feu à la maison et elle ne savait pas s'en servir. De toute façon, Harland, qui était habitué à manier des armes aussi impressionnantes que les fusils et les mousquets, aurait sans doute éclaté de rire si elle l'avait menacé avec un ridicule petit pistolet pour dame.

Quand elle ouvrit la porte, elle trouva Mickey qui l'attendait pour l'escorter jusqu'aux écuries. Harland était déjà là, en manteau de lainage et bottes d'équitation, tenant un étalon bai par la bride. Son cœur battit plus vite lorsqu'elle l'aperçut. Un pied posé sur un rayon d'une des roues du véhicule auquel étaient attelés deux chevaux gris, il discutait avec le cocher qui s'était déjà installé sur son banc.

Il la prit par la main pour l'aider à monter en voiture. Quand ses doigts serrèrent les siens, il lui sembla que sa peau la brûlait sous son gant. Seraitelle un jour immunisée contre son charme ?

Il lui décocha un regard menaçant. Sous ses cils noirs et fournis, ses iris prirent une lueur d'acier en fusion.

— Ne songez même pas à vous échapper, l'avertit-il. Si vous partez, je vous poursuivrai jusqu'à l'autre bout du monde, n'en doutez pas un instant.

Emmy réprima un frisson. Elle était bien sotte de trouver une telle déclaration aussi excitante, mais son cœur battait soudain la chamade. Ce stupide organe ne faisait manifestement pas la différence entre une menace et une promesse.

Un désir aussi puissant qu'effrayant l'envahit, l'espoir d'un rêve qui ne se réaliserait jamais.

Avec un soupir, elle s'assit sur la confortable banquette en cuir et posa une couverture de voyage sur ses genoux. Les prochaines heures seraient ses derniers moments de liberté, et elle comptait bien les savourer.

30

Emmy regardait par la fenêtre étroite de la voiture lancée à pleine vitesse. Il n'avait pas fallu bien longtemps pour atteindre les faubourgs de Londres, et le chaos de la ville avait rapidement cédé la place à des cottages épars, des champs d'orge et, à l'occasion, une barrière d'octroi.

Des souvenirs doux-amers lui revenaient et lui serraient le cœur. Elle avait effectué ce voyage avec son père bien souvent – chaque fois qu'il y avait un nouveau joyau à déposer dans la cachette. Tout lui était douloureusement familier : les panneaux routiers indiquant Letchworth et Biggleswade, les douces ondulations de la campagne anglaise... Jamais les prés n'avaient été aussi verts, le chant des oiseaux aussi doux. La vie lui semblait infiniment précieuse à présent que ses jours étaient comptés.

Ils effectuèrent une brève étape dans un relais de poste près de St. Neots pour changer de chevaux. Harland lui fit apporter une tasse de café et une part de tourte dans la voiture, mais à part cette attention, il se montra distant. Il ne voulait pas qu'on la remarque, et elle n'en était guère surprise. Si on l'apercevait en compagnie d'une femme seule, on supposerait qu'elle était sa maîtresse ou, pire, qu'ils s'enfuyaient pour Gretna Green[1]. Après tout, n'en prenaient-ils pas la direction ?

L'idée aurait pu être amusante, songea-t-elle alors qu'ils se remettaient en route, mais elle ne faisait qu'alourdir son cœur. Si Harland et elle avaient partagé une nuit de passion, ils n'étaient pas pour autant des tourtereaux fous d'amour. Ils n'étaient même pas amis ! Ils étaient, au mieux, deux ennemis ayant conclu une trêve provisoire.

Au Tricorn Club, elle n'avait guère eu le temps de réfléchir, mais à présent, enfermée dans une voiture dont le parfum de cuir lui rappelait Harland, elle n'avait rien d'autre à faire. Elle ne pouvait pas plus échapper à ses douloureuses méditations qu'à l'homme qui en était la cause. Mal à l'aise, elle chercha une position plus confortable sur la banquette.

L'épisode de la nuit lui semblait à présent irréel. Elle aurait presque pu croire qu'elle avait fait l'amour avec une créature mythique qui ne se manifestait qu'à la faveur de la nuit et disparaissait au lever du jour, si son corps n'en avait pas gardé un souvenir d'une douloureuse clarté. Toute sa peau frémissait d'une sensibilité nouvelle, comme si le contact de Harland l'avait initiée à un monde de sensations inédites. Son cœur battait la chamade lorsqu'elle pensait à lui, non pas de peur mais d'impatience.

Ce qui s'était passé cette nuit signifiait-il quoi que ce soit pour lui, ou ne serait-elle qu'une maîtresse vite oubliée ? Emmy sourit. Il n'avait assurément pas été froid et distant ! Ses baisers avaient été ardents, presque désespérés ; son corps avait tremblé de passion tout contre le sien. Il avait même murmuré

---

1. Gretna Green est un village d'Écosse connu pour offrir aux couples en fuite, en particulier à ceux dont l'un des membres était mineur, la possibilité de se marier. *(N.d.T.)*

son prénom dans l'obscurité. La tension de la jeune femme s'apaisa quelque peu. Elle l'aurait juré, il n'avait pas pensé à une autre en lui faisant l'amour.

Cette nuit avait changé quelque chose en elle, mais aussi entre eux, et de façon irrévocable. Elle avait l'impression d'avoir été brisée, puis reconstituée dans une tout autre configuration.

Elle était heureuse qu'il ait été le premier. De toute façon, elle n'aurait voulu d'aucun autre que lui. Il était l'homme parfait pour elle. Son calme, son intelligence, et même sa détermination farouche à la retrouver, tout chez lui dénotait une force de caractère qu'elle ne pouvait qu'admirer. Ses qualités, qui lui avaient permis de la capturer, étaient précisément celles qu'elle trouvait irrésistiblement séduisantes. Le chasseur avait été plus fort que sa proie, mais elle ne pouvait le lui reprocher. En tant qu'adversaire, il s'était montré remarquable.

Elle sourit tristement. Alexander Harland était un voleur tout autant qu'elle. Il lui avait volé son cœur quatre ans plus tôt et ne le lui avait jamais rendu.

Son étalon galopait à présent à la hauteur de l'attelage. Elle observa discrètement le fier cavalier. Ses cheveux balayés par le vent, il semblait parfaitement à l'aise sur sa monture lancée à vive allure. On n'avait pas le droit d'être aussi séduisant ! Il avait servi dans les fusiliers et non dans un régiment de cavalerie, mais les muscles de ses cuisses roulaient sous son pantalon comme le blé sous la brise, et ses hanches ondulaient au rythme de son cheval en une danse si sensuelle qu'elle en était indécente.

Ce n'était pas juste. Sans même lever le petit doigt, il lui faisait perdre tous ses moyens !

Le soleil de la fin d'après-midi entrait par la vitre, faisant grimper encore la fièvre qui consumait Emmy. D'un geste irrité, la jeune femme écarta la couverture de ses genoux. Du coin de l'œil, elle vit les boutons de cuivre du manteau de Harland briller dans le soleil, et une idée germa soudain dans son esprit.

Il la trouvait contrariante ? Il n'avait encore rien vu !

Ouvrant son réticule, elle en sortit le petit miroir, l'inclina pour qu'il capte la lumière de l'astre du jour, puis dirigea le rayon vers le visage de Harland. Le point lumineux dansa sur sa joue et sa mâchoire carrée avant de monter jusqu'à ses yeux.

Il secoua la tête, momentanément aveuglé, et se tourna pour localiser la source de cette nuisance. Aussitôt, Emmy cacha le miroir sur ses genoux. Harland lui décocha un regard lourd de menace, tel Lucifer méditant quelque mauvais coup. Le cœur de la jeune femme battit plus vite, mais elle lui adressa un sourire doucereux et le salua de la main. C'était toujours un pur plaisir de jouer avec les nerfs de Harland.

Ils traversèrent Alconbury, puis Stilton – où l'on fabriquait le célèbre fromage éponyme – et enfin Wansford, la dernière étape avant Stamford et leur destination. Emmy se souvint d'une anecdote amusante que son père lui avait autrefois racontée, expliquant comment la localité avait hérité de son nom complet, Wansford-in-England. D'après le folklore, un homme du coin s'était un jour endormi sur une meule de foin, pour s'apercevoir à son réveil qu'il flottait sur la rivière Nene. Pris de panique, il avait hélé un passant sur la rive pour lui demander où il se trouvait. En entendant la réponse – Wansford –, il avait demandé : « Wansford en Angleterre ? » Cet homme simple avait eu peur d'avoir descendu toute la rivière et traversé la mer jusqu'à un autre pays.

Emmy poussa un soupir. Si seulement elle pouvait s'échapper, elle aussi, en se laissant emporter au fil de l'eau !

Dans les haies dansaient des ombelles de cerfeuil sauvage d'un blanc mousseux et des fleurs de lin de la couleur des yeux de Harland. Emmy leva un regard inquiet vers le ciel qui s'assombrissait devant eux. Malgré le soleil, un épais banc de nuages s'était formé à l'horizon, signe que la pluie n'allait pas tarder. La nuit ne tomberait pas avant 22 heures, ce qui leur laissait encore plusieurs heures de jour, mais elle pria pour qu'ils accomplissent leur tâche rapidement. Sa tenue n'était pas faite pour la pluie.

Quand ils firent une seconde étape, à l'auberge *George* de Stamford, Harland sauta de son cheval et ordonna au cocher de descendre. Lorsqu'il s'approcha de la voiture, Emmy ouvrit la fenêtre.

— Nous irons seuls à partir d'ici, annonça-t-il. Quelle est la direction ?

Elle lui indiqua le chemin et sentit le véhicule se balancer sur ses suspensions quand il monta sur le banc du cocher. Une vingtaine de minutes plus tard, après avoir roulé à travers la campagne, ils parvinrent à destination.

— Arrêtez-vous ici ! ordonna-t-elle.

Aussitôt, il tira sur les rênes des chevaux. Impatiente de retrouver le grand air, Emmy n'attendit pas qu'il l'aide à descendre. Elle abaissa le marchepied et sauta à terre.

Ils se trouvaient en pleine campagne, loin de la ville, sur une route qui n'était guère plus qu'un chemin creux envahi d'herbes sauvages et bordé d'arbres centenaires.

— La piste va devenir trop étroite pour continuer en voiture, expliqua-t-elle. Nous devons finir à pied.

Elle indiqua le sommet de la colline, que l'on apercevait à travers les bosquets.

— Le pavillon de chasse de mon grand-père est ici, mais les ruines sont un peu plus loin. Allons-y.

Harland dételа les chevaux et les attacha là où ils pourraient brouter l'herbe du talus. Puis il ôta son manteau, le jeta dans la voiture et suivit Emmy le long du chemin.

La jeune femme jeta un regard en arrière. Les larges épaules de son compagnon étaient tachetées par le soleil que filtrait le feuillage, et il arborait une expression résignée presque comique. Elle ne résista pas à la tentation de le taquiner.

— Au fait, avez-vous une pelle ? demanda-t-elle, tout innocence. Ou une pioche ?

Il fronça les sourcils.

— Pour quoi faire ?

— Pour déterrer le trésor, voyons ! Papa apportait toujours une barre à mine. Et des poulies.

Il lui lança un regard furieux.

— Vous ne m'avez jamais dit qu'il fallait des fichues...

Le sourire d'Emmy la trahit. Il s'interrompit à la moitié de sa phrase, l'air exaspéré.

— Petite peste ! Je n'ai besoin de rien, n'est-ce pas ?

— Seulement de vos mains et d'un peu de force brute, ricana-t-elle.

Elle lui fit signe de la suivre et, quittant le chemin, s'engagea entre les arbres, puis pénétra dans un épais taillis de branches basses, de hautes herbes et de fougères. Derrière elle, elle entendit son compagnon qui, sur son passage, écrasait des brindilles et des feuilles sèches.

— Êtes-vous sûre que c'est le bon chemin ? demanda-t-il.

— Oui. Le trésor n'est pas enterré près de la maison.

— Naturellement, marmonna-t-il. Ce serait trop simple ! Connaissant votre famille, je présume que nous avons encore toutes sortes de pièges à déjouer et d'obstacles à franchir. Ne me dites pas que nous devrons traverser à la nage des douves infestées d'anguilles et sauter par-dessus une fosse remplie de ronces ?

Son humour maussade la fit sourire. Il était bien grincheux ! Ressentait-il le même désir et la même frustration qu'elle ? La même rage impuissante à l'idée de se trouver piégé dans cette situation intenable ? Elle l'espérait.

Des glands et des faines jonchaient le sol et crissaient sous les pieds. Emmy prit une profonde inspiration. Elle avait toujours aimé l'air pur de la campagne, si différent de l'atmosphère noire de suie de la capitale. Au-dessus d'eux, les frondaisons étendaient leur vert émeraude qui atténuait la chaleur de cette fin d'après-midi. La végétation n'était pas luxuriante comme dans l'orangerie de l'ambassadeur, ni taillée au cordeau comme dans les jardins de Vauxhall. C'était la nature, sauvage et libre.

À Londres, tout était sous contrôle. Non seulement les jardins mais aussi les gens, entravés par les règles de la vie sociale, palissés tels des pieds de vigne sur un treillage. Tout le monde devait aller dans la même direction, et la moindre entrave à cette règle faisait de vous un paria. Tout ce qui était un peu trop spontané était contraint de rentrer dans le rang. On grondait les filles qui riaient trop fort, dansaient avec un peu trop d'enthousiasme… ou montraient qu'elles avaient un cerveau en état de fonctionner.

Voler permettait à Emmy de contrevenir aux lois. De briser les règles.

Hélas, le prix à payer était exorbitant, si l'on vous prenait.

Elle regarda autour d'elle. L'espace d'un instant, elle crut qu'elle avait oublié le chemin et fut gagnée par l'affolement. Puis le bois s'éclaircit, et elle trouva la clairière qu'elle cherchait.

Les ruines couvertes de lierre étaient aussi pittoresques que dans son souvenir. La pierre grise, verdie par la mousse, avait été comblée ici et là par des pans de brique rouge qui commençait elle-même à s'effriter. Emmy évita un buisson d'orties et contourna un muret, puis entra dans une nef sans toit dont l'extrémité s'ornait d'une fenêtre ronde sans vitrail. Il ne restait ni poutres ni chevrons. À ce qui aurait dû être l'étage supérieur, des portes ouvraient sur le vide. Une volée de marches en pierre usée ne menait vers rien.

Autrefois, ce bâtiment avait été une belle église, vivante et colorée. Emmy pouvait presque l'imaginer, parée comme pour un mariage, avec un toit intact, des bancs bien alignés, des fleurs et des bougies. Des rayons de soleil traversaient les vitraux et projetaient leurs nuances de pierres précieuses sur le lin blanc de l'autel. Un homme l'attendait au bout de l'allée centrale, à côté d'un prêtre au visage bienveillant prêt à les unir par les siens sacrés du mariage. Elle s'avançait, tremblante de peur et d'excitation. Son promis lui tournait le dos, mais elle savait qui il était, avec une certitude douce-amère. Alexander Harland pivotait sur ses talons et lui souriait comme s'il était l'homme le plus heureux du monde et…

Elle buta sur une pierre qui dépassait du sol et ravala un juron. Voilà qui lui apprendrait à rêver à de telles chimères ! Se composant un sourire désinvolte, elle se tourna vers son compagnon.

— Quel est cet endroit ? demanda-t-il.

— C'était une abbaye bâtie par des moines cisterciens. Elle a été abandonnée au XVIe siècle, quand Henri VIII a dissous les monastères pour s'approprier leur fortune.

Elle jeta un regard par-dessus son épaule.

— Quand on pense au chaos social et politique dans lequel il a plongé le pays, rien que pour divorcer de Catherine d'Aragon et épouser Anne Boleyn !

— Cherchez la femme, ricana Harland dans la langue de Molière.

Emmy haussa un sourcil intrigué.

— C'est une expression française, expliqua-t-il. Votre grand-mère ne l'utilise pas ? Elle signifie que chaque fois qu'il y a un problème ou qu'un homme se conduit de façon absurde, une femme est en cause.

Emmy ravala un hoquet indigné.

— Ben voyons ! Naturellement, c'est la faute des femmes ! Pour votre information, les hommes n'ont pas besoin de notre aide pour se conduire comme de parfaits idiots.

L'expression de son compagnon se durcit.

— Je suis bien de votre avis, mademoiselle Danvers.

31

L'innocente remarque de sa compagne avait éveillé en Alexander une colère teintée de honte. Apparemment, il ne valait pas mieux que ce vieil Henri VIII empâté par l'âge ! Il était en danger imminent de se ridiculiser, et elle en était la cause. Elle le rendait tellement fou de désir qu'il ne distinguait plus le bien du mal, la folie de la raison, la passion de l'amour.

Non. Pas l'amour. Il ne voulait même pas envisager cette effrayante hypothèse. Elle n'éveillait en lui que du désir, rien de plus.

Comme si les cieux contestaient cette conclusion, un roulement de tonnerre retentit au loin. Alexander leva les yeux vers les nuages couleur de plomb, puis les tourna vers l'abbaye en ruine. Un Byron ou un Shelley aurait trouvé ces lieux merveilleusement romantiques. L'endroit était fort pittoresque, dans un style sombre et gothique. Il n'y manquait plus qu'un amant transi de passion levant les bras au ciel et pleurant ses amours mortes !

Il réprima un ricanement. Il n'était pas ce genre d'imbécile. C'était d'ailleurs pour cette raison qu'il avait refusé de voyager dans la voiture. Par instinct de survie. Il se méfiait trop de lui-même pour s'enfermer pendant des heures dans l'étroit habitacle avec Emmy. Il aurait commencé par se laisser attendrir. Puis il lui aurait de nouveau fait l'amour.

C'était une sirène qui prenait dans ses filets les idiots tels que lui. Les Français avaient un terme pour désigner ce genre de créature : *une femme fatale*[1]. Fatale, surtout, pour la raison d'Alexander ! Elle rayonnait d'une irrésistible espièglerie, telle une fée des bois. D'ailleurs, ne lui avait-elle pas rappelé un elfe malicieux lorsqu'il l'avait vue au bal des Turnbull ?

Durant le voyage, cette effrontée s'était amusée à le provoquer avec le reflet du soleil dans son miroir. Avait-elle cru qu'il ne voyait pas son petit jeu ?

Il leva de nouveau les yeux vers le ciel en priant pour être rapidement délivré de cette tentatrice. En vérité, il n'espérait guère de réponse favorable. Il aurait sans doute eu plus de chance s'il avait demandé au diable de surveiller un peu mieux son infernale créature. Hélas, même Lucifer aurait probablement trouvé Emmeline Danvers intenable et l'aurait prestement renvoyée parmi les mortels pour avoir la paix.

Elle était à présent en train de chercher son chemin entre les ruines, soulevant ses jupes et révélant d'adorables chevilles gainées de soie. Il serra les poings.

— Êtes-vous certaine que nous avons le droit d'entrer ici ? marmonna-t-il en parcourant les alentours d'un œil méfiant.

— Bien sûr. Toutes ces terres appartiennent à Camille. Et si on nous voit, on pensera que nous sommes des tourtereaux cherchant un peu d'intimité.

---

1. En français dans le texte. *(N.d.T.)*

Alexander ravala un grondement en tentant de contenir la fièvre que cette remarque éveillait en lui. Bon sang, il la désirait comme un fou !

Il tenta de faire dévier la conversation vers un sujet moins brûlant.

— Vous aimez collectionner les mots, n'est-ce pas ? dit-il en s'adressant à son dos tourné vers lui. Des mots qui n'ont pas de traduction directe en anglais...

— Je suis surprise que vous vous en souveniez, mais oui. Les Français possèdent toutes sortes de termes sans équivalent chez nous. La *mie*[1], par exemple, qui désigne l'intérieur du pain, par opposition à la croûte.

Elle disparut derrière l'angle d'un autre bâtiment qui menaçait ruine, et sa voix fut réverbérée par les pierres.

— Un *empêchement*[2], poursuivit-elle, est un événement inattendu qui modifie vos projets à la dernière minute. L'excuse parfaite quand vous êtes en retard et ne souhaitez pas expliquer pourquoi.

— Oh. J'ai pensé à un mot espagnol pour votre collection, dit-il. *Sobremesa*. C'est l'heure après le dîner, quand on s'assoit autour d'une table pour refaire le monde.

Elle lui décocha un sourire qui fit battre son cœur.

— Excellent !

Enjambant un muret bas, elle poursuivit sa progression en direction de l'ouest. Dans les rayons du soleil couchant, on devinait ses formes sous ses jupes. Alexander compta lentement jusqu'à dix en s'efforçant d'ignorer ses courbes parfaites.

1. En français dans le texte. *(N.d.T.)*
2. En français dans le texte. *(N.d.T.)*

— Nous y sommes presque, annonça-t-elle d'un ton joyeux. Savez-vous que les joyaux de la Couronne de France ne sont pas les seuls à avoir été perdus ?

— Ils n'ont pas été perdus, rectifia Alexander. Ils ont été *volés*. Par des membres de votre famille.

Elle ignora sa pique.

— Il n'est pas rare de devoir tailler de nouveaux bijoux pour une couronne parce que les précédents ont disparu. Un jour, le roi Jean a perdu les joyaux de la Couronne britannique dans un marais, non loin d'ici.

— Vous plaisantez ? marmonna Alexander.

— Pas du tout. C'était juste après la signature de la célèbre Magna Carta, au XIIIe siècle. Le roi Jean traversait les Fens, cette région pleine de tourbières dans l'est du pays, pour mater une révolte.

D'un geste vague, elle indiqua le bas de la colline.

— C'était quelque part par là, ajouta-t-elle. Il voyageait avec sa cour à bord de chariots surchargés. Les joyaux de la Couronne se trouvaient dans l'une des voitures. Le roi était souffrant et pressé de traverser l'estuaire du Wash, qui est découvert à marée basse mais sillonné de ruisseaux et de redoutables sables mouvants.

Elle sourit, comme si cette effrayante description la ravissait.

— Les cavaliers ont traversé à temps, mais le chariot qui contenait les joyaux, alourdi par son fardeau, a sombré. Le roi Jean est mort quelques jours plus tard. Son fils, Henri III, alors âgé de neuf ans, a été couronné avec l'un des diadèmes de sa mère.

Elle émit un petit rire joyeux.

— Pas étonnant qu'on l'ait surnommé Jean le Mauvais.

Elle laissa son regard errer sur la campagne alentour, le visage rêveur.

— Les joyaux sont toujours là, peut-être tout près d'ici..., murmura-t-elle. Attendant qu'on les retrouve. Ce paysage change sans cesse. Un jour, une tempête ou une grande marée les exhumera.

Devant son expression nostalgique, Alexander sentit son cœur se serrer. S'il mettait cette femme aux arrêts, plus jamais elle ne pourrait contempler le couchant en rêvant de trésors et d'aventures. Pour elle, il n'y aurait pas d'avenir.

Il chassa ces réflexions maussades.

— Où allons-nous exactement ? demanda-t-il.

Elle fit encore quelques pas sous les arbres, puis s'arrêta devant un petit obélisque en pierre fixé sur une base carrée. Si le monument ne semblait pas aussi ancien que les ruines, le lichen et la patine qui le recouvraient indiquaient qu'il se trouvait là depuis bien longtemps.

— Qu'est-ce que c'est ?

Plissant les yeux, il tenta de déchiffrer la plaque en cuivre apposée sur la pierre et murmura :

— On dirait une tombe.

— C'est un monument funéraire. Il a été érigé à la mémoire de Lily, la chienne de ma grand-mère.

Elle désigna les motifs floraux stylisés gravés sur les côtés de l'étroite pyramide.

— Voyez-vous ce motif ? Ce sont des fleurs de lys - *lily*, en anglais.

— L'emblème de la monarchie française..., murmura Alexander.

Elle salua sa perspicacité d'un petit hochement de tête approbateur.

— Papa s'est inspiré de lord Byron, qui a fait quelque chose de similaire pour son chien bien-aimé, Boatswain. Les vers sont de mon père.

Alexander se pencha et lut l'inscription.

Près de ce lieu
Reposent les restes de celle
Qui possédait la beauté sans la vanité,
La force sans l'insolence,
Le courage sans la férocité,
Et toutes les vertus de l'homme sans ses vices.
Cette louange, qui serait une flatterie absurde pour des cendres humaines,
N'est qu'un juste tribut à la mémoire de Lily,
Une chienne née à Paris en mai 1798 et morte à Uffington le 18 novembre 1805.

Alexander jeta un regard vers sa compagne. Elle possédait exactement les mêmes qualités. La beauté sans la vanité. Le courage sans la férocité. Elle avait accepté son destin sans amertume, avec grâce et même un certain humour. Au nom du Ciel, qu'allait-il faire d'elle ? Il devait absolument avoir pris une décision avant leur retour à Londres.

— La stèle funéraire d'un chien n'était pas le premier endroit que père avait choisi comme cachette, expliqua-t-elle, inconsciente des pensées qui agitaient Alexander. Il en a essayé d'autres avant d'opter pour celle-ci. D'abord, il a immergé les joyaux dans une mare, dans une boîte en métal enveloppée de toile cirée et lestée par des cailloux. C'était très compliqué de la repêcher. Luc et moi avons finalement refusé de plonger dans la vase tous les six mois pour ajouter de nouvelles pierres au trésor. L'hiver, nous devions casser la glace, c'était un supplice.

Elle secoua la tête, pensive.

— Puis père a envisagé d'enterrer le coffret en y ajoutant des truffes, et d'adopter un cochon spécialement entraîné pour les retrouver.

Alexander ouvrit des yeux ronds.

— Un cochon truffier ? Vous plaisantez !

Elle sourit, manifestement ravie de l'avoir surpris.

— Je vous assure que non. C'était une idée de Camille. Son premier mari en élevait dans son domaine du Périgord, une région de France célèbre pour ses truffes.

Il ne put retenir un éclat de rire.

— Et moi qui croyais que la situation n'aurait pas pu être pire ! J'avais tort. Imaginez, si nous avions dû effectuer le voyage avec un de ces énormes animaux malodorants !

— Sans compter qu'ils sont agressifs. Camille disait que vous pouviez reconnaître leurs propriétaires à leurs doigts manquants.

— Je me demande pourquoi les cochons aiment tant les truffes..., dit-il, songeur.

— Les truies, précisa Emmy.

Il haussa un sourcil surpris.

— Il n'y a que les truies qui les aiment ?

— Je l'ignore, mais ce sont elles qu'on utilise pour les chercher.

Elle lui décocha un sourire espiègle. Aussitôt, il devina ce qu'elle allait dire.

— Les femelles trouvent leur parfum irrésistible parce qu'il leur rappelle celui des mâles. Quand elles sentent l'odeur des truffes, elles sont prises d'une véritable frénésie.

— Dieu du Ciel ! s'exclama Alexander en secouant la tête, amusé.

Au demeurant, il était mal placé pour ricaner. Il savait combien un parfum pouvait attiser le désir. Une seule bouffée de celui d'Emmy suffisait à le rendre fou. Il aurait sans doute été capable de briser des portes pour être auprès d'elle.

Son cœur se serra. La vérité, c'était qu'il appréciait sa présence. C'était une compagne charmante, et il se sentait aussi à l'aise avec elle qu'avec Benedict ou

Sebastian. Il éprouvait même une certaine affection pour elle. Étaient-ils en train de se lier d'amitié ? Voilà qui aurait été une erreur fatale, qui ne pouvait que rendre plus dur encore le moment où il devrait la livrer. *Enfer !*

Elle s'agenouilla sur le sol, sans se soucier de la boue qui maculait sa robe, et fit courir ses doigts le long du mortier qui scellait les moellons.

— Que devons-nous faire ? demanda Alexander.

— Il faut déloger cette pierre.

Avec un soupir de regret pour ses culottes impeccables, Alexander se mit à genoux près d'elle et, d'un coup d'épaule, la poussa légèrement de côté.

— Vous allez vous abîmer les mains, dit-il. Laissez-moi faire.

Après avoir gratté la mousse, il tenta de faire basculer la dalle vers l'avant.

— Rassurez-moi, il n'y a pas de chien inhumé ici ? demanda-t-il. Je ne vais pas tomber sur des ossements ?

Elle émit un petit rire sans joie.

— Pas de risque. Lily est enterrée près du pavillon de chasse. Ce monument est symbolique ; père disait qu'il représentait la mort de la monarchie française, la fin de la France de l'Ancien Régime.

Elle semblait triste, à présent. Alexander se serait donné des gifles. Pourquoi avoir ravivé des souvenirs qui la faisaient souffrir ? Il avait envie de la voir sourire.

Sous ses doigts, la pierre bougea. Sa compagne émit un petit cri de soulagement.

— Là ! s'exclama-t-elle. Vous y êtes.

Il fit coulisser la dalle, délogeant une poignée de terre brunâtre qui s'était glissée derrière. Quand sa compagne entreprit de creuser le sol, il en fit autant, leurs mains se frôlant de temps en temps. Enfin, ses doigts entrèrent en contact avec quelque chose de dur, produisant un son mat et métallique. Avec un soupir d'impatience, Emmy plongea les mains dans le trou qu'ils avaient creusé et en sortit un coffret en métal noir d'environ deux pieds de long sur un de large. Puis elle s'assit en tailleur, à même l'herbe.

Elle avait les joues roses et les yeux pétillants d'excitation. Alexander dut refouler une soudaine envie de l'embrasser.

Lorsqu'elle souleva le couvercle, il retint son souffle. Dans les derniers rayons du soleil, tel le mythique trésor des lutins, étincelait une fantastique collection de diamants, d'émeraudes, de perles et autres pierres précieuses.

Les légendaires joyaux de la Couronne de France.

32

Alexander n'en croyait pas ses yeux. Tendant une main vers le coffre, il prit une couronne en or aux lignes très sobres, constellée d'énormes gemmes sur tout le pourtour. Quatre grandes fleurs de lys en pierres précieuses en formaient la partie supérieure. Il n'était pas spécialiste en antiquités, mais cet objet semblait fort ancien.

— La couronne de Charlemagne, annonça Emmy. Elle a coiffé les rois de France pendant des siècles. Une rumeur a prétendu qu'elle avait été détruite pendant la Révolution, mais père a pu la dérober avant qu'on la fonde pour récupérer l'or.

Elle prit une boucle d'oreille et la fit danser d'un geste désinvolte au bout de ses doigts fuselés. Le diamant, en goutte d'eau, était aussi grand qu'une balle de mousquet.

— Les dormeuses préférées de Marie-Antoinette, dit-elle.

Après l'avoir remise sur la pile, elle prit d'une main une pierre facettée d'un jaune ambré, aussi grosse qu'une noix, et de l'autre une gemme rose pêche d'au moins vingt carats en forme de cœur. De petits arcs-en-ciel irisèrent ses paumes quand elle les éleva au niveau de ses yeux.

Alexander émit un long sifflement.

— Le Sancy, déclara-t-elle en tournant les yeux vers sa main droite. Diamant jaune pâle taillé en écusson. Poids : plus de cinquante carats. Acheté à Constantinople au XVIe siècle par l'ambassadeur français en Turquie, le baron de Sancy. Il le rapporta en France, où Henri III, qui se désolait de sa calvitie, s'en servit pour orner le chapeau qu'il portait afin de cacher son crâne.

Elle regarda le joyau en souriant, se régalant visiblement de cette histoire.

— Pendant le règne suivant, quand le baron de Sancy fut nommé superintendant des finances, Henri IV engagea le diamant pour garantir un lourd emprunt destiné à recruter des soldats. Le messager portant le joyau n'atteignit jamais sa destination. Des voleurs l'avaient suivi. Sachant que l'homme était d'une loyauté à toute épreuve, lorsque le corps fut retrouvé dans une tombe creusée à la hâte, Sancy le fit exhumer et éventrer. Et devinez quoi ? On retrouva le diamant dans l'estomac du mort. Il l'avait avalé pour éviter qu'on le lui vole.

Alexander fit la grimace.

— J'espère qu'on l'a bien lavé.

Elle sourit.

— Le joyau fut par la suite remis au cardinal Mazarin, qui en fit don à Louis XIV.

De son autre main, elle éleva la pierre rose.

— Et voici le diamant Hortensia, qui vient d'Inde et porte ce nom en hommage à Hortense de Beauharnais, la belle-fille de Bonaparte. Celui-ci le portait sur l'attache de son épaulette, jusqu'à ce que père le dérobe au ministère de la Marine.

— Extraordinaire…, murmura Alexander, sans savoir s'il parlait du trésor ou de la femme en face de lui.

La bonne humeur d'Emmeline Danvers était contagieuse et son esprit aventureux, irrésistible. C'était une de ces femmes capables de suivre leur homme n'importe où, même dans la bataille, comme ces épouses et ces maîtresses qui avaient fait la campagne d'Espagne ou Waterloo. Il avait envie de la prendre dans ses bras et de l'embrasser.

Elle remit les joyaux dans le coffre, épousseta ses mains pleines de terre et leva vers lui un regard ironique. Baissant les yeux pour voir ce qui était si amusant, il ravala un gémissement de dépit devant sa tenue. Sans réfléchir, il avait essuyé ses paumes pleines de boue sur ses cuisses, et ses culottes étaient maculées de vert là où il s'était agenouillé dans l'herbe. Quant à ses bottes, elles étaient définitivement ruinées. Hoby, son bottier, allait être horrifié.

Sa compagne éclata de rire.

— Quel spectacle ! L'illustre comte de Melton, célèbre pour son élégance vestimentaire, couvert de boue comme un cochon dans son enclos.

Il fronça les sourcils, feignant de s'indigner, mais peu lui importait. Tout ce qu'il voyait, c'était combien elle était belle avec ses joues rosies, dans sa longue cape plaquée sur ses courbes affolantes. Malgré la fraîcheur de la nuit tombante, une vague de chaleur monta en lui.

Il lui prit le coffre des mains, le déposa près d'elle sur l'herbe et l'aida à se relever. À cet instant, une rafale secoua les arbres, puis les premières gouttes de pluie tombèrent autour d'eux, faisant danser les feuilles. Alexander s'en aperçut à peine. Le visage de sa compagne était levé vers le sien, ses lèvres entrouvertes en une innocente invitation. L'orage imminent chargeait l'air d'électricité ; l'impatience faisait courir des frissons sur sa peau. Il baissa les yeux vers ses lèvres.

Aussitôt, le sourire de sa compagne se figea tandis qu'une compréhension nouvelle éclairait son visage. Sans doute venait-elle de prendre conscience qu'ils étaient seuls dans ces bois, sans personne à des lieues à la ronde. Elle passa sa langue sur ses lèvres d'un geste anxieux et recula vers le couvert des arbres.

Alexander la suivit.

— Le temps a été épouvantable ces derniers mois..., bafouilla-t-elle d'une voix tremblante.

Alexander sourit de la voir si tendue.

— Certains l'appellent... l'année sans été.

Il fit un autre pas dans sa direction, réduisant l'espace qui les séparait. Elle recula de nouveau et, dans un hoquet de surprise, se cogna le dos contre le tronc d'un grand marronnier.

— Ah oui ? demanda Alexander avec des inflexions sensuelles.

Elle écarquilla les yeux. Les paupières mi-closes, il l'observa sans dissimuler son admiration, savourant la rougeur qui montait de son cou jusqu'à ses joues.

— Ne me regardez pas de cette façon, dit-elle dans un souffle.

— De quelle façon ?

Elle secoua la tête et émit un petit rire nerveux.

— D'une façon... trop calme. Déterminée. Comme si vous veniez de prendre une décision.

— Ai-je l'air de vous désirer ? murmura-t-il en continuant à s'approcher.

À présent, ses bottes touchaient les jupes de sa compagne.

— Ai-je l'air de penser à toutes sortes de choses inavouables que j'ai envie de faire avec vous ? Parce que c'est le cas.

Elle le regarda, bouche bée. Il aurait éclaté de rire s'il n'avait pas été consumé par le désir.

— Je veux vous faire l'amour, murmura-t-il en soutenant son regard. Et, cette fois, je veux vous voir. Tout entière. Je veux voir mes mains sur votre peau. Je veux voir vos seins sous mes lèvres. Je veux voir votre visage quand le plaisir vous emportera.

Il se pencha jusqu'à ce que son torse touche sa poitrine et perçut son souffle rapide et excité.

— Toute la journée, j'ai eu envie de vous rejoindre dans cette voiture et de vous prendre là, sur la banquette.

Emmy avait le plus grand mal à respirer. Le regard que Harland posait sur elle faisait battre son cœur et allumait un brasier entre ses jambes. Elle baissa les yeux… et eut aussitôt la preuve de son désir pour elle.

Seigneur ! Elle aussi en avait envie. Toute la journée, elle avait tenté de refouler la faim qu'elle avait de lui. Mais comment ne pas l'imaginer étendu sur elle, lorsqu'elle le voyait se mouvoir avec tant de grâce et de puissance sur son cheval lancé au galop ?

Son regard se riva au sien. Ses yeux étaient de la même nuance bleu-gris que les nuages au-dessus d'eux. Le tonnerre gronda au loin, comme si un géant faisait rouler un formidable rocher sur le plancher des cieux. Une autre rafale secoua les arbres, puis la pluie se mit à tomber avec une force nouvelle, frappant les feuilles et les jetant à terre, martelant le sol alentour.

La même intensité se réveilla en elle. Elle avait toujours adoré les orages, les éléments déchaînés. D'un geste impatient, elle saisit Harland par les revers de sa veste et se hissa sur la pointe des pieds.

Comme s'il n'avait attendu que cet encouragement, il prit ses lèvres avec un gémissement d'impatience et l'embrassa à perdre haleine. Sous la force presque brutale de son baiser, une bouffée de désir brut envahit Emmy, la secouant d'un long frisson. Elle percevait la fièvre de son compagnon, sa frustration presque rageuse, son excitation. Leurs langues se mêlèrent en un ballet sensuel, sauvage, aussi violent que la pluie qui s'abattait sur eux.

Emmy ne put retenir un soupir de plaisir. Prise d'un vertige, elle raffermit sa prise sur son compagnon pour garder l'équilibre. Une vague brûlante montait en elle, pulsait entre ses cuisses. Quand Harland remonta ses jupes d'une main fébrile, elle laissa échapper un gémissement d'encouragement.

— Oui ! s'exclama-t-elle dans un souffle.

Au même instant, un craquement assourdissant la fit sursauter. De peur d'être frappée par la foudre, elle recula, s'arrachant avec peine à la fièvre sensuelle qui l'avait envahie. Comme pour lui donner raison, les hennissements des chevaux effrayés s'élevèrent de l'autre côté du bois. Les pauvres bêtes devaient être prises de panique.

Avec un soupir de dépit, Harland s'écarta d'elle, ramassa le coffret et demanda, haussant la voix pour se faire entendre par-dessus le fracas des éléments déchaînés :

— L'attelage ! Quelle direction ?

— Suivez-moi, répondit-elle en ravalant un gémissement de frustration.

Dans un état second, elle prit ses jupes à pleines mains et s'élança sous le couvert des arbres. Le feuillage leur offrait une relative protection contre la pluie mais n'empêchait pas d'innombrables gouttelettes de tomber sur eux. Ils revinrent par le même chemin, en veillant à ne pas se prendre les pieds dans les racines et les rochers qui saillaient du sol. Lorsqu'ils rejoignirent enfin les ruines de l'abbaye, ils étaient trempés jusqu'aux os. La pluie qui tombait à verse glaçait la peau d'Emmy et ruisselait désagréablement dans ses cheveux. La jeune femme marmonna un juron quand, sautant par-dessus un muret bas, elle atterrit dans une flaque de boue.

Enfin, elle aperçut la voiture entre les arbres et poussa un soupir de dépit. Les chevaux avaient pris peur. Harland avait eu beau les attacher, l'un des deux avait brisé sa longe et donné des coups de sabot dans la voiture. L'animal avait disparu, et le véhicule était penché sur le côté, l'essieu avant brisé, les rayons de la roue fracassés.

Dans un juron de rage impuissante, Harland s'approcha doucement du second cheval terrifié tout en murmurant des paroles d'apaisement. L'animal se cabra, mais Harland parvint à le prendre par le licol pour lui caresser l'encolure d'un geste calme. Puis il inspecta le chemin, plissant les yeux sous la pluie battante, mais l'autre cheval devait avoir disparu depuis longtemps.

— Enfer, marmonna-t-il. Nous allons devoir marcher.

— Jusqu'à Stamford ? gémit Emmy. C'est à des lieues d'ici !

Laissant retomber sur ses jambes ses jupes alourdies de pluie glacée, elle désigna la voiture qui penchait dangereusement.

— Ne pourrions-nous pas nous abriter à l'intérieur, le temps que l'orage passe ?

Elle tenta vainement d'ignorer la brûlure qui lui montait aux joues au souvenir des fantasmes qu'il lui avait avoués quelques minutes plus tôt, et qui avaient pour décor ce véhicule.

Il leva vers le ciel un regard méfiant.

— Ce n'est pas près de se calmer. Et j'ai passé trop de nuits sous la pluie pendant la guerre. Quitte à mourir de pneumonie, je préfère être dans un bon lit. Ne sommes-nous pas passés devant une auberge, à l'aller ?

Emmy poussa un soupir.

— Chez Bertie, répondit-elle. L'endroit a une réputation épouvantable. Les gens bien ne vont pas là-bas. Ce doit être plein de voleurs et de bandits de grand chemin.

— Parfait, répliqua-t-il avec un flegme imperturbable. Nous n'y croiserons aucune connaissance, et vous vous sentirez chez vous.

Il fit effectuer un demi-tour au cheval et s'engagea dans le chemin en lui tournant le dos sans plus de façons.

Emmy fronça les sourcils.

— Nous ne pouvons pas laisser la voiture ici ! protesta-t-elle. Et mes affaires ?

Il haussa les épaules.

— Vous pouvez prendre votre sac. Et aussi mon manteau, si vous voulez le mettre.

Poussant un soupir de défaite, Emmy monta dans la voiture qui penchait dangereusement et en sortit le bagage et le vêtement. Le poids de l'épais lainage lui faisait presque ployer les genoux, mais elle parvint à le draper sur ses épaules. Il était immense. Les bras perdus dans les manches, les pieds entravés par le bas qui traînait dans la boue, elle s'élança à la poursuite du propriétaire du manteau.

Elle resserra frileusement les pans autour d'elle. Que se serait-il passé s'ils n'avaient pas été interrompus par l'orage ? Se serait-elle donnée à son compagnon, debout contre cet arbre ? Ou à même le sol, roulant dans la boue ? Hélas, elle en aurait été capable ! Elle se sentait toujours brûlante et frémissante de désir, et le parfum viril qui montait du grand manteau ne l'aidait pas à se ressaisir.

Elle hâta le pas pour rattraper Harland. Il n'y avait que deux miles jusqu'à l'auberge ; elle pouvait faire le chemin. Contrairement à la plupart des demoiselles de la bonne société, elle n'était pas une fleur de serre.

33

La fin du trajet fut éprouvante. La pluie avait tourné au déluge. Ralentie par la boue du chemin, claquant des dents, Emmy trottait péniblement aux côtés de Harland qui tenait toujours le cheval par la bride.

La nuit était tombée sur la campagne, et seul un faible rayon de lune éclairait la route. Emmy se guidait à son oreille, grâce aux sons mats des sabots de l'animal sur la terre gorgée d'eau, maudissant ses escarpins délicats, dont la fine semelle ne lui épargnait aucun des cailloux qui jonchaient le sol. Ses bas détrempés et ses jupes ruisselantes, alourdies de pluie, la ralentissaient encore, et elle avait si faim qu'elle était près de défaillir.

Bien sûr, ils ne croisèrent aucun passant. Personne n'était assez fou pour se risquer dehors par un temps pareil ! Emmy plissa les paupières sous les trombes d'eau qu'un vent mauvais poussait presque à l'horizontale.

La voix de Harland lui parvint, assourdie par les éléments en furie.

— Il pleuvait autant, au matin de Waterloo. C'est peut-être ce qui nous a sauvés. Les canons français se sont embourbés. L'ennemi les a abandonnés dans sa retraite et nous les avons presque tous récupérés.

C'était l'un de ces mêmes canons qui l'avait blessé. Emmy adressa une prière muette au Ciel pour le remercier de l'avoir épargné. Harland était vivant, libre de savourer la pluie sur sa peau… ou de harceler d'innocents criminels comme elle-même, songea-t-elle avec un humour maussade.

La silhouette toute de guingois de Chez Bertie apparut enfin. Emmy poussa un soupir las. L'endroit était encore moins engageant que dans son souvenir. Des torrents de pluie dévalaient des toits trop pentus, les murs à colombages semblaient ployer sous le poids de l'étage supérieur et l'ensemble donnait l'impression de ne tenir debout que par l'opération du Saint-Esprit.

Quand ils entrèrent d'un pas chancelant dans la cour de l'auberge, éclairée par une faible lanterne qui lançait vaillamment sa petite flamme dans les rafales, Emmy distingua un peu mieux les traits de son compagnon. Elle avait l'estomac noué à la perspective de passer la nuit dans ce repaire malfamé, mais tout valait mieux que de rester dehors sous le déluge. Même si l'endroit était infesté de puces, grouillant de rats et envahi de toiles d'araignées, au moins elle serait au chaud et au sec.

Après avoir confié le cheval à un gamin efflanqué qui était sorti des écuries au pas de course, Harland se dirigea vers la porte d'entrée, qui tenait à peine sur ses gonds.

— Vous êtes mon épouse, murmura-t-il d'un ton impérieux. Nous partageons la même chambre.

Emmy fronça les sourcils mais n'osa protester. Elle ignorait s'il souhaitait ainsi la protéger ou s'assurer qu'elle ne tenterait pas de lui fausser compagnie, mais peu lui importait. Elle avait trop froid et elle était trop déprimée pour s'en soucier. Sans un mot, elle serra contre elle son sac de voyage.

Quelques instants plus tard, l'aubergiste, qui avait probablement évalué d'un œil expert le rang social de Melton et décelé un client aux poches bien remplies, leur avait fait traverser une salle bondée et monter un escalier à la solidité douteuse pour leur ouvrir la porte de « la meilleure chamb' de l'établissement, Vot' Seigneurie ».

De plus, il était évident qu'il ne croyait pas un instant que Harland et Emmy étaient effectivement « M. et Mme Brown ».

D'une voix autoritaire, Alexander ordonna qu'on apporte des briques brûlantes pour chauffer le lit, un bain chaud pour madame, un repas digne de ce nom et des bougies, en cire d'abeille et non en suif.

— Tout de suite, Vot' Seigneurie, dit l'homme en se touchant le front d'un geste respectueux.

Il n'avait sans doute jamais reçu un membre de l'aristocratie sous son toit. Emmy oubliait sans cesse que Harland était un comte, et le second fils d'un duc. Même si on l'ignorait, il rayonnait d'une autorité naturelle qui incitait tout le monde au respect. Peut-être son solide entraînement militaire n'y était-il pas étranger.

Emmy poussa un soupir de soulagement quand les premières flammes s'élevèrent dans l'âtre. Et lorsque son compagnon s'approcha du feu pour y ajouter deux bûches, elle tendit avec gratitude les mains vers la douce chaleur.

La pièce était petite, avec un unique lit surmonté d'un baldaquin à l'équilibre incertain, une petite table pliante flanquée de deux chaises dépareillées, une table de toilette appuyée sur une bible dorée sur tranche pour remplacer un pied brisé, et une commode mal rafistolée qui avait perdu presque toutes ses poignées de tiroir.

Dans un soupir de lassitude, Harland tendit une main vers Emmy.

— Pouvez-vous tirer sur ma manche, je vous prie ? Sans votre aide, je n'arriverai pas à ôter cette veste.

Emmy était toujours pelotonnée dans l'immense manteau, qu'elle serrait autour d'elle de ses doigts engourdis. Ses cheveux détrempés ruisselaient le long de son dos, et une flaque d'eau s'était formée au bas de ses jupes, inondant le tapis usé jusqu'à la trame. Se préparant à ressentir une désagréable bouffée d'air froid, elle fit glisser le manteau sur ses épaules et le laissa tomber par terre en un tas humide, à côté de son sac. Puis elle prit la manche de Harland et tira de toutes ses forces pendant qu'il dégageait son bras. L'opération fut renouvelée pour la deuxième manche, puis Harland lança le vêtement sur une chaise, avant de dénouer sa cravate toute froissée et de la jeter au loin.

— Il faut vous déshabiller, dit-il, ou vous allez attraper froid. Asseyez-vous près du feu pour faire sécher vos cheveux. Je vais demander qu'on nous apporte des boissons chaudes.

Sans lui laisser le temps de répondre, il quitta la chambre.

À cet instant, l'énergie qui avait soutenu Emmy pendant cette pénible marche la déserta soudain. Elle se laissa tomber lourdement sur l'une des mauvaises chaises. Jamais elle n'avait eu aussi froid, jamais elle n'avait été aussi découragée.

Cet orage arrivait au pire moment. Danton ne lui avait accordé que jusqu'au lendemain soir pour lui remettre les joyaux, et il leur restait six bonnes heures de trajet pour retourner à Londres, à supposer qu'ils trouvent une voiture. Sans compter que Harland devait encore tendre une embuscade au Français. Que se passerait-il s'ils ne rentraient pas à temps ? Emmy ferma les yeux, secouée par une nausée d'angoisse. Danton n'hésiterait pas à se venger sur Luc.

Le mieux serait que Harland loue un cheval, prenne les joyaux et reparte sans elle, mais elle doutait qu'il souscrive à un tel plan. Il refuserait probablement de la laisser seule, prenant ainsi le risque de laisser échapper l'Engoulevent. Ses dents se mirent à claquer, mais elle n'aurait su dire si c'était de froid ou de peur. Désespérée, elle referma les bras autour d'elle. Que n'aurait-elle donné pour une bonne tasse de thé ! Une migraine lancinante lui étreignait les tempes, et maintenant que ses doigts et ses orteils se réchauffaient, ils étaient brûlants et douloureux.

Harland avait raison. Elle ne devait pas garder ses vêtements humides. Après avoir péniblement défait les deux premiers boutons dans le dos de sa robe, elle réussit à la faire passer par-dessus sa tête. Le coton se déchira dans un craquement, projetant les boutons de l'autre côté de la pièce, mais puisque la toilette était définitivement ruinée, qu'importait ? Emmy se débarrassa ensuite de ses jupons, de son corset et de sa chemise, tous détrempés, en se félicitant d'avoir une tenue de rechange dans son sac.

Se souvenant que son compagnon pouvait revenir d'une minute à l'autre, elle se hâta de passer sa chemise sèche, puis se drapa dans la couverture du lit, qui l'enveloppait des épaules jusqu'aux chevilles.

La porte s'ouvrit à cet instant. Levant les yeux, elle vit Harland. Une bonne le suivait, chargée d'un plateau qu'elle déposa sur la table. Elle alluma ensuite une bougie qui se trouvait sur la commode et informa Emmy que « le bain de Madame » serait bientôt prêt.

Harland la remercia d'un signe de tête, et la domestique détala après avoir effectué une rapide courbette. Désignant le plateau, il déclara d'une voix bourrue :

— Je vous ai fait apporter du thé. Avec du sucre et du lait. Il y a aussi de la soupe. J'espère que cela vous conviendra.

Emmy était presque contrariée qu'il se montre aussi bienveillant. Elle s'était habituée au Harland hautain et autoritaire. La version attentionnée et pleine de sollicitude du même homme était bien plus difficile à tenir à distance... Elle battit des paupières pour contenir les larmes de gratitude qui lui brûlaient les yeux. Elle détestait pleurer, se montrer vulnérable. Elle était à bout de nerfs, rien de plus.

Par chance, il s'était détourné, de sorte qu'il ne vit rien de son humiliante faiblesse. Le lit craqua lorsqu'il s'y assit pour ôter ses bottes. À présent, il ne portait plus que sa chemise, ses bas et ses culottes en daim, si humides qu'elles révélaient plus que jamais la puissante musculature de ses cuisses. Emmy détourna pudiquement les yeux.

— Mangez votre soupe pendant qu'elle est chaude, ordonna-t-il.

Contre toute attente, le potage était délicieux. À chaque cuillerée, Emmy recouvrait des forces. Son compagnon prit la chaise en face d'elle, de l'autre côté de la table marquée de rayures, et vida son propre bol en quelques gorgées. Emmy songea, ce qui était un peu absurde, qu'ils avaient vraiment l'air d'être mariés. M. et Mme Brown prenant paisiblement leur dîner...

Cela lui semblait irréel de voir Alexander Harland aussi accessible, aussi humain. Dans sa chemise au col ouvert, avec ses cheveux humides et décoiffés, il ressemblait plus à un solide travailleur rentrant des champs qu'à un membre des plus hautes sphères de la société.

Envahie par une sourde nostalgie, elle le regarda manger. Si elle avait été une jeune femme ordinaire et non une criminelle, si elle avait été libre de choisir son destin, voilà ce qu'elle aurait désiré : un mari, une famille, un foyer. Son estomac se noua douloureusement. Cela n'était qu'un cruel aperçu d'une vie qui ne serait jamais la sienne.

Ce qu'elle voulait, c'était un homme à qui elle pourrait confier ses secrets. Un compagnon doté d'un esprit vif et d'un solide sens de l'humour, avec des épaules solides mais des mains tendres – ce qui, elle le savait, était peut-être beaucoup demander. Un homme qui ne l'ennuierait pas, ne la rabaisserait pas et ne se moquerait pas d'elle sauf pour la taquiner avec amour. Un homme qui aurait bon cœur, qui lui tiendrait la porte et se montrerait gentil avec les animaux. Un homme comme *lui*, qui préférerait lui donner son manteau et grelotter plutôt que de la laisser prendre froid.

Elle avait confiance en lui. Elle l'aimait.

Et elle était parfaitement stupide.

34

Tout en murmurant des remerciements, Emmy accepta le thé que son compagnon lui tendait et ajouta du lait et du sucre dans la tasse ébréchée, terriblement consciente de ne porter qu'une fine chemise de batiste sous sa couverture. Si on lui avait dit qu'un jour, elle prendrait le thé avec Alexander Harland dans une telle tenue !

Des coups frappés à la porte la tirèrent de ses pensées. C'était le garçon efflanqué des écuries, qui apportait une petite baignoire en cuivre. Il l'installa au pied du lit, puis aida la bonne à y verser plusieurs seaux d'eau fumante. Tout en déposant des serviettes sur le lit, la jeune fille décocha quelques œillades à Harland, mais celui-ci congédia les deux domestiques sans un regard pour elle.

Puis il esquissa un sourire ironique devant la baignoire, bien trop petite pour lui.

— À vous l'honneur, dit-il.

Emmy secoua la tête. À l'idée de se dévêtir devant lui, elle avait la gorge nouée.

— Non, merci, c'est inutile. Je n'ai pas envie d'un bain. Je me suis réchauffée.

Il rit doucement.

— Vous devriez vous voir ! Vous êtes tellement couverte de boue qu'on ne voit même plus vos taches de rousseur.

Il prit une serviette, la plongea dans l'eau chaude et l'essora. Le cœur d'Emmy battit plus fort quand, s'étant approché d'elle, il la saisit par le menton pour lui nettoyer le visage.

Elle demeura immobile, n'osant protester, pendant que son compagnon passait le linge imbibé d'eau tiède sur ses joues, ses tempes, les ailes de son nez. Pas un instant il ne croisa son regard. Il semblait totalement absorbé par sa tâche, comme s'il était son domestique. L'expérience était absurdement… érotique. Sous la toile usée jusqu'à la trame, la jeune femme percevait la chaleur de ses doigts sur ses lèvres.

— Fermez les yeux, ordonna-t-il avant de passer très doucement la serviette sur ses paupières closes et l'arête de son nez.

— Si vous frottiez plus fort, dit-elle sur le ton de la plaisanterie, vous pourriez m'enlever ces maudites taches de rousseur.

Il s'immobilisa, puis se remit au travail.

— Ce serait bien dommage, répondit-il après un silence. Je les aime beaucoup.

D'un geste léger, il lui fit tourner la tête pour révéler le côté de son cou. Elle réprima un frisson quand la serviette passa sur la zone sensible sous son oreille, avant de descendre vers son décolleté. Un petit courant d'air tiède la caressait à chacun de ses mouvements. Toute sa peau se hérissait d'impatience, si bien qu'elle faillit gémir de frustration lorsqu'il s'écarta d'elle.

— Voilà qui est déjà mieux, commenta-t-il.

Quand il lui tourna le dos, Emmy ferma de nouveau les yeux. Chaque geste, chaque parole de cet homme semblait calculé pour anéantir ses défenses et lui faire perdre toute volonté. Cette nuit à ses côtés risquait d'être un véritable supplice.

— Eh bien, poursuivit-il, si vous ne voulez pas de ce bain, je vais en profiter.

Avant qu'elle ait compris ce qu'il faisait, il avait saisi sa chemise par le dos et l'avait fait passer par-dessus sa tête, révélant ses épaules solides.

La bouche sèche, elle le regarda pivoter sur ses talons sans la moindre gêne, lui offrant une vue encore plus fascinante sur son anatomie, tandis qu'il levait ses poignets l'un après l'autre pour défaire ses boutons de manchettes et finir d'ôter le vêtement. Dans la lueur de la bougie, les muscles de ses biceps et de ses avant-bras roulèrent sous sa peau. Emmy parcourut d'un regard gourmand ses pectoraux et son abdomen à la musculature finement ciselée.

Dieu du Ciel, il était d'une beauté inouïe. Elle savait qu'il était musclé, elle l'avait perçu dans l'obscurité, au Tricorn Club, mais elle n'avait pas imaginé combien il était beau. Les pointes de ses seins, semblables à de petits disques de bronze, étaient durcies par le froid.

Il lança la chemise de côté et prit une serviette propre. Emmy dut émettre un hoquet de stupeur, car il se tourna vers elle d'un air interrogateur.

— Qu'y a-t-il ? demanda-t-il. Ne me dites pas que vous êtes choquée ? Pas après ce qui s'est passé la nuit dernière ?

Emmy déglutit péniblement, tandis que son cerveau cherchait désespérément une réplique ironique et sophistiquée.

— Je n'ai jamais vu un homme retirer sa chemise de cette façon, articula-t-elle péniblement.

— Parce que vous avez vu beaucoup d'hommes retirer leur chemise ? demanda-t-il avec une froideur soudaine.

— Aucun, avoua-t-elle. Même pas mon propre frère.

Une lueur d'amusement s'alluma aussitôt dans son regard, faisant fondre la glace.

— Naturellement. Une demoiselle de votre rang ne devrait rien savoir de la façon dont les hommes se déshabillent. Toutefois, il vous arrive de porter une tenue masculine, n'est-ce pas ?

Il pencha la tête de côté d'un air de défi.

— Et vous-même, comment ôtez-vous votre chemise ?

— Comme ceci, répondit-elle sans réfléchir.

Laissant la couverture glisser de ses épaules, elle se leva, croisa les bras devant elle au niveau de la taille et fit semblant de retirer sa chemise en levant et décroisant les bras d'un même mouvement.

Il haussa les sourcils d'un air perplexe.

— Vous avez une drôle de façon de faire. Avec votre méthode, je me déboîterais l'épaule.

Il étira les lèvres en un sourire espiègle.

— Pour tout vous dire, je refuse de croire que ce soit possible. Prouvez-le-moi.

Emmy éclata de rire.

— Vous ne pensez pas que je vais tomber dans le panneau ! Tout ce que vous voulez, c'est que je me déshabille.

En un instant, le visage de Harland se tendit.

— Je ne peux pas le nier, admit-il d'une voix enrouée qui la fit frissonner. Je n'ai pas menti, tout à l'heure, dans le bois. Je veux vous faire l'amour de nouveau. Tout était parfait hier soir, mais je n'ai pas pu vous voir.

Ses pupilles dilatées donnaient à son regard une expression fiévreuse délicieusement troublante.

— Ce soir, en outre, poursuivit-il, nous avons tout notre temps.

Son sourire éveilla en elle un plaisir vif, presque douloureux. L'excitation la gagnait, lui nouant l'estomac.

Il portait toujours ses culottes. Emmy ne résista pas à la tentation de baisser les yeux vers la bosse qui tendait le vêtement entre ses jambes. Il avait dit vrai. Il la désirait ardemment.

Sally lui avait affirmé que la virginité était une valeur largement surestimée.

— Les hommes en font toute une affaire quand ils déflorent une femme, avait-elle déclaré d'un ton désinvolte, mais vous ferez l'amour bien des fois dans votre vie. Des centaines, avec un peu de chance. La première est toujours une épreuve parce qu'on ne sait pas à quoi s'attendre. C'est comme l'équitation. Au début, c'est plus un défi qu'un plaisir, mais avec un peu de pratique et si vous avez la bonne monture…

Elle avait laissé échapper un petit rire amusé.

— … vous y trouvez rapidement du plaisir. Si quelque chose vous plaît, demandez-lui de continuer. Ne restez pas là, à attendre qu'il lise dans votre esprit. Parlez-lui. Faites-le changer de position, ou changez-en vous-même s'il le faut.

À ce moment-là, Emmy avait senti ses joues la brûler. Sally avait éclaté de rire avant de conclure :

— Quand vous lui dites ce que vous préférez, ce que vous aimeriez qu'il vous fasse, c'est encore meilleur. Les hommes adorent les femmes qui savent ce qu'elles veulent.

Emmy était peut-être encore vierge la veille au soir, mais elle avait adoré faire l'amour avec Alexander

Harland. C'était un amant accompli, l'un de ces rares hommes qui se souciaient du plaisir de leur partenaire. Elle n'aurait pu rêver mieux pour l'initier aux plaisirs de l'amour ! La perspective qu'il existait plus encore que ce qu'elle avait déjà connu lui semblait à la fois douteuse et exaltante. Même si elle savait que cette aventure serait sans lendemain, elle voulait tout connaître. Prendre tout ce qu'il avait à lui offrir.

Plus troublée qu'elle ne voulait le montrer, elle fit un pas dans sa direction. Il lui ouvrit les bras, l'attira à lui et la serra avec force. Elle appuya son visage contre son torse. Sous sa joue, son cœur battait, solide et régulier. Cédant à la tentation, elle ouvrit la bouche et donna un timide coup de langue sur sa peau salée.

Il tressaillit.

— Emmy... Vous me tuez.

Il glissa une main dans ses cheveux, et elle leva le visage pour lui offrir ses lèvres. C'était de la folie. De la pure folie. Et peu lui importait.

Il l'embrassa avec une lenteur délibérée, dix fois, cent fois, jusqu'à ce qu'ils soient tous deux hors d'haleine.

— Vous avez un goût de miel et un parfum de paradis, murmura-t-il. Vous me rendez fou.

Elle percevait la chaleur qui montait de son corps, chassant le froid qui régnait dans la chambre. Son érection se pressa contre elle, impérieuse.

— Je ne vous ai toujours pas pardonné votre provocation du British Museum, savez-vous ? Quand vous avez laissé entendre que j'étais terne.

— Et d'une dureté extrême, précisa-t-elle, malicieuse.

Ses iris s'assombrirent.

— Cela, permettez-moi de vous en donner la preuve, gronda-t-il.

Puis il la serra contre lui, éveillant en elle une moiteur coupable. Prenant sa main, il la glissa entre eux et la referma autour de son érection. Sans réfléchir, elle serra les doigts. Dans un gémissement étranglé, il demanda :

— Suis-je assez dur à votre goût, Emmy ?

Il fit glisser sa chemise sur son épaule pour déposer un baiser sur le carré de peau qu'il avait dénudé… avant d'y planter ses dents avec délicatesse. Parcourue par un long frisson de plaisir, la jeune femme émit un soupir impatient et pencha la tête pour mieux s'offrir à sa tendre exploration, mais il s'écarta d'elle.

— Attendez, dit-il. J'ai besoin d'un bain. J'ai chevauché et transpiré toute la journée.

Elle voulut protester – elle s'en moquait, elle le désirait tel qu'il était, humide de sueur et de pluie –, mais il s'assit sur le lit pour achever de se dévêtir. Fascinée, elle observa ses pieds nus et ses mollets musclés couverts d'un duvet brun. Tout en lui était irrésistiblement viril.

Il lui lança un regard provocant, se leva et ouvrit sa braguette avec des gestes lents, comme pour la mettre au défi de le supplier d'arrêter.

Elle n'en fit rien.

Il glissa ses pouces dans la ceinture de ses culottes et fit rouler le daim mouillé sur ses hanches étroites. Le souffle coupé, Emmy le regarda faire descendre le vêtement jusqu'à ses pieds et le jeter sur la chaise d'un geste désinvolte.

Nu. Il était merveilleusement, admirablement nu.

Elle avait déjà eu ce matin un séduisant aperçu de sa personne, mais elle pouvait à présent l'admirer tout à loisir. Cet homme était une superbe bête faite pour le plaisir et le péché. La lueur des flammes dansait sur sa peau. Emmy le parcourut d'un long regard, puis suivit la ligne mystérieuse qui partait de son nombril pour descendre vers cette part de son anatomie qui se dressait, triomphante, entre ses jambes.

Il ne semblait nullement embarrassé par sa nudité. Il entra dans la baignoire, humidifia le linge qu'il avait utilisé pour la nettoyer et se lava le visage, puis la nuque.

Comme hypnotisée, Emmy suivit chacun de ses mouvements tandis qu'il se frictionnait les épaules, les bras, le torse, en faisant couler l'eau sur son corps. Les ruisselets se frayaient un chemin sur sa peau, dans les creux entre ses muscles saillants, lui donnant soudain envie de suivre le même trajet avec sa langue.

Hormis le lointain brouhaha qui, à travers le plancher, montait de la grande salle de l'auberge, on n'entendait que le clapotis de l'eau et le crépitement du feu dans l'âtre.

Emmy tressaillit en voyant la longue balafre qui traversait la cuisse de Harland. Elle avait soigné les terribles blessures de Luc ; elle pouvait deviner combien de temps il avait fallu à celle-ci pour guérir et combien elle avait été douloureuse. Son cœur se serra de compassion.

— Avez-vous été blessé à la jambe le jour où vous avez en partie perdu la vue ?

Il baissa les yeux, comme s'il avait complètement oublié cette cicatrice.

— Oh non. C'est un sabre français qui m'a fait cela à Badajoz. J'ai eu un mal de chien.

Rassemblant son courage, elle s'approcha de lui pour lui prendre la serviette des mains.

— Laissez-moi vous aider. Tournez-vous.

Après un bref moment de surprise, il lui présenta son dos. Elle dut tendre le bras pour atteindre sa nuque, puis elle frotta le linge sur ses épaules et le long des muscles puissants qui couraient de part et d'autre de sa colonne vertébrale. Il serra les poings et frémit quand elle lui lava les côtes. Et lorsqu'elle passa le linge sur ses fesses musclées, il prit une inspiration saccadée.

S'agenouillant devant la baignoire, elle fit passer la serviette sur l'arrière de ses cuisses, fascinée par les motifs que dessinait l'eau en ruisselant le long de ses poils sombres. Quand elle lui frotta l'arrière des genoux, il tressaillit, tel un étalon nerveux. Une étourdissante sensation de pouvoir monta en elle. Il lui donnait la permission de l'explorer. Il la laissait faire ce qu'elle désirait.

— Tournez-vous, ordonna-t-elle doucement.

Elle était toujours à genoux, de sorte que quand il obtempéra, son membre rigide se trouva juste devant elle, palpitant, comme animé d'une vie propre.

— Touchez-moi, Emmy, gémit-il alors d'une voix enrouée de désir.

La jeune femme fut saisie d'un vertige. Elle avait envie de le prendre dans sa bouche. Elle avait appris cela de Sally et en avait rêvé, dans le secret de la nuit. Quoi qu'il advienne par la suite, elle saurait quel goût il avait.

Se penchant vers lui, elle referma ses lèvres sur son sexe.

35

Alexander prit Emmy par les tempes et ferma les yeux, au bord du vertige. Sa compagne déposa un baiser timide sur l'extrémité de son membre, avant de faire tourner sa langue tout autour, comme si elle léchait les dernières traces d'une glace sur une cuillère.

Ses jambes le portaient à peine. Elle allait le tuer ! Il allait mourir de plaisir… et il mourrait heureux. Jamais il n'avait rien connu d'aussi délectable que les caresses maladroites de sa compagne.

Après avoir enduré ses explorations innocentes aussi longtemps qu'il en était capable, il se pencha pour l'obliger à se redresser. Elle avait les joues rouges et les yeux étincelants de défi.

— Assez joué, ma douce, dit-il d'une voix rauque, ou tout sera terminé avant d'avoir commencé.

Il sortit de la baignoire, saisit le bas de la chemise d'Emmy et la fit passer par-dessus sa tête. Avant qu'elle ait eu le temps de protester, ou même d'avoir l'air embarrassée, il l'avait entraînée vers le lit et s'était étendu à ses côtés. Elle avait la peau si douce, elle sentait si bon qu'il en avait presque le souffle coupé. Seigneur, qu'elle était belle ! songea-t-il en se redressant sur un coude pour la regarder.

Voilà ce qui lui avait tant manqué la nuit précédente. Sa peau d'albâtre, sa poitrine parfaite, ses longues jambes... Il avait perçu le contact de son corps, il avait entendu ses soupirs dans l'obscurité, mais il n'avait rien *vu*. À présent, un festin s'offrait à ses regards.

Elle était mince, mais totalement féminine. Dans les lueurs dansantes de la bougie, les pointes de ses seins, durcies par l'air frais, étaient d'un rose profond. Ses longs cheveux dénoués sur l'oreiller étaient de la même nuance que les boucles sombres de la toison entre ses cuisses. Une bouffée d'impatience monta en lui à la voir ainsi, offerte, tel le plus somptueux des banquets.

Il avait envie de se jeter sur elle comme une bête sauvage pour la dévorer toute crue mais, ce soir, il n'y avait aucune urgence. Il ne serait pas obligé de la chercher à tâtons dans le noir. Il pourrait voir toutes les nuances de ses expressions, tous ses frissons, toutes ses caresses. Ils allaient prendre le temps de savourer ce moment de découverte mutuelle.

Cédant à la tentation, il posa une main sur son ventre et étira les doigts.

— Vous êtes si fine, murmura-t-il d'une voix à peine audible. Bonté divine, j'ai peur de vous faire mal. De vous écraser.

Elle émit un petit rire qui ramena son attention vers son visage. Tout en lui caressant le bras de l'épaule jusqu'au poignet d'un geste si léger que sa peau se hérissa de chair de poule, elle répondit :

— Et vous, vous êtes si grand !

Avec une petite moue espiègle, elle ajouta :

— L'impitoyable Alexander Harland de Bow Street, célèbre pour sa dureté !

Il fit mine de froncer les sourcils d'un air furieux, mais quand son regard plongea dans le sien, il crut se noyer dans leurs profondeurs veloutées.

— Vous n'allez pas me faire mal, reprit-elle avec assurance. Je suis plus solide que j'en ai l'air, Harland. Je peux prendre ce que vous avez à donner.

Puis elle tendit une main vers lui, la glissa derrière sa nuque et l'attira à elle pour l'embrasser, lui arrachant un gémissement d'impatience. Manifestement ravie de l'effet qu'elle exerçait sur lui, elle déposa une série de baisers sur son menton, son cou, sa gorge. Quand elle atteignit son épaule, elle y planta doucement ses dents à plusieurs reprises, avant de lui donner un coup de langue.

Alexander s'étendit sur le dos en nouant ses doigts aux siens. Avec une pointe de désespoir, il nota combien ses propres mains étaient plus grandes que celles de sa compagne. Elle avait des doigts si délicats, avec ces petits ongles à l'ovale parfait ! En comparaison, il avait l'impression d'avoir des pattes d'ours. Comment une créature aussi menue pouvait-elle le plonger dans un tel trouble ? Elle incarnait l'espièglerie et l'insubordination, contenues dans une enveloppe de chair aussi délicate qu'irrésistible.

Il porta ses doigts à sa bouche et observa, amusé, son expression de stupeur et de plaisir quand il les aspira entre ses lèvres. Puis, libérant sa main, il prit ses seins entre ses paumes pour savourer leur poids et leur douceur. Elle se mordit les lèvres d'un geste inconsciemment provocant. Jamais il n'avait désiré une femme avec une telle intensité. Bon sang, il avait l'impression d'être redevenu un gamin excité. Enivré par le parfum qui montait d'elle, il n'avait qu'une idée en tête : la goûter.

Peu importait que la loi les sépare. Tout ce qui comptait à présent, c'était qu'ils soient ensemble dans ce lit.

Il traça un sillon de baisers vers son abdomen.

Des roses et des pivoines. La folie et le péché.

Elle se cambra quand il prit son sein dans sa bouche pour l'aspirer, mais il ne s'attarda pas longtemps à cet endroit. Ses lèvres poursuivirent leur progression vers l'objet de sa convoitise. Elle tressaillit lorsqu'il glissa sa langue dans son nombril, avant de continuer plus bas. Quand il plaça ses épaules entre ses cuisses, Emmy se couvrit de ses mains pour lui cacher la vue de ses trésors secrets.

— Harland ! s'exclama-t-elle. Que faites-vous ?

— Ce que je n'ai pas eu le temps de faire hier, répondit-il en levant les yeux vers elle.

Ses joues étaient rouges d'embarras. Il lui décocha un sourire rassurant.

— Faites-moi confiance, Emmy. Cela devrait vous plaire.

La jeune femme laissa retomber sa tête sur l'oreiller tandis que son compagnon déposait un baiser très tendre à l'intérieur de sa cuisse. Elle avait confiance en lui. S'il affirmait qu'elle allait apprécier ce qu'il s'apprêtait à lui faire, elle pouvait le croire. N'était-il pas infiniment plus expérimenté qu'elle ?

Malgré tout, elle ne put retenir un sursaut de panique quand elle sentit son souffle tiède contre les plis les plus intimes de sa féminité. Il n'allait tout de même pas l'embrasser à cet endroit ?

Ô Seigneur... Si !

Elle le prit par les cheveux et s'agita, mal à l'aise. Dans un petit rire, il arqua un sourcil interrogateur.

— Puis-je ? demanda-t-il d'une voix empreinte de respect.

Perdue, elle hocha la tête.

Alors, se penchant de nouveau entre ses cuisses, il l'embrassa à pleine bouche. Elle laissa échapper un gémissement de plaisir quand sa langue passa sur ses chairs si sensibles et le regarda, abasourdie. Il avait fermé les paupières d'un air extatique, comme s'il goûtait du miel ou un mets particulièrement délicat et savoureux.

Lorsqu'il lui donna un coup de langue plus appuyé, elle frémit. Si la sensation était différente de ce qu'elle éprouvait quand il la caressait, elle était tout aussi délicieuse. Il lui semblait que sa peau était parcourue de flammèches à la fois brûlantes et glacées. Bientôt, son compagnon trouva sa perle de chair durcie de plaisir. Emmy s'arc-bouta tandis qu'une soudaine volupté la traversait, avec la force d'une lame de fond venant se heurter contre une digue.

Elle s'abandonna à sa force, à son adresse. Il semblait connaître son corps sur le bout des doigts, et pourtant elle n'en éprouvait aucun malaise. Au contraire, c'était une libération. Un pouvoir nouveau qui se révélait en elle. Enfonçant ses doigts dans le matelas, elle s'offrit aux audacieuses explorations de son compagnon. Pas de merci, elle ne pouvait que se soumettre.

Dans un cri étranglé, elle se laissa emporter par la vague qui montait, toujours plus haut, puis elle fut saisie d'un tremblement. Elle se tenait au bord du gouffre, impatiente de basculer dans le néant de l'extase.

Le fameux *appel du vide*.

Elle était prête à faire le saut.

— Harland…, gémit-elle. Ô Seigneur. Oui !

Alexander priait pour qu'elle soit aussi enivrée, aussi éperdue que lui, et qu'elle le supplie de lui offrir ce qu'il désespérait de lui donner.

Quand il s'écarta d'elle, elle poussa un gémissement de frustration. Il prit une profonde inspiration pour garder son calme et dut faire appel à toute sa volonté pour s'interdire de plonger en elle. Elle était si douce, si humide, si irrésistiblement accueillante ! À elle seule, elle était une invitation à la folie et au chaos. Pourtant, il entra en elle lentement, si lentement qu'ils émirent le même hoquet impatient.

« C'est si bon, si bon ! » songea-t-il, délicieusement enserré par son fourreau de chair.

La jouissance était déjà là, toute proche. Il ferma les yeux, décidé à satisfaire sa compagne avant de sombrer dans le plaisir, et fut récompensé par un gémissement étranglé quand il donna un léger coup de reins. Il recommença, imprimant à son corps un tempo lent et régulier, qu'elle accompagna en le prenant par les hanches.

— Oui ! supplia-t-elle. Encore... Encore...

Avec une ferveur désespérée, il l'embrassa profondément, au rythme de leur étreinte. *Sublime*. Elle était avec lui, autour de lui. Il perçut la vague de plaisir qui se formait en elle. Bientôt, elle rejeta la tête en arrière et, saisie de spasmes de volupté, laissa échapper un long cri étranglé.

Cela suffit à le faire basculer à son tour dans la jouissance. Il se retira d'elle au dernier moment, alors que des myriades d'étoiles explosaient sous ses paupières closes, puis fut emporté par une félicité si intense qu'elle en était presque douloureuse.

Il s'effondra sur elle, ivre de joie, le souffle court, et enfouit son visage au creux de son cou, le cœur battant à tout rompre.

Bonté divine. Quelle femme !

36

Emmy serra Harland contre elle tandis qu'ils reprenaient peu à peu leur souffle. Les yeux levés vers le ciel de lit, elle lui caressa doucement le dos et les épaules.

Une bienheureuse torpeur l'avait envahie, la laissant comblée et épuisée, mais vibrante d'une douce énergie. Elle se sentait invincible. Comme si elle avait volé le feu de l'Olympe ou conquis une montagne légendaire.

Quand elle recouvra ses esprits, son cœur se serra. En dépit de la passion sauvage qui les avait animés, leurs ébats n'avaient en rien ressemblé à un accouplement bestial. Ils avaient fait l'amour. L'expression joueuse d'Alexander, sa façon si tendre de l'initier au plaisir, l'ardeur de ses baisers… tout semblait indiquer un sentiment infiniment plus profond, plus complexe qu'une simple frénésie des sens.

Mais peut-être ne s'agissait-il que d'une élucubration de sa part. Peut-être couvait-il toutes ses conquêtes de ce même regard tendre et fébrile. Peut-être les embrassait-il toutes comme s'il n'existait pas d'autre femme au monde…

Elle ferma les yeux, désespérée par sa propre naïveté. Elle avait beau être éperdument amoureuse de cet homme, elle était bien incapable de cerner leur relation. La cour qu'il lui avait faite – une audacieuse version du jeu du chat et de la souris, sur fond de méfiance et d'admiration réticente – avait été tout à fait inhabituelle. Une part d'elle-même, naïve et obstinée, voulait croire qu'en plus d'être amants, ils étaient devenus amis. Une autre part, plus pragmatique et terre à terre, trouvait cela parfaitement ridicule.

— Je crains que nous ne soyons destinés à être les meilleurs ennemis du monde, avait-il déclaré.

C'était vrai. Elle ne pouvait nier ses crimes, même s'ils avaient été commis sous la pression, et Alexander était un inflexible défenseur de la loi. Elle ne pouvait lui demander de changer, elle n'y songeait d'ailleurs même pas. Sa loyauté envers sa mission, son désir de voir la justice triompher était à ses yeux l'une de ses plus grandes qualités.

Elle doutait que ses propres réticences à voler aient la moindre valeur devant un tribunal. Ses juges se moqueraient éperdument qu'elle n'ait pas *choisi* de voler ces joyaux !

Elle caressa les cheveux de son compagnon, qui roula sur le côté en murmurant des excuses, et remonta les draps sur eux. Il la prit dans ses bras et l'attira contre lui, dans une étreinte qui fit monter des larmes douces-amères à ses paupières.

Elle était bel et bien prise à son propre piège. Alexander n'avait nul besoin de menottes pour la retenir. Il l'avait liée par la passion, par l'amour. Et, tout en étant consciente que cela ne pouvait la mener qu'à sa perte, elle en désirait toujours plus.

De là où elle se trouvait, elle voyait le coffret en métal noir qui contenait les joyaux, posé sur le rebord de la fenêtre. Le temps pressait. Elle pouvait presque sentir le nœud coulant se resserrer autour de son cou. Une effrayante impression de fatalité pesait sur elle. Soudain, elle ressentait le besoin urgent de savourer chaque moment qu'il lui restait, de le graver au fer rouge dans sa mémoire.

La flamme de la bougie dansait toujours, et le feu qui brûlait dans l'âtre jetait dans la pièce des lueurs sauvages. Emmy se retourna dans les bras de son compagnon. Celui-ci baissa le menton pour poser sur elle un regard ensommeillé mais intrigué, et elle lui caressa la joue, émerveillée de pouvoir effectuer ce petit geste tout simple. Elle avait encore du mal à croire qu'elle avait le droit de le toucher.

— Savez-vous que vos yeux ont exactement la couleur du Bleu de France ?

Il sourit et fit courir son index entre ses sourcils, effaçant une ride soucieuse, puis sur l'arête de son nez.

— J'ai un autre mot pour vous, murmura-t-il. Vous êtes-vous jamais demandé comment s'appelle cet espace entre les yeux ?

Quand il y posa de nouveau son doigt, Emmy fronça instinctivement les sourcils.

— Je ne me suis jamais posé la question, avoua-t-elle.

Il lissa ses sourcils.

— Les Anglais n'ont pas de terme pour cela mais les Espagnols, si. *Entrecejo*.

Il lui tapota le bout du nez comme s'il grondait un chiot mal élevé, et elle ne put réprimer un sourire. Il semblait très content de lui.

Haussant les sourcils, elle répondit en prenant un ton condescendant :

— Ma foi, je dois admettre que vous êtes meilleur professeur de vocabulaire que je ne l'avais imaginé.

Il lui décocha un sourire complice.

— J'espère avoir été bon professeur dans d'autres domaines également, mademoiselle Danvers, répondit-il avec des inflexions gourmandes.

Elle laissa échapper un petit rire épuisé, et il l'attira de nouveau à lui.

— Et maintenant, ordonna-t-il, dormez.

Il bâilla à s'en décrocher la mâchoire et ferma les yeux. L'image même de la virilité comblée, songea Emmy, émerveillée. Ses boucles brunes étaient en désordre, et ses lèvres gonflées par leurs baisers. Il semblait soudain si jeune et insouciant qu'une bouffée d'affection monta en elle. Que c'était étrange de le voir ainsi abandonné ! Son instinct lui disait que rares étaient ceux qui avaient eu le privilège de voir l'austère lord Melton aussi détendu et confiant. Une bouffée de gratitude monta en elle. Elle était consciente de l'honneur qui lui était fait.

Sans ouvrir les yeux, il la serra un peu plus contre lui et lui cala la tête contre son menton. Ils s'emboîtaient à la perfection. Emmy posa une main sur son torse et ferma les paupières à son tour, écoutant les battements réguliers du cœur de son amant.

Regretterait-il ces instants passés ensemble ? Se souviendrait-il d'elle avec affection quand elle serait sortie de sa vie ?

Il lui fit de nouveau l'amour avant l'aube.

Elle sortait d'un rêve torride où il était étendu sur elle de tout son poids, l'explorant de ses mains audacieuses.

— J'ai déjà beaucoup d'amis, lui chuchotait-il à l'oreille. Ce qu'il me faut, c'est un ennemi. Voulez-vous être mon adversaire, mademoiselle Danvers ? Pensez-vous que vous pourrez éternellement m'échapper ?

Elle se réveilla, moite et fiévreuse, nue sous les draps, pour s'apercevoir qu'Alexander – le vrai, pas celui du rêve – avait refermé les mains sur ses seins et s'était plaqué derrière elle de tout son long. Puis il pressa son érection contre ses fesses et se frotta sensuellement contre elle, lui arrachant un hoquet de surprise.

Il sembla à la jeune femme qu'une vague brûlante la traversait. Instinctivement, elle se cambra pour s'offrir à lui. Aussitôt, il entra en elle, par-derrière. Elle se mit à onduler des hanches et savoura son gémissement de plaisir, ainsi que les sensations nouvelles que cette position éveillait en elle.

Puis il se retira, roula sur le dos et l'invita à s'asseoir sur lui. Les genoux pressés sur le matelas de part et d'autre des hanches de son amant, les mains à plat sur son torse, elle s'empala lentement sur son membre dressé et découvrit un plaisir inédit : à présent, c'était *elle* qui contrôlait le rythme de leurs ébats.

Quelques instants plus tard, il l'attira à lui. Lorsqu'elle s'étendit sur lui, ses seins se pressèrent contre la toison de ses pectoraux en une délicieuse friction. Il la prit par les hanches et bougea en elle, accélérant le rythme. Elle se serra contre lui, brûlante et frémissante... et bientôt, retenant son souffle, elle plongea dans l'extase.

Elle aurait voulu que le soleil ne se lève jamais.

37

Alexander revint lentement à la réalité, envahi par une bienheureuse lassitude et une merveilleuse sensation de bien-être. Un rayon de soleil réchauffait sa joue. Sans ouvrir les yeux, il s'abandonna aux sensations qui le traversaient, avant de comprendre, presque choqué, qu'il était… heureux. Pas simplement content, ou satisfait, mais empli par une joie profonde. Il avait envie de sauter du lit, d'ouvrir grand la fenêtre et de crier son bonheur. Il se sentait invincible, plus optimiste qu'il ne l'avait jamais été.

Cette nuit avec Emmy avait été magique. Il glissa une main sur le matelas à sa recherche, mais ses doigts ne rencontrèrent que des draps froids. Pris de panique, il se redressa et regarda autour de lui. Où était-elle passée ? L'avait-elle dupé ? Était-elle rentrée à Londres sans lui ?

Non. Elle était là, assise dans l'embrasure de la fenêtre, vêtue de sa seule chemise, les genoux remontés sur sa poitrine et les yeux baissés vers la cour de l'auberge. Elle se tourna vers lui en l'entendant bouger et lui adressa un sourire timide, comme si elle n'était pas sûre d'être bien accueillie.

La lumière du matin dessinait un halo autour de ses boucles désordonnées, l'auréolant d'un nuage doré. Alexander la regarda, muet d'admiration. Avec l'éclat rose pêche qui illuminait ses joues, ses lèvres rougies par leurs baisers et ses irrésistibles taches de rousseur, elle était la femme la plus belle qu'il avait jamais vue. Il avait envie de la bercer contre lui, et en même temps, il avait envie de la punir de le rendre aussi fou de désir.

Au cours des dernières vingt-quatre heures, sans qu'il en soit vraiment conscient, il était parvenu à une décision. Il ne pouvait pas la remettre à Bow Street. Il devait la protéger – non seulement des rigueurs de la justice mais de la cruauté de Danton. Et la meilleure façon de procéder, une fois qu'il aurait attrapé le maître chanteur et aurait fait juger celui-ci pour le meurtre de l'Italien, serait de lui offrir la protection de son nom.

Il était le comte de Melton. S'il l'épousait, elle bénéficierait en tant que lady Melton du « privilège de pairie ». Une comtesse ne pouvait être arrêtée ou incarcérée qu'à la requête de ses pairs, et elle avait le droit d'être jugée par ceux-ci à la Chambre des lords. Même si Emmy était inculpée pour cambriolage, comme elle n'était coupable ni de trahison ni de meurtre, elle bénéficierait d'un sursis puisqu'il s'agirait d'une première accusation.

Alexander espérait toutefois qu'elle pourrait échapper à toute poursuite judiciaire s'ils remettaient les joyaux au prince régent – non seulement le diamant qu'elle avait dérobé chez Bridge & Rundell mais toute la collection. Prinny avait un faible pour les effets de manche et ne manquait pas une occasion de faire preuve de générosité. Il serait fou de joie de restituer les joyaux de la Couronne de France à l'ambassadeur de ce pays, voire, à l'occasion d'un voyage d'État, au Bourbon monté depuis peu sur le trône, le roi Louis XVIII.

Par ailleurs, le prince raffolait des mariages de réconciliation entre ennemis. Secrètement romantique, il abhorrait la violence et préférait toujours les solutions pacifiques. Alexander irait trouver Conant pour se porter personnellement garant de l'honnêteté de son épouse à l'avenir et prendre l'engagement solennel de la garder dans le droit chemin.

Il faillit éclater de rire. Bonté divine, avait-il perdu la tête ? Il n'avait jamais eu l'intention de se marier, du moins pas avant une bonne dizaine d'années. Cependant, la perspective d'épouser Emmeline Danvers n'avait rien de pénible. C'était même tout le contraire.

Elle l'attirait comme aucune autre avant lui. Toutefois, son désir n'était pas uniquement d'ordre charnel. Il y avait plus que cela, beaucoup plus. Il aimait sa solidité, sa bravoure, sa vivacité d'esprit. Il adorait leurs regards complices quand ils échangeaient une plaisanterie, et leur façon de se comprendre sans rien dire. Il appréciait son humour, mais aussi les moments de silence qu'ils partageaient, lorsqu'il la serrait contre lui dans l'obscurité. Elle savait parler à son intelligence. À son cœur.

Alexander fronça les sourcils, alarmé. Était-il amoureux ? De cet amour que les poètes vantaient inlassablement ?

Ce qu'il ressentait n'avait assurément aucun rapport avec les passions tourmentées de Shelley ou l'admiration secrète de Keats, encore moins avec les affres de désespoir de Byron. En revanche, les amours brûlantes, piquantes, exaspérantes de la Beatrice de Shakespeare avec son Benedick, ou de Catharina et de Petruchio[1]...

---

1. Respectivement, personnages de *Beaucoup de bruit pour rien* et de *La Mégère apprivoisée*, de Shakespeare. *(N.d.T.)*

Peut-être…

Il y avait tant de choses qu'il ignorait sur elle ! Des choses qu'un homme devait connaître avant de s'engager pour la vie avec une femme. Les plats qu'elle aimait ou détestait. Si elle savait jouer d'un instrument de musique. Comment elle prenait son thé.

Non. Ce n'étaient que des détails sans importance. L'essentiel, il le savait déjà. Malgré ses actions criminelles, il la croyait fondamentalement bonne. Il n'y avait ni froideur ni méchanceté en elle. Elle était profondément attachée à ceux à qui elle avait accordé sa confiance, et elle aurait donné sa vie pour les siens. Elle aurait fait un soldat de premier plan. Il était impatient de découvrir tout le reste, tous les « détails sans importance », qui l'exaspéreraient sans doute, le fascineraient ou le raviraient.

C'était une femme réaliste et pragmatique ; elle ne refuserait pas sa proposition. Elle comprendrait que c'était la solution la plus raisonnable, celle qui ferait le moins de peine à sa famille.

Ce serait probablement ce que l'on appelait un mariage de raison, du moins pour elle. Il avait toujours trouvé cette expression stupide. D'autant qu'Emmeline Danvers était tout sauf raisonnable.

Ses parents estimeraient probablement qu'il contractait une déplorable mésalliance, mais ils n'en seraient guère surpris. N'avait-il pas la réputation de ne rien faire comme les autres ? Ce serait peut-être son geste le plus scandaleux. Toutefois, ils avaient surmonté la disgrâce consécutive à l'ouverture du Tricorn Club, ils se remettraient aussi de cette union. Sans compter que son père désespérait qu'il s'établisse et lui donne des petits-enfants. Et, après tout, que lui importait l'avis des autres ? Il voulait cette femme à l'esprit vif et à la langue plus vive encore. Il aurait pu trouver une épouse bien pire qu'elle !

Et, qui sait, la vie conjugale serait peut-être une bénédiction ? Il avait vu Benedict changer depuis qu'il avait épousé Georgiana. Son ami était plus joyeux, plus serein, comme si sa femme avait apporté une dimension nouvelle dans sa vie.

Alexander s'était habitué à la perte d'une partie de son champ de vision, au point qu'à présent, il s'en rendait à peine compte. Il ignorait ce qu'il se passerait s'il recouvrait une vue parfaite. Peut-être était-ce cela, le mariage. Peut-être vous apportait-il quelque chose qui vous avait longtemps manqué sans même que vous le sachiez, et vous donnait-il l'impression d'être soudain beaucoup plus riche. Il priait pour que ce soit le cas.

— Bonjour, dit Emmy. Vous n'êtes pas du matin, on dirait.

L'expression railleuse de sa compagne l'arracha à ses pensées. Vaguement contrarié, il s'aperçut qu'il devait la regarder d'un air hébété depuis de longues minutes.

— Bonjour, coassa-t-il.

Sa voix était encore enrouée de sommeil. Il toussa et reprit :

— Bonjour, mademoiselle Danvers. J'espère que vous avez bien dormi.

Il se délecta de voir ses joues s'empourprer. Jamais il ne se lasserait de la faire rougir ! Il ramena ses cheveux en arrière, puis se passa la main sur le menton. Il avait bien besoin de se raser, mais il n'avait pas apporté son nécessaire de toilette, et il n'avait pas la moindre confiance dans le matériel que cet établissement pourrait lui prêter. La lame serait sans nul doute rouillée et ébréchée.

— Nous devrions partir, dit-elle d'un ton impatient. Il nous reste très peu de temps pour rentrer à Londres et tendre une embuscade à Danton.

Détournant les yeux de son torse nu, elle regarda par la fenêtre d'un air soucieux.

— Mais comment faire ? reprit-elle. Nous ne trouverons jamais un charron capable de réparer la voiture assez vite, et je ne pourrai pas faire tout le trajet à cheval.

Quand Alexander repoussa les couvertures et posa les pieds sur le sol, elle baissa pudiquement les yeux. Ravalant un sourire, il s'habilla. Ses bottes avaient séché, mais elles étaient dans un état lamentable. Il eut toutes les peines du monde à les enfiler.

— Je vais descendre commander un petit déjeuner et voir si je peux louer un véhicule.

Il vérifia ostensiblement le contenu du coffre, s'attirant un regard outré de sa compagne.

— Pensez-vous vraiment que j'aurais eu le temps de cacher des bijoux quelque part ?

Glissant la cassette sous son bras, il lui décocha un sourire onctueux.

— On n'est jamais trop prudent. J'ai appris à ne pas vous sous-estimer, très chère. Vous devriez plutôt être flattée.

Elle émit un petit reniflement hautain.

La main sur la poignée de la porte, il se retourna.

— Et ne vous inquiétez pas au sujet de Danton. J'ai parlé à Sebastian – lord Mowbray – au Tricorn avant notre départ et lui ai donné quelques indications. Croyez-moi, ce n'est pas la première fois que nous tendons un piège. Habillez-vous et rejoignez-moi en bas dès que vous serez prête.

38

Le voyage de retour à Londres se déroula sans histoire.

Le cheval qui s'était échappé pendant la tempête avait été retrouvé, les rênes prises dans les branches basses d'un bosquet, et avait été ramené Chez Bertie. Manifestement, il n'avait pas souffert de sa mésaventure. Par ailleurs, Alexander avait pu se procurer une voiture fermée, vétuste mais en état de marche, auprès du pasteur, le révérend Blythe.

C'était une antiquité aux rideaux dévorés par les mites, aux suspensions rouillées et aux banquettes éventrées par endroits, qui empestait la moisissure et le chien mouillé, mais ses roues semblaient solides et Emmy se moquait éperdument de l'allure du véhicule tant qu'il lui permettait de rentrer à Londres à temps pour sauver Luc.

À Stamford, Alexander reprit Bey, son superbe étalon, et ils retrouvèrent leur cocher. Comme à l'aller, Alexander chevaucha à côté de l'attelage, laissant Emmy en tête à tête avec le tumulte de ses pensées.

Avant de quitter l'auberge, ils avaient pris un petit déjeuner seuls dans la vaste salle commune sous le regard du patron, plus obséquieux que jamais, ce qui les avait contraints à une politesse distante. Chaque fois que son compagnon saisissait ses couverts ou sa tasse de café, l'attention d'Emmy était irrésistiblement attirée vers son poignet ou vers ses lèvres, et un brûlant souvenir de leurs ébats de la nuit lui revenait. Elle avait passé tout le repas à maudire ses joues en feu.

Et le regard d'Alexander, pétillant de malice, comme s'il savait exactement à quoi elle pensait, n'avait rien fait pour apaiser l'incendie qui la consumait.

La jeune femme se tourna vers la fenêtre et jeta un regard vers lui. Ce matin, ses joues assombries par une barbe naissante lui donnaient l'air nettement moins respectable que d'ordinaire. On aurait dit un bandit de grand chemin ou un pirate. Le compagnon idéal pour une voleuse de diamants !

La voiture roula dans une ornière et la cassette, glissant sur le plancher, vint heurter douloureusement la cheville d'Emmy. Alexander l'avait déposée près d'elle avec un regard éloquent, comme pour lui signifier qu'elle aurait dû se sentir honorée par sa confiance. Emmy avait émis un reniflement agacé. S'imaginait-il qu'elle allait s'échapper en emportant les joyaux ? Elle n'était pas assez naïve pour croire qu'elle pourrait sauter d'une voiture lancée à pleine vitesse et s'enfuir à travers champs. Il l'aurait rattrapée en un instant.

Il lui avait dit de ne pas s'inquiéter à propos du rendez-vous avec Danton, mais elle ne pouvait s'en empêcher. Même si son ami lord Mowbray et lui avaient déjà tendu des embuscades, ils n'avaient sans doute jamais eu à libérer des otages. S'il arrivait quoi que ce soit à Luc, jamais elle ne se le pardonnerait. Et si Danton, finalement, ne se manifestait pas ? S'il avait déjà assassiné Luc ? Son cœur se mit à battre plus fort. Ignorant l'inconfort de la banquette, elle s'étendit et remonta sur elle le lourd pardessus d'Alexander. Malgré son inquiétude, l'odeur réconfortante de son compagnon l'apaisa et elle finit par s'endormir, vaincue par la peur et la fatigue.

En milieu d'après-midi, ils entrèrent dans les écuries derrière le Tricorn Club. Sebastian Wolff, lord Mowbray, avait dû guetter leur arrivée, car une porte située sur l'arrière s'ouvrit, et il dévala les marches.

Quand il aperçut l'antiquité sur roues, il écarquilla les yeux de surprise.

— Où diable est passée la voiture ?

— Elle est quelque part au fin fond du Lincolnshire avec un essieu cassé, répondit Alexander. J'ai pris des dispositions pour qu'on l'emmène chez un charron de Stamford, puis pour qu'on la conduise ici dès qu'elle serait réparée.

Lord Mowbray haussa un sourcil perplexe, mais, sans rien répondre, il ouvrit la portière du véhicule et tendit une main vers Emmy pour l'aider à descendre. Aussitôt, Alexander l'écarta d'un coup d'épaule et prit sa place. Emmy leur adressa à tous les deux un sourire gracieux.

Une lueur d'intérêt s'alluma dans le regard de lord Mowbray. Manifestement, il brûlait d'apprendre ce qui s'était passé.

— Le voyage a été mouvementé, on dirait ? s'enquit-il d'un ton faussement détaché.

Alexander lança à Emmy un sourire qui la fit fondre.

— On peut dire ça, marmonna-t-il.

— Avez-vous retrouvé les joyaux ?

— Oui.

Il se tourna vers l'habitacle pour en retirer la cassette.

— Rentrons, dit-il. Je vais vous montrer.

Mickey, l'impressionnant portier du Tricorn Club, les attendait dans le vestibule pour prendre leurs manteaux. Alexander se dirigea vers le salon, puis il fit halte et se tourna vers Emmy.

— Si vous montiez dans mes appartements pour vous rafraîchir ? suggéra-t-il. Il faut que j'aie une petite discussion avec Sebastian.

Emmy n'était pas disposée à se laisser congédier de la sorte. S'adressant à l'ami d'Alexander, elle demanda :

— Je présume que vous avez été en contact avec ma grand-mère, lord Mowbray ? Danton a-t-il donné des indications pour libérer Luc en échange des joyaux ?

Sebastian sourit, sans doute amusé par sa façon d'ignorer les ordres de Harland.

— Oui, il a envoyé un message ce matin à Waverton Street. Il vous retrouvera à Kew, sur le site du palais en construction, ce soir à 22 heures.

Emmy hocha la tête.

— Parfait. Je serai prête.

Elle se tourna vers Alexander.

— J'aimerais faire savoir à Camille et à Sally que je vais bien et que nous avons les joyaux. Je ne veux pas qu'elles s'inquiètent inutilement.

— Écrivez-leur une lettre, proposa Harland, je la ferai délivrer immédiatement. Vous trouverez de l'encre et du papier sur mon bureau.

Elle hocha la tête, telle une reine accordant une faveur à un sujet, avant de se tourner vers le vigile.

— Très bien. Dans ce cas, monsieur…

Bonté divine, elle n'avait aucune idée du nom de famille du portier.

— Monsieur Mickey, reprit-elle, je vous saurais gré de me faire apporter une collation. Et du thé, si ce n'est pas abuser de votre bienveillance.

Le géant rougit jusqu'aux oreilles et lui décocha un sourire béat.

— Bien sûr, mademoiselle. Je vais tout de suite prévenir M. Lagrasse. Il se fera un plaisir de vous préparer cela.

Alexander leva les yeux au plafond, visiblement agacé par son culot. Mais Emmy s'en moquait. Elle était contrariée, inquiète et d'humeur maussade. S'il devait la garder captive encore quelques heures, il pouvait au moins lui fournir un repas correct.

Elle gravit l'escalier, la tête haute.

Dès que la jeune femme se fut éloignée, Sebastian laissa échapper un petit rire narquois.

— Voilà une captive sacrément docile, railla-t-il. Tu sembles positivement l'effrayer, Harland.

Ce dernier lui lança un regard noir.

— J'aimerais t'y voir. Elle est infernale.

— Je n'en doute pas une seconde, répliqua Sebastian en suivant d'un regard admiratif les courbes de la jeune femme.

Contenant de justesse une furieuse envie d'étrangler son ami à mains nues, Alexander pivota sur ses talons et se dirigea à grands pas vers le salon... où il découvrit Benedict Wylde, comte de Ware, confortablement installé devant le feu.

— Au fait, ajouta Sebastian avec un temps de retard, Benedict est ici.

Celui-ci se leva de son fauteuil pour serrer chaleureusement la main d'Alexander.

— Alors, il paraît que tu es parti à l'aventure sans moi ? demanda-t-il en louchant sur le coffret sans la moindre discrétion.

— Incroyable ! Tu as réussi à t'arracher des bras de ta chère épouse ? rétorqua Alexander. Ta visite nous honore.

Benedict éclata de rire.

— Le jour où vous aurez trouvé votre moitié, messieurs, nous verrons si vous avez envie de courir la campagne sous une pluie battante.

Sebastian lui décocha un regard dubitatif.

— Aucune femme ne me donnera envie d'entrer volontairement dans le piège à souris du pasteur ! ricana-t-il.

Benedict sourit. Mowbray ne faisait pas mystère de ses opinions sur le mariage : à son avis, c'était bon pour les idiots. Il fallait reconnaître, songea Alexander, que Benedict était probablement le premier homme heureux en ménage que Sebastian ait jamais rencontré. La famille de ce dernier n'était assurément pas un exemple de bonheur conjugal. Son père, le duc de Winwick, était l'un des pires adversaires du mariage qu'Alexander ait connus.

C'était peut-être le secret le plus mal gardé de la bonne société que les parents de Sebastian n'étaient pas mariés au moment de sa conception. La première épouse du duc, une femme austère et rigide, était morte en donnant le jour au demi-frère de Sebastian, Douglas, qui n'avait que huit mois de plus que lui.

Sebastian était né des amours du duc et d'une comtesse italienne volage. Après la mort de sa première femme, le duc s'était empressé d'épouser sa belle *contessa*, déjà enceinte de ses œuvres, afin de légitimer l'enfant à naître… et de s'assurer un héritier de secours au cas où l'aîné aurait été aussi souffreteux que sa mère.

Leur union n'avait pas été heureuse. La mère de Sebastian était trop fougueuse pour se contenter de jouer les duchesses à la campagne. Elle était rentrée à Londres et avait pris des amants, pendant que le duc renouait avec sa vie de libertin, batifolant avec des actrices et des courtisanes de plus en plus jeunes.

Quand Sebastian avait perdu sa mère de la variole alors qu'il n'avait que six ans, son père avait solennellement juré de ne jamais se remarier. Les femmes, avait-il décrété, n'en valaient pas la peine. Il n'était guère étonnant que les opinions de Sebastian sur le sujet soient aussi négatives.

Alexander glissa un regard en direction de Benedict. Lui, en revanche, était une véritable publicité pour le mariage ! Il était si heureux en ménage que c'en était désespérant. Depuis qu'il avait épousé Georgiana, il avait constamment le sourire aux lèvres et arborait en permanence une expression satisfaite, comme s'il avait découvert un secret encore ignoré d'Alexander et de Sebastian.

Alexander n'était pas jaloux du bonheur conjugal de son ami, bien entendu, mais il savait que, pour sa part, il avait fort peu de chances de connaître un mariage aussi heureux.

Quand il souleva le couvercle du coffret pour leur montrer les joyaux, Sebastian et Benedict émirent un sifflement d'admiration. Sebastian prit le diamant rose pêche, celui qu'Emmy avait appelé l'Hortensia, et l'éleva dans la lumière.

— Nom de nom ! C'est le gros lot ! Même Prinny devrait être impressionné.

Il le remit sur la pile et servit trois cognacs. Tout en en tendant un à Alexander, il proposa :

— Un verre ? Tu as l'air d'en avoir bien besoin. On dirait que tu as veillé toute la nuit pour empêcher ta charmante cambrioleuse de prendre la poudre d'escampette.

— En quelque sorte, marmonna Alexander.

Sebastian lui lança un clin d'œil complice.

— Je suis persuadé que tu n'as négligé aucune précaution pour la retenir. Nous connaissons ton sens du devoir, Harland.

Alexander le fusilla du regard, mais son ami se contenta d'un sourire goguenard.

— Pendant ton excursion bucolique avec ta délicieuse captive…

— Pendant ma *mission de récupération des joyaux*, rectifia Alexander d'un ton irrité.

— Si tu veux. Donc, pendant que tu empêchais la séduisante Mlle Danvers de se livrer à ses travers criminels, nous avons trouvé un témoin du meurtre de l'Italien.

— Vraiment ? Excellent !

Sebastian haussa les épaules avec une modestie feinte.

— Ma foi, je te remercie. C'était assez bien joué, je dois dire.

— Raconte-moi tout.

— Eh bien, quand nous sommes arrivés à Gravesend, nous avons mené notre petite enquête et découvert que l'un des domestiques d'Andretti avait disparu. Le constable local, incapable de le retrouver, en avait déduit que soit il était de mèche avec le meurtrier, soit il avait lui aussi été tué et l'assassin avait fait disparaître son corps.

Secouant la tête, Alexander s'installa dans l'un des vastes fauteuils devant l'âtre.

— C'est absurde. Pourquoi cacher le corps d'un domestique mais pas celui de son maître ?

— Je n'ai pas dit que le constable était une lumière, rétorqua Sebastian. Je commence à comprendre pourquoi Conant méprise tant ces gens-là.

Benedict hocha la tête.

— Ce sont des amateurs. Ils ne trouveraient pas un indice même s'il était attaché à leur veston.

Sebastian lui lança un regard amusé.

— Mais nous nous écartons du sujet. Nous avons fait savoir aux gens du coin que nous ne croyions pas un instant à la culpabilité du domestique et que si celui-ci se présentait de lui-même à Bow Street, on écouterait ce qu'il aurait à dire sans a priori. J'ai même laissé entendre qu'il y aurait une prime pour toute information.

Alexander hocha la tête.

— Bonne idée.

— Hier, un Italien du nom de Stefano Mancini a envoyé un message à Bow Street pour proposer une entrevue dans une taverne des docks de l'East India Company.

Un sourire joyeux étira les lèvres de Sebastian.

— Il se trouve que Mancini a assisté à toute la scène, intervint Benedict. Il s'apprêtait à apporter le digestif à son patron, comme tous les soirs, quand un gentleman s'est présenté et a été reçu dans le bureau. Entendant des éclats de voix, en bon serviteur, il a tendu l'oreille. Comme il ne distinguait pas bien les paroles à travers la porte, qui est taillée dans du bon chêne anglais massif, il est sorti et a fait le tour de la maison pour voir ce qui se passait par la fenêtre du bureau. La nuit était tombée, de sorte qu'il ne craignait pas d'être vu depuis l'intérieur.

— Voilà qui est fort louable, ricana Alexander.

Sebastian jeta un regard agacé vers Benedict et reprit la parole.

— Il a vu son maître décrocher une toile du mur et ouvrir le coffre-fort qu'elle recouvrait. Hélas, ce que désirait le visiteur ne devait pas s'y trouver, car celui-ci a commencé à s'agiter. Mancini l'a vu sortir un pistolet de sous sa cape et menacer son patron. Andretti a levé les mains et s'est approché de son bureau, un meuble qu'il avait fait venir d'Italie. Il a ouvert un tiroir qui dissimulait un compartiment secret et en a retiré une grosse pierre bleue.

Il marqua une pause et poursuivit :

— Cela devait être ce que l'autre désirait, car il a empoché la pierre et a fait signe à Andretti de s'asseoir… avant de l'abattre froidement d'une balle dans la tête. Mancini, de façon tout à fait compréhensible, a craint de subir le même sort. Il s'est enfui et s'est caché dans l'étable d'un fermier voisin. Quand il a été certain que l'assassin avait disparu, il est retourné à la maison faire ses maigres bagages, s'est servi dans le coffre-fort de son maître et est parti pour Londres.

— Son plan, dit Benedict, reprenant la parole, était d'embarquer sur le premier navire en partance pour Gênes, sa ville natale, mais il a été battu et dépouillé de ses biens alors qu'il retournait à son hôtel. Sans argent, et faute d'une autre solution, il a décidé de contacter Bow Street et de demander la récompense en échange d'informations sur le meurtrier d'Andretti.

Alexander se pencha en avant.

— Pourrait-il identifier Danton de façon formelle ?

— Sans le moindre doute, répondit Sebastian. Et il est prêt à témoigner. Il est résolu à faire traduire en justice l'assassin de son maître. Conant l'a installé dans un lieu sûr, à Whitehall, sous bonne garde, jusqu'à ce que nous retrouvions le Français.

Alexander hocha la tête.

— Dans le billet envoyé à Emmy, Danton a quasiment signé son crime, murmura-t-il, pensif. Avec le témoignage de Mancini, cela devrait suffire à le faire condamner… Parfait.

— À présent, conclut Benedict d'un ton joyeux, il ne vous reste qu'à attraper ce sale type et à retrouver le saphir. Un jeu d'enfant.

Sebastian fronça les sourcils.

— Tu ne te joins pas à nous ?

Benedict posa les mains sur ses genoux et se leva.

— Je vais retrouver ma femme. Navré de manquer l'aventure, messieurs, mais j'ai promis à Georgie de l'emmener au théâtre. Cette fois, vous devrez vous passer de moi. Ne vous faites pas tirer dessus, d'accord ?

39

Alexander vida son cognac et regarda les flammes, songeur, pendant que Benedict quittait la pièce.

— Danton doit retrouver Emmy, seule, à 22 heures, n'est-ce pas ?

— Exact.

— Nous irons avec elle et prendrons position non loin du lieu de rendez-vous. Je refuse de la laisser en tête à tête avec cette brute une seconde de plus que nécessaire. Il n'aura aucune pitié. Il va tenter de la tuer, comme il a abattu Andretti, et ensuite il éliminera son frère. À la première occasion, nous faisons feu sur lui, entendu ?

— Nous ne pouvons pas prendre ce risque, Harland, répondit Sebastian d'un air navré. Je sais que c'est tentant, mais il doit être capturé vivant pour pouvoir être jugé.

Alexander fronça les sourcils.

— Si tu veux offrir la meilleure protection possible à Mlle Danvers, poursuivit son ami, pourquoi ne pas emprunter ce chien de garde du British Museum ? Il a l'air assez effrayant.

— Brutus ? Bonne idée.

— Bien. Et après ? En admettant que nous capturions Danton, quels sont tes projets pour la belle

Mlle Danvers ? Un aller simple pour Newgate ? demanda Sebastian d'un air malicieux.

Alexander se composa un visage impassible, mais son vieil ami ne fut pas dupe.

— Je connais cette expression ! s'exclama Sebastian d'un ton incrédule. C'est celle que tu as quand tu t'apprêtes à commettre un acte aussi héroïque que stupide. Comme le jour où tu as sauté devant moi et m'as sauvé de la balle de ce tireur embusqué, en Espagne.

Son sourire s'élargit.

— Tu n'as pas l'intention de la remettre aux autorités, n'est-ce pas ? Je le savais ! Que vas-tu faire, bon sang ? Le prince réclame un coupable.

— Il en aura un. Danton.

— Tu vas prétendre que c'est l'Engoulevent ? Conant n'en croira pas un mot.

— C'est probable, mais Prinny acceptera cette version.

— Parce que tu comptes lui mentir ?

— Non. C'est à cause de Danton que l'Engoulevent a volé les derniers joyaux. C'est à cause de lui que tout est arrivé. Retire-le de l'équation, et Emmy n'aura plus aucune raison de voler. Nous pouvons restituer les bijoux au prince et lui assurer que les responsables ont été neutralisés. Ce sera la vérité la plus stricte. Danton sera traduit en justice et sanctionné pour ses crimes. Quant à Emmy, je me porterai personnellement garant de son bon comportement à l'avenir devant Conant si aucune poursuite n'est engagée à son encontre. Affaire classée.

Il laissa son regard se perdre dans les flammes. Emmy ne serait pas ravie que les exploits de l'Engoulevent soient attribués à Danton. Elle était fière de ses talents, et il pouvait le comprendre. Toutefois, si cette solution lui évitait la prison, au diable la fierté de la jeune femme ! Danton serait pendu pour le meurtre de l'Italien. Autant le laisser assumer la responsabilité des vols et emporter l'Engoulevent dans sa tombe. Emmy serait délivrée une fois pour toutes de l'encombrant héritage paternel.

Sebastian fronça les sourcils.

— Te porter personnellement garant ? répéta-t-il. Et de quelle façon ? En l'expédiant à l'autre bout du monde ? En l'attachant dans le grenier pendant les soixante prochaines années ?

— En gardant un œil sur elle jusqu'à la fin de mes jours. Je vais l'épouser.

Sebastian le regarda, bouche bée, l'air si médusé que c'en était comique.

— Tu vas... *Pardon ?*

— L'épouser, répéta Alexander.

Les mots lui venaient un peu plus facilement chaque fois qu'il les prononçait.

Il sourit.

— Je prendrai devant Conant l'engagement de la garder dans le droit chemin. Elle sera trop occupée, au lit et en dehors du lit, pour avoir le temps de voler.

Sebastian s'adossa confortablement dans son fauteuil et plongea un regard pensif dans son cognac.

— Est-elle informée des projets que tu as pour elle ? Lui as-tu demandé sa main ? A-t-elle accepté ?

— Pas encore. Je le lui dirai dès que nous aurons réglé l'affaire de ce soir.

Sebastian éclata d'un grand rire incrédule.

— Tu le lui *diras* ? Allons, mon vieux ! Je ne suis peut-être pas marié, mais j'en sais assez sur le beau sexe pour pouvoir affirmer qu'on ne *dit* pas à une femme qu'on va l'épouser. On le lui demande. On la supplie, plus exactement. On s'agenouille et on implore. Et ensuite, on prie pour qu'elle soit assez sotte, ou assez désespérée, ou assez charitable, pour accepter.

Alexander s'agita sur son siège.

— Elle ne refusera pas ma demande.

Le rire narquois de Sebastian lui donna envie de lui flanquer son poing sur le nez.

— Nous parlons bien de la femme qui est persuadée que tu ne rêves que de l'envoyer en prison et de jeter la clé dans un puits ? demanda-t-il en secouant la tête d'un air consterné.

— Je fais cela pour la protéger, maugréa Alexander, qui se sentait soudain obligé de se justifier. Si elle devient comtesse de Melton, elle mènera une vie infiniment plus confortable, socialement et matériellement. Cet argument à lui seul devrait convaincre Conant qu'elle n'aura plus jamais besoin de voler.

— Emmeline Danvers n'a jamais volé pour le profit, lui rappela Sebastian avec une logique exaspérante. C'est bien la plus lamentable excuse que j'aie jamais entendue ! Pourquoi ne pas admettre ta véritable motivation, Harland ?

Alexander sentit une brûlure monter à son visage.

— Quelle motivation ?

Sebastian lui décocha un sourire si condescendant qu'il serra les poings pour se retenir de l'étrangler.

— Ta perte de vision est une excellente métaphore, sais-tu ? dit-il avec des inflexions ironiques. Physiquement, tu ne vois plus sur ta droite. Mentalement, tu es aveugle à ce que tout le monde autour de toi a compris depuis des semaines. Tu ne peux pas la quitter des yeux. Elle occupe toutes tes pensées. Tu ne parles que d'elle. Tu la poursuis sans relâche. Tu es éperdument amoureux d'elle, Harland.

Alexander s'apprêta à protester, mais son ami le fit taire d'un geste.

— Reconnais-le : tu es fou de cette femme, et trop idiot pour le lui dire.

Secouant la tête d'un air théâtral, il déclama, tel le roi David pleurant le sort de Saul et Jonathan :

— Oh, comme les puissants sont tombés !

— Le danger te guette aussi, prédit sombrement Alexander.

— Quand les poules auront des dents. L'amour, c'est bon pour les idiots.

— Inutile de me le rappeler, je le sais très bien. Tout nous oppose, elle et moi, du point de vue de la loi comme de celui de la morale. J'ai juré de faire triompher le droit, alors qu'elle a commis je ne sais combien de crimes sans l'ombre d'un remords. Elle semble même retirer une perverse satisfaction à l'idée de nous avoir échappé pendant si longtemps.

— Réjouis-toi d'avoir trouvé une telle ennemie ; elle t'oblige à donner le meilleur de toi-même. Et, au moins, tu es sûr de ne jamais t'ennuyer.

— Ma foi, c'est exact. Elle me prendra toujours au dépourvu.

Sebastian soupira.

— Je te souhaite le meilleur, mon ami. Voilà des mois que cette femme a systématiquement une longueur d'avance sur nous. Tu l'as peut-être rattrapée pour l'instant, mais elle n'a pas fini de te faire courir.

Alexander, qui avait décidé d'accorder un peu de répit à Emmy, s'assura que sa lettre serait bien livrée à sa grand-mère et qu'on lui avait apporté une collation, puis il rejoignit Sebastian dans la salle à manger privée du Tricorn Club, alléché par la perspective d'un dîner concocté par le remarquable M. Lagrasse.

Quand il monta dans ses appartements, il trouva Emmy, plus séduisante que jamais dans une robe en velours vert mousse. Elle avait manifestement pris un bain, car sa peau était toute rose et ses cheveux remontés en un chignon sophistiqué. Et son parfum diabolique flottait dans l'air.

Au lieu de se ruer vers elle pour l'embrasser à perdre haleine, comme il en brûlait d'envie, il fronça les sourcils et se réfugia derrière son bureau, avant de s'asseoir pour dissimuler la bosse qui déformait ses culottes.

— D'où vient cette robe ? marmonna-t-il.

— Sally me l'a fait envoyer.

Elle s'assit en face de lui et posa les mains à plat sur la table.

— Elle a pensé que j'aurais besoin d'une tenue propre et chaude pour ce soir. Eh bien, avons-nous un plan ?

— Oui. Danton veut vous retrouver à Kew, sur le site du palais que le roi George fait construire depuis une dizaine d'années.

Il consulta l'horloge posée sur le manteau de la cheminée. 20 h 30.

— C'est à huit miles à vol d'oiseau vers l'ouest, de l'autre côté de la Tamise après Brentwood. Il faut environ une heure en voiture pour y arriver, nous devons donc partir bientôt. Dan vous conduira, mais quand vous atteindrez la maison du gardien, vous devrez descendre et finir le trajet seule, en apportant les joyaux. N'ayez crainte, Sebastian et moi serons cachés dans les bosquets. Nous ne vous quitterons pas des yeux.

— Voilà qui est très rassurant, répliqua-t-elle sèchement. Je me sens bien plus tranquille maintenant que je sais que vous m'observerez dans le viseur d'un fusil.

— Ce n'est pas vous que nous viserons mais Danton. Et vous ne serez pas tout à fait seule. Sebastian est allé voir M. Franks, du British Museum, qui nous prête Brutus. Vous aurez un garde du corps.

Elle se mordit les lèvres pour contenir un sourire mais il s'en aperçut.

— Étant donné vos exploits au musée, poursuivit-il, je présume que vous savez vous y prendre avec ce chien ?

Elle hocha la tête.

— Il adore le bifteck.

— Parfait. Nous vous accompagnerons le plus loin possible, puis nous nous posterons en embuscade pour assurer vos arrières. Faites seulement ce que Danton vous demandera. À la première occasion, nous procéderons à son arrestation.

Le visage de la jeune femme était livide, mais elle se composa un sourire courageux. Dans un irrépressible élan, Alexander se pencha par-dessus le bureau pour serrer ses mains entre les siennes.

— Tout ira bien. Luc s'en sortira indemne, je vous le promets.

Elle acquiesça d'un coup de menton.

Puis il se leva, et elle l'imita.

— Et maintenant, allons-y.

Elle disparut dans sa chambre et en revint vêtue d'un long manteau en velours. Fermé par de nombreux boutons, le vêtement soulignait son buste et montait haut sur sa gorge. L'ensemble était tout à fait convenable, mais avec une touche de sensualité féminine qui éveillait en Alexander des images torrides. Mentalement, il se donna une gifle. Il avait besoin de se concentrer. Une fois passée l'épreuve de ce soir, il aurait tout le temps de se livrer à d'autres activités.

Il escorta Emmy jusqu'en bas de l'escalier. Mickey se tenait dans la cour, occupé à tendre à un Brutus fou de joie un filet du meilleur aloyau de M. Lagrasse. Au bout de sa solide laisse en cuir, l'animal sautait et aboyait d'excitation. Quand il vit Emmy, il bondit vers elle, au risque de déboîter le bras de Mickey, et, se dressant sur ses pattes arrière, la gratifia d'un salut enthousiaste.

La jeune femme émit un petit cri effrayé et recula, de sorte que les pattes du molosse retombèrent sur le pavé.

— Du calme, Brutus ! ordonna-t-elle en riant. Moi aussi, je suis contente de te retrouver, mais cesse de me lécher, c'est dégoûtant.

Mickey parvint à faire monter le chien dans la voiture et fixa sa laisse à l'une des appliques. Après avoir soigneusement reniflé l'habitacle, Brutus s'assit sur l'inconfortable banquette, dans le sens de la marche comme l'aurait fait n'importe quel voyageur humain, les oreilles dressées. Manifestement, il était prêt à partir. Alexander se félicita qu'ils puissent utiliser l'antiquité qu'il avait achetée dans le Lincolnshire. Peu lui importait que le molosse lacère les banquettes ou bave sur les coussins.

Il avait glissé son fusil dans l'une de ses fontes et savait que Sebastian en avait fait autant. Inutile de compter sur Benedict, qui préférait désormais à ce genre d'expédition une soirée paisible en compagnie de son épouse. Georgie et lui étaient une exception dans la bonne société : un couple sincèrement épris.

Il espérait qu'Emmy et lui suivraient leur exemple. Pour sa part, il était prêt à tout faire pour qu'elle ne regrette jamais de l'avoir épousé.

C'est avec ces réflexions en tête qu'il aida la jeune femme à monter en voiture. S'étant tourné vers Mickey, il prit la cassette que celui-ci lui tendait et la déposa sur les genoux de la jeune femme. Puis il sortit de sa poche le rubis de lady Carrington. Les yeux d'Emmy s'arrondirent de surprise quand il souleva le couvercle du coffret pour ajouter le joyau à la masse étincelante de pierres précieuses.

— Au cas où Danton exigerait de le voir, expliqua-t-il. Eh bien quoi ? Pensiez-vous que j'allais le garder ? Certains d'entre nous ont des principes, mademoiselle Danvers, ajouta-t-il, incapable de résister à la tentation de la provoquer.

Puis il referma la portière.

— Et n'oubliez pas, ajouta-t-il par la fenêtre. Une fois avec Danton, faites-le parler, que son attention reste sur vous.

Elle hocha la tête. Pendant qu'il enfourchait Bey, le cocher s'installa sur son banc et Sebastian monta sur son cheval.

— C'est parti !

40

Tandis qu'ils quittaient Londres en direction de l'ouest, franchissaient l'octroi de Knightsbridge et traversaient le quartier de Bayswater, Emmy s'efforça de contenir la nausée qui l'étreignait à la perspective de l'épreuve imminente.

La jeune femme se félicitait de la présence de Brutus, qui la distrayait de ses pensées. Le chien passait son énorme tête par la fenêtre ouverte, langue pendante, manifestement ravi par le voyage, et poussait un jappement chaque fois qu'ils croisaient un passant, un cavalier, un attelage ou même un mouton.

Elle fit glisser la fermeture du coffret pour jeter un dernier regard sur les joyaux. À l'exception du saphir que Danton avait volé, les gemmes que son père avait voulu rassembler étaient là, sur ses genoux.

Si proches, et si loin en même temps.

Des larmes lui brûlèrent les paupières. Son père et elle avaient affronté tant de dangers pour réunir cette collection qui jamais ne serait restituée à la Couronne de France ! Tant pis. Mieux valait qu'elle soit remise au gouvernement britannique qu'à ce monstre de Danton. L'orgueilleux Français n'était pas de taille à lutter contre Alexander. Harland était un stratège aguerri. Il saurait la protéger.

Elle rabattit le couvercle dans un léger claquement et le ferma avec soin.

Jamais elle n'avait eu l'impression d'être aussi mal préparée pour une opération. Avant chacune de leurs interventions, Luc et elle menaient toujours des recherches méticuleuses sur le site afin de parer à toute éventualité. Si seulement elle avait eu le temps de faire une visite de reconnaissance, de dresser la liste des entrées et sorties, de localiser les points en hauteur et les angles morts ! Ou, à tout le moins, si elle avait appris à se servir d'un pistolet ou d'un couteau !

La voiture franchit le pont de Kew Bridge et s'immobilisa. Puis la silhouette sombre d'Alexander apparut à la fenêtre.

— Nous allons bientôt vous déposer, l'informa-t-il.

Elle acquiesça d'un signe de tête, mais son estomac était soulevé de spasmes d'angoisse. Approchant son étalon de la fenêtre, il tendit vers elle sa main gantée pour lui caresser le visage.

— Tout ira bien, Emmy. Faites-moi confiance.

S'accordant un moment de faiblesse, elle posa sa joue au creux de sa paume, puis elle se redressa. Elle refusait de songer que c'était peut-être la dernière fois qu'ils se parlaient.

— Allons-y.

Quelques minutes plus tard, le cocher engagea l'attelage sous une haute arche de brique rouge et ils remontèrent une allée bordée d'arbres. Emmy scruta les ténèbres. Quelques minutes plus tard, ils firent halte. Après avoir noué la laisse de Brutus autour de son poignet, elle descendit, se retourna et prit la cassette.

Le cocher tendit un doigt vers les remparts, encore en construction, d'un immense bâtiment dont la pierre claire luisait doucement derrière un rideau d'arbres.

— M'sieur a ordonné de pas s'approcher trop près, dit-il. Vous faites pas de souci, m'dame. Y vous protège, vous risquez rien.

Puis il la salua en portant ses doigts à son chapeau.

Emmy s'engagea dans une allée plongée dans la pénombre. Au-dessus d'elle, les arbres formaient une voûte sombre et menaçante. Elle s'obligea à respirer calmement. Ce n'était qu'une promenade au clair de lune, tenta-t-elle de se convaincre. Brutus tirait sur sa laisse, curieux de tout, humant les bosquets mouvants. Quand une bouffée d'air nocturne passa, apportant l'odeur caractéristique du fleuve, Emmy comprit qu'ils n'étaient pas loin de la Tamise. Au même instant, elle aperçut les reflets argentés du fleuve qui serpentait entre les arbres.

Enfin, le chantier fut en vue – un mur d'enceinte crénelé en pierre blanche, ponctué de tours rondes et percé de petites fenêtres de style gothique. Dans la lueur de la lune, on aurait dit une ruine médiévale, mais Emmy savait que le bâtiment était en cours de construction et non en train de s'effondrer.

Voilà des années que le « nouveau palais » du roi George faisait la une de la presse. Encore inachevé plus de dix ans après que l'on avait posé la première pierre, en raison des crises de démence du souverain, c'était une constante source d'insultes et de railleries. S'indignant de son coût astronomique et de sa laideur, ses détracteurs dénonçaient un monument à la folie et aux rêves impossibles, un exemple navrant de la frivolité de la monarchie. Un homme politique l'avait même comparé à la Bastille.

Manifestement, le chantier avait été interrompu depuis longtemps. Des ronces et des herbes folles couvraient les solives jaillissant des murs jamais terminés. Emmy frissonna. Ce lieu ne lui inspirait que de la peur et du dégoût. Danton avait bien choisi son point de rendez-vous ! Il y avait une centaine d'endroits où il pouvait se cacher, d'innombrables culs-de-sac et recoins obscurs. En cet instant même, il était peut-être en train de l'observer.

Brutus émit un aboiement excité. La truffe sur le sol, il entraîna Emmy dans un sentier qui serpentait entre les arbres et menait au fleuve, une mauvaise allée boueuse que les ouvriers avaient dû emprunter autrefois. Elle faillit se tordre une cheville dans une ornière avant de réussir à immobiliser l'animal.

Le cœur battant, elle scruta les alentours, guettant les ombres mouvantes dans l'obscurité. Chaque crissement de feuille, chaque craquement de brindille lui donnait envie de hurler de peur. Danton était-il là, à l'affût, dans les ténèbres ? Braquait-il une arme sur elle en cet instant ? Presque paralysée par la terreur, elle pressa le coffret contre sa poitrine. Rien n'empêchait Danton de faire feu sur elle maintenant pour voler les joyaux sur son corps encore tiède…

Elle serra les dents. Non. Avant de la tuer, il voudrait s'assurer qu'elle avait bien apporté tous les bijoux. Et Alexander était là, quelque part, lui aussi. Pouvait-il la voir ? Elle le chercha, en vain.

Elle crut bien que son cœur allait s'arrêter quand, dans un crissement de feuilles sèches, la silhouette courtaude du Français jaillit des ombres.

— Mademoiselle Danvers, la salua-t-il d'un ton affable, comme s'ils se croisaient sur un trottoir et non dans un bois sombre et isolé. Ravi de vous revoir.

Il fit un pas en avant, puis lança un regard méfiant vers le chien.

— Vous n'êtes pas venue seule, à ce que je vois.

— Brutus avait besoin de prendre l'air.

L'animal émit un aboiement bref et hostile tout en tirant sur son collier. Emmy raffermit sa prise sur la laisse et serra le lourd coffret contre elle, comme s'il s'agissait d'une amulette contre le mauvais œil.

— Où est Luc ? demanda-t-elle. Je veux le voir.

Les lèvres épaisses du Français s'étirèrent en un ricanement silencieux.

— Votre frère va bien. Il est à bord de mon yacht, qui est amarré un peu plus loin.

Sans quitter Emmy des yeux, il détourna légèrement le visage et aboya :

— Danvers !

Sa voix retentit dans le bois, et Emmeline tendit l'oreille, à l'affût d'une réponse. Elle crut défaillir de soulagement lorsqu'une voix, qui appartenait sans le moindre doute à Luc, s'éleva au loin.

— Emmy, tu es là ? Je vais bien !

Elle darda un regard noir sur le visage poupin de Danton.

— J'ai apporté ce que vous avez demandé.

Il s'avança d'un air avide.

— Tout y est ?

— Tout, sauf le saphir Ruspoli. Celui-là, ajouta-t-elle avec une pointe de mépris, vous l'avez déjà repris.

Quand elle le vit hausser les épaules d'un geste désinvolte, sa peur céda la place à la colère.

— En tuant un homme ! s'indigna-t-elle. Et en faisant passer l'Engoulevent pour le meurtrier !

Il ricana. Cet homme était un monstre dénué de la moindre conscience. Il l'avait fait chanter et l'avait menacée, avait pris une vie humaine, kidnappé son frère, mais il n'en éprouvait pas le moindre remords. Elle avait une furieuse envie de lui lancer le coffret à la tête.

— N'ayez crainte, je ne vous demanderai plus de voler, dit-il calmement, se méprenant sans doute sur son expression. Une fois que vous m'aurez remis les joyaux, nos chemins se sépareront définitivement. Le trésor m'appartient. En vendant les pierres, j'aurai de quoi vivre jusqu'à la fin de mes jours. Je n'ai plus besoin de vos services. L'Engoulevent peut prendre sa retraite.

Emmy plissa les yeux, méfiante. Elle ne le croyait pas un seul instant. Il n'avait aucune intention de laisser en vie un témoin de ses crimes. N'avait-il pas déjà assassiné le dernier homme susceptible de l'identifier ?

Brutus, manifestement excellent juge de la nature humaine, s'approcha de lui en grondant et en tirant sur sa laisse. Danton jeta un regard irrité à l'animal.

— Attachez-le, ordonna-t-il.

Emmy noua la laisse à une branche d'arbre.

— Voilà qui est mieux. Bien, les joyaux, maintenant. Tout est dans le coffret ?

— Oui.

— Parfait.

Il désigna un endroit, à quelques pas de lui.

— Posez-le là, sur le sol, et reculez.

Ayant obtempéré, elle regarda le Français s'accroupir maladroitement et soulever le couvercle. Quand les pierres étincelèrent dans la pâle clarté de l'astre lunaire, il esquissa un sourire de triomphe qui donna à Emmy envie de le gifler.

Puis elle prit conscience que quelque chose n'allait pas. Où était Alexander ? Pourquoi n'intervenait-il pas ? Qu'attendait-il pour arrêter Danton ?

41

Alexander guettait désespérément le bon moment pour presser sur la détente. Il poursuivit sa prudente progression en rampant sur le sol, tout en maudissant l'épaisse végétation. Certes, elle le dissimulait, mais elle lui masquait presque constamment Danton. Le Français avait très bien choisi le lieu du rendez-vous.

Un bref coup d'œil de côté lui permit de voir que Sebastian se déplaçait pour se poster sur l'arrière de Danton. Cela lui rappela toutes les fois où ils avaient effectué des manœuvres similaires pendant la guerre, à plat ventre dans la poussière, cachés dans les broussailles, leur arme à la main. C'était bon d'avoir Sebastian à ses côtés.

Il plissa les yeux et tenta de localiser Emmy derrière les arbres. Sa robe vert mousse lui allait certes à ravir, mais elle la rendait pratiquement invisible. Dans ce sous-bois obscur, la jeune femme disparaissait presque. Il ne voyait que ses mains blanches et son visage livide. Elle semblait effrayée mais résolue. Ses taches de rousseur ressortaient plus que jamais sur ses joues pâles.

Il la regarda déposer le coffret sur le sol et dire quelque chose à Danton. Le Français s'accroupit, disparaissant à la vue d'Alexander. Ce dernier étouffa un juron. Un arbuste masquait sa cible, l'empêchant une fois de plus de faire feu. Il se tourna vers Sebastian, qui secoua la tête : lui non plus n'avait pas d'angle de tir satisfaisant.

Alexander se déporta vers la droite dans l'espoir d'aligner Danton dans son viseur. Un autre arbre lui bloquait la vue. *Enfer !* S'il tirait à présent, le Français s'en sortirait avec une estafilade.

Celui-ci ramassa la cassette, se redressa et s'apprêta à reculer. Alexander retint son souffle. Plus que quelques pas. Il ne devait pas le tuer, seulement l'empêcher de fuir. Son doigt se tendit sur la détente.

À l'instant où Danton allait entrer dans sa fenêtre de tir, il vit le Français glisser une main dans la poche de sa veste. Le canon d'une arme à feu étincela d'un éclat maléfique dans l'obscurité. Puis le Français leva le bras vers Emmy.

Une sueur glacée inonda Alexander. Renonçant à attendre l'angle de tir parfait, il pressa la détente, puis bondit sur ses pieds dans un hurlement sauvage. Comme il l'avait espéré, Danton se tourna et tira dans sa direction plutôt que dans celle d'Emmy. La balle le manqua de peu et se ficha dans un arbre sur sa droite avec un son mat.

L'odeur de la poudre le ramena aussitôt en Espagne. Retrouvant ses réflexes, il rechargea son arme sans même réfléchir. Il cherchait un sachet de poudre quand il se souvint qu'il avait son pistolet de duel, glissé dans sa ceinture. Jetant le fusil, il dégaina le pistolet et s'élança à travers les arbres.

La déflagration avait plongé Brutus dans une agitation extrême. L'animal aboyait furieusement en tirant sur sa laisse de toutes ses forces. Soudain, d'un bond puissant, il se détacha de la branche et sauta vers Emmy. Celle-ci poussa un cri de frayeur, mais le chien passa devant elle et se dirigea droit vers Danton, montrant les crocs. Le Français lança son arme déchargée vers le chien, puis détala.

Alexander visa de nouveau et fit feu. Le glapissement de Danton se mua en hurlement de douleur quand la balle se logea dans sa cuisse. Il s'affala de tout son long, laissant tomber la cassette. Sous l'impact, le couvercle s'ouvrit et les joyaux volèrent dans la boue. Une seconde plus tard, Brutus se jeta sur lui dans un aboiement féroce et posa ses pattes avant sur son torse pour le plaquer au sol, et probablement pour protéger Emmy.

Tandis que Danton roulait sur lui-même dans un gémissement de rage, Alexander prit la laisse du chien pour le ramener vers Emmy. La jeune femme était immobile, comme en état de choc. D'un geste ferme, il lui mit la laisse entre les mains.

— Là, dit-il. Tenez-le.

Tel un automate, elle referma les doigts, les yeux rivés sur son agresseur qui tentait de s'enfuir à quatre pattes.

Une vague de rage pure envahit Alexander. D'un bond, il rattrapa le Français, le saisit par le col pour le remettre debout et lui assena un furieux coup de poing dans la mâchoire. Le souffle court, il continua de frapper, comme incapable de s'arrêter.

Il ne se battait pas comme un gentleman, et peu lui importait. Ce monstre avait tenté d'assassiner Emmy ; il ne méritait pas la moindre marque de respect. Sebastian voulut le prendre par les épaules afin de l'écarter, mais Alexander repoussa son ami d'une solide bourrade. Ivre de rage, sourd aux suppliques du Français, il le maintint debout et le roua de coups.

L'autre se plia en deux dans un râle de douleur en cherchant son souffle. Quand Alexander le laissa retomber, il s'effondra à terre et demeura là, recroquevillé sur lui-même, les mains sur le ventre. Alexander lui donna un coup de pied sur sa cuisse déjà blessée.

— Alexander, arrête !

La voix de Sebastian traversa enfin le voile rouge de rage pure qui avait anéanti toute raison en lui.

— Il nous le faut vivant, nom de nom ! reprit son ami.

Alexander leva les poings. Le dos de ses mains le brûlait. Puis il baissa un regard vibrant de mépris vers la pauvre loque humaine qui gisait à ses pieds. Personne n'avait le droit de menacer Emmy. Personne !

Sebastian vint se placer devant lui, puis il l'entraîna à l'écart du Français.

— On ne pourrait pas l'abattre ? grommela Alexander.

— Non ! Conant le veut vivant pour le traduire en justice. Nous allons remettre ce traître aux autorités, qui décideront de son sort.

Pour toute réponse, Alexander décocha un regard furieux à son ami.

— Personne ne tirera sur personne, insista celui-ci. À moins qu'Emmy ne décide de te tirer dessus, naturellement. J'aimerais bien voir cela.

— C'est bon de savoir qu'on peut compter sur ses amis, maugréa Alexander. Tu serais bien capable de lui prêter ton pistolet.

Puis il parcourut la clairière d'un regard inquiet tandis qu'une bouffée de honte montait en lui. Seigneur, Emmy l'avait vu massacrer le Français ! Il s'était conduit comme une brute assoiffée de sang. Elle devait être choquée et horrifiée.

— Où est-elle ? demanda-t-il.

La jeune femme et le chien avaient disparu.

Sebastian haussa les épaules.

— Sans doute partie retrouver son frère.

Danton avait perdu connaissance. Alexander le fit rouler sur le côté pour lui fouiller les poches, mais il ne trouva rien.

— Il nous faut le saphir pour prouver sa responsabilité dans l'assassinat de l'Italien, dit-il, retrouvant son bon sens.

Sebastian hocha la tête.

— Je le ramène à la voiture. Retrouve Emmy, Danvers et le saphir.

Puis, prenant Danton par les chevilles, il l'entraîna, toujours inconscient, dans l'allée.

Alexander se baissa pour ramasser les joyaux qui avaient roulé dans la boue et les remit dans la cassette.

— Prends aussi ceci, dit-il en jetant le coffret sur l'abdomen de Danton, comme si l'autre n'était qu'un traîneau. Et ne te sens pas obligé de ménager ce minable.

Puis il traversa le bois en direction de la Tamise. Un aboiement l'aida à localiser un navire aux lignes raffinées, amarré à une petite jetée. Brutus était attaché à un poteau. Emmy et son frère sortirent à cet instant du bateau, baissèrent la tête pour passer par la porte basse, puis remontèrent sur le ponton.

Alexander les rejoignit rapidement et tendit sa main à Danvers, qui la serra avec un sourire chaleureux.

— Toujours entier, Danvers ? Vous n'avez pas été trop malmené ?

Le frère d'Emmy avait un œil tuméfié et une vilaine bosse au front mais, en dehors de cela, il semblait indemne. La jeune femme le parcourut d'un regard inquiet.

— Sacré coquard que vous avez là ! s'exclama Alexander.

Luc Danvers secoua la tête d'un air amusé.

— On dirait que je me suis fait étriller par Gentleman Jackson[1], n'est-ce pas ? Quand j'ai demandé à Danton de ranger son arme, il m'a fait un croche-pied et m'a envoyé rouler dans la poussière.

Il haussa les épaules d'un air fataliste.

— J'ai connu pire.

D'un regard éloquent, il désigna sa jambe artificielle.

Alexander hocha la tête avec respect. Tous deux vétérans, tous deux blessés de guerre, ils comprenaient les subtils degrés qu'il y avait dans la souffrance.

— Je dois retrouver le saphir qu'il a volé à l'Italien, dit-il.

Du menton, Luc lui indiqua la cabine du bateau.

— Il est à l'intérieur, Danton me l'a montré hier. Dans la boîte à thé.

Alexander le remercia d'un hochement de tête et monta à bord du yacht. Alors qu'il entrait dans la cabine, où régnait un effroyable désordre, il entendit la voix d'Emmy derrière lui, sur le ponton.

— Oh, Luc ! Je suis tellement soulagée de te voir ! Tu me promets que tu n'as pas d'autre blessure ?

— Je vais très bien. En vérité, je devrais presque remercier Danton de m'avoir enlevé.

— Le remercier ? répéta sa sœur d'un ton incrédule. Et pourquoi donc ?

— Ma foi, je n'étais pas monté à bord d'un bateau depuis Trafalgar et je n'en avais plus du tout envie. Cette aventure m'a rappelé combien j'aimais naviguer.

— Pardon ? s'exclama-t-elle d'une voix étranglée.

---

1. Gentleman Jackson : célèbre boxeur ayant ouvert un salon d'entraînement dans Bond Street, destiné aux gentlemen. *(N.d.T.)*

Alexander sourit. Il imaginait très bien l'expression médusée de la jeune femme.

— Après ce qui s'est passé, répondit Danvers, je croyais que remonter sur un bateau me donnerait des cauchemars, mais c'est exactement le contraire. Quand je suis sur l'eau, mon handicap n'a plus grande importance. Je vacille autant que n'importe qui.

Alexander tendit l'oreille pour ne pas rater la réplique probablement acerbe d'Emmy, mais elle parla trop bas pour qu'il l'entende. Ou peut-être les déclarations de son frère l'avaient-elles rendue muette de stupeur. Un exploit dont lui-même était bien incapable, hélas ! La seule façon qu'il avait trouvée de la faire taire, c'était de l'embrasser. À présent qu'il y songeait, il préférait cette méthode. Et il était impatient de recommencer.

Luc poussa un soupir satisfait.

— Ah, oui. Le vent dans mes cheveux, les cris des goélands, les embruns sur mon visage... Je vais acheter un bateau, Emmy. Je l'amarrerai à Southampton et je vous emmènerai vous promener le long de la côte, Sally et toi. Ou même en France, pourquoi pas ? Je suis sûr que Camille adorerait visiter son pays natal.

Alexander n'entendit pas la réponse d'Emmy. Il venait d'apercevoir une boîte à thé en métal sur une étagère. L'ayant prise, il en ôta le couvercle et la fit basculer. Une pierre bleue aussi grosse qu'une noix roula dans sa paume. Le saphir Ruspoli ! La preuve accablante que Danton avait commis un homicide volontaire ! Satisfait, il l'empocha et se dirigea vers la sortie.

— Dites-moi, Harland..., lança Luc depuis le ponton. À votre avis, que va-t-il advenir de ce bateau, à présent que Danton a été arrêté ? Bow Street va-t-il le confisquer ? Si c'est le cas, je pourrais en proposer un bon prix.

Alexander sortit de la cabine et remonta sur la jetée, où il trouva Luc seul.

— Où est Emmy ? s'étonna-t-il.

— Oh, elle est retournée à la voiture avec Brutus.

Alexander se mit en chemin en compagnie de Danvers, qui claudiquait à ses côtés. Par courtoisie, il ralentit le pas, mais il était impatient de retrouver Emmy. Il devait lui parler. Était-elle partie parce qu'elle ne supportait plus de le voir, après son déferlement de violence contre le Français ? Même si cette brute épaisse n'avait eu que ce qu'elle méritait, il n'aurait pas dû perdre ainsi son sang-froid, surtout devant la jeune femme. Emmeline Danvers était peut-être une cambrioleuse, mais c'était avant tout une dame.

Ils arrivèrent enfin en vue de la voiture. Sebastian et Dan, le cocher, discutaient près des chevaux.

Alexander désigna l'habitacle d'un coup de menton.

— Danton est à l'intérieur ?

Sebastian hocha la tête.

— Oui. Occupé à faire connaissance avec les meilleures menottes de Bow Street.

— Et Emmy ?

— Je la croyais avec toi !

Alexander se tourna vers Danvers.

— Où est votre sœur ?

L'autre esquissa un haussement d'épaules.

— Que voulez-vous que j'en sache ? Elle avait peut-être besoin d'un peu de calme. On dirait que ces derniers jours ont été éprouvants pour elle.

À cet instant, des craquements s'élevèrent derrière un bosquet. Les quatre hommes tournèrent la tête d'un même mouvement, mais ce n'était que Brutus. Le chien accourait vers eux, sa laisse traînant dans son sillage. Alexander fronça les sourcils, envahi par un horrible pressentiment.

— Où sont les joyaux ?

Sebastian alla ouvrir la porte de la voiture.

— Ici, voyons. Avec le prisonnier.

Il fit glisser la cassette vers lui et marmonna un juron de stupeur.

— Que diable… Elle est trop légère !

Il souleva le couvercle. Les quatre hommes se penchèrent pour regarder, mais Alexander savait déjà ce qu'ils allaient y trouver.

Une plume noire, et rien de plus.

Il la regarda, abasourdi. Au nom du Ciel, comment Emmy avait-elle… Une vague de fureur inouïe le traversa. Il darda un regard noir sur Luc, qui tenta vainement de se composer un air innocent.

— Bon sang, Danvers, où est votre sœur ?

Sebastian éclata d'un rire tonitruant.

— Bonté divine, j'adore cette fille ! Elle est extraordinaire. Tu as intérêt à l'épouser, Alexander, ou je m'en chargerai moi-même. Quelle rusée petite…

— L'épouser ? s'étrangla Danvers. Vous n'y songez pas, Harland !

Alexander ne les écoutait déjà plus. Emmy ne pourrait pas aller loin à pied, elle le savait très bien. Il allait la retrouver et… De nouveau, un frisson glacé le parcourut. Il s'élança dans l'allée qui menait à la clairière où Sebastian et lui avaient laissé leurs montures. Elle n'avait tout de même pas…

Si.

Le cheval de Sebastian était là, broutant paisiblement, mais seules quelques parcelles d'herbe piétinée indiquaient que Bey s'était trouvé ici.

Alexander leva vers le ciel un poing impuissant, puis il compta jusqu'à dix et expira lentement. En vain. Sa mâchoire tremblait toujours de rage, et le sang lui martelait douloureusement les tempes.

La diablesse ! Elle avait volé son cheval, ainsi que *tous* les joyaux… y compris le rubis de lady Carrington, qu'il lui avait confié. Le seul qu'elle n'avait pas emporté, c'était le saphir qu'il avait dans sa poche.

Enfer et malédiction !

Il revint vers les autres au pas de charge. Espérait-elle se réfugier en France ? Se cacher éternellement de lui ? Il la poursuivrait ! Non pas à cause de ces maudits joyaux – il se moquait bien de savoir entre quelles mains ils finiraient –, mais parce qu'il n'imaginait plus la vie sans elle. Elle était fourbe, sournoise, rusée, ingénieuse.

Et il était fou d'amour pour elle.

Il donna un coup de pied rageur dans un caillou du chemin. L'épouser pour la protéger ? Sornettes ! Ce qu'il voulait, c'étaient les affrontements quotidiens de la vie conjugale. Les provocations, les querelles… et les réconciliations. Il la voulait tout entière, corps et âme.

Et il ferait tout ce qu'il faudrait pour cela. Il allait la retrouver et, au nom du Ciel, la sommer de l'épouser. Et elle accepterait, ne serait-ce que pour lui exprimer sa gratitude de lui avoir évité la prison et de l'avoir délivrée de Danton.

Il fit voler une autre pierre, qui alla se fracasser contre une souche. Non. Il faisait fausse route. Il voulait qu'elle lui donne sa main parce qu'elle éprouvait les mêmes sentiments que lui. Par amour.

Quoique… L'aimait-elle ? Il en doutait fort. Certes, elle s'était donnée à lui et il ne pouvait douter de son désir pour lui, mais lui avait-elle pardonné de l'avoir capturée ? C'était sans doute stupide de sa part de s'imaginer qu'ils pourraient vivre ensemble.

Et, par l'enfer, où avait-elle disparu ?

42

Cela faisait des mois qu'Emmy ne s'était pas rendue sur la tombe de ses parents. Il lui fallut un petit moment pour la retrouver, même dans la claire lumière du matin.

L'herbe luisait de rosée, et d'irréels filets de brume flottaient autour des sépultures. Emmy déplia le plaid qu'elle avait apporté et s'y assit. Elle n'avait pas peur ; les morts ne risquaient pas de lui faire de mal. Seuls les vivants le pouvaient. Et, à cette heure matinale, il n'y avait dans les rues que quelques domestiques et commerçants. Personne ne s'en prendrait à elle.

Elle se pencha pour déposer sur chaque tombe un bouquet de violettes. Les petits pétales tombaient déjà.

Elle n'avait pas dormi depuis qu'elle avait subtilisé les joyaux dans la voiture pendant que lord Mowbray discutait avec le cocher et qu'elle s'était enfuie sur le superbe étalon de Harland. Une fois de retour en ville, elle s'était rendue dans la maison où, avec Luc et Sally, elle avait convenu de se réfugier en cas d'urgence : chez Molly O'Keene, l'amie actrice de Sally.

Ironie du sort, le petit appartement de Molly était à quelques centaines de mètres de Bow Street, près de Covent Garden et de Drury Lane… même s'il semblait aux antipodes du raffinement de St. James's Square. C'était l'endroit idéal pour se cacher, juste sous le nez de Harland.

Molly n'avait pas posé de questions quand Emmy était arrivée au beau milieu de la nuit, les cheveux décoiffés par sa chevauchée et les joues rougies par le vent. La jeune femme l'avait fait entrer, avait demandé à un garçon de confiance de ramener discrètement Bey aux écuries du Tricorn Club, puis elle avait emmené Emmy au dernier étage, dans une chambre minuscule mais confortable.

Emmy s'était laissée tomber sur le petit lit gigogne, les membres rompus mais l'esprit en effervescence. Que faire, à présent ? Elle était restée longtemps étendue, incapable de trouver le sommeil, explorant les possibilités qui s'offraient à elle. Quand le jour s'était levé, elle n'était guère plus avancée, mais elle avait ressenti le besoin de venir ici, auprès de son père et de sa mère, dans l'espoir de retrouver un peu de clarté d'esprit.

Son père avait expressément demandé à être inhumé ici, auprès de sa mère, dans ce paisible petit cimetière au cœur de Londres. Emmy soupira. Ses parents s'étaient profondément aimés. Sa mère était morte en tentant de donner le jour à un petit frère qui n'avait pas vécu, et Emmy se souvenait à peine d'elle. Quant à son père, sa décision de devenir l'Engoulevent avait été sa manière, bien compréhensible, d'oublier sa douleur d'avoir perdu son épouse bien-aimée en se consacrant à une mission sacrée. Cela avait donné un sens à sa vie, de même que la minutieuse préparation de chaque opération avait soutenu Luc durant son interminable convalescence.

Emmy posa la cassette sur ses genoux et souleva le couvercle, révélant le doux éclat des joyaux.

— Nous avons réussi, chuchota-t-elle. Nous les avons récupérés.

La gorge nouée par le chagrin, elle inclina le coffret vers les pierres tombales muettes.

— Je regrette que vous ne puissiez pas voir cela, papa, mais je sais que vous seriez fier de nous. Vous nous manquez tellement !

Elle essuya la larme qui avait roulé sur sa joue.

— Vous répétiez que tout ce que vous vouliez, c'était que nous soyons heureux. Vous en souvenez-vous ? Eh bien, je ne le suis pas. Je croyais que je connaîtrais le bonheur une fois que nous aurions rassemblé tous les joyaux mais, pour vous dire la vérité, je suis malheureuse.

Elle baissa les yeux vers la fortune sur ses genoux, puis les releva vers la pierre tombale de son père.

— C'était votre rêve, papa. Pas le mien. C'était un beau rêve, s'empressa-t-elle d'ajouter, un noble rêve, et je ne vous blâme pas de l'avoir poursuivi, mais ce n'était pas le mien.

Elle rabattit le couvercle.

— Vous ai-je déjà dit quel était mon rêve ? C'est de rencontrer un homme qui m'aimerait telle que je suis, comme vous avez aimé maman. Et savez-vous le pire ? Je l'ai trouvé. Il vaut infiniment plus que tous les trésors que je pourrai jamais voler, mais c'est trop tard.

De sa manche, elle essuya de nouveau ses paupières brûlantes.

Trop tard.

Les Français avaient un mot, *dépaysement*[1], qui décrivait ce que l'on ressentait quand on n'était pas dans son pays. Une impression semblable à la nostalgie, mais à laquelle s'ajoutait la désorientation,

1. En français dans le texte. *(N.d.T.)*

la sensation d'être hors de son élément, comme un poisson hors de l'eau. Voilà ce qu'elle éprouvait sans Harland. Il était son pays. Le lieu qu'elle appelait de tout son cœur. Le foyer qu'elle désirait de toutes les fibres de son être.

Qu'allait-elle faire maintenant, au nom du Ciel ?

Dans un gémissement de désespoir, elle posa la cassette de côté et enfouit son visage contre ses genoux repliés devant elle. Pourquoi, pourquoi avait-elle pris les joyaux dans la voiture ? Elle n'avait pas réfléchi un seul instant, avait agi par pur réflexe. Voler les bijoux, se sauver. Comme elle l'avait toujours fait.

Qu'avait-elle donc espéré ? Même si Danton avait été arrêté et serait accusé du meurtre de l'Italien, elle devrait tout de même payer pour les crimes de l'Engoulevent. Ce trésor ne lui serait d'aucune aide. Elle aurait dû laisser les joyaux auprès du Français et accepter son destin. Maintenant, elle avait tout gâché.

Alertée par le déclic du portail et un bruit de pas, elle tourna la tête, affolée. Toutefois, ce n'était pas Harland venu l'interpeller mais Camille, qui cheminait entre les rangées de pierres bien alignées. Elle portait un chapeau de paille orné d'un ruban de soie bleue et tenait à la main un autre couvre-chef tout aussi élégant. Un sourire affectueux aux lèvres, elle s'approcha d'Emmy.

— J'étais sûre de vous trouver ici, ma chérie. Je suis heureuse de voir que vous êtes indemne.

— Avez-vous vu Luc ? Et Harland ?

Sa grand-mère hocha la tête.

— Tous les deux. Tard dans la nuit, lord Melton a ramené votre frère à la maison. Luc m'a raconté ce qui s'est passé avec Danton. Quant à lord Melton, il semblait espérer que vous seriez rentrée à la maison avant eux. Il a été fort dépité quand je lui ai répondu que vous n'étiez pas là.

Elle décocha à Emmy un regard complice.

— Je suppose que vous avez appliqué le plan d'urgence et vous êtes réfugiée chez l'amie de Sally ?

Emmy acquiesça.

— Oui. Êtes-vous certaine de ne pas avoir été suivie ? J'ai du mal à croire que Harland ne fasse pas surveiller Waverton Street.

Les yeux bleus de Camille pétillèrent de malice.

— Quand je suis sortie, un jeune homme à l'air épuisé faisait les cent pas au carrefour. Le pauvre garçon devait avoir passé la nuit là. J'ai suivi le chemin le moins direct, pris trois voitures différentes et même changé de chapeau en route, pour faire bonne mesure.

Elle agita celui qu'elle tenait à la main.

— J'ai semé mon espion quelque part dans Piccadilly. Je dois avouer que lord Melton semblait très pressé de s'entretenir avec vous. De ceci, je présume ?

Du menton, elle désigna la cassette posée sur l'herbe.

Quand Emmy l'ouvrit pour en révéler le contenu, Camille poussa un soupir d'admiration.

— Ah, l'Hortensia ! Et les perles de Marie-Antoinette ! Quel bonheur de les voir rassemblés, comme votre père le souhaitait tant ! Hélas, ils ont été la cause de bien des chagrins, *n'est-ce pas* ? ajouta-t-elle en français.

— Qu'allons-nous en faire ? Je ne sais même pas pourquoi je les ai pris hier soir !

Camille lui décocha un regard en biais.

— Ah non ? demanda-t-elle très doucement. Ne serait-ce pas pour prolonger votre petit jeu avec lord Melton, par hasard ?

— Ce serait stupide, marmonna Emmy. Je suis lasse de m'enfuir. Mais pourquoi les rendre, si c'est pour que Bow Street en fasse cadeau à ce prince bedonnant et à la prétentieuse lady Carrington ?

— D'après ce que disait lord Melton cette nuit, il pourrait y avoir une autre solution.

Emmy haussa un sourcil dubitatif.

— À savoir ?

— Ma foi, il n'est pas entré dans les détails, mais il a dit que si, par le plus grand des hasards, je vous croisais, je devais vous faire savoir qu'il avait une proposition pour vous. Il a juste précisé que sa proposition vous éviterait des poursuites judiciaires et permettrait que la plupart des joyaux soient restitués au gouvernement français.

Emmy la regarda sans cacher son incrédulité.

— Ne voyez-vous donc pas que c'est une ruse grossière pour que je me rende ? Ne me dites pas que vous l'avez cru sur parole !

— Il se trouve que si, répondit pensivement sa grand-mère. Il a ajouté qu'il ne doutait pas que vous prendriez la bonne décision.

— Voilà qui ne manque pas de sel ! ricana la jeune femme. Cet homme n'a pas la moindre confiance en moi. Pourquoi diable aurais-je confiance en lui ?

— Ma foi, je ne sais pas… Peut-être parce que vous êtes amoureuse de lui ?

Avec un petit gémissement de désespoir, Emmy laissa retomber son front contre ses genoux.

— Oui, hélas ! avoua-t-elle. Éperdument amoureuse !

— Allons, ma chérie.

Camille s'agenouilla près d'elle sur le plaid pour l'entourer de ses bras, et Emmy posa la tête sur l'épaule de sa grand-mère.

— Savez-vous à quel moment précis j'ai su que j'aimais votre grand-père ?

Emmy secoua la tête.

— Le jour où je l'ai trouvé penché devant une fenêtre ouverte, en train d'observer quelque chose sur le rebord. Anthony... votre grand-père s'est redressé d'un air embarrassé quand je suis entrée dans la pièce. Je l'ai vu rougir, puis se déplacer de façon à me cacher ce qu'il était en train de faire. Naturellement, j'ai exigé de savoir ce qu'il me dissimulait.

Emmy redressa la tête. Un sourire ému éclairait le visage de sa grand-mère.

— Il y avait un bourdon sur le rebord de la fenêtre, plus mort que vif. Anthony avait placé une petite cuillerée de miel à côté de lui. Sous nos yeux, le bourdon a sorti sa petite langue, ou sa trompe, ou quel que soit le nom que cela porte chez les bourdons, et il a bu du miel. Quelques instants plus tard, il s'était suffisamment remis pour se redresser sur ses pattes, même s'il était encore vacillant. Une ou deux minutes après, il a agité ses ailes et nous l'avons vu s'envoler dans le ciel. Anthony semblait très gêné d'avoir été surpris dans cette mission bien peu virile, mais son sourire a fait fondre mon cœur. À ce moment-là, j'ai compris que je l'aimerais toujours. Il était très beau, certes, et intelligent, mais plus que tout cela, il avait bon cœur. C'était le genre d'homme à aider les vieilles dames grincheuses à traverser la rue.

Camille écarta une mèche de la joue d'Emmy.

— Cet Alexander Harland... Il faudrait être aveugle pour ne pas voir l'attirance qu'il y a entre vous. Il est beau garçon et bien bâti, mais vous savez ce qu'on dit : l'habit ne fait pas le moine. Que vaut son cœur, Emmeline ? Comment se comporterait-il devant un bourdon mourant ? Et avec une vieille dame grincheuse ?

— Il donnerait du miel au bourdon en détresse et offrirait son coude à la vieille femme.

Camille hocha la tête avec conviction.

— Alors parfait. Vous avez ma bénédiction.

Emmy émit un petit rire sans joie.

— Même si je suis très éprise de lui, quelle importance ? Il ne l'est pas de moi. Pour lui, je ne suis qu'un dossier à régler. Une criminelle à remettre à la justice. Depuis que je le connais, je n'ai fait que le manipuler et lui mentir.

Avec un soupir désespéré, elle pressa la main de Camille.

— Je sais que je vais devoir l'affronter, mais j'ai besoin d'un répit. Pensez-vous pouvoir le faire patienter encore un jour ou deux ?

— Bien entendu, ma chérie. Prenez tout le temps qu'il vous faudra. Au fait, j'allais oublier ! Luc et Sally se sont fiancés.

— Vraiment ?

— Oui. À peine lord Melton nous avait-il quittés cette nuit que Luc a demandé un entretien en privé à Sally. Dès que j'ai vu son expression, j'ai compris ce qu'il allait lui proposer. Rien de tel que d'échapper de justesse à la mort pour remettre sa vie en perspective. Ce qui me surprend, c'est qu'il ait attendu si longtemps.

— Elle a accepté ?

Camille hocha la tête, l'air rayonnant.

— Pas tout de suite, en vérité. Elle a protesté qu'elle n'était pas assez bien née pour un homme tel que lui, mais il l'a convaincue que c'était absurde. Il envisage d'acheter un bateau et de l'emmener faire une croisière dans les îles grecques.

Emmy éclata de rire.

— C'est merveilleux ! Je suis tellement heureuse pour eux ! Comme je regrette de ne pas pouvoir rentrer à la maison avec vous pour les féliciter…

Camille se remit debout et lissa ses jupes.

— Accordez-vous quelques jours de réflexion afin de décider si vous avez suffisamment confiance en Harland pour écouter sa proposition. Si ce n'est pas le cas, nous trouverons un moyen de vous faire sortir discrètement du pays, ainsi que les joyaux. Et si…

Emmy l'interrompit en secouant la tête.

— Je ne serai plus jamais une fugitive. Je sais que je dois affronter les conséquences de mes actes.

— Et si vous décidez qu'il est digne de confiance, poursuivit Camille comme si elle ne l'avait pas entendue, vous choisirez l'heure et le lieu d'un rendez-vous. L'amie de Sally nous enverra votre message.

— Entendu.

43

Emmy venait de prendre sa décision quand Harland lui força la main. Par un billet de Camille, transmis par Sally et Molly, elle découvrit son coup de maître. Bow Street avait informé le prince de Galles qu'on avait retrouvé les joyaux de la Couronne de France. Fou de joie, Prinny avait ordonné que l'on célèbre l'événement à Carlton House le vendredi suivant.

Et Harland avait envoyé une invitation à Emmy.

Celle-ci la parcourut, horrifiée. Dans un geste de « solidarité et d'amitié entre deux grandes nations », le prince organisait une « petite fête privée » afin de remettre à l'ambassadeur de France les joyaux perdus de la Couronne de France. Mlle Emmeline Danvers était « cordialement invitée ».

Cela allait de soi, elle était également priée d'apporter les bijoux.

Accablée, la jeune femme s'assit sur le rebord de son lit dans le grenier de l'appartement de Molly et regarda le luxueux carton d'invitation qu'elle tenait à la main. Harland était machiavélique ! Comme aux cartes, il lui lançait un défi et exigeait qu'elle montre son jeu. Le moment de vérité était venu. Ils sauraient bientôt lequel des deux allait plier… mais qu'aurait-elle pu attendre d'autre du propriétaire d'un cercle de jeu ?

Une bouffée d'irritation monta en elle. Il ne manquait pas de culot ! Il jouait le tout pour le tout. Si elle n'apportait pas les joyaux, ce serait une effroyable humiliation, non seulement pour lui-même et ses collègues de Bow Street mais pour le prince régent en personne. Parce qu'il était sûr qu'elle « prendrait la bonne décision », il lui donnait le pouvoir de déclencher un désastreux incident diplomatique entre les deux nations.

Elle relut son message à l'écriture nette et résolue. Il devait être fou pour s'en remettre aussi légèrement à elle alors que les conséquences de son choix pouvaient être catastrophiques ! Elle était en position de ruiner sa carrière, d'humilier ses collègues et amis et de plonger la monarchie dans l'embarras, tout cela d'un seul coup. Que lui était-il passé par la tête ? Elle l'avait si souvent trahi ! D'où tenait-il que cette fois, ce serait différent ?

Avait-il donc une telle confiance en elle ? Tout au fond de son cœur s'alluma une petite étincelle d'espoir, qu'elle s'empressa d'éteindre. Elle avait pris la décision de rendre les bijoux sans qu'on le lui demande… mais si elle le faisait maintenant, Alexander s'en attribuerait tout le mérite. Il se montrerait arrogant et imbu de lui-même et s'imaginerait qu'elle n'avait cédé que parce qu'elle avait été impressionnée par son audace.

Elle devait le prendre à son propre piège. Elle pouvait encore attraper un navire en partance pour Calais, ou même pour les Amériques. Il l'aurait bien cherché ! Toutefois, elle savait déjà qu'elle n'en ferait rien. C'était exaspérant, mais il semblait la connaître mieux qu'elle ne se connaissait elle-même.

Elle se demandait bien ce qu'il avait à lui proposer. Pour tout dire, elle n'était pas encore certaine qu'il ait effectivement une offre à lui faire. Elle n'était pas aussi confiante que Camille. Même si Bow Street pouvait apporter la preuve que Danton était l'assassin du diplomate italien, elle refusait de croire que la justice laisserait un criminel aussi notoire que l'Engoulevent en liberté. Pourtant, son choix était fait. Harland ne se trompait pas en plaçant sa confiance en elle, maudit soit-il.

Elle se leva et alla s'asseoir devant le petit bureau placé dans un angle de la pièce. Molly lui avait apporté du papier, de l'encre et des plumes. À la hâte, Emmy rédigea un message à l'intention de sa grand-mère pour lui confirmer qu'elle se rendrait à l'invitation le vendredi suivant, et la supplier de ne surtout pas en informer Harland. Cet animal méritait de transpirer un peu ! Si maigre que puisse être cette victoire, Emmy ne la dédaignerait pas.

Elle assisterait à cette fête, sans doute la dernière de sa vie, et elle se ferait belle. Camille avait raison. Quitte à être arrêtée et incarcérée, autant que ce soit avec panache.

Il régnait toujours une chaleur accablante dans les appartements du prince régent. Alexander tira sur sa cravate. Il n'était pas nerveux, non. Certainement pas. Emmy allait bientôt faire son apparition. Elle se croyait obligée d'arriver en retard, comme toute élégante qui se respecte, voilà tout. Elle voulait seulement le narguer. Il refusait d'accorder le moindre crédit à toute autre éventualité.

Elle *devait* venir. Il avait donné sa parole à Conant que les joyaux seraient rendus. Il avait même persuadé Prinny de donner aux Français « son » diamant, dans un geste princier.

À condition qu'il arrive, bon sang.

La gorge sèche, il saisit au passage une flûte de champagne sur le plateau d'un valet en livrée et en avala une bonne gorgée. Ce n'était pas seulement son poste à Bow Street qui était en jeu, c'était son honneur de gentleman. L'honneur de toute la nation, au nom du Ciel ! Que lui avait-il pris de faire dépendre tant de choses des caprices d'une criminelle imprévisible ?

Le Régent avait déjà pris place sous le dais pourpre de la salle du conseil pour recevoir la délégation française. L'ambassadeur de France, le marquis René-Eustache d'Osmond, était déjà arrivé, ainsi que la moitié des membres de l'aristocratie française présents dans la capitale. Ils étaient venus en nombre, bien que prévenus au dernier moment, car la plupart d'entre eux vivaient toujours à Londres, en exil. Alexander contint un grondement exaspéré en reconnaissant le prince Louis Joseph de Condé, âgé de soixante-dix-neuf ans, et son cousin Charles Ferdinand d'Artois, duc de Berry, qui en avait trente-huit. Si Emmy ne se montrait pas, le désastre prendrait des proportions épiques.

Où était-elle passée, nom de nom ?

Sa famille était déjà là. La comtesse de Rougemont – qui avait insisté pour qu'il l'appelle Camille – se trouvait près de la porte en compagnie de Danvers et de sa fiancée, la beauté volcanique qui s'était introduite de force au Tricorn Club.

Ces trois-là avaient été en contact avec Emmy toute la semaine, il l'aurait juré, mais ils étaient tous d'une loyauté infaillible. Alexander avait eu beau demander, et même exiger, qu'ils leur disent où Emmy se cachait, ils étaient restés muets. Camille avait été formelle, Emmy n'avait pas quitté Londres, mais c'était tout ce qu'elle avait bien voulu dire. Elle avait transmis à sa petite-fille l'invitation d'Alexander pour ce soir mais ne pouvait pas, ou ne voulait pas, dire si Emmy viendrait ou non.

S'avisant qu'il était en train de pianoter nerveusement sur sa cuisse, il immobilisa sa main. Combien de fois pendant la guerre avait-il été en proie à la même nervosité, conscient que l'ennemi était là, attendant le moment de passer à l'attaque et pressé d'en finir ?

En revanche, jamais aucune femme ne l'avait plongé dans cette tension extrême. Jusqu'à présent, chaque fois qu'une représentante du beau sexe avait oublié un rendez-vous, il avait été irrité, mais l'incident avait été vite oublié... ainsi que la dame. Emmeline Danvers, elle, était inoubliable.

Il aperçut Sebastian, en grande conversation avec Benedict et son épouse, Georgiana, de l'autre côté de la salle. Plus de deux cents personnes se tenaient là, au coude à coude. La « petite fête privée » de Prinny avait pris des proportions impressionnantes. Le personnel du prince régent devait être sur les dents.

Alexander ne parvenait pas à chasser le pressentiment qu'il était sur le point de subir une terrible humiliation publique. Il consulta l'horloge de style rococo posée sur une cheminée tout aussi surchargée de dorures. Bon sang, plus d'une heure de retard. Avait-il si mal jugé Emmy ?

C'est alors qu'il la vit, sur les marches en provenance de l'entrée. Son cœur s'arrêta, avant de repartir dans un douloureux hoquet.

Le Ciel soit loué.

Puis il la parcourut d'un long regard admiratif. Apparemment, elle avait renoncé à se fondre dans le décor. Ce soir, pas de couleurs sobres pour Mlle Danvers. Elle portait une robe d'un voluptueux rouge carmin qui n'allait pas manquer d'attirer les regards masculins. Alexander avait soudain l'étrange envie d'applaudir. Elle était sublime. Une reine en exil ! Le décolleté de sa robe mettait en valeur les rubis – légalement entrés en sa possession, ceux-ci, du moins l'espérait-il – qui étincelaient à ses oreilles et à sa gorge. Sa somptueuse chevelure avait été remontée en un chignon élaboré qui révélait ses épaules rondes et blanches.

Elle portait un réticule rempli à craquer. Y avait-elle logé tous les joyaux ? Elle avait intérêt !

Il se fraya un passage à travers la foule compacte, bien résolu à lui parler avant qu'elle rejoigne sa famille. Il ne retrouvait pas sur son visage l'expression rieuse et naturelle qu'il connaissait si bien. Ce soir, elle était belle et froide, toute en retenue, telle une condamnée montant à l'échafaud. Car, c'était manifeste, elle s'attendait à être arrêtée et jetée derrière les barreaux.

Une bouffée de fierté lui gonfla le cœur. Qu'elle était courageuse ! Et, pour une voleuse de bijoux, elle faisait preuve d'un sens de l'honneur inattendu. Toutefois, la carrière de l'Engoulevent s'achevait ici. La partie était terminée.

44

Emmy serra nerveusement son sac alourdi par les joyaux et déglutit pour chasser la boule d'angoisse qui lui nouait la gorge. Allait-on lui passer les menottes dès l'instant où elle aurait rendu les bijoux ? C'était bien possible. Peut-être avait-on décidé d'humilier publiquement la voleuse qui avait nargué la justice pendant si longtemps.

Elle serait courageuse, se promit-elle. Elle affronterait son sort avec dignité.

Une insupportable chaleur montait de la salle de bal bondée. La jeune femme chercha sa famille du regard, mais hélas, ce fut Alexander Harland qui apparut devant elle et la prit par le coude d'une main autoritaire. Quand elle le vit, son cœur se mit à battre un peu plus fort.

Il se pencha à son oreille. Elle tenta d'ignorer la vague de désir qui la submergeait, accompagnée d'une folle envie de se jeter dans ses bras pour s'y réfugier.

— Bonsoir, mademoiselle Danvers. Ravi que vous ayez pu nous rejoindre. Par ici, je vous prie.

Il n'attendit pas sa réponse, ce qui était une bonne chose car Emmy était muette d'effroi. Puis il l'entraîna à travers la salle et, hochant la tête à l'attention des deux gardes du corps qui se tenaient devant une porte, la fit entrer dans une pièce de dimensions plus modestes où se trouvaient déjà deux personnes.

Quand le battant se referma derrière eux, le brouhaha de la salle de réception fut soudain assourdi, comme lorsqu'on est sous l'eau. Il fallut quelques instants à Emmy pour reconnaître l'auguste personnage devant qui elle se tenait. Le gentleman replet assis dans un fauteuil sous un dais rouge sang n'était autre que le prince George en personne. Avec un temps de retard, elle plongea en une profonde révérence.

Sans lui lâcher le bras, Harland l'imita.

— Entrez donc, Melton, dit Prinny.

— Avec votre permission, Votre Altesse, je vous présente Mlle Emmeline Danvers.

Il se redressa et la poussa doucement en avant.

Le régent la parcourut d'un regard fort peu royal. Une lueur d'intérêt s'alluma dans ses yeux bleus tandis qu'il se léchait les lèvres d'un air gourmand.

— Voici donc la personne dont vous me parliez, Conant ?

Il tourna la tête vers l'homme qui se tenait près de lui – une tâche rendue malaisée par son col de chemise, dont les pointes étaient dangereusement proches de son menton.

— En effet, Votre Altesse, répondit celui-ci, un gentleman d'un certain âge à l'expression indéchiffrable. Mlle Danvers et sa famille n'ont pas ménagé leur peine ces dernières années pour retrouver la piste des joyaux de la Couronne de France disparus.

Malgré elle, Emmy haussa un sourcil surpris. C'était une façon bien diplomatique de présenter la situation !

Sans un mot, Harland lui serra le coude.

Le prince régent émit un grognement d'assentiment qui fit trembler son ventre proéminent, puis il reporta son attention sur Emmy.

— On m'informe que vous avez retrouvé ces bijoux avec une remarquable efficacité ?

Se ressaisissant, elle répondit :

— En effet, Votre Altesse. Jusqu'à sa mort, mon père en a fait une mission sacrée.

Elle esquissa une nouvelle révérence et tendit le sac plein à craquer au dénommé Conant, qui devait être sir Nathaniel Conant, le premier magistrat de Bow Street et le supérieur hiérarchique de Harland. Le vieil homme tira sur les cordons qui fermaient le réticule et versa le contenu sur un coussin placé aux pieds du prince. Les diamants et autres pierres précieuses roulèrent sur le velours écarlate tel un serpent fantastique étincelant de mille feux.

Le régent émit un hoquet de stupeur.

— Bonté divine, regardez-moi cela ! murmura-t-il.

Puis il battit des mains, tel un enfant de cinq ans le matin de Noël.

— C'est toujours un plaisir quand nous autres Anglais réussissons là où les Français ont échoué, n'est-ce pas ? Excellent travail de Bow Street, Conant. Et de votre part également, Melton.

Emmy décocha au prince un sourire qu'elle espérait convaincant.

— C'était le vœu le plus cher de mon père que ces joyaux soient restitués au peuple de France, Votre Altesse. Puis-je dire combien je me réjouis que Votre Altesse ait la sagesse et la générosité de réaliser ce rêve ?

Le prince, qui manifestement n'était pas insensible aux flatteries, bomba le torse.

— En effet, en effet. Dommage que nous devions nous contenter d'une cérémonie privée, mais il n'aurait pas été convenable d'embarrasser nos cousins français en public. Surtout maintenant que nous ne sommes plus en guerre.

Tournant de nouveau son attention vers Emmy, il haussa les sourcils.

— On m'informe, jeune demoiselle, que vous avez joué un rôle déterminant dans l'arrestation de cet épouvantable Engoulevent ?

Quand Harland pressa de nouveau le coude d'Emmy comme pour l'avertir, elle lui lança un regard affolé. Que lui demandait-il, au nom du Ciel ? De tout confesser ? De ne rien trahir ?

Choisissant ses mots avec soin, elle répondit :

— Tout à fait, Votre Altesse. À présent, on peut affirmer sans se tromper que la carrière de l'Engoulevent est terminée.

Le prince émit un petit rire satisfait.

— Parfaitement. Vous l'avez envoyé à Newgate en attendant son procès, n'est-ce pas, Conant ? Je n'ai pas été surpris d'apprendre que c'était un Français.

Emmy se mordit les lèvres pour réprimer une exclamation de stupeur. *Un Français ?* À quel jeu Harland jouait-il ? Le prince régent semblait persuadé que l'Engoulevent n'était autre que Danton ! Elle réfléchit rapidement. Certes, elle était vexée que celui-ci s'approprie ses exploits, mais il n'aurait peut-être pas été très inspiré de revendiquer ces crimes.

Au demeurant, même si Melton et sir Conant n'avaient pas informé le prince de la véritable identité de l'Engoulevent, ils connaissaient la vérité. Peut-être ne la contraindraient-ils pas à une confession publique, mais sans doute lui réservaient-ils une sanction moins spectaculaire.

Le Régent hocha la tête.

— Parfait, parfait. Eh bien, je crois que lord Melton a une récompense adéquate à vous offrir, ma chère.

Le cœur d'Emmy se serra. La « récompense » de Harland consistait probablement à l'envoyer à la potence avec Danton.

— Je remercie Votre Altesse, articula-t-elle, la gorge nouée.

Le prince prit le diamant qu'elle avait dérobé chez Bridge & Rundell et le couva d'un regard nostalgique.

— Quel dommage de devoir *tous* les rendre, n'est-ce pas, Conant ? Je suis sûr que les Français n'y trouveraient rien à redire s'il en manquait un ou deux...

Sir Conant émit une petite toux embarrassée.

— Nous avons déjà remis un inventaire complet à l'ambassadeur de France, Votre Altesse. Nous ne voudrions pas le décevoir.

Une moue de dépit sur les lèvres, le prince remit le diamant sur la pile.

— Vraiment dommage. J'aime tant les diamants ! Eh bien, je suppose que vous pouvez les faire entrer, à présent.

Il se tourna vers Harland.

— Je vous suis très reconnaissant, Melton, mais je vous ai déjà offert un comté cette année.

Il émit un rire satisfait qui fit tressauter son ventre replet.

— Je ne puis vous en accorder un autre aujourd'hui, ou vos petits camarades risqueraient d'être jaloux.

Une lueur joyeuse passa dans son regard et, à la stupeur d'Emmy, il lui adressa un clin d'œil.

— Allez donc danser, jeunes gens. C'est un ordre de votre souverain.

Et, d'un geste de la main, il les congédia.

Emmy fit une dernière révérence, jeta un ultime regard aux pierres et quitta la salle au bras de Harland. Ce ne fut que quand les portes se refermèrent derrière eux qu'elle s'aperçut qu'elle tremblait comme une feuille.

Ainsi, tout était terminé. Dix années de travail, et tout ce qu'il en restait, c'était un réticule vide. Non, même pas. Elle l'avait laissé derrière elle, entre les mains de sir Conant.

Harland ne lui avait toujours pas lâché le coude. Elle était pleinement consciente de sa présence à ses côtés, de sa force, de sa haute taille. Elle tenta de se libérer, impatiente de retrouver les siens et de leur dire adieu avant d'être emmenée pour un interrogatoire ou elle ne savait quel supplice, mais son compagnon se plaça soudain devant elle.

— Je crois que cette danse est pour moi, mademoiselle Danvers. Nous ne pouvons ignorer un ordre princier.

45

Emmy parvenait tout juste à regarder son cavalier. Comme chaque fois qu'elle se trouvait près de lui, elle avait le cœur lourd de regrets à la pensée de ce qui aurait pu être et ne serait jamais. Sans réfléchir, elle acquiesça. Une dernière danse.

Toutefois, au lieu de l'emmener sur la piste bondée, il lui fit franchir une porte et l'entraîna vers une salle où tout, des rideaux aux murs en passant par les fauteuils et canapés, était en velours bleu nuit. Ici, le vacarme de la foule n'était plus qu'un murmure assourdi, mais la musique restait audible à travers les lambris.

— Dansons, murmura-t-il.

Dès qu'il l'attira à lui, elle eut l'impression que tout son corps se réveillait. Elle se sentait soudain légère, presque transparente. Aussi évanescente que l'air, sauf là où il la touchait. Ces points-là, et eux seuls, paraissaient solides, bien réels. Tandis qu'ils virevoltaient au rythme d'une valse, elle concentra son regard sur les boutons de nacre de son gilet. Seigneur, qu'il dansait bien ! Elle s'obligea à lever les yeux vers lui... et le regretta dès que son regard bleu croisa le sien.

Dans la claire lumière du chandelier de cristal au-dessus d'eux, elle observa son visage avec attention afin de graver ses traits dans son cœur, pour toujours.

Le silence entre eux se tendit. Dans un lourd soupir, elle décida d'aborder le sujet qui occupait toutes ses pensées.

— Assez de mystères, Harland. Le prince a dit que vous aviez trouvé la punition adéquate pour moi. Épargnez-moi ce supplice et dites-moi de quoi il s'agit.

Les lèvres de son compagnon frémirent, formant ce sourire espiègle désormais familier.

— Je ne crois pas qu'il ait employé le terme de punition. Conant et moi avons discuté de cette question, et nous estimons tous les deux que ma *proposition* a son intérêt.

Elle se mordit les lèvres tandis qu'il expliquait :

— Toute poursuite à votre encontre pourrait être abandonnée… si vous deveniez mon épouse.

Elle ouvrit des yeux ronds de stupeur et le regarda, bouche bée, incapable de comprendre ce qu'il lui disait.

— J'ai donné à Conant ma parole que ma femme ne volerait plus et que son comportement serait irréprochable. L'Engoulevent devra disparaître une fois pour toutes.

Elle battit des paupières, perdue. Puis sa confusion céda la place à l'incrédulité et à une rage aveuglante. Cet homme était un monument d'arrogance ! Elle ne savait plus si elle devait rire ou pleurer. Oh oui, c'était bel et bien une punition. Une longue et douloureuse humiliation. Elle devrait endurer la souffrance d'avoir toute son attention pendant quelque temps… avant qu'il la quitte pour une autre. Il allait lui faire croire qu'il désirait vivre à ses côtés, puis il l'abandonnerait dans son fief à la campagne et retournerait à Londres.

Il aurait eu sa revanche. En tant qu'épouse légitime, elle n'aurait aucun recours légal contre sa façon de la traiter. Il aurait tous les droits de l'exiler dans une vieille demeure sentant le renfermé.

Elle avait le cœur en miettes. Combien de fois avait-elle rêvé qu'il la demandait en mariage ? Hélas, jamais elle n'avait imaginé *cela*. C'était évident, on l'avait sommé en haut lieu de lui proposer le mariage. Pour la punir et l'humilier.

— Cela ne risque-t-il pas d'être un calvaire pour vous autant que pour moi ? demanda-t-elle d'une voix étranglée.

Il fronça les sourcils, comme si elle l'avait offensé.

— Vous me connaissez maintenant assez bien, je crois, pour savoir que personne ne peut me contraindre à faire quelque chose dont je n'ai pas envie.

Elle lui jeta un regard de défi.

— Et si je refuse ?

Il se mordit les lèvres et, pendant quelques instants, elle crut qu'il ne répondrait pas. Finalement, il marmonna :

— Vous seriez tout de même pardonnée.

Elle fronça les sourcils, perplexe. Que lui cachait-il ?

— Je serais libre ?

— Oui.

— À l'abri de toute poursuite judiciaire ?

— Oui, à condition que vous ne commettiez pas de nouveaux crimes.

— Et ma famille ?

— Les vôtres ne risqueraient rien non plus, répondit-il en dardant sur elle un regard sombre.

— Dans ce cas, je décline votre offre.

Il ramena ses cheveux en arrière d'un air irrité.

— Permettez-moi de reformuler ma proposition.

Emmy croisa les bras dans un geste qui signifiait : « Comme si vous pouviez me faire changer d'avis ! »

Quand il baissa les yeux vers elle, elle s'efforça d'ignorer son pouls qui s'accélérait dans ses veines. Au nom du Ciel, était-il obligé de sentir si bon ?

— Je me suis rendu compte que je m'étais trompé quand j'ai décrit nos relations. Vous souvenez-vous du jour où j'ai dit que nous ne pourrions jamais être amis ? J'aimerais rectifier cela.

Elle le fusilla du regard, furieuse contre son propre cœur, ce traître, qui battait la chamade. Elle ne devait pas avoir toute sa raison.

— Vous pensez que nous pourrions être amis ?

— Pourquoi pas ? Nous avons bien été amants. En vérité, j'espérais que nous pourrions être les deux à la fois.

Son cœur se serra douloureusement. Cet homme n'était qu'une brute !

— Vous voudriez faire de moi votre maîtresse ? Non, merci.

Elle se détourna, à présent impatiente d'arracher le voile de rage et de tristesse qui s'était abattu sur elle comme un linceul. Elle avait la main sur la poignée de la porte lorsqu'elle entendit sa voix derrière elle.

— Vous me quittez déjà, princesse ? demanda-t-il dans un murmure.

Aussitôt, elle s'immobilisa. Il avait prononcé ces mêmes paroles, avec le même mélange de résignation et d'ironie, quatre ans plus tôt, au bal masqué de lady Carlton.

À l'époque où il ignorait qui elle était.

Elle émit un hoquet de stupeur. Il savait. Il savait que c'était elle qui avait dansé avec lui, l'avait embrassé, puis l'avait quitté. Comment ? Depuis combien de temps ? Elle pivota sur ses talons et croisa son regard.

Il lui décocha un sourire en biais, à la fois arrogant et si plein de doute que c'en était émouvant.

— Ne me quittez plus jamais, Emmy. S'il vous plaît.

Soudain, elle avait la gorge nouée et les paupières brûlantes. Prenant une longue inspiration saccadée, elle s'adossa contre la porte.

— Pourquoi devrais-je rester ? s'enquit-elle dans un souffle.

Il fit un pas vers elle, réduisant lentement la distance qui les séparait.

— Vous affirmez que l'Engoulevent ne vole que ce qui a *déjà* été volé, n'est-ce pas ?

— En effet.

Il secoua la tête.

— Eh bien, c'est faux. Vous avez volé mon cœur, Emmeline Danvers. Il n'a jamais appartenu à personne d'autre qu'à vous depuis le soir où j'ai dansé avec vous au bal de lady Carlton.

Il fit un pas de plus. Elle prit une autre inspiration saccadée.

— Et puisque vous ne pouvez pas me le rendre, je veux le vôtre en retour. Je vous promets de le garder aussi précieusement que si c'était le mien. Jamais je ne lui ferai de mal. Je le chérirai toujours.

Il plongea son regard brûlant dans le sien et poursuivit :

— Pourquoi devriez-vous rester, me demandez-vous ? Parce que si vous partez, je serai malheureux jusqu'à la fin de mes jours.

Emmy en avait le souffle coupé. Elle n'osait croire à la sincérité qu'elle lisait sur son visage.

Il franchit le dernier pas qui les séparait. Désormais, ils étaient si proches que son torse touchait le sien.

— J'ignore quelles qualités vous attendez d'un mari, poursuivit-il très doucement. Un don pour escalader les hôtels particuliers ? Un talent pour présenter une défense convaincante devant un juge ? Je crains de ne pas les posséder. Je ne serai jamais votre partenaire dans le crime, Emmeline, mais si vous voulez bien de moi, j'aimerais être votre partenaire dans la vie.

Dans un sanglot, elle noua les bras autour de sa taille et posa la tête contre son torse. Aussitôt, il la serra contre lui, déposa un baiser sur le sommet de sa tête et poussa un soupir de soulagement. Le menton toujours sur son crâne, il murmura :

— Ne pleurez pas. Dites-moi seulement oui. Dites oui parce que vous m'aimez. Autant que je vous aime.

Elle leva le visage vers lui. Les larmes lui brûlaient les yeux, mais un sourire radieux flottait sur ses lèvres.

— Voilà une proposition nettement plus intéressante. Et, en réponse à vos rectifications, j'aimerais également modifier ma réponse. J'accepte.

Le sourire qu'il lui adressa était comme un rayon de soleil qui transperce les nuages après la tempête.

— Le Ciel soit loué.

Quand il pressa ses lèvres sur les siennes pour sceller leur accord d'un baiser, Emmy ferma les yeux, ivre de joie.

Enfin, elle était à la maison.

Épilogue

Huit semaines plus tard

Emmy s'immobilisa, sur le point de signer le registre de mariage. Son cœur débordait de joie. Alexander et elle étaient mari et femme depuis quelques minutes, à la suite d'une double bénédiction qui avait également uni Luc et Sally. Harland avait obtenu deux autorisations auprès du Doctor's commons[1], afin que la cérémonie puisse se tenir dans la superbe salle de réception du Tricorn Club. Il ne lui restait plus qu'à apposer sa signature sur le document.

— Que se passe-t-il ? demanda son époux en se penchant sur son épaule. Qu'attendez-vous ?

Elle lui décocha un sourire moqueur.

— Père m'a toujours recommandé de ne pas laisser de traces écrites. C'est trop risqué.

Il fit mine de se fâcher.

— Trop tard, lady Melton. Nous sommes mariés, à présent. Cette signature n'est qu'une formalité.

Il lui referma les doigts sur la plume et murmura, assez bas pour ne pas être entendu du pasteur :

1. Doctor's commons : nom populaire du College of civilians, un bâtiment londonien qui accueillait un corps d'avocats et d'hommes de loi entre 1572 et 1867. *(N.d.T.)*

— Signez ce fichu registre, Emmy. Je ne veux pas qu'il y ait le moindre doute sur le fait que vous êtes ma légitime épouse.

Elle apposa sa signature d'un geste gracieux. Aussitôt, un sourire de triomphe éclaira le visage de Harland.

— Qu'y a-t-il ? demanda-t-elle.

— Il y a, madame, que j'ai enfin réussi à vous voler quelque chose.

— Oh ? Et de quoi s'agit-il ?

— De votre nom. Je vous retire Danvers et vous offre Harland. Et, avec la générosité qui me caractérise, je vous en donne même un second. Comtesse de Melton. Cela vous convient-il ?

Elle le regarda en souriant.

— Cela fait beaucoup plus que me convenir.

— J'attends ce soir avec impatience, murmura-t-il.

— Et pourquoi donc ?

Il lui lança un regard brûlant de désir.

— Parce que moi aussi j'ai une plume noire, qui ressemble beaucoup à celle dont l'Engoulevent s'est servi pour jouer avec mes nerfs.

Les joues en feu, elle détourna les yeux. Était-il vraiment obligé de lui murmurer des propos aussi audacieux devant une trentaine de témoins qui étaient tous des amis et des proches ? Elle adressa un sourire embarrassé à la grand-tante de lord Mowbray, lady Dorothée, celle que son petit-neveu surnommait la Duchesse Douairière Démoniaque de Winwick, en priant pour que personne n'ait remarqué que son époux lui faisait des avances devant tout le monde. Avant l'heure du thé, tout Londres saurait qu'Alexander Harland avait convolé en justes noces. La nouvelle n'avait pas fini d'alimenter les ragots.

— Si vous saviez combien de fois j'ai rêvé de faire courir cette plume sur votre corps..., poursuivit-il à mi-voix. Voilà des semaines que je l'ai sur moi.

— Nous devons d'abord assister au repas de mariage, lui rappela-t-elle en lui lançant un regard brûlant qui démentait ses inflexions pudiques. Ensuite, lord Melton, je serai toute à vous.

Le sourire de son époux se fit plus gourmand que jamais.

— Oh, mais vous l'êtes déjà.

Note de l'auteure

Emmy adore découvrir des termes étrangers qui n'ont pas de traduction directe en anglais. Je n'ai pas utilisé celle-ci dans ce récit (parce que j'ai estimé peu crédible qu'elle l'ait entendue en 1816), mais il existe une merveilleuse expression japonaise qui décrit parfaitement son histoire avec Alexander : *Koi No Yokan*. La certitude, dès le premier regard, que vous allez tomber amoureux l'un de l'autre.

AVENTURES & PASSIONS

7 avril

Sherry Thomas

Lady Sherlock - Une étude en rose bonbon

Inédit

Comment gagner son indépendance quand on est une jeune femme de vingt-cinq ans prisonnière des règles de l'Angleterre victorienne ? Élémentaire : il suffit de ruiner sa réputation en provoquant un énorme scandale. Et c'est exactement ce que fait Charlotte Holmes, au grand dam de ses parents. Mais, à peine libérée du joug des convenances, la voici qui plonge au cœur d'une enquête périlleuse qui concerne sa propre famille. Grâce à son don d'observation, Charlotte va naviguer dans les eaux troubles du gotha londonien, en quête de vérité, de liberté... et d'amour.

✦

Sarah MacLean

Les mauvais garçons - La reine de la nuit

Inédit

Ils étaient quatre enfants aux mains d'un duc pervers : une fille, et trois garçons dont un seul pourrait hériter du titre. Ils s'étaient fait une promesse : l'heureux élu prendrait soin des autres. Pourtant, Ewan, devenu le duc de Marwick, a trahi ses amis. Vingt ans plus tard, Grace est devenue une redoutable femme d'affaires. Son vœu le plus cher vient de se réaliser : Ewan qu'elle a jadis follement aimé est enfin à sa merci. Elle va pouvoir le détruire, pour peu qu'elle surmonte la passion qui s'est réveillée au premier regard.

Joanna Shupe

Scandales à New York - Le jardin des secrets

Inédit

Lady Christina Barclay sait que sa famille compte sur elle pour dénicher le beau parti qui épongera les dettes de son père. Mais, lorsque sa mère la somme de convoler avec un richissime octogénaire, elle se rebelle et trouve refuge chez leur voisin. Oliver Hawkes est sourd et plutôt revêche au premier abord. Il vit en reclus, loin de la haute société qui le rejette à cause de son infirmité. C'est aussi un homme sensible puisqu'il accepte d'aider Christina et de l'épouser. À une condition : ce mariage ne durera pas plus d'un an et sera platonique.

✦

Scarlett Peckham

La Société des sirènes - Libre et scandaleuse

Inédit

Dans la société patriarcale anglaise, un homme peut se livrer à toutes les débauches sans être déconsidéré, une femme libre sera conspuée. Pourtant, certaines se rebellent pour vivre leurs désirs au grand jour. Seraphina Arden est sans doute la plus scandaleuse de toutes. Au premier regard, elle captive Adam Anderson, un jeune architecte, à qui elle veut confier la construction d'une institution pour jeunes filles. Sa beauté l'enflamme, son audace le fascine, et il pressent qu'elle lui fera vivre des plaisirs grisants. Mais cet oiseau de paradis n'est pas de ceux qu'on peut mettre en cage...

Suzanne Enoch

Les MacTaggert - Trop anglaise, mais si adorable

Inédit

Niall MacTaggert et ses frères connaissent les règles : l'aîné doit se marier pour garder le domaine ancestral. Mais le frère aîné de Niall n'est pas intéressé par la demoiselle anglaise que sa mère lui a choisie. Est-ce parce qu'Amelia est trop… indépendante, effrontée ? Niall doit trouver le moyen d'amadouer l'impertinente et en faire une épouse parfaite. Sauf que la jeune fille est attirée par Niall, malgré ses réticences à l'égard de ces grossiers Highlanders. Quant à Niall, s'il trouve Amelia presque irrésistible, il ne commettra pas l'erreur d'épouser une Anglaise qui n'aime pas les Highlands.

✦

Lisa Kleypas

La ronde des saisons - Secrets d'une nuit d'été

Bibliothèque idéale

Dénicher la perle rare dans la haute société est loin d'être facile, Annabelle Peyton en fait l'amère expérience. Et ce n'est pas ce malotru de Simon Hunt qui aura ses chances auprès d'elle. Lui qui a osé prétendre qu'elle serait sa maîtresse. Quelle audace ! Ce fils de roturier, qui a fait fortune dans l'industrie, déteste l'aristocratie et son conservatisme d'un autre âge. Pour Annabelle, ce parvenu n'est assurément pas un bon parti, même si elle reconnait secrètement qu'il embrasse divinement bien...

Amanda Quick

La séductrice inattendue

Malcom Sinclair, comte de Ravenwood est un homme étrange. La rumeur prétend qu'il a tué sa première femme Elizabeth parce qu'elle le trompait. Si Sophie accepte de l'épouser, c'est à une seule condition : pendant trois mois, il ne la touchera pas. Trois mois, le temps d'accomplir sa vengeance. Mais ses plus fermes résolutions ne résistent pas longtemps au charme de Malcolm. Il lui suffit de croiser son regard troublant pour mesurer la force de cet homme et sa propre faiblesse. Pourtant, Sophie doit se montrer inflexible.

13155

Composition
FACOMPO

Achevé d'imprimer en Italie
par GRAFICA VENETA
le 3 février 2021

Dépôt légal : mars 2021
EAN 9782290252086
OTP L21EPSN002256N001

ÉDITIONS J'AI LU
87, quai Panhard-et-Levassor, 75013 Paris

Diffusion France et étranger : Flammarion